何处是吾乡

贾广恩 著

春风文艺出版社
·沈阳·

图书在版编目（CIP）数据

何处是吾乡 / 贾广恩著. -- 沈阳：春风文艺出版社，2025.2. -- ISBN 978-7-5313-6934-9

Ⅰ．I267

中国国家版本馆CIP数据核字第2025GX9948号

春风文艺出版社出版发行

沈阳市和平区十一纬路25号　　邮编：110003

成都市兴雅致印务有限责任公司印刷

责任编辑：孟芳芳	责任校对：陈　杰
装帧设计：四川悟阅文化传播有限公司	幅面尺寸：170mm×240mm
字　　数：317千字	印　　张：17.5
版　　次：2025年2月第1版	印　　次：2025年2月第1次
定　　价：78.00元	书　　号：ISBN 978-7-5313-6934-9

版权专有　侵权必究　举报电话：024-23284292

如有质量问题，请拨打电话：024-23284384

留住泥土的芳香

范小青

收到散文集书稿《何处是吾乡》，从"八大庄纪事"开始，走进了作者的故乡，也走进了他的精神世界。跟着他，认识他的父母亲友；跟着他，回到儿时的暑假；跟着他，踏上广袤的大地，尽情地奔走；跟着他，听他家乡的方言土话、俚语俗理；收获匪浅，感触良多。

作者的经历，也是许多人共同的经历，生在乡村，长在乡村，后来从乡村走出去，上大学、读研读博、参加工作，开阔视野，提升境界，有的甚至走得很远。但是他们的精神深处，他们心灵的寄托之所，仍然是大地，仍然是故乡，仍然是那片他们永远眷恋的土地。

所以才有了走出去又回来的精神之旅，才有了多年后的这一篇篇与大地紧紧拥抱的感人至深的文章。

以我所接触所了解，和本书作者类似的写作并不少见，他们大多有着丰富的人生阅历，有着厚实的生活积累，见多识广，也有理论的素养，或者在体制内工作，或者自己创业，走着各不相同的人生之路。但同时，他们有一个共同的特性：来自大地。或者说，从来没有离开过。

而在其中，贾广恩却又是独特的，与众不同的。从他一篇一篇用心写作的文章中，不难看出他对乡土的挚爱和对现代文明的理解与思考。

作者生在苏北偏僻的农村，考上大学，毕业后在镇上中学教书，然后又进了机关。在《搬家》一文，他这样写道："随着自己工作、生活和学习的变化，至今先后搬了七次家。"尽管多次搬迁，但是在他的内心深处，小时候和父母一起生活的那个家，和后来大学毕业当了老师，"一家人经过两年

的努力，在老院子前面盖了三间瓦房"的那个家，是他心底最深处的依托。

尽管早已经离开了那两处"家"，也许回得去，也许回不去，但是乡村的朴素和泥土的芬芳始终伴随着他的人生，伴随着他的工作以及他自幼就喜爱的、始终放不下的写作。

今天他又会以什么样的眼光，去打量那片生他养他的土地呢？回到"八大庄"，"鸡犬相鸣已成为一种奢望，撵猪赶羊的镜头也留存在文字中了"。

幸好有文字。作者通过手中之笔记下了"八大庄"的基本轮廓，以及每个村庄里有代表性的人物或者事物。他说："若干年后，人们再提到八大庄，从文章中能了解些大体方位和印象，给远离故乡的人保存些许乡愁。"

这些写村庄的散文，不是起源于点滴的小感受和简单的抒怀，它是深深植根在泥土中的，既有深厚的基础，又有无限的生长空间。这些作品具有叙事性，有生动真实的故事，有回忆的长度，它们是沉重的，是厚实的。全书虽然是由一篇篇小散文组成，却具有大散文的气质和风度。因为它们既有看得见的长度，又有摸得着的厚度，还有感受真切的温度，并且在缓缓的叙述中，打开了思想的维度，站上哲学的高度。

这些作品的文风十分纯朴，没有刻意追求辞藻的华丽，也不太着意画面是否绚烂，它如泥土般深沉厚重，却又是滋润的。因为大地才是最丰饶的，地下有水，有养料，可以孕育万物。

全书共分三辑，每一辑各有特色，三辑又互有关联，共同展示出一幅昨天与今天穿插、过去与未来交融的乡村全景图。

第一辑"乡土情深"，写八大庄，写父亲母亲，写儿时的许多记忆，干农活、过年、饺子、棉花等，无不是既普通又饱含深情的叙述，于普通中呈现出生活的意义，并且，意味深长——"我只是开个头，很多的空白留给八大庄人去书写、去填充。"

第二辑"故人留痕"，是一组人物素描。以白描的手法，用朴素简练的文字描摹出尊敬的长者、能干的大哥以及"大队书记""老村长"等人物形象，不重辞藻修饰与渲染烘托，却能够通过准确有力的笔触，寥寥几笔勾勒出写作对象的特点。体现出写作者的文字功力。

第三辑"往事续语"，这一辑里盛开着思想之花，有阅读别人作品的收获，有文学给自己带来的深切体会，亦有因生活中平凡小事受到启示而生发的感叹，无不娓娓道来、鞭辟入里。正如作者自己的体会，"读着读着仿佛穿越时空，'听'到了历史角落中的亘古绝响"。

就这样，《何处是吾乡》携带着泥土的芳香、生活的滋味、思想的火花，扑面而来了。

2024年4月16日于苏州

（范小青，江苏省作家协会名誉主席、中国作协全委会委员、第十三届全国政协委员）

目 录
CONTENTS

第一辑　乡土情深

002 ｜　　八大庄纪事
013 ｜　　拾起家乡的土话
034 ｜　　父亲的手艺
041 ｜　　清明至　心未远
044 ｜　　5月29日的思
046 ｜　　怀念勤劳的母亲
051 ｜　　因了曲艺
056 ｜　　"曲"源邵楼
060 ｜　　过暑假
068 ｜　　我的2019
071 ｜　　梦想·志愿·现实
073 ｜　　搬家
078 ｜　　锄地
081 ｜　　幸福的棉花
086 ｜　　过年的饺子
089 ｜　　过年的"禁忌"
093 ｜　　家乡的汤

098 | 捞盐
101 | 那是1995年
105 | 名副其"时"
108 | 却把故乡作他乡

第二辑　故人留痕

114 | 永远铭记的那个人
120 | 几多思念不入尘
123 | 忆田老
128 | 汝香大哥
132 | 大队书记
138 | "老村长"的眼光
141 | 老掉牙的故事
144 | 嫁出农村
146 | 青梦碎了一地
150 | 我们村的"爱迪生"

第三辑　往事续语

156 | 那些值得赓续的真实
158 | 往事并非如烟
164 | 梦里依稀岁月痕
170 | 文学——让人生充满快乐的钥匙
175 | 鲁迅与时有恒
180 | 一步十年
188 | 让"瞬间"成为永恒
191 | 爸爸都去哪儿了
194 | "苦"学中的孩子们
196 | 成长的烦恼

200	凌晨断喝伤几许
202	大道至简说"宽容"
204	人生百年如寄——且珍惜
206	又闻謦鼓声起
210	小区里的流浪者
212	中国现代早期乡土小说的悲剧意蕴

第一辑 乡土情深

　　一个人走得再远，离开再久，都不会忘记生于斯长于斯的故土，都会对家乡怀有一缕浓得化不开的乡愁。

八大庄纪事

老家所在的行政村以前叫"党楼大队",属于赵庄镇管辖,后来分为党楼村和王菜园村,再后来又合并叫"朱陈村"。因为行政村的八个自然村犬牙交错,似一整体,外村人分不清,于是便俗称"八大庄"。八大庄自东北向西南依次为朱庄、陈庄、党楼、王菜园、邵庄、庞庄、小吴庄、宋庄。朱庄前面有个小常庄,由三家姓常的组成;宋庄后面有三家姓陈的人家,称小陈庄,都是方便本村人生活和联系自己命名的,分别合到朱庄和宋庄,不在登记和管理之列。以前八大庄户籍人口4000多人,现在实际居住人口已不足1000人。村子渐渐空了,空了的还有那些当年的农村符号:走乡串村的货郎、收猪买羊的屠夫、卖豆腐的商贩、农闲耍大把戏的班子、锔锅锔盆的匠人、推车收废品的老汉、卖雏鸡雏鸭雏鹅的师傅……这些都因农村人口的减少渐渐消失了。

现在,回到老家八大庄,看到的都是沉寂,遇到的留守老人也都来去匆匆。又因农村不让饲养牲畜,鸡犬相鸣已成为一种奢望,撵猪赶羊的镜头也留存在文字中了。又觉得不用建设农村集中居住点,因为再过二十年或者三十年,村庄会自然消失,八大庄也是这种命运。这是我想写写八大庄的原因,想用白描手法写下八大庄的基本轮廓,以及每个村庄里有代表性的人物或者事物。若干年后,人们再提到八大庄,从文章中能了解些大体方位和印象,给远离故乡的人保存些许乡愁。

朱庄、陈庄和党楼三个村子连在一起呈"品"字形,朱庄在东,陈庄在西,朱庄东边一地之隔就是原和集乡的大吴庄了。以前的党楼小学就在"品"字中间的位置,后来迁到了党楼村西边南北路和南北沟的西面,位于党楼和王菜园之间。小学西边紧挨着的是大队部和村办企业瓦厂、木工厂,前面是大的操场，操场最南端一条沟，沟边栽的大杨树成为放电影拉银幕的立柱。学校东南角有卫生室、供销店，卫生室西边是赤脚医生的家，由大队出资建设。大队的磨坊建在最东南角，避免磨面机的声音影响学生上课。

朱庄和陈庄俗称"朱陈村"，白居易诗云："徐州古丰县，有村曰朱陈。去县百余里，桑麻青氤氲……"对于真伪也有争论，如果是真的应该有上千年历史了，前几年县文物部门在两个村庄中间的代销店附近立了个碑，没有更多的佐证，感觉有些苍白。朱庄，自然姓朱的是大姓，除了朱姓，还有王、常、赵、韩四个外姓。外姓人或是祖上做了上门女婿，或者以前在地主家做长工，或者当年逃荒来到此地长住下来。其根源只有他们自己根据家谱追踪了。写朱庄，主要写写朱庄的老师们。朱庄不大，但在20世纪80年代，却有四位教书先生。常老师是富农成分，后来恢复政策又重新执教。他资历最老，八大庄凡是识两个字的都是他的学生，因此很受人尊敬。另外三位都称朱老师，都教过我，或数学或语文或英语，他们是"老三届"（1966年、1967年、1968年）的高中、初中毕业生，都经历了从代课老师到民办老师再到公办老师的过程，都为八大庄的教育做出了贡献，值得永远感谢。其实，那时的农村经济落后，教学条件差，教育以扫盲为主要目的。当年，代课老师朱执玉用他特殊的教学和管理方法把他的很多学生送到了赵庄中学、丰县中学、中专学校，改变了这些学生的命运，值得书写下来。我虽然没有赶上他当班主任的年份，但初二时他教我数学。我能继续就读，上很多年学，与他的教育和影响分不开。朱执玉老师的学历是初中还是高中不清楚了，因为当年高小毕业都是知识分子。我依稀记得他刚刚到学校的装束。可能是第一次走上课堂，他上身穿着雪白的新衬衫，束在腰里，下身是深蓝色的裤子，十分英俊干练。及至上课才知道他教初一的数学，我那时才读小学五年级。因为学校是戴帽初中，在小学读到初二后，或者考中专或者考丰中初中部读初三、赵庄中学读初三，考不上的一般都安心回家种地了。仔细推算一下，朱执玉老师应该是1979年开始任教的。朱老师身材高大、年轻力壮，会武术，管教孩子靠威严和体罚。当年的学生知识基础差，家庭教育空白，多数是散养的孩子，不懂学习的重要，不喜欢学习的苦，只知道下课疯跑，放学疯玩。朱老师很会管理这些野孩子，运用"擒贼先擒王"的方法立规矩。他找准一个机会，在课堂上一把举起班级里最调皮的本村本家的男生做欲扔状，吓得那个男孩满脸惊恐。朱老师把他放下来，一下甩到教室门外很远的地方。如果是现在，肯定会被放在网上，被炒被追责，但在当年，管理农村孩子，

还是那种"不打不成材""棍棒出孝郎"的理念和方法最有用。孩子在学校受到老师的体罚，家长认为理所当然，也不会过分放在心上，只是会在一些孩子心里留下些阴影。班上偶尔会有被体罚后搬板凳回家的孩子。记得那时候的学生几乎没有不被老师体罚的，甚至有的女生也"享受"着一样的待遇。邻居家的女孩长得好看，成绩不好，被老师叫到黑板前站了一堂课，放学后哭着搬板凳回家了，安心放羊和种地，后来嫁到哪儿我也不知道了。想想小时候一起长大、一起上学、一起玩耍的女孩们，出嫁后一生都再难见面，也是很令人伤感的。我小学和初中学习成绩都不算差，但受罚的感受仍记忆犹新。朱老师当班主任时对学生实行半"军事化"管理。他亲自带学生上操喊口号，排队正步走，带学生在简陋的篮球架下打篮球，教学生练武术。罚站罚跑罚作业，奖优奖善奖先进。"拳头硬就是老大哥"，班里学生都怕他。自习课和晚自习他都与学生在一起，学生做作业他备课。他要求每个学生早来晚走，晚自习教室里只有汽灯的吱吱声。附近村子里社会青年来捣乱，他会出来训斥一番，如果有愣头青不听，朱老师会和他"比画比画"。因为都是前后庄上的青少年，彼此也不会记仇，更不会报复。或许是珍惜来之不易的工作机会，或许是喜欢这个职业，朱老师特别专注，特别认真。班风好学风好，学生的成绩自然好。那一班学生，他从初一带到初二，初二毕业，有三个女生考上了中专，两个男生考上了丰中，七个男生考上了赵庄中学。因为养成了好的学习习惯，考上高中的几个男生，除了一个在高二入伍外，其余的几个都考上了中专、大专和本科，这在当地引起了轰动，激发了老百姓供养孩子上学的热情。用村里人的话说，老农民的孩子考上学、吃计划，这是祖坟上冒青烟了。现在我也不知道为什么这样形容，值得去探究一番。朱执玉老师因为教学成绩突出，提前转为民办老师，后来又提前转为公办老师。我读初二时，他带我数学，不兼任班主任了，所以对我们不如对上两届的学生那么"苛刻"，我们的成绩也不如他们。初二毕业，只有五名学生考上赵庄中学继续读初三。自毕业后，很多年没有见过朱执玉老师，听说他后来当了联办初中的校长。对于朱庄，还有一些可写不便写的故事，只有留在自己的记忆中了。

陈庄在朱庄的西边，中间就隔几十米远，上次经过时看到已经连在一起了。虽然白居易的诗里写着"家家守村业，头白不出门。生为村之民，死为村之尘。田中老与幼，相见何欣欣。一村唯两姓，世世为婚姻"……但现实生活中，头白不出门的少了，真正联姻的也不多。陈庄有我几个小学同学，后来各自奔忙，也没有了联系。只记得有个姓韩的女代课老师，扎着两条大辫子，穿着干净整洁，长得文静漂亮，在农村小学成为高年级男生的偶像，后来出嫁就不再来代课了，留给同学们很多遐想。有个姓薛的男代课老师，个子不高，脖子特别短，不能扭头，转头时整个身子都跟着转动，第一天上课引得全班同学大笑不止。他的教棍很特别，就是在小棍前端加拧一个螺母，有不认真听课或者违反纪律的，他就用教棍在学生头上敲打，现在回忆一下似乎还有疼痛的感觉。因为他的身体特征总会把学生的注意力吸引到他的脖子上去，也有些男孩的恶作剧让他无计可施。薛老师教一个学期就辞职不当老师了。薛老师在那个年代能读到高中毕业也不简单。他离开学校后曾经学过修理收音机、钟表等，后来学裁缝。逢集时都会骑自行车到集镇上布市摆摊给人做衣服，再后来在镇上租了间房子，除了做衣服外，还卖布匹和服装。因为不从事农活，又学习服装设计，除了个子矮和脖子短外，他很会打扮自己，冬天一条围巾遮盖了脖子的缺陷。后来收了个女徒弟，再后来徒弟变成了妻子。听说他的儿女都读了大学，也都留在外地城市工作。陈庄有我一个很要好的同学，我们一同考上初三和高中，高中毕业后他落榜学了木匠。我们的友谊一直延续了几年，有时放假我会到他家里去找他玩，他有时也到我家里来，约几个小学同学，聊聊彼此的生活。他知道我喜欢读书，在一个暑假里专门给我做了一个书柜，让我的存书有了栖息地。现在书柜还在老家的房子里陪伴着老宅老院。因工作和生活环境的变化，便和他失去了联系，不知道他现在生活得怎么样。

党楼在陈庄的东南方向，与陈庄交错在一起。党楼村几乎都姓蒋，曾经有家姓常的人家，只有一个女儿，父女俩一起生活，后来女儿出嫁，老人去世，常家就从党楼消失了。还有一家王姓，几十年来一直开供销店。党楼很有文化和历史底蕴，传说历史上出过蒋翰林，所以八大庄的学校就选址在党楼，叫党楼小学。在记忆中，党楼曾经成过集，只是时间很短，后来人们都去赵庄赶集了。党楼小学的周边集中了大队部、代销店、村办企业、卫生室、磨坊等，可以算是八大庄的经济、政治、文化、教育中心了，党楼也因此给八大庄人留下了一份美好记忆。党楼小学主要教育八大庄的孩子，所以就从八个村子里选高小、初中、高中毕业的人来当代课老师。为了平衡和便于管理孩子，处理家长与老师的矛盾，每个村都选符合条件的老师来学校代课。朱庄有常老师和三个朱老师；陈庄有两个陈老师和韩老师、薛老师；党楼有两个蒋老师；王菜园有王老师、黄老师；邵庄有邵老师、渠老师；宋庄有宋

老师、丁老师；小吴庄有吴老师。庞庄只有三户人家，没有代表性，就没有选代课老师。学校成立之初，只有校长、董老师和张老师是公办老师，其他的都是代课老师。"家有三担粮，不当孩子王"，因为待遇低，且农村孩子难管，所以有的老师教一段时间就不教了，只好让其他老师兼课。记得张瑞芬老师是"老三届"高中生，教过我小学语文、数学，初中物理、地理、历史，由此可知当年农村师资匮乏和教育落后的程度。

说到党楼，当年家喻户晓的是赤脚医生刘红弟。他是党楼的外来户，据说是大队安排人连夜从较远的一个村"偷"来的。作为大队书记，要考虑到八大庄老百姓的医疗卫生，上面要求成立卫生室，但医卫人员奇缺。大队听说村里有个从部队回来的学医的复员军人，商量着借来给八大庄培养两个年轻赤脚医生。借来一段时间后，村民都感觉他医术高，人善良，都呼吁把他留下来。征得刘医生同意后，便在一个晚上偷偷把刘医生的家眷都接来了，并安排刘医生的家属在小学当老师，还给他家盖了房子。原来大队的人不愿意，党楼大队的负责人请对方一场酒，说两地离得又不算远，以后你们那边的人也可以到党楼来看病，这事也就过去了。当年农村处理事情就那么简单直率。刘医生擅长针灸、骨科，其他的头疼发烧都懂，也是个全科医生。因此，卫生室天天人满满的，非常热闹。刘医生一家是外来户，对八大庄的男女老少都笑容可掬，热情周到，就是黑天半夜有人来就医，他都不厌其烦。有的老人行动不便，他还要上门就诊。周边很远的人也都慕名来找他看病，确实为当年八大庄村民的医疗健康做出了贡献。改革开放后，他被调到镇中心卫生院骨科，他培养的两个年轻赤脚医生，一个入伍后到军医大学进修后在部队成了专家，另外一个接替他开了卫生室。后来的后来，刘医生又被县医院调走了，一家人都到了县城，但那么多年，他家都和党楼的乡里乡亲保持着来往。上次回去时询问他的消息，听说他快90岁了，找他针灸和治病的人仍然络绎不绝。又听说在党楼小学工作几十年的董老师已经100多岁了，身体一直很硬朗，应了仁者寿的老话。

王菜园西边和小吴庄隔一条小路，南面与邵庄交织在一起。王菜园是我曾祖母的娘家，所以有着亲戚关系，虽然是两个村，但春节时相互拜年的习俗坚持了很多年，直到我父母去世，我们兄弟都离开老家，才不再年年走动。但听说谁家有红白事，还是要去表达心意的。王菜园有王、张、奚三姓，张和奚是上门女婿带来的姓。张家的儿子、女儿和我是同学，他爸爸心灵手巧，养蜂多年，我经常到他家里玩。空闲时间里，他爸爸用粗铁丝、旧自行车链条、废旧轮胎内胆给我们做洋火枪，用蜂蜡给我们做蜡烛，给我们糊风筝，这些都让王菜园在我心中留下了美好记忆。后来，经济条件好了，叶落归根，张家迁回枣庄，自此再也没有联系了。上次经过老家，看到张家住过的院子成了一块荒地，旧房子也不复存在。王菜园当年有个农民大爷当选为市劳动模范，引起了很大的轰动。他的劳动事迹不再赘述，后来他儿子因此被安排到镇供销社上班，也是对劳模的一种奖励。王菜园有家木匠，是祖传的手艺，八大庄很多人家儿子结婚的床、闺女出嫁的嫁妆都是他家做的，"三拿床""五样红""八大件"……生活条件好了，有些家庭便想做些家具，如八仙桌子、条几、大衣柜、厨柜等，或者有盖房子需要些木工活的都会和王木匠联系，有的要提前一年预约。那时，农村木匠非常吃香，师徒几个人挑灯夜战的镜头和锯刨斧锛谱成的交响曲，都绘成对美好生活的期待与呼唤。我老家至今还有王木匠给做的家具，都是老槐木，经过火的榫卯结构，用几十年也不会松动、不会损坏。

　　邵庄在王菜园南面，与西南角的宋庄、西北角的小吴庄相连，也只有本村的人能分得清楚。邵庄有邵、宋、渠、于几个姓，自然是姓邵的人多。邵庄也有我不少小学同学，星期天或者放假了我们经常一起玩耍。记得有个姓宋的同学和我同桌，关系较好。他是个很聪明且心灵手巧的人，初二毕业没有考上初三，就回家干农活。后来先是跟着学唱大戏，已经唱得有模有样了，吹拉弹唱也样样都会。但随着经济社会的发展，农村娱乐方式日益丰富，戏班子解散了。他转头学木匠，先是跟着学做家具，后来自己进行木线加工，借钱在自己院子里开木线加工厂。那时正赶上装修的兴盛时期，他家院子里昼夜不停，供不应求，很快就赚得盆满钵溢，亲戚邻居都在他家里打工。有人看他那么累，问他那么拼命干吗，钱是赚不完的，身体也重要。他说要赚到什么时候不想赚钱了再停。一年、两年、三年，长年累月地忙，最后劳累过度导致肾衰竭，很年轻就去世了。撇下两个未成年的孩子，导致白发人送黑发人的悲剧，留给人们很多遗憾，还有一些思考。

　　邵庄还有一个人比较有名，那就是邵媒婆，在我记忆中留有她50岁左右的样子，个头不高，干净整洁，爱抽烟，挽着发髻。她早年守寡，没有子女，也不知从什么时候开始说起媒来。在自行车很稀罕的时候，她就有了辆小型自行车，经常骑着在周边农村跑。她先是了解本村的男孩女孩的情况，再到外村打听般配的男孩女孩，找家长说合，成就了不少家庭。后来她联合其他村里的媒人组成了一个团队，信息共享。邵媒婆能说会道、巧舌如簧。合计

着两家差不多的，就不断往两家跑，"成一桩媒，胜修一座庙"，在她认为这是积德扬善。如果两家成了，她收了媒礼，接受了吃请，到两家举办婚宴时，还会成为男家的座上客。以前农村都很穷，能说成一桩媒很考验媒婆的智慧。她善于分析两家的情况，琢磨家长的心理。有的家庭男孩多女孩少，说媳妇难，媒婆就提出换亲，即用妹妹给哥哥换个媳妇。一般是三家换亲，这样亲上加亲又不会导致亲戚称呼混乱。但凡有一点办法，谁家都不会采取换亲的方式给儿子提亲。换亲很容易造成人生悲剧，也会给女方带来心理阴影，而走起亲戚来见面后心里也会有些尴尬。邵庄的白妮是八大庄有名的美人，和一个当兵的恋爱了，但迫于家庭压力，为自己的瘸腿哥哥换来了媳妇。忍辱负重、逆来顺受是当年未读过书的农村女孩的品格，为了家庭传宗接代，为了父母不再为哥哥的婚事发愁，妹妹只能牺牲自己的幸福，嫁给另外的男人。换亲一般都会换到很远的村庄，这需要邵媒婆跑很多路，费很多口舌。听说她的最佳成绩是联合外村媒人撮合成七家相互换亲，这让她远近闻名。有时她还会建议男孩"倒插门"，也就是男孩入赘到女孩多没有男孩的家庭，是两全其美的好事。邻家女孩是她介绍的，所以见证过她的撮合能力。介绍对象时，女孩父母如果同意，邵媒婆会组织女孩家的婶子大娘等去男方家相家，大体是看男孩、看房子、看粮食、看家庭条件。相完家，男方要请一群人到集上饭店里吃饭。回去商量完，感觉差不多才让两个年轻人见面，媒人是中间联系人，也由婶子大娘带着女孩到集上约着见面，这时男孩要给女孩买衣服。这些都有媒人牵线搭桥，都要好烟好酒好饭菜。两个孩子满意，两家家长同意，邵媒婆便会选个好日子"传启"。这也是当年农村的一种风俗，就是"送日子"的仪式。男方带着烟和糖到宋庄丁先生家，把两个人的生辰八字给他，他会择个黄道吉日写在红纸上，一式两份，装在小匣子里，再用红包袱皮子裹好，便于小孩子背在肩上。定好"传启"的日子，男方做一桌菜，请女孩的婶子大娘来，同时带一个男童背红包袱裹着的"匣子"（里面装着启柬）。男方要给男童背包袱的钱，大致是10元或者20元。邻居家与我家关系好，说找个读书郎背包袱吧，于是我便有了这次与邵媒婆近距离接触的记忆。离开老家后，也就不知道邵媒婆的事了，想必她已经作古。随着文明程度的提高，农村的婚姻方式也发生了很大变化。

宋庄与王菜园和小吴庄连在一起，西边一地之隔是黄楼村，南面是赵庄集，宋庄的农田与赵北村第十一队的农田紧挨着。宋庄以姓宋的为主，另外有丁、陈、张三姓，人口都不多。记住宋庄，除了那些小学同学外，还有就是名叫华子的放电影的年轻人。当年，农村看电影是人们期盼的精神享受，放电影的人既神气又吃香。两个人两辆自行车，驮着发电机、放映机、银幕和拷贝片，每到一个地方都受到人们的欢迎，大队部会专门让厨房做好吃的招待他们。我跟着大哥住在大队部的制瓦厂，晚上放电影后有机会跟着吃晚饭，都是在睡梦中被大哥叫起来，一大碗粉条羊肉汤的香味现在还能"闻"到。镇上的放映队只有10个人左右，宋庄年轻帅气的华子就是其中之一。华子很有艺术天分，记得镇上影剧院外面的宣传画报和影片介绍都由他画他写。八大庄都因为他在镇放映队工作而自豪，有时比较亲近的人想免票看场电影就找他，导致他最怕遇到八大庄的人。我们两家祖上有干亲，且偶尔在大队部晚上吃饭能见到他，有些面熟。记得有一次，我在影剧院大门口看到他，跟他打招呼，他带我进去，让我站着看了半场电影，影片是《天仙配》。我有时在想，如果他能接受专业教育，一定是一个好画家，也许能成为一个艺术家，只可惜他生错了年代。到电影业的发展形式发生改变后，影剧院无奈地关闭了，镇放映队解散了，他也下岗了，只给八大庄一两代人留下了难以忘怀的时代印痕。宋庄还有一位八大庄人都需要的姓丁的人。他是地主的儿子，也有着只有当年富裕人家才有的学问。他钻研《周易》，懂风水，会给青年男女看日子，就是根据男孩女孩的生辰八字选择结婚的吉日，这是门学问，也是一种风俗，老家人都信。所以每逢有儿女准备结婚出嫁时，男方便会请他来选日子，书写在红纸上，大致内容是男方是金木水火土，女孩应在某日出嫁方能人丁兴旺、幸福美满。去看日子自然要带烟酒糖，钱是不收的，临走了丁先生也会送些吉利的话语。丁先生还会看风水，一般只看阳宅，就是人们住的地方如何盖房子、如何安大门、如何辟邪、如何能人烟旺等。风水先生也有讲究，就是看阳宅的不看阴宅，看别人的宅地不看自己家的风水，看透只说六七分，留下三分给天地。我见到别人盖屋时请他看风水的，原则就是让大家都舒服，让邻里都和睦，让自己平安满意。也不知他的这种技能传给了谁，也不知老家谁还坚守着这种看日子的风俗。

前面讲过，党楼大队曾经分为王菜园和陈庄两个行政村，分别建了卫生室和代销店。宋庄的代销店在村支部的前面，当年是几个庄上的"经济政治文化"中心。村支部买的第一台黑白电视机就放在代销店，晚上在代销店前面的空地上放张桌子，把电视机摆好，调整好天线，几个庄上的老百姓都聚在这里观看，如同放电影一样热闹，也给代销店带来了生意。对文化饥渴的村民来说，电视机满足了他们的精神需求，启发了他们的想象力和对电视中

美好生活的神往。而庄上的青年男女，更是通过电视启蒙了对爱情的神往，也曾出了几桩有悖风化的浪漫事情来。因为乡里乡亲的，不详细叙述了。后来，条件好些的人家买了电视机，家里便成了左邻右舍集中的地方，男男女女，谁又保证不会发生事情呢？再后来，家家都有了电视机，关门闭户看电视，时间久了人与人之间就日渐隔膜起来。虽然两个行政村重新合并，但供销店和卫生室依然保留着。上次回家，看到当年非常红火的代销店也关门了，空心村导致村民越来越少，并且物质丰富、快递发达、网购盛行，到供销店买东西的人越来越少。

关于庞庄，我在《庞庄》这篇文章中做过详细的描述。庞庄位于王菜园、邵庄、小吴庄三个自然村中间，确实不成村庄的规模，但三家人住的地方的却是三个村庄交界处。这三家人都是外来户，住老娘家的、做上门女婿的、逃荒来的，在行政村划分时，考虑到小吴庄人口相对较少，就把庞庄划给了小吴庄。庞庄三家人家，张、邵、李，每家两个儿子，现在除了邵家一个儿子在守着之外，另外一个儿子和其余两家的四个儿子都已经不在老家了，所以庞庄已经提前进入了空心村状态。唯一能留给人们印象的是邵家的一个儿子坚持着货郎鼓的行业，30多年如一日，走村串户。当然随着社会的发展，他不再摇着货郎鼓遛乡，而是跟着周边村子里的红白事摆地摊，卖些小孩子吃的和玩的东西。他和妻子分别跟着响器班跑，自然和响器班的领班有着密切联系。到事主家，他先给响器班桌子上送些瓜子之类的零食，响器班则会在吃饭时给他送一碗汤一碗菜两个馒头，这也是一种默契。我有两次回老家喝喜酒或者吊唁老人时，遇到他或者他的家属，我都会主动给他们送菜送馒头，一方面是感觉老家人亲，另一方面是做不妥当怕他们到老家说我不懂事。虽然离开老家很多年了，却更注重名声。庞庄会很快名存实亡的，货郎家的女儿出嫁了，儿子在外打工不再回来。庞庄虽小，但有着让人浮想联翩的故事，只能存在于他们个人的心里了。

小吴庄是我出生和长大的地方，在此生活了20多年，自然很了解村子里的情况。小吴庄人口不多，就200多口人，以吴姓为主，分为东吴和西吴，另外有宋、张、姜、贾、邵等姓。整体是大家都团结得好，只是小姓人家多忍耐一下，多谦让一下，多吃点亏，也就没有过不去的坎。村里人家由几家弟兄多的大家庭组成，但兄弟间不和时打架都不要命，都是"人为财死，鸟为食亡"的缘故。兄弟失和，影响到子孙后代。现在孩子少了，人口流动大，多数人连见面都很难，更谈不上"阋于墙"了。当年小吴庄最有名的是民间曲艺表演，有两三家表演河南坠子、大鼓、扬琴，另外还有唢呐、笛子等乐器。既是谋生的手段，也是精神文化的传承。有两个男青年，因为会吹拉弹唱娶上了媳妇，现在都过得很好。更重要的是民间曲艺丰富了八大庄老百姓的精神生活，用传统文化影响了一辈辈人，让乡亲们尊老爱幼、诚实守信、勤劳善良……确实起到了美教化、厚人伦的作用。小吴庄一度成为八大庄的文化中心。我有时周六从学校回家，总会看到院子里满满的几个村子里的人聚在这里或听或唱或演奏，热闹非凡。而民间曲艺也确实对我有着很深的影响，让我懂得了文化的美好、文化的重要。

小吴庄在八大庄闻名的另一原因是村里有技术很好的接生婆。老人祖上行医，是门里出身，半裹着小脚。外村人都是推平板车来请她。关于她的故事，我专门写在文章《别样的乡愁》里。可以说现在八大庄 50 岁左右的人大部分都是她接生的。她不收钱，总认为接生个孩子是做一件好事，主人家过意不去会给她送些鸡蛋。孩子送祝米时也会把她请到家里吃大席，她便会随个喜礼。事后主人家也会再给老人送些焦饼（圆圆的烙馍上面撒上咸芝麻煎干）和红鸡蛋，再送两盒香烟（老人有抽烟的习惯）。正因这样，老人特别受尊重，八大庄人谁见了都给她打招呼，给她递上烟、点着火，她请谁帮忙办事没有拒绝的。不过老人有个特点就是从来不求人。因为做的好事多，她子孙满堂，年纪大了无疾而终。

小吴庄还有远近闻名的"巫师"，我只能这样称呼，别人说他有第三只眼，能看到一般人看不到的另一世界，这当然是迷信了。但在愚昧落后的农村，对一些无法解释的事和现象，人们只能仰仗神灵。我听说老家发生过"鬼魂附体"和老人驱鬼的事情，让人半信半疑，只能说是玄学了。村子里有个小孩上小学五年级，每天要到镇上去上学。有一天走在路上，看到有拉土的四轮机动车，便爬了上去，到学校附近往下跳时，书包带子挂在车厢门上没有跳下来，被卷到车轮下不幸死亡。这个悲剧对家长的打击很大，很多年母亲都会到孩子坟前哭泣。据说有一年春节，孩子的魂附在了一个刚过门的新媳妇的身上，她的声音就是那个孩子的，哭着要书包。后来是请这个"巫师"连哄带吓，给他买了书包和纸边烧边引才走的。这是封建迷信，也只能作为一个故事讲讲和听听。村里谁家老人去世，都是先到他家里拜门，他便几天在事主家帮忙，他懂老人入土的规矩和封建礼俗，事主都听他的安排。老人出殡那天，他会主持各种仪式，让老人"体面"地离去。他那洪亮悠长的喊丧声响彻八大庄，成为八大庄的一个时代符号存于文章中。小吴庄，曾经热

闹繁荣地存在过，也在慢慢地式微，渐渐空了，那些父老乡亲，也都在一天天的日子里淡出人们的记忆。

虽然说是八大庄纪事，实际上只是粗线条地"描"出个大致轮廓，还留有很多需要书写的地方。每个村子里都发生过值得挖掘的故事，每家每户都有着自己的喜怒哀乐、儿女情长，每个人都有着一份浓得化不开的乡愁，记忆中都有让自己难忘的点点滴滴。我只是开个头，很多的空白留给八大庄人去书写、去填充。

拾起家乡的土话

在老家，土话就是家乡俚语，是家乡人祖祖辈辈的智慧和语言的结晶。土话、俚语、俗话是用通俗易懂的本地人的表达方式，借助比喻、借代等手法述说人生哲理、生产之法、生活之道、处世之路。老家人说话时习惯用"俗话说""古人说""老古语""人们常说"……开头，之后用土话做比喻。这些土话是"日出而作，日入而息"的农村人的人生信条，让一辈辈人安步当车、安土重迁，遵循着土话的道理，代代相传、生生不息。关于这些俚语或者土话的来源，有的是老百姓在生产生活中提炼总结出来的，有的是从传统民间曲艺中借来的，有的是由成语故事引申来的。这些土话是长辈教诲晚辈的教材，是人们笃信不疑的生活信条，是农村文明的重要部分。虽然离开老家农村很多年了，但小时候听到的老家土话依然在耳，那些左邻右舍嘴里的俚语、俗话对自己的熏陶和影响至今仍然在，每每想起这些富有农村人生哲理的话，不由得会怀念一个个渐渐远去的老人，一件件难忘的往事，牵挂着那些依旧守着黄土地的乡里乡亲。现在，随着农村人口的外流和社会的发展变化，随着教育和文化素质的提高，很多人尤其年轻人都生活在现代话语体系里了，对于传了很多年的农村俚语已经陌生或者遗忘。虽然有的俚语还在使用，但因环境的变化，其存在和使用的条件已不复存在，说出来年轻人都不一定能懂，也就渐渐失去了美教化、厚人伦的功能。现在回忆性地写下来，作为对家乡风土人情的纪念，也是为了保留一些农村曾有的话语体系的余音。

做人篇

中国封建社会绵延 2000 多年，封建礼教和宗法制度禁锢着人们的思想。因贫穷落后，农村很多人文化程度不高，生产生活所遵从的多是祖祖辈辈口口相传的封建传统教谕规矩，农耕方式是一成不变的人力畜力。对于如何为人处世，多是按照封建礼教和儒家思想的戒律代代相传、口口相嘱，慢慢地形成了人们的思想自觉、行为自觉和语言自觉。俚语土话中正确与荒谬共存、科学和愚昧同在，但作为一种农村文化存在很多年。而这些俚语的产生有着特定的历史环境与条件，蕴含着人们的生活体验和对人情世故的感知，体现了农村做人方面的道理。

"没有不下雨的天，没有不用人的人"，这句话是说人与人之间要相互帮助、相互尊重。不要过于强势，不要过于自私短视。不管一个人能力大小，团结好了都会对自己有利。人在生活和工作中，都离不开别人的帮助，需要别人的帮助是客观的，如同雨雪风霜一样。意思相似的俚语有"远亲不如近邻""灰土粪也有发热的时候"。灰土粪是农村的一种土杂肥，人们把人畜便溺与草木灰、猪羊圈里的垫土、沤烂的农作物秸秆等堆在一起发酵。在秋季或者冬季，挖开灰土堆时会看到热气冒出来。寓意是大家都认为没有用的东西也会发生作用的，不要小看任何人和物。话俗理不俗，这些俚语都教育人要虚怀若谷。

"言多必有失"，是告诫人们不要随便说话，更不要以讹传讹。相似的还有"祸从口出""一等人两头圆，二等人两头瞒，三等人两头传"，都是教人如何把握说话的原则。类似的俗话还有"一句好话三分暖""酒逢知己千杯少，话不投机半句多""大路上说话，草窠里有人""好话不可重三遍""隔墙有耳""好事不出门，孬事传万里""公说公有理，婆说婆有理"等，都通俗易懂，一些俚语中的道理真正悟透做到很难。"钱越花越少，话越传越多"，有的人传话会添油加醋、搬弄是非、挑拨离间，引发矛盾，破坏邻里关系。在农村有很多这样的例子，因此关于农村教人说话的俚语也就多了。

"树要皮，人要脸"，是教育人要自尊，不做坏事、不做昧良心的事。树如果没有了皮肯定不能活，人要想立足于世，也要注意自己言行，不做伤天害理、违背道德良俗的事。

"外财不发命穷人""人不死,账不烂""父债子还,理所当然",这些俚语是告诉人们要诚信、正道、勤劳。

"家有三件宝:丑妻老狗破棉袄",是说以前的农村,这三样东西不会被人惦记,不会引起人的羡慕嫉妒恨。拥有这三样东西,能平平安安过一辈子。"子不嫌母丑,狗不嫌家贫",教育人们要珍惜亲情、珍惜拥有的东西。其实,狗是最忠诚的动物,不管主人怎么打怎么呵斥,不管主人给不给它吃的,它都会不离不弃,忠诚地护家看院,摇尾相随。

"善有善报,恶有恶报,不是不报,时候不到",这是老家最常说的一句话,是劝人做善人、行善事,也是对恃强欺弱人的告诫。这里面有老实人无奈的自我安慰,其实也有着因果报应的宿命认知。在农村,根据长时间的观察,确实是常做坏事的人不得好报。

"害人之心不可有,防人之心不可无""画虎画皮难画骨,知人知面不知心""人心隔肚皮",这些都是体现老家人明哲保身思想的俚语,言简意赅,提醒人们时刻小心。很多年前,老家电视还没有普及,邻村里有两家邻居关系很好,一家读初中的女孩经常到另一家去看电视。就在一年春节前夕的一个晚上,女孩从邻居家看完电视回家时被邻居家的男人杀害投到枯井里。男人自然得到惩罚,但女孩的家长没有防备之心,也是悲剧产生的一个原因。

"树在树底下,人在人眼下""人比人气死人",这些俚语有对人本性的揭示,也是弱者对生活无奈的宿命观,另一方面也激发人们悟出生活中向上向强向好的道理。大树下面的小树很难生存,即使生长也长不成参天大树。当年农村家族观念强,子女少的、单门独户的自然受人多势众家族欺负,为了生活下去,不得不隐忍。以大树下的小树比喻农村的小户人家,非常形象。

"心比天高,命比纸薄",是说虽然一个人心里有着美好的向往,现实却残酷得让人处处碰壁、事事难成、屡试屡败,最后认命。追根求源,这个俚语来自传统名著,被说书唱戏人传给了老百姓。

"拿人家的手软,吃人家的嘴软",是说掌权人收了别人的礼,吃了别人的饭,处理事情时就会违反原则,在判断是非或者讨论事情时就会倾向于送礼者,现实生活中这样的例子不胜枚举。既是对人性的揭示,也是对人的一种警醒。

"人往高处走,水往低处流",是说人人都想往好的地方发展,如同水往低洼处流一样。两种相对情形的并列是对人们客观心理的阐释。

"吃着碗里的,看着锅里的",通常用来形容一个人贪心不足,对已经拥有的东西不满足，还想要更多。这个表达源自中国传统文化中的俗语，表现出一种贪得无厌的态度。"贪小便宜吃大亏""捡了芝麻，丢了西瓜"，比喻抓住了小的，却把大的给丢了；也比喻在平时生活和工作中重视了次要的，却把主要的给忽视了。

"人为财死，鸟为食亡"，本义是"人为了追求金钱，连生命都可以不要。鸟为了争夺食物，宁可失去生命"，引申为人和动物在难以保全自身生命的情况下，会用尽全力去尝试加以保全，以至于不择手段。其实，"天下熙熙，皆为利来；天下攘攘，皆为利往"，在贫穷的农村，不管是"兄弟阋于墙"，还是"人无外财不富，马无夜草不肥"，都阐述着人对钱财追求带来的错误思想。当年在农村兄弟多的人家，一旦结婚后，兄弟们会因钱财失和，有的甚至一生互不来往。"借时喜，还时恼""借钱容易还钱难""花钱容易挣钱难""钱到手、饭到口""好借好还，再借不难"，这些都是老百姓的"钱财观"，至今也有着一定的道理。"家有千金，不如日进分文"，是告诫人们不能坐吃山空，尽管有一定的财富，也要做到有钱就当没钱过，想办法出力挣钱。

"小时候胖不算胖"，是告诉人们事物都是发展变化的，小时候胖，长大了有可能变瘦，比喻人们不能因一时的顺利或者开局良好就得意忘形，要看结果。"人外有人，天外有天"，意思是高明的人上面还有更高明的人，就像我们看见的天之外另有天一样。指本领强的人之上往往有本领更强的人。

"得饶人处且饶人"，指要宽容、体谅别人，尽量宽恕别人，不能得理不让人，需留有余地。这些俚语是教人谦虚低调，不要逞强好胜。还劝人宽容大度，做到"宰相肚里能撑船"，做到"大度能容天下难容之事"。"好男不跟女斗""好女不嫁二夫"是封建礼教中的糟粕，在封建社会，男尊女卑，丈夫死后妻子想改嫁不但要忍受流言蜚语，还很难找到好的人家，实际是对妇女的戕害。现在，"守寡"这个词已经没有了现实意义，也没有了其存在的环境。

"好汉不吃眼前亏"，是告诉人们"识时务者为俊杰"，不要不可为而为之。与人发生矛盾和冲突时，如果感觉自己不占理，或者体力上也不如对方，就要主动退让和躲避，不能意气用事。"君子报仇，十年不晚"，是说实力悬殊尽量不要逞强，等未来自己实力强了再进行抗争。

"滴水之恩，涌泉相报""不听老人言，吃亏在眼前"，是教育人们要有感恩之心，要虚心学习老人的经验和智慧。有句土话说"过的桥比你走过的路多",是一个经验丰富的人教导年轻人的话,教育年轻人不要自以为是。

"娇儿无孝子,棍棒出孝郎""严师出高徒",是农村传统教育孩子和徒弟的方法。以前农村家庭孩子多,家长管教孩子方法就是体罚,罚跪罚站,挨棍棒。师傅对徒弟的管教也会更严,有时还有对人自尊的伤害。但那时的孩子和学徒在家长和师傅面前"打不还手,骂不还口"。那样管教出来的孩子和徒弟反而更有感恩之心,更知道家长和师傅的好,且有心理问题的很少,这个道理用现代教育理论难以解释清楚。

"丑媳妇不能怕见婆婆",是说自身有缺陷或者犯错了要勇于面对,不能回避矛盾和问题。因为古时候,新媳妇进门来,第一个要先拜公婆,而婆婆为了容易管好家,会给儿媳妇立很多规矩,儿媳妇要在婆婆的管制和约束下生活几十年。"多年的媳妇熬成婆"是说新媳妇受婆婆的约束几十年,当自己成了婆婆,也会像当年婆婆压制自己一样约束新来的媳妇。其中有着无数的辛酸,也是封建礼教对女性迫害的体现。

"冻死不烤灯头火,饿死不吃猫剩餐",是讲做人要有骨气,哪怕冻死也不用灯火取暖,饿死也不吃猫吃剩的饭食,就是书上说的"君子不吃嗟来之食"。也是封建社会对人的气节的褒扬。

"白菜帮子配猪肉,老味不倒",是形容两家世交亲情的延续,是以老家的特色菜比喻友情,现在的人很难体会到。先讲讲白菜帮子配猪肉这道菜的由来。当年苏北农村经济落后,物资贫乏、生活艰苦,最充裕的蔬菜就是大白菜,秋冬之际,每家都会窖藏很多大白菜。计划经济时,农村家家养猪养羊养鸡,因此常有的肉类也就这几样,猪肉因油多肉肥,做菜自然香。尤其到了冬天农闲时节,谁家里来了亲戚,到集上割二斤猪肉,大大的油煸好,大大的盐,足足的作料,切一棵洗干净的白菜放入锅里,加上水,再放入粉条。大火炖,小火煨,余烬焖,焐一阵子收汁。打开锅时,单是肉菜香就诱人味蕾了,再把酒叙亲情,当是最美人间好时刻了。一般只有来了客人才舍得做这道菜,所以菜里既包含美好生活,也寓意着真挚感情,慢慢地就有了这句俚语,比喻人之间的真情友谊弥足珍贵。

"有情甭表,一表就了",是说你帮助或者救济了别人,别人会记住你的好,不要见了人就说他当年多么狼狈,自己怎么帮助了他,没有自己的帮助他就怎么怎么样。这样的话会让受惠者自尊心受到伤害,感谢之情就会减少,说久了对方就不再有感恩之心。

"老要实足少要乖",就是告诉人们老了就要知足,少提要求少索取,有些事"听而不闻""视而不见",做到不给晚辈添麻烦,不给亲戚增负担。而晚辈要乖巧听话,尊重长辈,以顺为孝。这是阐述两辈人相处和睦的法宝。

劳动篇

中国是农业大国,农耕文明历史悠久,一代代农民在生于斯长于斯的黄土地上,一辈又一辈,面朝黄土背朝天,披星戴月,耕犁耙种。在漫长的劳作中,积累了很多种地的经验,总结出了一些农耕方法和技巧,掌握了节气与农业生产的关系,在生产力落后的条件下,尽量多打粮食少挨饿。我老家农村流传着一些与种地有关的俚语,有的至今还被人们所参考。

"庄稼活不用学,人家咋着咱咋着",这句话表面上是说种地时跟着季节和节气走,跟着大家走,该犁地时和大家一样犁地,该播种时和大家一样播种,实际上也是说做事做人把握普遍性,注意大众舆论,反映了从众心理。反面的俚语"没吃过猪肉没见过猪走吗",是批评一个人不会观察和模仿,不注意跟随众人的语言和行为。

"眼是孬种,手是好汉",既反映了农村劳动之累,也表达了农民不怕吃苦、不辞辛劳的品质。实际上,在农业机械化之前,种地是非常苦、非常累的。20世纪八九十年代,很多农活依然是体力为主,割麦打场前前后后需要忙近一个月,这里面还不乏一些轧场、扬场等技术活。起早贪黑,夜以继日,蓬头垢面,汗流浃背。同时,还要承受电力、柴油等能源短缺带来的不便,以及缴公粮、卖棉难的痛苦,而这些困难都在老百姓的艰苦努力、忍辱负重、辛勤劳作中慢慢消解,也产生了"手是好汉"的说法,具有激励人奋斗的动力。

"紧手的庄稼,消停的买卖",是说节气不等人,该收获时要尽快收获,该下种时要赶快下种。"寒露两旁看早麦""麦到芒种自死""小满不满,麦子有闪",都是说收种的时间性和紧迫性。麦子到芒种节气便死了,如果不及时收割,麦穗会干头掉在地里,给收种都带来麻烦。因为麦粒落在地里,一下雨就发芽了,影响下一季的庄稼。另外,6月份容易下雨,如果不及时收割,下雨遇到连阴天,麦粒会在地里发霉,就不能食用了,直接影响了老百姓的生活和收入。寒露过后,天气渐渐凉了,如果播种晚了,麦子在寒露前后不出苗,就会影响到麦子后期的分蘖和成长,直接影响产量。所以在这个时候就要抢收抢种。"消停的买卖"是说市场交易不能着急,买东西和卖东西都需要慢慢地谈，要考虑价格、质量等方面的因素，尽量买得值，卖得不亏。一紧一慢，对比鲜明，比喻形象，通俗易懂。

农民们经过长年累月的观察和体验，也摸索出了一些自然规律，用俚语方式传承下来，帮助人们把握种地的时节。"四五月份地如筛，八九月份潮上来"，是讲四、五月份时，地像筛子一样，下点雨很快就下去了，地里存不下水；而到了九、十月份，天气变凉，土壤就会有潮气从下往上来，利于庄稼的发芽生长。"有钱难买五月旱，六月连阴吃饱饭"，在农历五月，小麦正需要光照，正在灌浆期，稍微干旱有利于小麦的成熟。六月份，小麦收完了，玉米、大豆等农作物正处于快速生长期，这时雨水大庄稼旺。

"该热不热，五谷不结；该冷不冷，人有灾星"，是讲的自然现象与庄稼生长及人的健康的关系。该热时庄稼要进行光合作用，天越热，光照越充分，果实越饱满，淀粉或者糖分越多，这就是新疆的哈密瓜甜的原因。而该冷时，很多害虫和病菌会被冻死，或者害虫冬眠，让人们身体健康。如果节气到了天还不冷，一些害虫和细菌不能冻死，而人的免疫力却在减弱，也就说人会有"灾星"了。

"小满不满，麦子有闪"，是说到了小满节气，如果麦子灌浆不满的话，收成就会减少了。节气与庄稼的关系非常重要。

"埋麦露豆，深麦浅豆"，是讲种植科学。麦子的芽是尖的，出土能力强，种植时可以种深一些，而豆子的芽是扁的，不易钻出地面，所以种子要浅一些。有时豆子刚刚种下，如有一场大雨，晴天地面板结，豆芽很难钻出地面，农村称为"拍"了，只好重新下种。"楝子开花水咕嘟"是说楝子树开花时，庄稼处于最需要雨水的时节。"家里土地里虎，一亩赶二亩"是说当年化肥缺乏的时候，农民多以土杂肥为主，家里的土地长期有牲畜粪便以及其他杂物，比田地里的土壤有营养。记得小时候曾见过农村把村里路面土挖一层运到大田地充作肥料。"沙地里看苗，淤地里吃饭""有钱买种，没钱买苗""一麦赶三秋""旱锄田，涝浇园"。这些都提示了一些农耕规律和基本常识，是农民几代人、几十代人智慧的结晶。

"牛马年，好种田，就怕鸡狗那二年"，这是老百姓很多年总结出来的年成（传统上农村每年庄稼的收获情况的称呼，分为好年成和孬年成）与十二属相的关系。根据多年的观察，农历牛年和马年，一般会风调雨顺，少干旱和水涝，庄稼丰收。而属相鸡狗两年，不是干旱就是雨涝，自然灾害让庄稼减产或者颗粒无收，人们生活上青黄不接，春天就会有人外出逃荒要饭。

现在农村机械化水平提升，生产力提高，旱涝保收，这些俚语渐渐没有了存在和传承的环境。

"丰沛收，养九州"，是讲丰县和沛县是汉高祖刘邦的家乡，风调雨顺，很少发生自然灾害，多是丰收之年，并且生产的粮食还能接济周边地区的老百姓。现在，随着农村科技生产力的提高，农田水利工程完备，各地都能丰收，再加上工业化和城镇化的发展，丰县和沛县作为粮食生产大县的优势不再明显，这句传颂多年的俚语也渐渐没有了语境。

树在农村的生产生活中也非常重要。"前人栽树，后人乘凉"，是讲栽树人当时享受不到树的阴凉，比喻前人为后人打下生活与发展的基础。"栽树不用看，来回捣三遍"，是教人栽树的方法，树坑不能太深也不能太浅，填土要实，所以来回捣三遍，不然土一下沉或者雨水一冲，树干便会歪斜，影响树的生长。由此可见，事事皆有道，处处皆学问。

"磨镰不耽误割麦"，本意是说在割麦子时，镰刀快了割麦速度就快，要定时磨镰。后来引申为凡事都要做好准备工作，要有好的工具，做到"工欲善于事，必先利其器"，准备工作做好了，选择了正确的方法，更加有利于工作的开展。看来语言是在劳动中发展和丰富起来的，所以说文明是人类创造出来的，是在劳动过程中孕育出来的。

"热风凉雨""东风不倒，下雨没跑""干打轰雷不下雨""雷声大、雨点小"，是老百姓在对自然现象的观察和体验中总结出来的，属于我们老家农村环境的话语体系，也都有着引申和借喻的含义。"雷声大、雨点小"有时指做事虎头蛇尾，只有声势不见行动，借自然现象讥讽虚伪浮夸之风。

生活篇

其实，以前农村的生活是单调和艰苦的，尽管如此，人们还是从清贫的日子里提炼出了一些反映生活、学习生活的俗话与俚语，给后人以生活方面的经验或者启示。现在农村渐渐空了，那些影响老百姓生产、生活的俚语也将渐渐消失。

"过年如过关"，以前到了春节，农村的老年人会说"到了年关"，年轻人肯定不懂年关的意思。过去农村生活艰苦，到了过年的时候，需要用钱的地方多，如"有钱没钱，剃头过年""有钱没钱，割肉过年""有钱没钱，扯布过年"。一家人辛辛苦苦，过年了总要穿件新衣，图个新；总要剃头，寓意好的开头；总要操办些年货，让家人吃上一顿饺子；总要走亲戚，总要有人情事理。这就需要一家之主精打细算，顺利过年。对大人来说，过年是一大关，也就有了"过年如过关"这一词语。

"病来如山倒，病去如抽丝""有钱难买老来瘦""要想孩子安，须得三分饥和寒"，这几句俚语是讲农村人的健康之法。未病时注意饮食起居，不要过分抽烟酗酒，平时不注意，大病来临，想康复如同抽丝一样缓慢。抚养孩子不能过饱过暖，冻手冻脚能提高孩子的免疫力。这是农村人抚养孩子的经验。现在生活条件好了，唯恐孩子吃不饱，喂了再喂；唯恐孩子受凉，穿上一件又一件。其实，农村养育孩子的经验和方法也很有道理的，有的值得学习和沿用。

"捧到手里怕掉了，噙在嘴里怕化了"，是说家长对孩子的溺爱。"麦怕胎里旱，人怕老来穷"，用来比喻人老了怕穷，人老了劳动能力减弱，健康状况下降，没有养老钱，连自己的孩子也不愿意伺候。这是告诫人们一定要存一些养老钱。

"七十三、八十四，阎王不叫自己去"，应该是自然规律，这两个年龄在农村叫旬头，是老人身体免疫力最低的时候，容易生病去世。因此，农村都避讳73岁和84岁，报年龄时都多报两岁，跨过旬头。也提醒老人们，在这个年龄段要更加注意保养身体，避免小病引起大病。以前在农村，这个年龄节点去世的老人很多。

"饭后百步走，能活九十九""饭后留一口，能活九十九"，是农村的养生哲学，有一定的道理。饭后轻微活动，有助于消化；饭后留一口，是提醒人们饭吃八成饱，这样有助于减轻消化负担。现在生活条件好了，人们都是饕餮豪饮，自然会产生这样那样的毛病。

"闲茶闷酒无局的烟"，是说人们清闲时，泡茶聊天消磨时间；心情烦闷时容易借酒浇愁；当自己无聊或者有困难烦忧心事时，容易抽烟深思，借抽烟转移心情。

"成不成酒两瓶""烟酒打头行""感情深一口闷，感情浅舔一舔""当官不打送礼的""伸手不打笑脸人"，虽然这些都是农村庸俗的世界观和方法论，但回到愚昧落后的时代，这也是他们求人办事、渡过难关的方法途径，符合人的本性。当年，请人盖屋、请人提亲、请人打家具、拜师学工学艺、找人开证明、找人上学、找人推荐……都需要表示尊重表示感谢，自然是送些烟酒等礼品。

农村俚语中，也有表达勤俭美德的。"省囤尖不省囤底"，是告诉人们在开始就要做到未雨绸缪，有钱就当没钱过，富裕权当贫穷过，这样才能长远。囤是农村存放粮食的主要器具，用柳条编织，内部用白灰、麦糠、沙土掺在一起粉刷光洁而成。节省要从刚刚开始满满一囤粮食时开始，做到细水长流，等到粮食吃完快见囤底时再想节省就晚了。这句俚语意义深邃，现代经济发达，多被人们忽略掉了。

"人越闲越懒，嘴越吃越馋"，说出了人的习性。农村的懒汉、二流子、青皮为了享受，自然就会行偷盗赌抢等不法之事。所以懂事理的家长从小就教育孩子勤劳节俭，少吃多干，自立自强。80多岁的农村老人基本上还熟悉这句话并且依然遵循着。"新三年旧三年，缝缝补补又三年"，也是劝告人们节俭过日子的，不知还有谁在坚守着。

"一年不如一年好，来年的袍子改成袄"，是说一个人或者一家人的生活一年不如一年。袍子类似棉大衣，袄则是短襟棉衣。指一个人或者一家人可能遭遇了天灾人祸，也可能是因为好吃懒做。这句俚语道出了当年农村人日子的艰难。

"不怕走得慢，就怕松了袢"，是告诉人们做事要持之以恒，不要"三天打鱼，两天晒网"，现在很少有人懂这句俚语，主要是喻体发生了变化。以前农村的主要运输工具是平板车，运粮食、运建筑材料、运土杂肥等，两手把着长长的把手，一条长长的袢勒在肩膀上，弓腰前行。有的平板车能拉2000多斤。当前城市里有种职业"拉脚"，就是用平板车运输东西。平板车拉东西，用力全在肩膀，所以要配一条好袢。记得春节贴对联时，要在平板车两边贴上"一日行千里，两手把万斤"。俚语来自劳动中，同时用来指导劳动。"笨鸟先飞""破裤子先伸腿""勤能补拙"等是说知道自己的短板和不足，就要提前准备，提前行动。

也有一些反映农村家庭生活的俚语，其中对妇女的歧视是封建社会的毒瘤，只作为文化符号记载。"清官难断家务事"，是说家里人闹矛盾是常发生的事，再公正的官也判不清。牙错了还咬腮，何况是天天生活在一起的祖孙三代。"疼孙子，值金子"，是封建社会重男轻女的思想，现在已经烟消云散。"三天不打，上房揭瓦""妇女当家，墙倒屋塌"，也是对妇女的歧视，是父系社会的产物，是男权主义的体现。这都与封建社会的宗法和世袭制度有关。皇上传位只传太子，老百姓的家产和技术、医术、艺术都是传男不传女。为确保家族的团结，不让女子有地位，这都是对女性的压迫。"嫁出去的女，泼出去的水"，就是说女儿终是别人家的人，嫁出去后就没有权利分娘家的财产、继承祖辈的技术。这种思想在当下容易引起很多兄弟姐妹之间的矛盾。"在家千日好，出门一时难""在家靠亲戚，出门靠朋友"，是讲过去各种条件都落后，农村人大都贫穷，出门在外生存很难，多数要寻亲问友，才能找到落脚的地方。

"老门旧家，门当户对"，是古代两家联姻的标准。在农村联姻讲究门当户对，最讲究老门旧家，一般都是大家族与大家族联姻，这样家族势力越来越大，不受欺负，家里遇到什么大事难事，人多力量大，容易克服。同时，根据遗传学来说，人烟旺的家族，基因强大，身体素质好，容易多子多福。这些都是封建思想，现在都被扫到了历史的角落。老门旧家不存在了，但"门当户对"还是有一定的道理，仍然被人们所参考。因为两个年轻人家庭经济、文化、教育背景等方面差不多，人们的"三观"及生活习惯等都相似，以后共同生活就不会有大的偏差。"说就一桩媒，胜修一座庙"，是对农村媒人的褒扬。

"女大一，不是妻；女大三，搬金砖"是农村老百姓的婚姻观。在介绍对象时，如果女的比男的大三岁，农村人理解为女孩大比较懂家务、懂事理，会疼爱丈夫，会领家过日子，所以用搬金砖来比喻。至于"女大一，不是妻"有什么说法，只能等再回老家时问问村里老人才能解释清楚。"男怕入错行，女怕嫁错郎"，是说男人顶天立地，找一个能赚钱养家的行业为好；女孩子找婆家最怕嫁给一个吊儿郎当、不干正事的男人，传统观念里离婚是丢人的事，所以嫁错了人一辈子受罪受苦。

"丑夫（福）人"，是农村人朴素的婚姻观。一个人的媳妇长得不好看，自知短处，对婆家不挑剔，且会勤劳补"丑"，为人善良，尊老爱幼，对丈夫很好，能安心过日子，所以取谐音称为"丑福人"。

"姨娘亲不是亲，死了姨娘断了亲；姑舅亲辈辈亲，打断骨头连着筋""媳妇好比洗脚水，洗了这盆换那盆""姥娘家就是一指的庄"，这几句俚语都是封建社会重男轻女思想的糟粕，只能知其曾经，不能复制到今天。在农村老家，姥娘就是外婆，姥娘去世后，外甥经过姥娘家的村庄，也就是指一指说那是姥娘家，现在听来很无情，但农村封建社会的礼教就是这样。

"谁家灶火里不冒烟，谁家两口子不吵架"，是说一个家庭吵吵闹闹很正常，也是规劝人们要不拘小节、宽宏大度。一家人生活在一起总有小小的矛盾和摩擦，不能记仇。

"远怕水近怕鬼"，是说一个人出门在外，对地形不熟悉，遇到水不知深浅，心中自然担心，不敢通过。老家曾经发生过一起悲剧，一女子开车走亲戚，适逢大雨，前面一段路被水淹没，她以为是地洼积水，开车可以通过，殊不知是一段道路被冲断，结果车栽到水中，酿成悲剧。"近怕鬼"，是说村子里朝夕相处的亲人邻居，突然去世，受农村迷信的影响，晚上走过家门口，或者经过坟茔时，自然会想起其生前的言谈举止，心中恐惧油然而生。这些没有道理的"道理"，是老家农村人代代相信的哲理。

"瓜吃一口甜，油吃一滴香"，是比喻享受生活有度，不暴殄天物，知足知乐。

"不怕不识货，就怕货比货""货比三家不吃亏""买卖争分文"，这些俚语比较浅显易懂，是告诉人们不要冲动，凡事多衡量。"黄金有价药无价"，指农村行医之人全凭医德和良心，悬壶济世。也有的医生黑心赚病人的钱，自然是漫天要价。在病人眼里，医生是权威，自然不能讨价还价。现在是不是依然这样，就不得而知了。

"张嘴容易闭嘴难"，是说人脸贵似金，去亲戚朋友家里借钱借物被拒绝，很伤人自尊，也是亲情友谊的绝杀。如果能借来还好，借不来，以后就很少也很难来往了。所以凡是来借钱的，多少都借给一些，避免尴尬。

"酒香不怕巷子深"，是比喻一个人的手艺好并且讲诚信，会引来越来越多的客户，也就是现在的"网红"打卡地。看来诚信是金很有道理。有一同学在异地城市做装修20多年，顾客盈门。但他经常会以干不过来拒绝客户，理由是要干到自己满意才行，真材实料，慢工细活。找他装修的要排队，而为了省租金，他的门店开在又偏僻又远的小地方。

"坐如钟站如松行如风"，是告诉一个男人如何树立自己的形象，同时也隐含着做人做事的哲学。"要吃还是家常饭，要穿还是粗布衣"，讲的是平常心态，不可过分追求享受。"艺多不压身"是激励孩子多学本领，多几样谋生的手段。

"好男不当兵，好铁不打钉"，不是歧视当兵的人，而有着古代特殊的语境。在以前，女子结婚前是大门不出、二门不迈，在老家农村结婚后女人被称为"家里"，而男子被称为"外头"，如谁谁家"外头"人好，又能挣钱。男人是家里的顶梁柱，不但要领家过日子，还要尽孝和传宗接代，身上肩负的责任很多且很重，所以如果入伍当兵，家里就没有人担当了。

哲理篇

实践出真知，语言丰富于老百姓，语言因劳动而进步，不知经过了多少岁月，家乡老百姓在生产生活中积累了经验，创造了富有哲理的俗话俚语，寓意着很多生活之道、做人之道。通过与老家老人交流，抢救性地收集了一些富有哲理的俚语俗话，虽然浅显通俗，但话俗理不俗，教人向上向善，教人学习本领学习手工艺。有的俚语千年流传并且还会流传下去，有些俚语虽然含有消极和保守的成分，但也能从另一方面揭示人性中需要摒弃的东西。作为农村文化符号记载下来，对人也起到警示作用。

"破罐子熬过柏木筲（桶）"，这句俚语有历史感，需要详细叙述一下。老家农村近处无河无湖，吃水用水全靠一眼土井。打土井的方法也很原始和简易，就是选一离住户比较远的地方，确保井水不被人为污染。先挖一圆形坑，挖到20米左右，之后用方砖从下面往上砌，下面留几处水眼，土井周边泥土中的水便慢慢渗到井里，等沉淀成清水后，挨家挨户便挑着水挑子相继取水。当年金属稀缺，盛水的容器是砂缸、陶罐、柏木筲。柏木筲上口大下面小，中间用铁片勒住，因柏木木质坚硬，又以榫卯挤成，禁得住碰撞，经久耐用，几十年不坏，是取水的好器具。家里没有柏木筲的，只能用陶罐。从井里汲水是很需要技巧的，用带钩的麻绳或者苘绳钩住木筲或者陶罐，从井口慢慢放下去，接触水面后，左右摇晃长绳，让木筲或者陶罐晃动至口倾斜水面下，待水满后再慢慢提上来。木筲不怕碰，可以贴着沿，而陶罐怕碰，要时刻保持不与井沿碰撞，难度很大。经常有木筲和陶罐不慎落入井中的事情，这也催生了一个行业——打捞业，就是从井中捞出木筲、水桶、陶罐等。木筲不怕碰，人们用起来就不注意、不小心、不珍惜，长期磨碰，自然木筲使用寿命缩短，用不了几年就要重新修理或者更换，而陶罐因脆易碎，人们时时小心，因而可用多年而不坏。引申到生活中，一位天天抱着药罐子的病人，自己照顾得好，说不定比身强力壮的人寿命还长。这句俚语渊源悠久，寓意深远，渐渐被人遗忘，就多赘述了几句。也提醒人们对物品珍惜就能延长物品使用时间，凡事都小心翼翼，都能圆满顺利。

"会做鞋子先纳底，会生孩子先生女"，过去农村2000多年不变的是自给自足的自然经济，人们的衣服都是手工缝制，尤其是鞋子，单鞋、棉鞋、绣花鞋、虎头鞋，男人的鞋、女人的鞋、童鞋等，都是技术活。鞋子穿的时间长不长，关键是鞋底，泥里雨里，雪里土里，只要鞋底纳得好，就能穿几年。关于农村传统的纳鞋底具有专业性，不再过多叙述。针脚密、力气匀、黏合紧大概是其要领。以前农村家庭孩子多，如果老大是女孩。年龄大一点了既能帮忙做家务，又能替父母带下面的弟弟妹妹。同时女孩的本性听话孝敬，能帮助父母做很多事。经过几年的磨炼，女孩大都养成了勤劳善良宽容，会照顾别人、会打理生活、会做家务的性格。所以，当年娶了家中的老大女儿做妻子的，大都是有福之人，家庭自然幸福和睦。

"三百六十行，行行出状元""车到山前必有路"，都是激励人们积极进取，不怕困难的俚语。"人不可貌相，海不可斗量"，则教育人们要谦虚，不要以貌取人，不要小看任何一个人。

"没有金刚钻，不揽瓷器活""打铁还须自身硬""是骡子是马拉出来遛遛"，是教育年轻人要练就真本领，能够独当一面。骡子和马都是农民耕种时常用的牲畜，它们力气体形相当，有时很难辨别，一般都是在干活上比较，这句俚语多是比试能力和本事的，有时也指对吹牛的人的试探。

"三个臭皮匠，赶一个诸葛亮"，是说大家商量办法多，事情周全。"众人拾柴火焰高"，比喻集体的力量大。

"此处不养爷，自有养爷处""哪里黄土不埋人""人挪活，树挪死"，这些俚语是说人不能在一棵树上吊死，看待问题和处理事情要灵活变通，不能死心眼。"小心行得万年船"则告诫人们时时小心，注意自己的言行。

"舍不得孩子套不得狼"，是比喻做事要舍得下功夫，舍得投本，并且要摸清情况，都有智慧在里面。

"富不过三代"，是讲创业难，守业更难，败业容易。因为第一代人创业经历千辛万苦，到了第二代，父母心疼孩子，不忍心让他们经历磨难，也就少了拼搏的劲头；到了第三代便没有了"不当家不知道粮米贵"的观念，容易养成好吃懒做的习性，有的还会染上吃喝嫖赌的恶习，家道中落便是自然而然了。"五世而斩"，就是说到了五世，兴盛的家庭很难存在了。要克服这一难关，就需要把创业者的家风家训传承下去，耕读传家才能世代兴盛、家道久远。所以才有了"忠厚传家远，诗书继世长"的古训。

"豆腐掉到灰窝里，吹不得打不得"，比喻对一个人或者一件事无可奈何、无计可施。以前农村都是以农作物秸秆或者木头为燃料，做饭的灶台前会有一堆草木灰。豆腐脆软且含水多，如果掉在草木灰堆里，拾起来很难清理干净。以此比喻有的人打不得、骂不得；有的事深不是、浅不妥，如同掉在灰窝里的豆腐一样。

"五里不同俗，十里改规矩"，是说当年农村交通不便，人们活动范围小，相互之间交流得少，一些规矩存在着不同之处。嫁出去的闺女和娶进来的媳妇，包括娶亲送客的人，都要先了解对方村里的风俗规矩，入乡随俗方能皆大欢喜。

农村人好面子，有了红白事，"人到礼不差，礼到人不差"，为尊重事主，人一定到场祝贺、吊唁和帮忙，实在来不了，封礼表示才显懂礼。

"一分钱难倒英雄汉"，是讲在贫穷的农村，钱对人太重要了，那时缺一分钱都会让顶天立地的男子黯然神伤。

"是福不是祸，是祸躲不过"，比喻福祸是命中注定的，福气来了挡也挡不住，灾祸来临想躲也躲不掉。该来的，终究会来，等不来的，终究不会来，因此要坦然面对，勇于承受，想办法解决。而"躲得过初一躲不过十五"则比喻不主动分析和化解矛盾，投机取巧，得过且过，最后依然承受结果。

"有你的初一，就有我的十五""三十年河东，三十年河西""君子报仇，十年不晚"，都有着封建社会的朴素哲学思想，告诫人们学会隐忍，激励人们敢于迎难而上。提醒人们认识到万事万物都在发展变化，不必静止地看待问题。还警示人做事不要太过分，人和事都有起有落，贫富、强弱等都是相互转化的，要有长远眼光。

"河里无鱼市上看"是告诉人们不要静止地看待事物，也不要一叶障目，不见森林。

"树大招风""枪打出头鸟""事不关己，高高挂起"，都是过去人们明哲保身的思想，有消极的因素在里面，告诫人们低调行事，锦衣夜行。"人怕出名猪怕壮"，是说人一旦有了名气，亲戚朋友都来找你办事、借钱，让你应接不暇。猪如果长得壮，离出栏（被宰杀）就不远了。这些俚语中也存在着老百姓的从众心理和自我保护意识。

"请神容易送神难（捉贼容易放贼难）"，这里面有很多哲理。在农村，神是人们的图腾崇拜，也是人们的精神支柱和寄托。因为迷信，老百姓会选择不同的信仰，也就流行"请神"，实际上是安放自己的心灵，对未来希望的精神支撑。如果请了就会笃信不疑，信了就很难轻易放弃，也会给心理上带来负担。逮住小偷容易，怎么放了他也是个难题。当年农村封闭落后，小偷也都是十里八村的年轻人，被捉住的小偷可能是熟人，甚至老辈有亲戚关

系，或者有亲戚在这个村里，让人为难。真的宣传开了，小偷感到丢人，也会结下仇恨。所以一般都把小偷吓唬跑就了事。

"老鼠跑进风箱里，两头受气"，这句俚语有年代感，一般人难以理解。过去，在农村生火做饭和铁匠打铁都要用风箱，现在农村民俗博物馆里还能看到。风箱后端留有小孔，往前拉拉杆，风进入风箱，往后推拉杆时，小孔被封闭，气体便从偏洞进入炉台底下，如果老鼠跑到风箱里，在抽拉之间，两头的气冲击着它，老鼠便惊恐万分，慌不择路，十分狼狈。这句俚语后来形容中间人处理问题时得罪双方，两头不落好，也非常形象，但远离了现在的生活环境，很多人理解不透了。

"路边上说话，草窠里有人""隔墙有耳"，是告诫各位管好嘴，不能乱说话，注意说话的保密性。"北地里说话，南地里去听"，是说一个人说话不切合实际，不着边际。时间长了，人们便不再相信他的话。

"靠锅的先糊"，是比喻一个人大意，自认为离得近，放松了时间观念，结果远方的人到了他还没有到。还比喻一个人过于轻视或者不认真对待。

"羊毛出在羊身上"，比喻商家的营销手段具有欺骗性，做宣传时送各种礼物，推出各种优惠政策，实际上这些礼物的钱都出在销售的商品里。

"擀面杖吹火一窍不通"，比喻一个人对一种事物一点都不懂。"隔着碑碣烤火一面子热"，是说一个人对人对物的一厢情愿。

"瞎子点灯白费蜡"，比喻白浪费时间或者财物。

"龙生龙凤生凤，老鼠的儿子会打洞"，是比喻遗传或者子女和父母有着一样的禀性和习惯，也指家长对孩子的影响。

"门里出身，不会也能通三分"，是说孩子生长在会手工艺和从事艺术的家庭里，长期的耳濡目染，不学也能懂一些。

"有枣没枣打一杆"，是说凡事都要去试试才有希望和可能。"四两生铁动动炉"是指为了做一件小事情花费很多工夫，必须开启一条生产线，成本太大很不划算。

"小时候胖不算胖"，比喻事情开始顺利或者容易就骄傲自满，轻视后来的工作或者过程，结果是发展不如预期。

"癞狗扶不上墙头去"，是指一个人因为能力不足或者态度不端正多次辜负别人的扶持或关心。

"救急不救贫"，是说谁家有了病人住院，或者有其他难事，去借钱或者求人帮忙，人们都愿意伸手。但因为不吃苦耐劳而贫穷去借钱，都会被拒绝。"会过"在老家既是褒义词,又是贬义词。一家人省吃俭用、节衣缩食,舍不得花钱被称为"会过"。一个人不管什么时候都不愿意花一分钱,不管应该还是不应该,都不出钱,这时"会过"便是"吝啬"的意思了。

"偷鸡不成蚀把米",比喻聪明反被聪明误,或者图事不成反而自己受到损害的情况。这个俗语是用来警示人们不要贪图小便宜而吃大亏。

"苍蝇不叮无缝的蛋",强调的是自我完善和正直的重要性,暗示一个人只有保持自身的纯洁和正直,才能避免被邪恶或不正之人利用或攻击。

"新官上任三把火",一般是说新上任的官员刚开展工作时劲头十足,努力做两三件对老百姓有益之事或做两三件有影响力的事,以展示自己的能力,提升威望。

"挂羊头卖狗肉",比喻用好的名义做幌子,实际上做坏事。这也泛指用好的名义欺骗人,名不副实。

"大树底下好乘凉",比喻有所依托,事情就好办;在亲戚朋友关系的帮助下,自己可以不劳而获。

"割完麦,打完场,谁家的闺女不想娘?"以前老家农村,从入麦到忙完要一个多月的时间,闺女很久没有走娘家了,麦收后都要走娘家。记得小时候,农历六月初一是个节日,老家有闺女走娘家的风俗,礼物多是糖发馍和白糖、油条等,条件好的才带点猪肉。

"人逢喜事精神爽",农村喜事多是娶儿媳、嫁闺女,再就是家里生了孩子与发财好运等。这时候,男女主人脸上挂着笑容,说话带着喜气。

"一个巴掌拍不响",比喻两家或者两人闹矛盾双方都有问题,上升到哲学高度就是矛盾的两个方面。

"一头撞到南墙上",比喻一个人执意按自己的想法去做,直到碰壁失败。

"常在河边走,哪有不湿鞋",其字面意思是经常在河边走动,鞋子哪能不沾泥带水。比喻一个人经常做一些风险较高的事情,就很容易出错或遭遇不幸。这句俚语也强调了环境对人的影响,暗示着长期身处在一个不良的环境中,难以避免受到负面影响。同时告诫人们无论是在何种环境中,尤其是在充满风险的环境中,都不应抱有侥幸心理,而应脚踏实地,正派谨慎行事。

"小儿不抵长子孙",是封建礼教思想。家庭兄弟多的遵循着"有父从父,无父从兄"的规矩,在大家族里,长子的儿子比其他叔叔的家庭地位都

高，大概是效仿皇宫的做法吧。

"老鼠拉木锨，大头在后面"，是说一个人或一件事有后发优势，越往后发展越好。

"鸡多不下蛋，人多瞎胡乱"，是说有时人多了思想不一致，瞎起哄，影响劳动和工作的开展。

"这山望着那山高"，比喻人做事不专心，心不在焉，难干成事。"眼高手低"，比喻一个人要求的标准很高（甚至不切实际），但实际上自己的能力达不到。"头三脚难踢"，是比喻到一个新地方或者接到一个任务，开局很难。"蹦得高，摔得狠"，是说人不能过于逞强好胜，越逞能结果越不好。"哑巴吃黄连，有苦难言"，比喻一个人有苦说不出；而"家丑不可外扬"，是说家庭内部发生的问题需要自己或内部解决，给外人说了会被算计或耻笑。"菜好做，客难请"，在日常生活中，邀请他人参加聚会或宴席时客人没有来，可能对方真的有急事，也可能是邀请者地位不高、影响力不够，这就很世俗了。"心急吃不了热豆腐"，是比喻人做事太着急，不懂得好事多磨。"会哭的孩子有奶吃"，比喻提出多次要求或者要求强烈的单位或下属能得到更多的照顾。处世之中，以弱示人，能引起别人的同情心，从而让人对你格外照顾和关心。

"兵来将挡，水来土填"，是说兵来了用将抵挡，水来了用土掩住，比喻根据具体情况，实事求是决定对策。"起个早午景赶个晚集"，意思是虽然起床很早，到了集上却很晚。比喻人开始准备得早，但因中间拖拉松散，结果很晚才完成任务。"娘亲舅大"，也是封建礼教的规矩，是说舅舅的地位很高，仅次于父母。

"省了盐，瞎了酱"，为了节省一些不值钱的东西，最终却导致了更大的损失。这个农村俗语形象地比喻了某人因为节省了少量的盐，而最终导致酱料变质，从而得不偿失。在腌制咸菜的过程中，盐是必不可少的作料，如果盐放得太少，酱料就会变质，最终导致整个腌制过程失败。因此，这个表达用来警示人们不要因为贪图小利而造成更大的损失。

"有理走遍天下，无理寸步难行"，意思就是说只要做事情有道理，无论走到哪里或做些什么，都会比较顺畅；如果做事蛮不讲理，在社会上就会处处碰壁。

"不怕贼偷，就怕贼惦记"，字面意思是贼如果只进行一次性的偷窃，虽然会造成一定的损失，但这种损失是可见且有限的。如果贼开始长期惦记、观察目标，那么他们就有足够的时间和机会深入了解情况，寻找弱点，最终可能导致更为严重和难以预料的损失。用来比喻在人际关系或其他生活场景中，被人长期算计可能带来的心理压力和潜在风险。这种持续的关注和潜在的威胁，往往比一次性的攻击更加危险。

"和人不睦，劝人盖屋"，意思是与别人有思想隔阂，就劝说他盖新房。指盖新房最能使人劳累伤财，不得安生。

"人闲生病，地闲长草"，意思是说人不能太闲散，一定要有事做，在忙碌中不会生病。土地里一定要种植庄稼、花木，否则闲下来的地里就会长满杂草。

人性篇

老家人有着勤劳质朴的天性，也有着敦厚善良的特质，这些都是中国人所持有的传统美德。"百人百性，百鸟百音"，在农村有很多反映不同人性的俚语或者土话，揭示了人间冷暖，道出了世态炎凉，反映了仁义礼智信，说出了阴险狡诈贪。人性恶与人性善交织在一起，绘成了农村人人性的画像。有些俚语弘扬真善美，但也有些土话揭示出假恶丑。

"马善有人骑，人善有人欺"，是说一匹温顺听话的马不会咆哮踢人，人人都想骑它。比喻一个人老实善良了就容易被欺负。

"用着人可前，用不着人可后"，比喻有的人需要你帮助时，对你笑脸相迎，甜言蜜语，一旦感觉你对他没有用处了，就会对你形同路人，轻视慢待。

"茅房里的石头，又臭又硬"，以前农村茅房里的石头肯定是又臭又硬的，这里比喻品德差的人蛮横霸道、强词夺理、死不认账。

"无利不起早"，是比喻一个人自私自利，凡事都想着自己，想着占便宜。

"花无百日红，人无千日好"，比喻人在一起相处时间长了，一定会发生矛盾。"百日床前无孝子"，是说再孝敬的子女，也难以伺候卧病在床的老人三个多月。

"穷在闹市无人问，富在深山有远亲"，如果是穷人，即使住在闹市中心也没有人搭理你；如果腰缠万贯，即使住在深山老林里，也会有亲戚去看望你。是说人都有嫌贫爱富之心，都有攀附权贵之意。

"脸皮厚，吃块肉；脸皮薄，捞不着"，是说有的人脸皮厚，为了达到目的，不顾尊严，不怕人笑话，硬占硬贴硬缠。"是亲三分向，不亲另个样"，是说人们之间的亲疏关系决定看法和态度，在农村这种现象特别明显。

"一人难称百人心意"，是说一个人说话和做事不能让每个人都满意。生活中你帮助一个人会得罪很多人，你表扬一个同志，会让很多人心里都不舒服。

"饱汉子不知饿汉子饥"，表面意思是吃饱了的人不知道挨饿的人还在饥肠辘辘。在实际生活中，这一字面意义已经基本消失，人们多用作比喻处在优越境地或得到物质或精神满足的人体会不到别人的艰难和痛苦。

"谁的拳头硬谁是老大哥"，这一说法开始源于农村，就个人来讲是力气大的有话语权，就家族来说，是兄弟多的家族具有话语权。实际上反映了实力至上的竞争观念，即认为在竞争中实力最强的人或团体占据主导地位，在实力对比中，实力较强的一方可能拥有更多的影响力或决策权。

"师傅领进门，修身在个人"，是说学东西或者学技术，师傅只是教你怎么做，要做得好、要发展得好，还要靠自己在勤学苦练中领悟到发展的路径。也有人说："有状元徒弟，没状元师傅。"

"一辈子同学三辈子亲"，比喻同学之间的感情可以延续到三代人。这种友情延续是因为以前读书人少，一同读书结下很深的感情，相互走动着，子女一代和孙辈都有着联系。到第四代感情就淡了，关系也就断了。现在，几乎人人都能读大学，同学之间的感情也不如以前那么珍贵了。

"仨钱里不给俩钱里说话"，是说物以类聚、人以群分，无形中形成了不同的圈子，即富人与富人相处，穷人与穷人相聚，也比喻人的势利观念。"撑死大胆的，饿死小胆的"，意思是指敢于冒险的人可捞到许多好处；胆小怕事、谨小慎微的人，不敢越轨半步，往往得不到一点好处。

"心比天高，命比纸薄"，意思是虽然有远大的抱负，但是时运不济，出生就贫贱，无法施展自己的抱负，所以一直都很卑微。

"强龙不压地头蛇"，强龙比喻力量强大的人；"地头蛇"是指在当地有势力、横行霸道的人。这句俚语是说虽然外来实力强大，但也压不住当地的势力。"黄鼠狼给鸡拜年，没安好心"，这是伪装善良，实则包藏祸心。

"不见兔子不撒鹰"，字面意思是没有看到兔子就不会撒鹰，比喻在没有明确目标或时机不成熟时不会轻易采取行动。这个成语用来形容人做事稳当、沉着稳重，有时也可能带有贬义，暗示人的阴谋。

"人过四十天过午",过去生活条件差,人的寿命都短,过了40岁身体健康就不行了,如同太阳西斜。也有"人过四十往下衰"的说法,都是一个道理。"留得青山在,不怕没柴烧",比喻只要还有生命或基础存在,就有未来和希望,即使暂时遭受损失或挫折也无伤大雅,最终仍能恢复或取得成功。

"朝里有人好做官",比喻与自己关系亲密的人掌了权,自己也能得到推荐和重用。这当然是封建思想,但在现实生活中仍然有影子存在。

"打破砂缸'璺'(谐'问')到底",在农村,以前用的容器以砂缸为主,大砂缸容易被碰到,因为有一定硬度,碰得厉害,会从上到下裂一道纹,老家人称"璺",取其谐音,叫"问到底"。这里比喻一个人对一个问题的执着,非要探究事物的根源,有褒扬的含义。

"兵强强一个,将熊熊一窝",意思是说领头的当家的不行,下面的人都不行,这里强调了领导的重要作用,强调了个人与集体的辩证关系。

"子不孝,父之过",意思说孩子不孝顺,与家长有着直接的关系。由于父母过于溺爱,不能正确引导,致使孩子行为上的偏执。"阴来阴去阴成雨,病来病去病死人",是比喻事情反复酝酿,终究会形成一定结果;人有了小病不治,终会形成大病。

"要想人不知,除非己莫为",意思是要想别人不知道自己做的事情,除非自己不去做。指干了坏事终究要暴露。

"没有不下雨的天,没有不透风的墙",世上没有瞒得住的事,指再机密的事也会泄漏出去,没有永远的秘密。"天要下雨,娘要嫁人",意思是比喻事物发展不以人的意志为转移,有其自身的客观规律。

民族的就是世界的,以上所收集的苏北农村俚语、俗语,老家人称为"土话",既来自民间,又来自全国;既有一地所用,也有的在全国乃至世界都耳熟能详。有的因为没有了语言环境,渐渐退到了历史的角落,有的依然存在着现实意义。以上简单分类,却也是相互关联的。当然,还有很多俚语依然散佚在民间,需要人去收集、去抢救。因为随着社会和文化的发展,很多俚语会渐渐遗失。

父亲的手艺

弟弟在家庭群里说，今年是父亲100周年诞辰。一般纪念诞辰都是对伟人名人而言，父亲只是一个普通农民，虽然在周围十里八村有一定名声，很多老年人提及父亲还都认识且能说出父亲在世时的诸多事情。纪念老人百年诞辰，永远铭记和怀念父亲，当是现在大家庭里46人的情之所系。父亲的音容笑貌、执着勤劳、善良义气、心灵手巧、谦恭忍让、与人为善、正直坦诚、殷殷嘱托……都应该念兹在兹，永记在心。弟弟的一句提醒，让我想起回家翻看以前的老户口簿，才准确知道父亲出生于1923年5月13日，今年是百年诞辰。追思父亲，便想起了父亲生前的诸多往事。

以前曾经写过几篇纪念父亲的文章，为亲人们收藏阅读。今天想写写父亲的手艺，以此回忆父亲生活的年代、生存之地的乡村符号。记录下父亲的智慧和手艺，让后人在了解先辈的人生经历的同时，传承父亲勤劳节俭的品格和善于创造的本领，让家人们记住过去，珍惜当下，创造未来，做到代代相传，形成家风。书写父亲的手艺，自然会想起小时候用过和用过多年的与农村生活、生产息息相关的手工制品来。

据同族老人讲，父亲很小的时候就成了孤儿，20世纪二三十年代的孤儿的生活有多么艰苦，只能到电影电视剧中寻找参照了。父亲艰难地活下来并把我们兄弟姐妹7个抚养成人，又能培养出几个当年的大学生，且现在父母的后辈三世46人都生活和工作在不同的城市，是何等不易，又是何等伟大。我在老家读书、工作和生活了30年，与父亲一起相处干活的时间多一些，同时父亲晚年卧病在床时我伺候老人的时间也多一些，自然对父亲的了解更深，就想写写父亲的手艺。当然，因为当年农村的封闭落后和自给自足的生活生产方式，多数人都会一些制作手艺，手手相传、口口相传，但能像父亲把一些手工方式上升到艺术水平的不多。其实，现在想想，父亲的手艺多数为生活所迫，也是为了让日子过得更好一些，在生活中习得的本领吧。回忆性地写下父亲的几项手艺，既是对老人的纪念，也是对当年农村历史的还原和描写。后辈们可从中得知先辈的勤劳和艰辛，读者可从中了解当年农村、农民的生态。

搓绳打缗

记忆中，老家农村生产生活中都离不开绳，而绳又分为苘绳和麻绳。当年农村生产力落后，仍处在手工时代，生产仍以手工业为主，生产生活中捆绑扎固等都离不开绳。父亲的手艺之一便是打绳和搓绳。记得读初一时，我跟父亲学会了搓稻草绳，上学时带几把捋好的潮湿的稻草，放学回来便带回稻草绳团成的小球。下课后同学们看我搓绳的场景仿佛仍在眼前，现在想想，那可能也是一种劳动教育吧。

我小时候，每年的春季，父亲会在院落的角落里垦一片地，撒上苘籽或者麻籽。因为苘籽和麻籽都细小，只能掺在草木灰或者沙土里，均匀地撒在土里。所以，农村对于种植葱、苘、麻、胡萝卜、芝麻等都称为撒，方法都是一样的。一场春雨过后，这些可爱的生命便开始在阳光雨露中破土、发芽、吐叶、成长，慢慢呈现叶的谦逊、花的美丽、绿的妩媚。雨水足的话，苘和麻都能长一人多高。等到晚夏初秋时节，父亲会把苘或者麻从根部割下，按长短粗细分好捆好，放到院前水塘里或者是生产队积肥池里沤泡。其目的是去其生、去其青、去其性，让秆与皮容易分离。20天左右，父亲将泡好的苘或者麻一捆捆捞出来，晾八成干，开始进行秆皮分离。这是件很有意思的活。找一块宽敞地，打扫干净，在地面楔入耙齿或者硬木橛，取一根苘或者麻，从根部将表皮和内秆分开，在耙齿或者木橛两边一拉，一边是长长的苘皮、麻皮，另一边是光洁银白的苘秆、麻秆。父亲把一把把苘或者麻分类扎好捋好放好，再放到水里浸泡，之后可以晾晒干放好，等秋忙过去准备打绳或者搓绳。当年的大集上，就单独设过苘行（híng），有卖各种苘绳麻绳的，也有卖苘和麻的。这个过程说起来简单，真正能做好也是一门好手艺，父亲就是靠这个手艺赢得同龄人佩服和尊重的。

秋忙过后，生产队会组织打绳，父亲是指导老师。他指导人把苘和麻湿好，之后用摇柄或者平板车轮子捻搓成一股，两股合一，就成了粗细不一、用途不同的苘绳、麻绳。如牛马的缰绳、拉犁耙的梗绳、拴牛马的撇绳、打水的井绳、固定东西用的绳索等。自己家里织东西用的苘绳全都是父亲自己搓的。有几年我们家里织稻草片卖，搓稻草绳成了家里每个人空闲时间里的主要活计。搓绳的技巧是要有手劲且手劲要匀，另外续苘麻或者续稻草也有学问在里面。做得好，一条绳粗细匀称、表面光洁，看不出茬子。记忆中，在不忙的下雨下雪天，经常有村人向父亲学习搓绳。

编织囤筐

这些农村以前家家都有的容器现在寻不着了，在我们村里，父亲去世后很少有人会编织囤和筐。父亲是个有心人，是个心灵手巧的人。我家老院子前面有个池塘，我记得小时候雨水足，池塘里常年有水。父亲便在北坡栽上白蜡条，南坡栽上紫柳槐，这两种木本藤条植物耐旱喜涝，易于成长。紫柳槐的花是紫色的，开花时散发出一种别扭的香气，引得野蜂嗡嗡作响。记得春季的一天，父亲会到集上买些紫柳槐和白蜡条子，剪成10厘米左右，每段有两三个饱满的芽子，放入水中浸泡三四天，待木质完全吸收了水分，拿出来插到池塘北坡土壤里，不多久，不经意间就会发现露出了嫩黄的新芽。紫柳槐和白蜡条子都长得很快，晚夏时节，等它们长到一米多长时，父亲便割下来，晾晒后用来编织各种农村用具，像杈子、条筐、盛装粮食的粮囤、盛菜的菜篮子、平板车两头遮挡的折子。白蜡条长几年，树干笔直挺拔，也是制作生产工具把手的好材料。父亲一般会在一墩里留下一两株，让它们长大制作生产农具的把手。等长到直径5厘米左右时，把白蜡条黄青色的外皮剥掉，放在阴凉通风的地方风干，晾干了的白蜡杆子光洁滑润，握在手里有一种舒适感。之后制作成割草的铲把、铁锨把、抓钩子把、篮子把等。光洁滑润的木把、前端明晃晃的铁锨，达到了天人合一、物人相通，那是劳动艺术的见证。有时在一起聊天时，邻居就会让父亲给他们家留一个铁锨把、锄把等。在我的意识里，只有心灵手巧的父亲才能打磨出和拥有这种通灵的生产农具。那几年里，一墩墩紫柳槐和白蜡条引得鸡鸭鹅天天钻来钻去，经常落蛋，也就经常有两家人为了一两个鹅蛋吵架。也有的青年男女夏天的傍晚喜欢跑到白蜡条下面谈情说爱。经常有谁家的家禽找不到了，到池塘边来找。不知是哪一年，因为有青年男女在白蜡条丛中谈恋爱出了事，双方父母都找上门来，说都是树丛造成了有伤风化的环境。也有妇女嫌树丛引来了那些鸡鸭鹅的丢失和落蛋，经常埋怨。不得已，父亲把这些紫柳槐和白蜡条子全部刨了，省却了很多麻烦事，也刨掉了农村生活中的一份诗意和美好记忆。

我见过父亲编囤筐。在不忙的时候，父亲清理出一片场地，用刚割下的条子直接编织盛粮食的筐。编织前，如果条子失去水分，就放入水中浸泡。浸泡时间过短，条子易断；过长，条子的外皮容易脱落，制作的成品不结实。这都有个时间把握。盖屋先打基，编囤先编底。囤的底部多用粗壮一些的条子，之后一圈一圈往上编，越往上，紫柳槐条子就越来越细，收边时又用粗条子编织。整个囤编好需要几天时间，形状为椭圆，底部和顶端小一些。编好后晾晒一下，之后开始粉刷内部。找一些沙土，掺一些麦糠，或者从剃头铺要一些碎头发。条件好的也可以掺一些白石灰，在里面粉刷一层，起到防潮作用。这样，每年麦收过后，囤中有粮，心中不慌。所以，编囤也是在编织美好生活之梦。

我给父亲打过下手，亲历了编囤编筐的过程。没有模具也没有样子可模仿，全靠父亲自己想象着编，自然需要眼力、手力和想象力。父亲编织的筐和篮子形状好、结实耐用，不仅满足了我们家用，有时还送给邻居家。有一年暑假，我带了两只筐到集上去卖，一只筐卖了两元钱，也是一种收获。给父亲买了一瓶酒、一包烟，父亲高兴地把剩下的钱奖励给我了。现在，父亲已不在世间，他的手艺现在也不需要了，随着农村生产生活方式的变化，小麦、玉米等粮食都是机械化收种，直接从地里进了粮仓。

编织箔栅席

箔、栅子和席是当年农村生活中用得最多的东西，百年过去，这些名称和做法都已尘封进滚滚历史长河中，了无踪迹。丰县北关县城有条街叫箔市街，半个多世纪过去了，虽然没有了任何与箔有关的东西，但名字没有改。我小时候经过箔市街，记忆中两边的门店里摆满了各种箔。不知为什么，箔的量词叫领，织一领箔需要几捆高粱秸。父亲虽然高度近视，但他的听力好、手力好，秉持着"慢工出巧匠"的信条，还有着"未雨绸缪"的思维方式。如织箔前，先到地里看看哪些高粱秸粗壮，哪些没有被虫子咬噬过。等砍高粱秸时，父亲都很小心地一一放倒，一捆捆扎好，放到屋山头下晒着。不让雨淋，不让羊啃。待到秋忙完，把高粱秸去掉上端，去掉表层，把根部削好，整齐划一地放好。凑着院子里的大槐树，在不远处搭一X形架子，在架子和

槐树之间用绳拴一根粗椽子，使其成 H 形。之后找 12 块整砖，把搓好的细苘绳缠绕在砖上。用尺子在木椽上量好间距，做好记号，之后搭绳，两端各放一捆理好的高粱秸，一反一正开始编织。高粱秸基本上粗细一致、长短一样，这样的箔才能平齐好用。织好的箔可以用来铺床，可以用来做屋里的隔断，可以用来做盛红薯片的容器，还可以在外面用来晒棉花、晒萝卜片，可以用来盖屋时苫屋脊……我中学时，就是带着一领箔和被褥住校的。虽然多年过去了，父亲织箔的情景历历在目；虽然各种各样的箔早已不在，但对父亲的怀念和感激一直在心头。

织栅子和织箔的过程和工序是一样的，只是用料不同。织栅子用的麦秸不能用石磙轧，父亲提前到各块麦田地里看看，看到那些秸秆粗壮的麦子，在熟透后用镰割下来单独放好，把麦穗头捶下来，把麦秸秆捋好，晒干捆好放起来。织栅子时在麦秸上洒些水，让其潮湿变韧，避免折断。木框床上铺箔，箔上面铺栅子，栅子上面铺席，席子上面铺粗布被褥。人睡在上面，身体舒坦、心里踏实，嗅着淡淡的麦草气息，连梦都是绿色的了。

父亲还会编席，这是很多人不会的。老家院前池塘角落里的竹子父亲去世后还生长了好多年，那是父亲编织席子的原料。每年的秋天，父亲把竹子砍下来，用镰头刀破好，在水里泡好，去其性、去其硬，再把内瓤去掉，使其形成薄薄的竹篾。第二年的暑天农闲时，在一片干净的地上，父亲开始编织席子。编织席子准备竹篾很重要，厚薄要一致，不能有茬子，这样编出的席才光滑整齐。夏天的夜晚，取一方席，在大树下听蝉观星，消夏聊天，谁能说不是那一辈人的诗意生活。如果当年艰苦生活里有诗存在，父亲就是农村生活的杰出诗人，当年的人感觉不到，现在的人写不出。

做砖坯、墙坯

执着而善学，是父亲的性格特点。在我的印象中，父亲会的手艺很多，都是他在生活中习来的。我曾经帮忙和参与的手艺与劳动之一就是做砖坯和墙坯。父亲年轻时受过很多苦，养成了不怕吃苦的性格。20 世纪七八十年代，农村经济不发达，家庭人口又多，盖房子是很多人日思夜想的大事。因为买不起砖头，父亲便想着自己做砖坯和墙坯替代砖头。为此，他专门到砖窑厂义务劳动，跟着学做砖坯技术。在春天不太忙的时候，父亲开始准备做砖坯。首先备土，父亲跑遍周边的沟沟坎坎，寻找黏性高的淤土（老家称胶泥），这种泥土做出的砖坯坚硬，只要不见水，寿命很长。其次，开始收集草木灰，给左邻右舍商量，把烧饭时的草木灰保存好。到麦场里找一些头场麦子轧下来的麦糠作为"洋筋"。当这些都准备好之后，找个地势高、光照好的宽阔地方，把地面平整好，开始和泥。先把淤泥和麦糠拌好，之后加水，边加水边用抓钩翻土，之后再用铁锨一遍遍翻，让其匀称。和泥也很有学问的，泥、麦糠和水的比例要适中，一般都要反复试几次。泥太硬，砖坯干了会开裂，影响质量；泥太软，砖坯在晾晒过程中会变形，影响使用，所以一般砖窑厂多用沙土，做砖坯容易，且不容易变形，需要晾晒时间短。做砖坯前，父亲在地面上按行列撒些草木灰，后来才知道是起到砖坯与地面的隔离作用，砖坯干了不容易与地面粘在一起。之后在一条坚固的长凳上放好砖坯模具，一般有四个隔开的砖形长方盒，先用泥水刷一下，之后在方盒周边撒一层草木灰，再接着上泥，就是把四个方盒填满，用一长形薄钢板从一头来回抹几次，确保上面平整，用力端起来，按大致标好的行列快速翻过来，快速放在地面上，轻轻往上抽模具，方方正正的砖坯便排列在阳光下了。父亲的眼力好、手力好，做成的砖坯横平竖直，像一排排列兵，甚是好看。

  记得父亲做砖坯时，总有村人嘴里叼着旱烟在那里陪着说话。有的人想试试，结果做不成形，引得其他人笑着揶揄他。而我那时年龄小，也只是提提水，送些草木灰，其余的时间便是看父亲一盒一盒地端着砖坯晾晒。做好的砖坯要提防猪羊狗鸡鸭鹅从上面跑，所以我要拿根竹竿在那儿看着。为了打发时间，多半会带本课外书，坐在旁边的板凳上，不时撵赶近的牲畜。做好的砖坯怕雨淋，所以父亲选择做砖坯的时间都根据往年的天气情况作为参考。一般春天雨水少，春夏之交阳光充足，便于晾晒。就是下雨，春天的雨量小且时间短，对砖坯影响不大。过上十天半月，父亲开始起砖坯，用一把铲子贴着地面轻轻分离，之后小心翼翼地一层层垒起来，既要确保透风，又要确保稳固。由此可知，人间事事皆学问，垒砖坯着实不容易呢。垒好后，用麦秸苫好盖好，如同苫草屋一样留出檐子，避免夏天下雨淋湿。一年过后，淤泥做成的砖坯晒透了，非常坚硬，用在屋山头，外面用石灰一粉刷，也是多年不变。这些都凝聚着老百姓多年的智慧。做墙坯的原理和砖坯一样，只是因为墙坯厚重，模具一次只能做一块，是在地面上做，和泥用的"洋筋"是质量好的麦秸，墙坯因为重只能立着晾晒和存放，不能垒起来。但晾晒透的墙坯也非常坚硬。

  除了上面说的这些生活用品的制作手艺外，父亲还会一些乐器，如三弦、

二胡、扬琴、唢呐、架子鼓等，除给村人带来精神上的快乐外，也引得很多人拜我父亲为师。当年竟也有两个学成的，在20世纪70年代，因为这门手艺进了县剧团，吃了"皇粮"。只可惜我们弟兄几个都没有继承父亲的手艺和才艺，没让父亲的演奏艺术传下来，每每说起来，亲人们总有很多遗憾。

　　父亲的这些手艺都是自给自足农村生活中的一个缩影，是为了更好地生活。父亲心灵手巧，把这些制作方式变成了手艺。我见过，参与过，但终究没有学会和传承下来。随着社会的发展，这些手艺也只能永远存在于文章中了。

　　父亲百年诞辰，百年来，世界变化之快，中国变化之大，无法简而言之。父亲已去世25年，25年来，我们家发展之大，人口增长之快，也是父母没有看到和想象不到的。本打算集中亲人们举办一次追思会纪念父亲母亲，终因亲人们天南海北，都忙于工作和生活，未能如愿。暂且以此文纪念，等下半年约亲人们相聚于丰县，睹物思人，共忆父亲之功。

清明至　心未远

那么多年了，除了在外地上学的几年外，每年的清明节我都会回去上坟。父亲在世时，由父亲领着，父亲年纪大了，由大哥领着。而今年定好了时间，约好了亲人，准备好了祭祀物品，期待着亲人们一起饮酒忆双亲，却因事止步。因此，心中多了一份遗憾，更有了几多怀念，心绪又飘向了有着广袤田野、有着垂柳依依的弯弯河道，有着满地油菜花香的农村老家。

在我们老家，坟地被称为"林"，这源于古时候农村的风俗传统。当年大家族既讲究群葬，又讲究风水，还要让后人能找到祭祀先祖的地方，于是一坟一树，慢慢地就形成了树林，这就是祖坟被称为"林"的来历吧。坟地多栽柏树，因为柏树树龄长，耐寒，生长期慢，且常青，也有着很好的寓意。以前春节时农村最受欢迎的对联就是："福如东海长流水，寿比南山不老松。"大户人家多讲风水，而普通老百姓就随便在自己家的地埋葬，子女这一代还能记着，到了孙子、重孙辈便找不到也不再找。我家是普通人家，老爷爷以前的事已无法得知，虽然有家谱在族人那里，也没有机会去查一查。兄弟姐妹都知道的爷爷是独子，父亲是独子，奶奶逃荒要饭死在了外地。我们家的祖坟现在可能就埋着曾祖母、爷爷和父母。爷爷去世很多年了，后经多年"沧海桑田"，坟茔早已成为平地，且是埋在邻近的村庄。听老人讲我们家当年就住在那个村子，地也是我们家的，于是爷爷就埋在那儿了。后来，农村土地承包，祖坟在别村别人的地里，但幸好都是同宗同族，便没有迁移。爷爷的坟地是同族年长者回忆指定的，于是父亲每年带我们兄弟几个到那儿上坟，也就是在附近路边焚纸祭奠。因田地耕种变化，又没有参照物，每次都找不到地方。后来我就从一小十字路口往北走数到138步左右，在路的右边往地里15米的样子。直到1998年父亲去世，在族人的帮助下，才找到了

埋葬爷爷的地方，父亲的骨灰得以安放。近百年的时间，找爷爷的坟地很难，村人运用了传统的考古方法。确定好大体位置，根据古时候埋葬习俗，一层层对土质观察，查找腐朽的棺木在泥土里留下的印痕。老人讲，当年这附近有菜园、磨坊、土井。有的寻找祖坟时还会到找到遗骨为止（以前都是土葬）。按农村风俗和传统，薄养厚葬，因此在经济发展后，农村一度兴起"认祖归宗"、整修谱牒的热潮。

也是听老年人讲，我家祖坟算风水宝地，属于轿子形，就是两侧不远处是两条大路，后面是一条路，且附近有河。后来，及至家里出了博士、硕士和本科，在老家更加迷信地认为我家祖坟风水好了，族人和村里老人去世后墓地大都选在这里。至于是不是这样，听了村人的叙说，心理上也有种宽慰吧，也就更加思念自己的父母。

父母不识字，勤劳善良，靠两双手、靠吃苦节俭，把我们兄弟姐妹7个抚养成人，长大成家，这在农村是非常不容易的。儿子盖屋娶妻、女儿出嫁陪送、子女上学的学费、人情事礼的花销、老人的看病住院、种地的化肥农药……在我的记忆里，父母不是在地里干活，就是在去干活的路上。父亲本是个多才多艺的人，本应该在县文化剧团吃上"计划"（计划经济年代，国家公职人员的一种待遇），但因文化程度低，更因要养活一大家人，才放弃了县城里的梦想，回到农村种地。所以父亲说再苦再难也要供我们上学。为了我们的学费，他到处借钱，说尽好话，尊严受伤，但只要看到我们背着书包去学校，嘴角就会露出一丝微笑，仿佛看到了未来幸福的日子。记得父亲常对我们说的一句话就是："只要你们好好上学，就不断（缺少）你们的纸和笔。"还记得我读小学时父亲顺路到村小看过我，那时的父亲是伟岸的，高大的，慈祥的，满头黑发。我毕业后，父亲也到我工作的镇中学找过我，那时的父亲腰弯了，步履蹒跚，三步一喘，满头白发，现在想想很心酸。父亲生前喜欢喝酒抽烟，我在学校教书时经常回家帮忙干农活，每次我都会给父亲带回酒和烟。所以，父亲年老时，坐在院子里最盼望的是听到我自行车的铃声和推开院门的咯吱响。父亲高度近视，但能听出是谁来了，听到我的喊声，自然期待着我买的便宜烟酒。父亲去世后，不管春节还是清明，我们都会以酒祭奠于坟前。而今年的清明只能遥祭父母，电话告诉大哥代我们几个添土祈祷。

母亲的伟大是写不完的，伟大的母亲怎么赞扬都不为过。我的母亲是伟大的，虽然生在农村、长在农村、长眠在农村，但留给我们的除了无限的思念，还有勤劳节俭的习惯、执着坚忍的精神、热情善良的品质。我以前当老师时，因在农忙时节经常回家帮忙，与母亲一起的时间多一些。记得麦收时节，又收又种，抢收抢种。黎明时刻，母亲早于我们起床，做好早饭、喂好猪羊、放了鸡鸭、收拾好农具，才叫我们起床。有时候自己先去劳动了，等我们到地里，母亲已经割了很长距离麦子了。收麦时节，中午很少回家，也是母亲给我们带饭来，多是馒头、鸡蛋炒咸菜、白开水。就是这些，母亲也不舍得多吃。到了晚上，我们回家了，母亲仍然要在麦场里忙到很晚。母亲有着执着的品格，这是我们兄弟几个都继承了的。凡是认准正确的事，母亲会坚持不懈地去做。为了盖新房子，母亲一年四季都抽时间拉土，晚上挤时间自己砍盖屋用的片材，一有时间就四处拾垒墙填圈用的碎砖头。不知是用了三年还是更长的时间，我们家终于盖了四间土瓦房。母亲是善良的，也很有眼光，不但倾家之有供养我们上学，还力所能及地接济别家的孩子。那时农村太穷了，都认为供孩子上学是白扔钱。邻家一个男孩连伙食费都缴不上，每次回来要钱抹眼泪时，多数是母亲给他七块八块的。孩子母亲在感谢我母亲的同时会骂她的儿子是榨油机。后来男孩考上了中专，分到了苏州工作，以前回来时总说要孝顺我母亲。还有一个村里的男孩，第一年落榜，在家里种地，也是母亲劝他说不要只看眼前，还是上学好，有出息。"你看你二哥（我在家兄弟排行老二），也没考上过，后来蹲级（复读的意思），不也考上了吗？现在当老师，也吃计划了（计划经济年代）。"那男孩回家哭着闹着要继续上学，后来也考上了。母亲虽然去世 10 多年，但母亲的伟大回忆不完，也写不完。

又到清明，情有所系，心有所思，遥望远方，油然想起父母，难遏感伤、怀念，以文祭奠。

5月29日的思

5月29日的天气总是阴的吧，至少近10年来每年的这一天大都是这样。12年前的5月29日，田野里金黄色的麦浪在夏风的吹拂下翻滚着，舞出收获的喜悦。5月的绿，透着初夏的生机与活力；5月的热，热而不灼；5月的雨，凉而不疾。5月29日本是个让人惬意的日子，可是母亲在这一天离我们而去，这一天也就成了母亲的忌日。每年的这一天，我都静坐家中静思，回忆母亲生前的辛劳，还有母亲的为人处世。关于母亲的伟大，已经在书里文中记录了很多，又到5月29日，坐在书房里沉思，便又想起母亲生前勤劳和忙碌的情景。

每年5月底，农村都忙着"过麦"的事体了。虽然麦收在望，而当年农村的很多家庭都处在青黄不接的阶段，都盼望着快快打场，快快吃上新麦白面馒头。有的人家实在等不及了，就把刚刚灌浆饱满的麦子先割了一些，在家里院子里晒干，捶下麦粒，赶紧到磨坊磨了面粉让一家人吃上好面。在20世纪90年代，母亲也曾这样为我们一家10口人的吃饭问题不停地操劳着。其实，收麦前的日子是难熬的。槐花榆钱已经过去，瓜果蔬菜都没成熟，粮食囤也都空了，很多家庭都会因为吃饭的事吵架打架，而我们家在母亲的精打细算中，总能勉强接上新麦下来。记忆中我们兄弟姐妹多数是在饥饿中长大的。记得母亲曾经从麦田里掐一些饱满的麦穗，搓出清新嫩绿的麦仁，烧一锅麦仁清汤。还记得母亲干活回来的路上，在田间地头掐两把银银菜（苋菜），到家支起鏊子，烙几张烙馍，把银银菜切碎用油盐拌好，放到两张烙馍之间，再放到鏊子上烙熟，热腾腾地散着清香味。母亲用刀切开，每人一块。喝着清汤，吃着菜盒，虽不能吃饱，但总留有美味充盈舌齿间。因为人多面少，等都分完了，母亲只能趁着热鏊子热一下剩馍，喝碗清汤了事。现在人们没有菜不能下饭，我的记忆中，母亲很多次都是吃点馒头喝些茶水就算一顿饭了。

到了5月，天热母鸡便会歇窝，不再下蛋。于是从4月开始，母亲就会存些鸡蛋腌起来，当作过麦时的主打菜，有时还会腌制一些鸭蛋鹅蛋。为了确保腌制的质量，母亲用铅笔在蛋壳上标上放进去的时间，那时家家都有腌咸菜的缸，鸡蛋也多数放到咸菜缸里，腌制好的鸡鸭鹅蛋会沉下去。平时不忙时一般舍不得吃，等真正麦忙时刻，烙馍卷咸鸡蛋是农忙时刻三餐的一种期盼。

"紧手的庄稼消停的买卖。"麦收期间，有时忙起来是顾不上回家吃饭的，多是母亲忙到中午回家做饭，之后送饭来，便有了馒头、咸鸡蛋、咸鸭蛋、炕咸鱼，再加上凉好的白开水。我们到地头上的树下从井里打一桶凉水上来，洗洗手和脸，坐在树荫下便开始吃饭，而这时母亲却去地里干活了，或者捆麦子，或者割麦子，一刻也不闲着。我们干活时都戴着草帽和套袖，而母亲只是顶条毛巾，草帽也不舍得买，是为了省我们的一个本子钱，省一度电钱。母亲用勤劳和节俭让我们兄弟姐妹都成了家，都有了自己的家庭。

社会发展很快，母亲去世12年了，我们大家庭里添了七八个孩子，添了房子、车子，生活都有了很大的变化，可是母亲看不到了。

今年的5月29日也是个值得记住的日子，我的孩子参加研究生论文答辩，顺利通过。我的小家庭里4个成人，3人硕士研究生，1人本科，这是母亲愿意看到的，也是老人当年供我读书的心愿，而文化程度的提高与生活的变化应该有一定的关系吧。

年年岁岁花相似，岁岁年年人不同。今年的5月29日，静坐书房，记下了须臾的思绪。

怀念勤劳的母亲

此文是弟弟所写，因有着同样的怀念之情，征得弟弟的同意，收入本书。

每个人都有母亲，每个人都会对母亲充满深情，也都会尽情地赞美母亲和那份伟大的母爱。只是，歌颂母爱之余，还应借此寻找上代人的美好品质，以此传承下去。已经5个年头了，一想起母亲已经不在人间，我就悲从中来，一阵心痛。自从母亲去世之后，我于痛苦之中反复自问：母亲究竟给我留下了什么？我反思自己的行为性格，终于找到了，这就是——勤劳。这是母亲留给我的最宝贵的精神财富，对我影响至深。我出生时候母亲已经30多岁了，此前生活在懵懂的年龄中缺少关于母亲勤苦的直接感受，但是自从1980年之后，我对母亲勤劳的认识逐渐深刻起来。

一、奔波于田间

自从1980年家乡分地以来，到母亲撒手而去正好30年，这是让我刻骨铭心的一个时期。我见证了母亲辛勤劳动的30年，感受到母亲付出了一般人难以想象的辛劳困苦：养育一大家人，日夜操劳。虽然由于长年上学，我作为一个追思者，也只能记述所知晓的其中一点点而已，但我认识的一点点就够我琢磨几十年了，我怀念那一份勤劳，自觉吸取了那一份改变我的精神力量。

分地之后，母亲的勤劳充分体现出来。我们家庭人口多，地分得多，大概有10多亩，分散在8个地方。此前多年父母在外奔波，回来之后又在生产队忙碌，勉强维持温饱。有了自己的土地，让母亲分外欣喜，由此激发了巨大的干劲。家里劳力很少，姐姐出嫁，我和哥哥上学，只有母亲一个人长年在家，因此承担了大量劳动。

20世纪80年代，丰县城北的田间劳作是让人备受折磨、劳累不堪的，母亲一直不怕苦累地坚持着。那时牲口和机械还不是非常普及，农村干活主要靠体力，春夏秋冬除了冬季稍微放松一些之外，农民都有忙不完的农活。最不堪忍受的是那些重体力活。比如麦收和秋收，所谓"麦忙不算忙，秋忙忙断肠"，仅仅一个三夏大忙就几乎把人累得散架。麦收季节，往往四点多就得起来割麦子，不停地割，还要收、捆、装、运、摆、垛、压、脱、堆、晒、装十余道工序半个月完成，麦子收回家，夏收基本才算结束。但是几乎同时又有种棒子、点豆子，以及栽棉花、习红芋以及很多其他活计。母亲是付出最多的，不仅要带着我们干活，还要回家做饭，还要喂猪喂羊，夜里还要警觉着会不会下雨，怕雨淋麦子，一听到风声就赶紧起来，就跑到场里盖捆好的麦个子。我那时候经常晚上回到家在锅屋里躺下，一时不想起来，甚至喝汤时就睡着了，只感觉又累又困，实在受不了。但我不知道母亲怎么受的，没有注意，而且早晨5点左右喊我的还是她。

除了紧张的夏收之外，最累人的就是秋收季节，母亲更是没日没夜，白天连着晚上。我们跟着往地里送土杂肥、化肥，在地里掰玉米棒子，运出来，再往家里拉棒子，还有割大豆、拾棉花，很多地里的秸秆要靠平车一趟趟运回家里。母亲往往忙到很晚才回到家，又得一阵子做饭、收拾的工夫，到了休息时都是11点多，接着还得剥玉米棒子，熬到夜里1点多都很正常。秋收连续两个多月，忙碌得吃不好饭更睡不好觉，劳碌之苦不是一般人能够想象和忍受的。有一次，我从丰中回来拿钱，下午到家没有见到母亲，连续跑了几块地里找也没找着，家里羊和猪都饿得直叫唤，直到天黑很久母亲才回来了。她告诉我：在最远的北河掰棒子忙了一天，带了两个馍馍，中午让别人捎了一点水喝了，又接着干活，一个人忙到了天黑。我听了一阵心酸。

冬天的时候应该清闲一些，但是在地里还有活要做。比如浇水、种油菜。进入寒冬，冰冻三尺，大地萧索，风如刀割。有时候该我家浇水了，就得去田间忙碌。冬天的一个晚上，母亲喊我一起去，她看水浇麦子，我在机井旁边的沟里躺着，听着水声，以防停电好去扳电闸。我蜷缩于一堆麦秸之中，盖着大衣还瑟瑟发抖，母亲却是一路沿着水渠查看，还赤着脚到田里疏导水流。零下七八摄氏度的寒冬里，往往一走就是一夜，后来她的关节炎就是这样得的。

母亲对土地很会利用，总是想方设法让它多多产出。我大哥家的院子原来是一块自留地，我清晰地记得那是最为肥沃的一块地。地摊最北边，母亲在沟沿边上栽树，从沟底挖土覆盖到沟沿，挖了一人多深；其他在沟边的田地都被母亲在沟沿和沟里栽种了树木，地头也有，那些杨树、梧桐长势喜人，只要四五年就枝繁叶茂、高大挺拔。夏天在树下乘凉，一地浓荫，凉风习习，让人分外惬意。在最远的北河地，地东头，原来的罗河已经湮灭不见，只有一条作为和王菜园隔开的小沟了。母亲每年都在地头点上高粱。到了夏末秋初，只见一丈余的高粱在风中摇曳生姿，引来很多鸟儿。几乎每一块地都栽了树，母亲都注意修剪不影响别人家的田地。树木成材收获了很多，有的给姐姐打了嫁妆，给我做了家具。可惜，现在土地换了大哥耕种，那样的光景不复存在了。

二、操劳于庭院

除了在田里忙碌，母亲还得在家里忙个不停，更无闲暇。我作为儿子，本来该替着母亲减轻负担的，但是上学的理由使得我逃避太多了，把几乎全部的辛劳都推给了母亲。哥哥姐姐上学的上学、外出的外出，虽然都很心疼母亲，都趁在家帮着干活，但长年只有母亲一直在家守着，什么劳动、麻烦都躲不开，什么气还得受。母亲把所有的劳动一个人扛着，所有的劳累自己担着，以至于长期累得吃不多饭，睡不好觉，还得了关节炎、头晕症、高血压。

母亲主要忙着建设家园，忙着操办、打理家人的口食，还有牲畜的喂养，以及粮食秸秆的料理等。我记得上三年级时候，秋天了，有一段时间中午饭后，母亲老是让我去西边沟里挖土，装车拉来就铺在院子里。那些天午后去拉土，一车又一车，别的小孩都是跑到学校去玩一阵，我不能，心里很烦，可还得留下拉土垫院子。我上学去了，母亲继续忙里忙外，一天又一天，没有哪天闲得住。

农家人盼望下雨又害怕下雨，这种矛盾心态母亲更有，而且经常紧张的是家里场里晒着的粮食、秸秆、衣服等。夏天害怕收的麦子被雨淋，秋天更害怕棒子、大豆、棉花、柴火等遭雨。我记得非常清楚的是：秋季开学之后，中午回到家，一股干燥的气息弥漫着，只见满满一院子摊开的豆子，堂屋门口是晒着的棒子、绿豆、棉花、高粱。哪一样不是双手用力地捡拾、摊开、捶打、收起的？到了晚上，看着天色又得拾起来搬到屋里，实在放不下，只好在院子里用塑料布盖上；但是塑料布不够用，有些就用苇箔卷起。夜里母亲睡不踏实，只要听到风声就起来看看，忙乎一阵盖好才继续休息。

母亲心灵手巧，在雨天不能上地里做活，就做别的：剪裁做衣服或做鞋、打席。夏天连阴雨不能上地干活，母亲就为邻居剪布料做衣服，或者侍弄猪羊等。母亲会打席，这是一个技术活。据母亲说，以前在外地时候看到人家打席子，跟着学会了。母亲让父亲把北河的苇子割来，压了，晒干，破开，一条条地放置于一边，母亲就坐着慢慢编织起来，一般四五天时间就编好了，晒晒就能够使用了。那些年我们家不用买，自己就有了新鲜光亮的席子用着，使用好多年不坏。

冬天来了，该收的收了，该种的种了，母亲在家还是闲不住。这时候，在冬日暖阳下，门口的棉花开了，大片的雪白，很是惹眼。母亲在饭后喂好了猪羊，到门口摘棉花了，就算是一种休闲，因为不用那么紧张地劳累，还得以晒着太阳，真算是难得的享受了，已经没有闲空去串门去赶集走亲戚。还有冬天的衣裳被褥要做要拆洗要缝补，还有一些邻居送来布料要裁剪衣服，经常晚上还得熬夜纳鞋底、做鞋子。

母亲啊，怎么有那么大的能量呢？一个人，作为母亲，为了家，为了孩子，就能够产生无穷无尽的力量吗？在这个意义上，我毫不怀疑：勤劳这种精神能够变成生产力！

三、不过清闲生活

从20世纪80年代到90年代后期，母亲没有离开土地。只有到了晚年，因为照顾病倒的父亲以及为我带孩子，母亲才不得不把田地给了大哥。但是在家，她还为我们操劳，种了一院子菜，方便我和哥哥带回徐州吃；轧面条让我们带着；养鸡不舍得吃鸡蛋，攒了也给我们留着，甚至很多东西都是一再等着我们拿走。怕我不拿，她总是说："给毛毛（我的女儿）带着吃。"

我工作了，只要一回家，就是母亲分外忙碌之时，知道我要回去，她就得晒被子。年龄大了，抱被子已经很吃力，可还是每次都晒了，给我铺好床铺。回到家，不舍得让我干活，其实我爱劳动，但是母亲还是自己做，做饭、盛饭、洗刷，在没有吃完饭之际，又去后边老当院摘下她辛苦种植的蔬菜，有时候早早地起来去了。回来择菜、装好给我带着，还有面条等，似乎我在徐州生活很拮据。她反复说的是，没用化肥，没有农药，连小麦都是用水淘了再晒干去轧面条。唉，勤苦劳作的母亲唯恐儿女在外受罪，一辈子什么都想着别人，却对自己百般苛刻。

退回到庭院里，母亲依然勤劳不止：养鸡种菜忙个不停。她怎么就不考虑自己呢？勤劳还又俭省，多年来母亲一个人在家都是凑合，吃得极为俭省，自己种的蔬菜舍不得多吃，炒菜很少，鱼肉更不多见；我们带回去的营养食品都是一搁再搁，要不就送人，想着省得再买了。母亲过世后我们第一个清明节回家，看到过年时候带给她的东西还没有吃；至于红枣、蜂蜜，她嫌贵，大半年了，只吃了一点点，仍在那里摆着。

我经常想，母亲的勤劳从哪里来的？也许姥姥外爷的家风影响是一个原因吧，两位老人是我亲见的永难忘怀的善良、勤劳、俭省、慈爱的亲人。外爷80岁了眼睛看不清了还去割草、扫树叶；姥姥更是除了休息就是忙着，直到病倒起不来；另一个原因，我想，应该是家庭人口多，不得不拼命干活以求过下去，生活的压力很大，只能从土地那里求得收入，所以就终年劳苦不堪，这么坚持着，在土地上累了苦了30年！

母亲已经远走，我却不能忘记，她养育、教育了我30多年，匆匆地走到了另一个世界。我想，勤奋、节俭也成了我的一个性格特点，我这么多年来坚持在多个地方义务栽树共达1000多棵，包括沙漠之中和宝岛台湾；我创办环保社团也是在努力纠正社会奢侈浪费带来的污染；我坚持做着一些体力劳动，不愿意闲着，一直我行我素，这也许是被人嘲笑的一个落伍表现。现在很多追求成功渴望财富的青年人不稀罕什么勤奋勤劳，农村太多的人已经变得懒惰无为，依赖机械化，没有多少人再愿意勤苦耕作，勤劳似乎随着时代而远去。但是，不管别人怎么看，想到母亲的作为对我的激励，我就不能放下我的一贯做事习惯，就继续以我的勤劳生活方式告慰老人家的在天之灵！

因了曲艺

——访父亲的大徒弟彭历华

丰县开展第六批县级非物质文化代表性项目推荐，通知妹妹作为丰县坠子的传承人申报。妹妹把通知转给我，让我帮忙填写，于是不由得忆起了父亲及其为民间曲艺发展做出的贡献，便欣然答应了。认真看看表格，内容比较复杂，翔实填写有些难度，就想着去拜访几十年没有见过的父亲的大徒弟和还健在的父亲的一个师弟，目的是从他们那儿了解父亲年轻时的学艺经历和艺术传承，这样既能完成任务，又能给后人留下一些纪念先辈的内容和线索。

2023年12月9日，我约了弟弟和侄子回丰县拜访两位老人。几天前妹妹通过同行打听到了父亲大徒弟彭历华儿子的电话，我打电话联系，恰好老人在家，听说我们去看望他，心里非常高兴。开车到丰县，10点左右到了工农路北端的凤鸣花苑小区，见到了师兄彭历华。他跟着父亲学艺两年，后来进了丰县文艺宣传队，再后来在县文化局退休。彭历华今年90岁，去年患轻度脑梗，恢复得很好。见面后，他特别激动，拉着我们的手泣不成声，说几十年过去了，也没有去看望师傅和师娘，心中有愧。问我有没有师傅师娘生前的照片，我说这次没有带来，下次来时带着。他从离开我们家以后，再也没有见过我父母，大概也是因为当年生活都艰苦吧。让历华哥回忆当年他跟我父亲学艺的情景，他说经过几十年生活的沧海桑田，很多事都记不起来了，记忆深的都是一同度过的艰苦岁月。他说："你们想了解什么就问什么，我想想回答你们，因为去年得病记忆力受损，有些事不一定能讲清楚。"我说："大哥就先讲讲你跟我父亲学艺的经历吧。"停顿片刻，他便断断续续，几度哽咽，忆起了当年的情景。

他到我家拜师时才14岁，今年他90岁，推算一下应该是1957年前后。他说他来学艺时我大姐刚刚2岁，他吃住都在我家，就如父母的儿子一样。其实在过去但凡学艺，多数都是吃住在师傅家里，于生活中学和练，三年出师，都能学个差不多。1957年的苏北农村，多数人都处在食不果腹的情景里，生活之艰辛现代人难以想象。历华哥说我父母对他视如己出，白天一同出去捡柴火，或者一同到外面讨饭，那种艰辛不堪回首。古今对比，他说要感谢共产党，感谢毛主席，感谢邓小平，让人们都过上了好日子。

他说他还记得老家院子前面的池塘，记得夏天池塘的水满满的，记得我家西南角不远处有全村唯一的一口土井，还记得住在我家时的三间茅草屋。我告诉他现在唯一存在的只有那个池塘了，并且池塘南面我盖了一个院子。他说当年他家也是孩子多，穷得揭不开锅，他有个盲人叔叔，会唱些小段，他跟着叔学唱两个段子，父亲听他唱完，感觉是培养的料子，才答应收他为徒。多数时间里，他都是跟着父亲在周边的村子里靠说唱讨饭。当年的农村虽然都很贫穷，但听到有人上门说唱一个小段，也是精神享受了，乐意给几块红薯、一个鸡蛋、半瓢红薯面等作为费用，甚至有的会给一把旱烟叶。在物质匮乏的年代，一切与生活相关的东西都值得拥有，历华哥说因为贫穷，为了生计，大家给什么要什么，带回家母亲都会让物有所用、物尽其用。有时要的红薯多了，便会拿去换些油盐等生活必需品。鸡蛋是极其珍贵的，只有老奶奶和父亲才能偶尔享用，其余的都拿到集市上卖掉扯布做衣服，另外就是用作人情往来。冬天里天冷，有时用捡来的干树枝或者红薯秧在屋当中生了火，历华哥围着火堆跟父亲学戏文，有说有唱，都是口口相传，父亲说一段，他学一段，晚上自己去背。学累了，就教他拉三弦，过上几个月，也教他大鼓和月牙钢板伴奏，大体也需要用心练习。

弟弟问历华大哥他跟着父母外出说唱的情况，他说那实际上就是去逃荒。他当年虽然才十四五岁，却要和父亲一起轮流推独轮的土车子。车子前面放一只筐，筐里装着说唱演奏用的大鼓、月牙钢板、简板，还有几本"老古书"和生活必需品，车子两边一边坐着大姐，一边放着铺盖，父亲背着三弦和包袱，母亲也背着包裹，徒步行走在坎坷不平的土路上。他说当时只知道前行，不知道在哪里驻足；只知走哪儿唱哪儿，不知道午饭在哪儿。历华哥描述，白天行至某个村庄，便找村中比较宽敞、人们集中的地方支好场子，师徒二人开始吹拉弹唱，引来听众，之后再找村里的大老知（大家族中德高望重的长者）说些好话，递支旱烟，请他帮忙张罗和吃喝。那时农村好心人热心人多，尽管物质生活贫穷，但精神生活仍是人们的心灵需求和理想慰藉。当大老知招呼人们来听艺人演唱时，大家都心向往之。父亲会多种表演形式，能迎合老百姓的娱乐期待，三弦、大鼓、扬琴、快板都能上口上手，且都能显示出精湛的表演水平，会吸引越来越多的听众。历华哥说，父亲说唱结合，善于营造气氛，善于把握情绪，善于设置悬念，快到故事高潮时，父亲会以"歇歇喘喘抽袋烟"来稍作休息。在说唱间，历华哥将一包包针或者别在听众的衣襟上，或者塞进人们的口袋里，也等于以卖针的方法收费了。针在当时是家家都离不开的生活用品，多数不会拒绝。那时的老百姓虽然穷，但大多数诚实厚道讲信用，收了针就会给钱或物。父亲累了大半天能有些收获，心里很高兴。大老知和村人商量留父亲在那儿说唱几个晚上，一家人也就有了落脚处，这是父亲最开心的事了。这情景写下来，有些像巡回演出，对我们家来说，就像书上写的吉卜赛人的"大篷车"，那种类似流浪的生活充满诗意，又有着艰辛。以前民间艺人都不识字，所学的传统戏曲都是师傅口口相传，一字不差，一句不错，行话称"死口"。如果更改了师傅所授的曲调和内容，或者自己读老书创作故事情节和唱词，便称为"趟口"。父亲虽然没有上过私塾，但因为跟着师傅学会了识繁体字，平时又读些古书，慢慢地就学会了"创作"，能根据书的情节自编自唱。历华哥也是跟着父亲学识字，后来才得以进了县文艺宣传队。靠着自己的"创作"水平，父亲带着家人和徒弟，能在一个村里说唱10多天，之后，再推着土车继续着"敢问路在何方"的前行，他记得两年间跟着父亲最远到了砀山县曹庄公社的汪平庄大队。若穿越时空，换位思考，置身于斯，皆是为"活着"而颠沛流离。

历华哥说我父母待他很好，说师傅善良、诚实、聪明、可靠，吃苦耐劳、乐于助人，且无贪占之心。说着说着便又流下泪来，说后悔不该与师傅师娘断了联系。据他说，他在我们家两年后，因为我母亲怀了大哥，家里养活不了那么多人，便把历华哥送到了王沟公社邵楼村我父亲的师傅那里继续学习戏曲。他可能感觉我父母不再收留他，心里有了隔阂，也就不再与我家联系。后来，当时的县委书记滕泽田重视文化宣传，成立县文化宣传队，历华哥因年轻，又识字，且三弦和说唱水平高被选进了文艺宣传队，与扬琴艺术家陈元爱结婚，双双变成了城里人。当年大家生活都不容易，我们兄弟姐妹七个相继出生，日子更加困顿，又有着城乡差别，历华哥也就不想不敢不愿与我家联系了。但我父亲当年对他的好他一直都记着的，只是记在心里。所以这次见面，他哭着说对不起师傅师娘，也为后来没能去看望我父母而内疚。而我的父母生前从没有说过他的不是，也没有想过他来回报什么，但历华哥确实是因为跟父亲学习两年有了进城的机会，组建了美满的家庭，有了三个儿子一个女儿，安享幸福的晚年。历华哥说他家属陈元爱也很聪明好学，生前职称是国家二级演员，如果不是去世得早，现在待遇非常高。只是后来民间曲艺式微，传统文艺表演没有了市场，陈元爱退休在家，不幸因病去世。谈到子女，他脸上露出满意的笑容，三个儿子和女儿都有工作，且三儿子在徐州梆子剧团负责舞台设计，孙子孙女或者工作，或者上大学、中学。追根求源，都是因为历华哥学了曲艺。他说咋想都想不到今天会过上这样的好日子，要感谢共产党感谢政府。又说假如不拜我父亲为师，就不可能与陈元爱结为夫妻，就不能进县文化宣传队，就不可能领那么高的退休金。

谈到农村民间曲艺，他说那时的艺人文化水平都不高，没有简谱，更不会五线谱，也不懂管乐、弦乐、打击乐，只知道唢呐、笛子、笙、三弦、二胡、大鼓、渔鼓坠，师父教什么学什么，都是手手相授、口口相传，耳濡目染、反复练习揣摩。"笙仨月、笛半年，三弦坠子使劲缠。"没有几年苦功夫是学不成的。师傅都讲门派和名声，徒弟学得差不多，跟着师傅演唱几次，师傅感觉满意了才让徒弟顶场子，再过一段时间才让徒弟出师，自己就能单独拉场子表演了。他说师傅演奏乐器或者演唱前，都是先静下心来，靠听力和手力调音，大概像今天的调音师，这都是硬功夫。所以，师傅的三弦和二胡，一般不让人碰。前面讲过，大部头的戏曲故事分"死口"和"趟口"，师傅既会"死口"小段，更多的是根据古书创作"趟口"，也就是改编了。一部《大红袍》，能说唱二十多天，由此可见师傅称得上艺术家了。

历华哥还说，民间说书唱戏人也有自己的"江湖规矩"，有着专门的江湖语言，叫"路粉话"。父亲年轻时跟师傅学过"路粉话"，艺人们碰到了都要"盘道"，若是同门师兄弟，就会相互照应，不认亲戚认同门。我小时候记得家里经常来父亲的同门师弟和徒侄，有时会住几天，一同切磋交流，也是一种文化活动。丰县有著名艺术家于教之，是我父亲同门师兄，但生前父亲从来没找过他。因为父亲坚守"人脸贵似金""穷在闹市无人问，富在深山有远亲"。依稀记得的词汇有"顶壳"（帽子）、"踩壳"（鞋）、"尾头"（身高）……"路粉话"一般不传给年轻徒弟，怕出去了逞能好强，败坏门风，父亲是师傅大徒弟，且对师傅忠诚，才得以学了路粉话。但他谨遵师训，轻易不说不露不盘道，在圈内得到尊重。现在在老家周边，夸赞一个人待人接物讲究，还会说这个人"路粉"。父亲去世后，民间曲艺江湖的"路粉话"也就失传了，甚为可惜。

与彭历华大哥聊了两个小时，因弟弟回去开会，便与他们父子俩作别。历华哥拉着我们的手依依不舍，仿佛想把过往的日子扯回来，把曾经的时光说出来。

"曲"源邵楼

——访父亲的师弟邵长城

    从凤鸣花苑彭历华家出来,弟弟直接回徐州了,我对侄子说回来一次不容易,要不我们趁热打铁去一次邵楼,拜访父亲的师弟邵长城,回忆一下父亲学艺从艺经历。邵楼离妹夫老家不远,给妹夫打电话,让他联系一下看看老人是否还健在,是否在家,毕竟也是20多年没有过联系。大约半小时后,他老家打来电话,说老人在家,并且身体很好。于是我们备了礼物,约了妹夫驱车前往王沟镇邵楼村。尽管邵楼离王沟镇很近,但依然像大部分农村一样逐渐空心化。进了村头,很难遇到问路人。等了一会儿,见一老太太,非常热情地给我们指路,于是从村里七转八拐,看到两边都是非常漂亮的简易两层楼房,但家家关门闭户,了无人气。到了村西北角,赫然高墙大院,门上的辅首让我不敢相信这是长城叔的家。以前听父亲讲过长城师叔家特别穷,且他头上有斑秃,终日戴着帽子,所以很难成家。也是学会唱戏后很长时间才有了家庭,20世纪90年代还曾经看到他在街头卖针头线脑。持着怀疑的态度敲门很长时间无人应答,正准备找人询问时,大门打开了,真的是长城叔家。"三日不见,刮目相看。"没有想到长城叔家的日子那么殷实。仔细一看,还能辨别出老人当年模样,见到我们来,长城叔非常激动和高兴。领我们进院,看到两层楼装潢得现代豪华,空调冰箱无线网,地砖冬青自来水,条件远超城市,不由得感慨社会发展之快。记得我读中学时,农村院落多是柴扉土墙压水井,猪圈鸡窝兔笼子。现在农村快速迈向城镇化,但没有了鸡鸣犬吠人熙攘,少了人间烟火气。

    寒暄之后,问及他与我父亲同师学艺的情景,他说他比我父亲小很多,父亲是师傅的大徒弟,跟着师傅时间长。接着他讲了他师傅的情况和经历,他师傅孙合撑和长城叔同村,个头很矮,当年被国民党抓壮丁进了部队。他拿不动枪,就去做后勤工作,他聪明伶俐,音质较好,便到部队的军乐团学习乐器和演唱地方曲艺。几年后,国民党大败,他便逃回了老家。劳动之余,说唱演奏既能给人们带来精神享受,也能以此谋生,于是就有村里的女孩子跟他学戏,父亲和长城叔也是那个时期拜他为师学习乐器和地方曲艺。孙合撑因个头矮小,家里又穷,且嗜酒如命,虽然有艺在身,但终身没有成家。在其他文章里讲过,当年人都没有文化,学唱都是师傅口授,每教一段,便让徒弟反复练习。父亲的师傅在国民党部队里学会了识字,能读得了书,所以会的戏曲也多。听父亲生前讲,他主要跟师傅学习了鼓乐和几部戏曲,而每部戏曲都有三四十回,在一个地方加在一起能演唱一个月左右。最难得的是父亲跟他师傅学会了识字,也习得了通过读书创作戏曲的本领,自然会的"趟口"戏曲多,这也是父亲在苏鲁豫皖周边地区小有名气的原因。父亲的演艺水平高,在县里也有一定声望,若不是因为我家人口多需要养家糊口,父亲也会是第一批进入县文艺宣传队的人。

问及我父亲跟谁学的弦乐时,长城叔说他也记不清楚了,大概是跟王沟的盲人和顺学的。王庄曹义兴、附近的夯叔和孙合撑是跟同一个师傅的师兄弟。父亲跟曹义兴学了三弦、扬琴等,跟夯叔学了坠子、脚打梆和渔鼓坠等,跟孙合撑学了大鼓。长城叔说和我父亲同时代的艺人于教之、麻林、孙家启都进了县文艺宣传队,而我父亲出师后为了谋生带着一家人相继去了河南永城、涡阳、蒙城一带,今去这集,明赶那集,晚上在村里演唱,经历的磨难和艰辛我们难以想象了。

长城叔今年79岁,他给我们讲了他学艺的过程。他小时候家里人多且贫穷,头上生疮无法治疗,疮好了留下伤痛,成了斑秃。当年农村的男孩多数都是这样放养,没法上学,就在村子周围溜达。12岁那年的一天,他转到孙合撑两间茅草屋后面,从窗户上听到他在教四个女孩子唱戏,只见他教一句,她们学一句;教一段她们学一段,之后让她们背。四个女孩不识字,记不住,便采用分别记忆的办法,你记几句我记几句,再相互教。而长城叔在屋后听两遍就能出口成诵。结束后,几个女孩子便追着长城叔,让他唱出来她们学。时间长了,师傅便问她们为什么跟着那个男孩玩,她们说学不会的就问他,师傅教的几个小段他都会唱,成了她们的"辅导老师"。师傅便说你们把他叫过来。长城叔到了他的屋里,师傅让他唱唱他教过的几个段子,长城叔都

能一字不错地唱出来。于是，孙合撑说："你回家问问你爹娘愿意不愿意让你来学戏，如果愿意就让他们带你来拜师。"长城叔回家一说，爹娘商量认为"艺不压身"，学会了也多个糊口的门道，便捉了家里养的两只老母鸡，带长城叔到孙合撑家里磕三个头，行拜师礼，口中念叨着"一日为师，终身为父，师恩如山，一生不忘"。从此，长城叔便吃住在师傅家里，与师傅"相依为命"，学习大鼓戏曲，用两只月牙形钢板伴奏。长城叔说当年的规矩多，学艺和生活融为一体，朝夕相处，严师出高徒。有时偷懒了，学错了学慢了要任由师傅"打骂"。学艺先学做人，言传身教，才能懂规矩，知师道。一般情况下三四年才能学成，学成后还不能立刻出师，继续跟着师傅"跑龙套"，偶尔唱个小段，进行伴奏，师傅在旁边听着看着，坐姿言语心理都得体，师傅才满意。学成后，不愠不怒、不骄不躁、宽容大度、吃苦耐劳、乐于助人。教授徒弟过程中磨炼其个性，遏制其欲望，涵养其中庸之气。最后，师傅感觉满意了，选一天，行出师礼，自己行走江湖，才能立足长远，长师傅面子，传门派之名。

随着社会的发展，个性的解放，古老的传统的不适宜时代的戏曲被尘封于历史的"书箧"中无人问津，也有些值得传承的礼仪和规矩以及学习之道、为师之道、做人之道似乎一同被遗忘了。

问长城叔现在还能把大鼓、月牙板伴奏拾起来不。他说拾不起来了，扔多少年了，都已经忘记。"拳不离手，曲不离口。"现在娱乐形式那么多，再说农村也没有人了，都忙着打工挣钱，也没有那闲心。再说啦，他没有上过学，不识字，跟师傅学的几出戏都是"死口"，以前只在周边靠这个讨饭吃，不用出大力。现在想想都忘了。

问及长城叔的现在，他和彭历华大哥一样满脸的自豪，也说出了同样的话语："感谢共产党和毛主席，感谢邓小平。以前怎么也想不到能过上这样的好日子，吃不愁穿不愁；吃好的，穿暖的。孩子们都能挣钱，你妹妹（长城叔的女儿）一家在苏州打工，在那儿买了房子安了家，你弟弟（长城叔的儿子）在外面做工程，一年下来有很多钱，这个院子就是他盖的，也就是逢年过节来住住，平时都在苏州。我在农村生活习惯了，就回来住一段时间。"

长城叔因曲艺而生活有靠，因曲艺才有了家庭，因曲艺熏陶让儿女幸福美满。以文化人，以曲艺传家，长城叔家大致也是因了曲艺而到今天吧。在我们家，因为兄弟几个一直求学，没有机会继承父亲的三弦坠子及其他演奏技能，终是一种遗憾。所幸的是妹妹在生意繁忙之余，坚持着丰县坠子的传承和创新。另外,晚辈们也有几个操持乐器且有小成的。

在两个小时的"时空穿越"里,大体了解了父亲学习曲艺的过程,同时收获的还有对老一辈农村民间艺人的纪念。今后,传统的曲艺肯定不会恢复至20世纪80年代的巅峰,但以农村民间文化遗产的方式赓续和传承是很有必要的。

过暑假

　　农村老家的方言里,过春节称为"过年",收麦子称为"过麦",学校放寒暑假了叫"过寒假"或者"过暑假"。从小学到中学到大学,过了很多寒暑假,这里就单写写中小学时过暑假情况吧。20世纪七八十年代,农村上小学时,要自己带板凳。放暑假了,开完班会,搬着板凳、背着书包,得奖的就拿着奖状奖品,和村子里的伙伴一起回家了,暑假后再回到学校已是8月30日。

　　听有的家长讲,现在小学和初中的孩子过暑假如同过关,有着很多的"暑假作业"和假期目标,有着暑假程序。要培养作息习惯、运动习惯、阅读习惯、背诵习惯、书写习惯,要培养生活技能、交际技能、创新技能。短短两个月不到,背负这么多的任务,暑假怎么过?静下心来,回忆自己小时候,暑假的生活依稀在眼前。

　　放暑假了,不用听着铃声上课下课,用不着写作业和考试了,用不着受老师的批评和纪律的约束了。那时候,考得好与不好似乎没有那么重要。放假了,书包一扔,先自由自在地玩上几天,白天睡到自然醒,晚上玩到"三星正南"(夜里有三颗星星在一条线段上斜挂在天空,三星正南是夜里12点左右,后来才知道那三颗亮星是猎户座的腰带)。至于老师布置的暑假作业暂且束之高阁,等临开学前一周补,实在补不完,就借同学的作业抄,或者在开学后等老师"惩罚"。暑假里以玩为主,兼帮家里割草、放羊、施肥,主要是玩属于少年的游戏。

　　有的同学家里人多地多,放暑假了要替大人们干些活,女孩多帮忙做家务,喂猪喂羊喂兔子,洗衣做饭扫院子。男孩多是帮家里割草放羊沤积肥,看井赶集学农事。接受劳动教育,这是我们那时暑假里很重要的内容。回忆起来，很多孩子的暑假生活大抵都是这样。

这里就分别讲讲暑假里的几种生活状态吧。

割草。当年，农村家家户户都养着牲畜，靠猪羊鸡鸭鹅兔等来提供经济收入。于是，孩子放暑假了就要去割草。那时，农村经济落后，土地贫瘠，庄稼不旺，草也很少。而给家里的猪和羊割草是多数孩子暑假里的一门功课。夏天早上地里有露水，一般都是早饭后出去，中午回来。女孩子听话，又勤快，多能割满杈子（便于肩挎背靠的一种曲柳编制品），而男孩子或者到大坑里游泳（农村都叫洗澡），或者跑到苘地里乘凉捉迷藏。也有的伙伴到路边大树底下玩军棋、象棋或者"走四"。记得常玩的一种游戏叫"藏宝"。就是用沟里的潮湿的泥土搦成鸡蛋形状，用割草的铲子在沟坡上挖深深的洞，把泥团放进去，用土封好，或让同伴找，或让同伴用脚跺。最后看能否找到藏起来的泥团，或者跺坏洞里的小泥团。这里面也有一些智慧，如我有时会把团好的泥团放到旁边豆秧里或者红薯秧下面，"兵不厌诈"，让同伴在没有泥团的洞里一点点地找，或者用脚跺，而那个智商有点低的伙伴总也找不到，最后就会说"我认罚、认罚"。那个小伙伴后来跟他爸爸农转非去了东北矿上。几十年了，没有联系过也没有见过，不知他生活得怎么样。

有时候，男孩子成绩好些的会玩一些智力游戏，无非是军棋、象棋和"走四"。把棋盘用土块压好，用木棒或者瓦片充当缺少的棋子，有时玩着玩着就到中午了，忘记了给猪羊割草的"职责"，只好胡乱跑到庄稼地里薅些玉米叶、扯些红薯秧子，上面盖一层草，回家充数，少不了挨家长的数落，有严厉的父母会用鞋底和棍棒教训一番。当年的孩子都坚强，经得起体罚，挨得了苦。下午接着去地里割草或者放羊。

那时割草也有忌讳的，坟头周围的草不能割；打过药的棉花地里的草不能割；带刺的草，农村称羌子（苍耳）、棘桩（鬼针草）不能割。

老家农村3里外有一所农场，是县属单位，生产条件好，农药、化肥、拖拉机、土地肥沃，草也茂盛，只是不让人们去割草。我们便与农场里"看边"（看庄稼）的下乡知青斗智斗勇，玩"猫捉老鼠"，甚至用上了声东击西、暗度陈仓等"战法"，想方设法去大田地里割草。知青们抓住会把杈子和草一并收走，让大队、家长或者学校来领人。那些年的暑假里，割草的过程里有着很多快乐和故事，给了那时的孩子成长的烦恼与美好记忆。

暑假里，男孩子锻炼了自己的野性，也锻炼了自己的体质。放羊时，羊在路边吃草，我们在路边练习翻跟头、下腰，打"洋车毂轮"。记得比我大两岁的伙伴，他爸爸是队长，他暑假里不割草、不放羊，只和我们一起玩，他胆子大，翻跟头能连翻10多个，"洋车毂轮"能打20多，敢爬树梢敢下土井。我们都跟着他学，但都学不好学不来。他还会倒立着走路，会头顶地倒立。这个伙伴高中毕业后参军走了，很少联系，也因他感觉家庭条件比我好成绩不如我而有点不好意思，他探家时见面也就聊几句，再后来他留在南方我也离开老家，便把几年的暑假美好生活彼此尘封在记忆中了。

　　学游泳。当年老家村子里有两个水塘，老家方言叫"大坑"。暑假里下大雨，坑里满满的水，很深很混浊，过段时间水便清了，生产队在大坑里种水莲，在里面泡麻捆、泡木椽。男孩子就会在大坑里游泳（农村叫洗澡）。凫水、潜水、仰泳，都是那时候学的。不知是哪一年的暑假，我只敢在浅水里玩，那个大我两岁的伙伴说"我教你，你不要害怕，你怎样怎样就会了"，边说边托着我到大坑中间。到了中间，他潜水跑了，我咕咚咕咚喝了很多水，脚蹬手扒，竟然会游泳了。出了水，不知道是恨他还是谢他，他笑眯眯地说："会了吧？"后来，很多时候都享受到了游泳的快乐。中学时，经常与同学去街南头的太行堤河游泳，而有些同学十七八岁了仍是旱鸭子。现在，农村污染下的水已经不能游泳，大坑也没有了，自然也没有了从坑边大树上往水中跳的镜头和享受了。

　　农场梦。在我们村庄3里外有个农场，叫丰县棉花原种场。我们小时候，农村还是计划经济年代，农场比周围的村庄发达很多，农场有电农村没有；农场有自来水，农村吃土井水；农场有拖拉机，农村用牛马骡；农场大多是知青，农村几乎是文盲；农场丰衣足食，农村缺衣短粮。所以，农场成了我们神往的地方，也成了暑假每天必去的地方。去割草、去游泳、去看衣着鲜艳的青春男女，去听他们吹笛子唢呐和口琴，再有的就是从河里游过去偷瓜（农村叫"爬瓜"）。爬瓜很形象的，就是从河里游过去，借助植物和瓜秧的掩护，匍匐前行，趁看瓜园的人不注意，摘了甜瓜、菜瓜等，慢慢爬行回来，把瓜顺着河堤扔到河里，因为瓜在水里会漂，便有伙伴接应。爬瓜的孩子再机灵，也赶不上那些知青，他们会等爬瓜的孩子游回来时，再一个个抓住。把衣服收回去，把偷的瓜带回去，把这些孩子关起来，也是等着大人或者大队的负责人去领。我因家教严，胆子小，多数都是在河边负责看衣物。一次也被带到了农场里，让我们一一写检查。我因有一亲戚在农场工作，把我领了回去，当着农场人的面批评我几句。

　　农场有果园，里面诱人的大黄杏、红红的大苹果、毛茸茸的鲜桃，自然会吸引着我们一次次光临，大饱眼福。果园旁边有座土砖窑，那里曾是男女知青谈情说爱和约会的地方，也一直是我们感觉到很神秘的所在。记得暑假里和一个伙伴偷偷进入了果园，伙伴让我在树下等着，他爬到树上摘桃子，扔下来让我拾着放到草的下面。正准备拾时，看果园的知青来了，示意我不要作声，等伙伴摘了不少问我话时，我没有回答，他低头一看，吓得也不敢动了。自然是又一次被带到农场里接受教育。因为有这样的事，我第二学期该得的"三好学生"奖状没有了。

　　看电影。暑假里，8月份天热，农作物不需要过多管理，便有放电影的来放电影，我们约在一起从这个村看到另外的村，有时会跑10多里地，有时听说某个地方放电影，便在晚饭后（农村叫喝汤）约在一起去看电影，有时到了地方，电影已经开始，有时看着看着，一片乌云来，一阵大风刮，便赶紧往家跑，电影没看完，却成了落汤鸡。有时候听说有电影，结果到了没有，乘兴而去，失望而归。跑了很多路，只好饿着肚子入睡。记得一个暑假里去赵庄集南头看电影，放映的《大闹天宫》，也是放了一大半，伴着大风，西北乌云黑压压涌来，我和一个同伴赶紧往家跑，跑到老街上雨大得睁不开眼，在一家老式庭院的屋檐下避雨。那次雨特别大，下了接近一夜，我们也就在屋檐下待了一夜。现在想想，心悸之余，也有一份快乐在心头，现在的孩子哪有机会体验那种刺激与自然。到赵庄集上看电影是有风险的，因为街上的人欺负乡下人，所以去看电影时都是很多人约在一起去。有时因为你挡我我挡你，言差语错便会打起来，多数情况下是乡下人吃亏。即使街上人吃亏了，他会记住你，等赶集或者看电影再见了，便会邀几个人一起报复。于是，暑假里，村子里便有人请了师傅来教武术，以备与街里人一决雌雄，后来再打架也就各有胜负了。那时打架纯粹是凭体质体力，没有铁器，也伤不了身体。打架，是男孩子成长过程中的一课吧，由此也能学会容忍、相处、规避等能力和方法。

　　听大戏。暑假里天热，进入暑天农活也相对少了，为了丰富老百姓的精神生活，村子里会请戏班子来唱大戏，或者通过卖票的方式，或者通过挨家收粮食的方法，一般唱三五天或者十天。多是在大队部（现在叫村委会）前比较敞亮的地方，扎戏台、拉围挡，需要在戏班师傅的指导下准备两天，操办请戏班的大老知会在傍晚到大队里通过大喇叭通知大家。于是大家都期待着精神大餐，而那些演员有的是吃派饭，就是大老知安排他们到农户家里去吃饭。记得我们家也曾轮到过管饭的事，因为他们的表演带给老百姓精神享

受，所以演员们很受尊重，农户家里也尽其所能提供些好的饭菜，也就是鸡蛋、豆腐、素菜、白面馍之类的，毕竟当年农村经济还很落后。虽然这些民间传统戏曲演员演技不高，但生、旦、净、末、丑都有，服装、乐队齐全，一些著名戏剧如《包公铡美》《穆桂英挂帅》《杨家将》《陈三两爬堂》等，给了当年三代人精神上的享受和劳累后的轻松。一场大戏过后，会引得一些年轻女孩、男孩拜师学艺，记得我的一个小学女同学有歌唱天赋，便辍学跟着学了大戏，后来进了小凤凰剧团，在20世纪90年代初曾经到中南海演出，再后来成了正式职工。而很多青年多是一时冲动，或因没有这方面的素质，或吃不了练功的苦，也就半途而废了。也有的女孩因为剧情的吸引，爱上青年男演员，竟跟着私奔了。所以，一般剧团都有规定，不允许演员们与村里人说话。就是吃派饭，也尽量避开异性青年男女。邻村的一个女孩喜欢上了那个武生，听说跟着他私奔了，一年多之后带了个孩子回来，那个武生也被赶出了剧团。这些故事一晃多年过去了，都被掩埋到风风雨雨、无情岁月里了，倒是那些富有传统文化的剧情教化了当地百姓，丰富了他们的精神生活，而作为孩子的我们，也就记得那个武生的跟头、丑角的功夫、红脸的胡须，还有皇帝出驾的气场。

对孩子来说，暑假里会有很多值得记忆而又被忘记的故事，也会有很多影响自己成长的脚步。也许很多都埋藏在了自己的心里。这里所写的也只是暑假经历的点点滴滴。

住亲戚。暑假到了，因为家里孩子多，便被父母安排去住亲戚，多数去住姥娘家、姑姑家、姨家。去了会住上十天半个月的。开始去了生分，慢慢地就会与姥娘邻居家的孩子熟悉了，也就约在一起玩，一起去地里割草。因为舅家的邻居大都是同姓近门，差不多大的孩子也就以老表称呼，辈分长的多是舅辈、姨辈，彼此很亲切。因为我每年暑假要在家里割草喂猪羊，再加上没有姑姑，一个姨一个舅都在外地，住亲戚的机会很少，记得只在姥姥家住过一次，住了十天左右。住姥姥家的一段时间，看到了一生难忘的两个悲剧。姥姥的邻居家有五个儿子，两个女儿，有一天孩子父亲去赶集，在棉花地边上拾了一张报纸，到集上买了煎包用报纸包好带回家给孩子们吃，结果那张报纸是包农药的，有五个孩子中毒，多吃包子的中毒深，只抢救活两个。孩子父母号啕大哭的情景很多年都难以忘记，让我每次去舅家经过时都会想到那三个被称为"老表"的孩子，尤其是小五，他和我玩得很好，曾带我去代销店买东西吃，谁承想他的生命定格在13岁。另有姥娘一邻居，父亲带着四个儿子和一个女儿生活，那个女孩经常到姥娘家里学针线活，偶尔说几句话，也是"老表"称呼。那女孩长相俊秀，身材苗条，扎两条粗野的大辫子。后来听说长大后通过换亲给哥哥换来媳妇，自己嫁到了很远的人家，受尽婆家欺负，丈夫又不正干，还有家暴，这个女孩不到30岁就自杀了。听说后来她哥哥混得很好，每年清明和农历七月十五、十月初一都亲自给妹妹上坟。当年的暑假，很多孩子都有过住亲戚的经历，自然也会有很多这样那样的故事。

纳凉。暑假里天气热，家里没有电扇，且农村晚上很少有电，避暑的方法除了芭蕉扇子，便是晚上在户外树下纳凉了。男孩们经常约在一起，从家里拉张竹席，带个被单，到村头的大树下消夏，而我更多的是陪邻居家同龄的伙伴在他家杏行里过夜。杏行就在邻居家前面，周围是栅栏，里面有一行杏树、一行苹果、一行梨树。晚上喝过汤（吃过晚饭），我便到他家小果园里和同龄的伙伴一起。记得在果树间放一张木框床，上面用几根竹子弯成拱形，再用塑料布和箔或者栅（shān）子盖上，两头敞开着，便成了小木船的船舱一样的住处。睡在小果园里，嗅着果香，听着风声，有时透过树丫看到天空中的繁星，又会听到远处传来的鸡鸣犬吠，现在想想也是一种乡间美景。只是后来不知道两家的大人发生了什么矛盾，自然也影响到孩子之间的交往。又到暑假，我便再也不能去同伴家的果园消夏了。有时晚上就到村头大树下听大人们讲着远近村子里发生的奇闻逸事，还有的就是一些迷信的传说。也有时会有人拿本老书，借着罩子灯读给大家听，又会有蚊蛾绕着灯飞来飞去，却也不影响人们的兴致。人们手摇芭蕉、肩搭毛巾的镜头也是当年暑假晚上的一种记忆和画像。

捉迷藏。捉迷藏也是当年孩子们常玩的游戏，晚饭后，10多岁的男孩子会约在一起，在村后的树林里玩捉迷藏。定好一棵大树作为"家"，孩子分成两班，一班藏，一班找。找的一班要留好守"家"人，分头找藏起来的孩子，看到后追赶，摸着衣服算抓到。藏的同伴分头藏在红薯窖里、柴火垛里、牛屋里、树丛中、大沟里等。过一定时间后，藏的人开始悄悄回"家"，趁守的人不注意，争相摸到树干，在被守家人捉到之前摸到树算赢。有时几个人一同回来，与"守家"的孩子周旋，尽快摸到树干。而有的孩子也会玩恶作剧，就是轮到他们藏的时候，不说一声，就跟着大一些的孩子到很远的村庄上去看电影了，害得在家的孩子找遍村子，找到很久。第二天自然也就不愿意和他们一起玩了。对那时的孩子来说，没有电视、没有游戏机，连收音

机都很稀罕，玩捉迷藏游戏，自然收获了属于童年的快乐。

勤工俭学。暑假里还有一种很有意义的事，就是拾蓖麻籽、投蝉蜕了。记得放暑假前老师会布置一些参与劳动的"作业"，开学后的第一篇作文题目一定是"记暑假一件有意义的事"，内容就有很多学生写到拾蓖麻籽、投蝉皮。这种劳动也让我记忆很深，因为勤工俭学给我带来了成长的快乐。当年农村生产政策要求，向土地要粮食、要金钱，于是就在路边和地头都种满了蓖麻，允许老百姓拾了卖。蓖麻籽熟了，会自然裂开散落在下面，我们就会沿着沟边下面捡落下的蓖麻籽，多数用布袋子装着，一上午能捡三两左右，回到家找个地方晒上，晒干了放好，等积攒到开学前十天左右，逢集时到镇收购站去卖。卖上一两元钱，当是一笔很大的收入了。另外，镇收购站还收购知了猴皮，这给我们"勤工俭学"也带来了机会，只是知了猴皮重量轻且易碎，再加上知了猴都是爬到树上很高的地方才蜕变，所以需要很长的木杆才能够到，还要在木杆顶端用铁丝固定好一个做好的塑料兜，一个一个套住。这项劳动练习了孩子的眼力、手力和耐力。不断收集，开学前也能卖上两块钱。开学后报上去会得到老师的表扬，现在想想，那时劳动教育确实是从孩子抓起的。等临近开学，我会约上同伴一起到镇上收购站排队卖积攒的蓖麻籽和知了猴皮。喜滋滋地接过零碎钞票和硬币时，价值感、自豪感和获得感油然而生。出了收购站，先去闹市买一把炒花生，再到小书摊前看一个时辰的连环画，接着还要约着一起看一场电影。简易电影院外的墙上的画报有着无比的吸引力。挤着买票，入场时又会被挤得脚不沾地。一手握票，一手按着口袋里剩下的钱的感觉依然在脑。现在想想，一个暑假的忙碌，一天的精神和物质享受，当是暑假里最美好的记忆了。

读书。暑假里，最大烦恼自然是老师布置的暑假作业。虽然当年没有新课本自然没有预习的作业，但老师在我们学过的课本上画出很多题目，让我们暑假里做开学后上交。放假后，玩自然是第一位的，暑假作业一定是在开学前一星期草草了事。或者到处借着抄别的同学的，或者"龙飞凤舞"乱画一气，实在完成不了，就用过去的作业本"蒙混过关"，或者等着老师的"杀罚打骂"，之后再拼命去补，至于效果便不得而知了。如果幸运的话，新学期换了新老师，暑假作业就容易对付了，但这种"好事"很难碰到，印象中那时的老师都特别认真。对我来说，记得从小学四年级起，暑假里还是想办法读些课外书的。读书如同吃饭，吃饭长的是身体，读书长的是精神。开卷有益，也只有顿悟了才能知其好。除了读连环画，我在那么多年的暑假里还读了一些杂书,虽然不多,但都读得入脑入心。记得在初中一个暑假,我从村子里一个老人那儿借来一本《钢铁是怎样炼成的》,是繁体竖排的线装本,我读了一个暑假都没有读完。我跟这本书学习了繁体字,更从这本书里汲取了拼搏的动力。后来写过一篇文章《一本书两代人》,书中介绍我因读此书受到的激励和熏陶,同时我也把这本书推荐给弟弟们和晚辈们。他们都认真读了,自然也有了生活的方向和一直的坚守与活力,也就有了理想中的现在。暑假读书,阅读与汗水相伴,心境与蝉声共鸣。一个个油灯下读书的暑假,让我一步步走到了今天,而现在的感觉却是只恨那时读书少。

我书写的暑假生活是 20 世纪八九十年代中小学生的记忆,记忆中的暑假生活里还有很多少年故事。当年农村经济落后,教育亟待发展,信息时代未启,教育资源匮乏,孩子们虽然有那种自然的自由与快乐,但艰苦的生活状态也不是人们想回去的。社会刚过几十载,却胜乾坤两千年。社会发展太快,信息颠覆观念。竞争内卷也好,社会压力也罢,现在孩子的暑假不再是昨日模样,也不允许是过去的样子。

过去的暑假过于苍白,而现在的暑假也是负重如山。理想的暑假应该是什么样子的,这是个没有解的话题。

我的2019

记得小时候农历大年三十的晚上,一家人会坐在一起聊聊一年来的情况和下一年的打算。近年来,每到岁末年尾,我都会回顾一下自己一年的情况,同时给来年立个目标,不管是不是实现,有个目标就有了方向。多年下来,读书、写文章、关注教育,以及生活的方方面面,大都有了变化和提高。2019年就要过去了,数一数留在岁月路上的足迹,感觉自己特别忙,特别充实,也特别有价值感。

2019,我离开农村20年整。1999年初,我还在农村中学教学,空余时间里,要回到5里之外的老家种地。那时的农村人口还很多,安土重迁的思想依然存在着,所以每次骑自行车回家会遇到村里许多人,进村来,推着自行车与人打着招呼,进了家门把自行车一放,或者拉着平板车到地里收割庄稼,或者背起喷雾器喷洒农药。那时候总感觉地里农活永远干不完,尤其是棉花,从下种起就是个娇宝宝,每棵棉花不扒拉个十遍八遍都长不成。有时想棉花真幸福,渴了给浇水,贫了给施肥,有虫咬给喷药,淹了给放水,就是图它开花结桃出棉絮,晒干拉到棉花收购站卖出人们生活的奔头来。我每月拿几百元工资,家里种几亩棉花,再喂两头猪,这是农村学校老师生活的基本模式。两头忙的生活让我对未来感到茫然,忙完教学忙种田,半耕半工的日子真的会消磨掉"踌躇满志"。1999年,我终于基本结束了这种生活。经过三年苦读和考试,我又回到了城市,并且有了诗和远方。20年过去,在农村的日子历历在目,从往日的劳累中感受到了诗的生活。

2019年,我根据安排带头建设了徐州政协文史馆,填补了徐州市政协发展史上的空白。建馆自然是领导的科学决策,但具体建设由我实施。筹建分成两大部分,一部分是硬件建设,也就是工程,涉及很多部门。另一部分是文字材料和图片资料的收集整理。文史馆从规划设计到图文确定，需要一定的文化素养，需要对全国政协、徐州市政协历史发展进行全面了解，需要具有一定的审美标准，需要有一定的政治把握能力，需要有一定的沟通协调和管理水平，需要有一种热情、激情伴随着，需要……为此，我先后去了北京、南京、西安、郑州、哈尔滨等地学习外地经验，先后到市档案馆、各民主党派机关、各县（市）区和市图书馆收集资料，先后拜访有关老干部、老同志和文史专家，了解徐州市政协的脉络。经过几个月的努力，积累了很多珍贵的文字和图片资料。在征集资料过程中，也"认识"了那么多有着感人故事的政协事业开创者。虽然现在文史馆建设完毕，但那些人的后来一直挂在心头，放不下，一直让我有种"探险"的冲动。等过一段时间，我将去寻找他们的后人，了解他们更多的故事。

徐州政协文史馆存有很多珍贵照片，"一屏政协70年"，集齐了1949年12月以来所有徐州市协商委员会，徐州市政协主席、副主席、秘书长205人次的照片，完整再现了徐州市政协前后70年的发展历程。文史馆有图片、有声像、有雕塑、有图书、有收藏、有艺术品等，一馆呈现，功在长远，徐州政协文史馆在全省率先建成，将成为徐州政协发展史上的重要一页。

2019年，我参与编纂了《徐州市政协志》，负责70年来市协商委员会、市政协三大会议的整理校勘，同时整理编写70年大事记，撰写了徐州政协文史馆记。另外，参与对整部志书编纂体例、图片采用等方面的审定工作。对志书编纂我也是很用心的，查阅了大量的原始材料。通过整理资料，我仿佛走进了过去的时光，遇到了很多风云人物，拾起了很多往昔故事，了解了一些政治运动，探知了当年的风土人情……也是在这一年，开始由我实施，筹建多功能政协书房。

2019年，经过半年多的努力，我的第二本散文集《乡音绕梁》正式出版。书中记述了农村老家的风土民俗，记述了我的亲人，记录了我不断努力的足迹，记录了我为梦想流下的汗水。关于书的内容，在《故乡邈渺思难收》一文中有着详细的叙述，这本书也成为个别读者读了又读的怀旧作品。书中我最看重的一篇文章是《借钱》，诉说着人追求美好生活的心理期待和日渐变化的人间世态。

2019年，我新装修了单位附近的房子，迁入新居。"与人不睦，劝人盖屋。"这是农村的俗语，是说盖屋之难、之累、之苦。现在，在城市买房愈来愈成为难、苦、累的事。对年轻人来说，如果没有父母帮助，没有较高的工资收入，一个房子需要多年付出，怎么去憧憬未来和经营事业？所幸的是，我在房价不高的时候买了房子，又勤俭节约，2019年把房子装修完毕。自2007年在新城区上班以来，我已经坐了12年通勤班车，每天来回1个多小时，耽误了那么多好时光。住到单位附近，工作上方便了，也能挤出时间来读书学习，更不用为晚上加班的交通问题而担心。

2019年，我终于有了自己的书房，这篇文章便是坐在书房里动笔的。书房里摆放了从开始工作到现在购买的部分书籍，大约3000册吧，这已经足够读了。古今中外，文史哲传，偶尔翻翻，心顿然静了下来。书房墙上是著名书法家王国宇题写的书房名字：澄心邨，附有陆机《文赋》中"罄澄心以凝思，眇众虑而为言"。对面墙上有孔子的《论语·学而》摘录："君子食无求饱，居无求安，敏于事而慎于言，就有道而正焉，可谓好学也已。"以此激励自己坚持读书经世，做到知行合一。

2019年，家里又添了"碗筷"，这是以前农村用来比喻家中添丁的说法。时间过得真快，本以为自己还年轻，不觉间孩子有了下一代。多个孩子多几分欢喜，多个孩子也就多了几分责任。本来2019年还应该有件喜事，但终没有来到，大概需要我2020年继续努力吧。

2020年，我又定下了新的奋斗目标，将一如既往地读书学习，一如既往地经世致用，一如既往地保持着2019年的精神状态和工作激情，一如既往地用勤劳书写着美好人生。

梦想·志愿·现实

　　进入 6 月，高考、中考临近，无数学子苦读之余，都会想想自己的未来，都会因着梦想而定志愿。也有很多学子可能品尝到"梦想很丰满、现实很骨感"的滋味。中考的学生根据自己的学习成绩填报升学志愿，多数是名校高中、普通高中、中专、中师（幼师）、职中、技校等。高考的学生则根据自己的成绩、自己的爱好选择自己喜欢的城市、喜欢的大学、喜欢的专业，憧憬着将来的称心职业和美好生活。实际上，面对现实，很多人都会学非所爱、学非所用。而以后的人生路上，梦想与志愿也只是生活的一种向往，真正使自己达到理想人生的多是对社会的适应，对现实的认同，并因之对自己的调整。写到这儿，便想到了自己的中考和高考志愿，现在回忆起来感觉那时特别天真、特别好笑，而又特别真诚和执着。在这里把自己填报中考高考志愿时的情景记述下来，以便那些因志愿错位产生情绪的学子参考，也给学生们一份冷静的启发。梦想与志愿固然重要，但自己对社会的适应能力和对自己人生方向的调整似乎更加重要。

　　20 世纪 80 年代的农村中小学教育很朴素、很传统、很单纯、很艰苦，老师教书认真，学生学习刻苦，教学方法单一，学习资料缺乏。教室里只有木黑板、课桌、日光灯，书包里只有课本、作业、钢笔盒。我参加中考时预考后才填报志愿，大家根据自己的学习成绩，参考老师的建议，依次填报中师（幼师）、中专、丰中、普中、职中。那几年，成绩最好的学生都读了中师（幼师），直到现在义务教育还享受着那一批中师（幼师）生的红利。初三第一年，尽管自己努力了，尽管自己怀抱着到丰中读高中的梦想，还是因为基础差，中考填志愿时没有什么选择，随便填报了读初三所在学校的高中，就是这样还是没有考到录取分数线。落榜的滋味很不舒服，给人自尊心的伤

害更大。第二年复读初三时我是下了苦功夫的，梦想着能考上丰中。事实上，自己的中考成绩达到丰中录取分数线了，而所在的中学为了确保本校高中学生质量，偷偷限制学生报考中师、中专和丰中。那时学生单纯，听老师的话，于是一大批好学生中考后被录取在母校读了高中。那几年，这所农村普通中学先后有学生考上了北大、清华、南大、武大、哈工大等。当年，是高考成绩出来前填报志愿，我所填报的几个志愿至今难忘，现在想想纯粹是基于自己的爱好、自己的梦想和自己的情怀。

小时候喜欢读书而不得，中学时想读课外书而不能，想一想如果能当个图书管理员多好，天天泡在书的海洋里，想读什么书就读什么书，想怎么读就怎么读，不用买不用借。于是，我就报考了福建、浙江等地高校的图书管理专业；因了小学、中学对老师的崇拜，渴望自己将来能当一名老师，于是填报了南京、徐州等地的师范学校；读中学时，有在外地养蜂的人带到我们村一些 China Daily，全是英文，没有人能读懂，我想要是能读懂别人不懂的语言多好，于是填报了英语专业；因为小时候经常看到邮递员穿着绿色服装、骑着绿色自行车，绿色挎包里有着很多报纸杂志，想着自己能有这样的工作多好，骑着自行车遛街串乡，看报读杂志，还能收集邮票，于是我填报了南京、四川等地的邮电学校；当年农村刚刚实行家庭联产承包责任制，粮棉生产大丰收，但农产品加工工业滞后，农村市场化进程缓慢，便出现了卖棉花难、缴公粮难的现象。纯朴善良的农民卖棉花的平板车排两公里之长，都等半月之久，最后还不一定能卖掉。那时的棉检员和粮检员特别吃香。受实用主义的影响，我填报了镇江粮校的粮食检测、南通纺织学校的棉检专业，想着毕业后分到粮管所、供销社当个检测员，老家亲人就不用为此作难了。

梦想决定了我的志愿，而我填报的志愿却引来了要好同学的议论。记得有位同学说："你为什么不填报财会、银行、交通、公安等专业呢？这些才是好专业，毕业后才有好工作，才能真正帮助家里。"

最后，我梦想成真，上了师范大学，读了英语专业，当了英语老师，一教近10年，给很多学生心里种下了梦想和美好的种子。梦想和志愿很美好，但有时候如同好看的冰凌花，遇到现实之火，会化成泪水一样的成分。真正按照自己的喜好做自己喜欢做的事是非常难的，当理想遇到现实时，让步的多数是理想；当兴趣遇到生活时，让步的多数是兴趣。除非生活在殷实之家，如胡适、徐志摩、闻一多等。

现在的大部分学生，填报志愿时应当把梦想与现实相结合，按"黄金分割"的法则定，大致不会错的。

搬家

出生在苏北偏僻的农村,一直到考上大学才得以在城市里清苦地生活几年,毕业后分配到镇上的中学教书,便又回到了生活了十七八年的农村老家。家里人口多、土地多,劳力少,于是虽然当了老师,仍然没有摆脱农村的影子,仍然要种地干活,所改变的只是多了份工作,多了点收入,这种经历是部分大学毕业当老师同龄人都有的。一家人经过两年的努力,在老院子前面盖了三间瓦房,便是我自己的家了。自此,随着自己工作、生活和学习的变化,至今先后搬了七次家。

参加工作后,虽然学校离老家不远,但当年农村道路不便,交通工具只有自行车,而学校每周有两次晚自习,这给工作带来了困难,几经申请才得以与两个同事住一间宿舍。婚后搬离单身宿舍,便想着要一间房子,这也是费了很多周折。还记得那时适逢老校长搬家,腾出了他的宿舍。那是一间大房子,中间隔成里外间,外面是活动间,里面居住。当时有几个老师争这间房子,因老校长的儿子是我的学生,并且我对他孩子关心有加,他告诉我找个晚上偷偷搬进去,即使别人有意见,我工作努力,大家都对我的教学成绩认可,自然也说不出什么来。于是,在一个周末晚上,我叫了班上的几个男生,借了两辆平板车,从老家搬来一张床、一个写字台和一些生活用具。我在门旁用石棉瓦搭了一个简易棚子,放煤球炉子,这便是我最初的家了,也算脱离了农村吧。住在这间房子里,虽然生活艰苦,但工作很方便,空余时间多在教室里辅导学生,自有初为人师的快乐。

这间大房子离学校的伙房很近,便与后勤工人接触得多了。当年农村用电困难,学校专门配备了发电机,供学生上晚自习照明,发电室旁边有间值班室,他们有时晚上会在那儿打牌,人手不够时,就约我凑手,去得多了,

便有些上瘾。渐渐地也学"坏"了。也是在那时候，学会了抽烟、喝酒。记得每次玩到晚上 11 点 30 分左右，厨师就会简单做几个菜，头天晚上赢钱的人把提前买好的酒拿出来，在"乌烟瘴气"中，点上蜡烛，边喝边侃，凌晨才散场。由此可知，人生活的环境很重要，农村有土语"跟着好人学好人，跟着师婆学假神"。如果不是后来搬走，也许就没有今天的这种生活了。

　　再后来，有一位住在女生宿舍院内的老师一家被调到了外乡镇，他住的那间房子旁边有一间厨房，也成了几个婚后老师争着要的地方。学校没有办法，便采取打分的方法来定，我那时带毕业班，并且已是教干，最后我搬到了这个带有厨房的房子里。为了不引起同事的议论，也是在晚上悄悄地搬过去的。这儿离伙房远了，再加上我有了孩子，后勤工人便不再叫我去玩牌了。为了不打击已婚老师的工作积极性，学校在伙房旁边改建了一排家属区，凡是结婚的老师，住校的每人一套，也就是一间宿舍，外面配一间小小的厨房。

　　算上校长的宿舍，这个女生院子里共住四家。住在这儿的老师负责着女生的安全，我的记忆中也确实发生过几起安全事故。院子里有几棵大梧桐树，4 月份梧桐花飘香飘落都是一种美。住在这个院子里，宽敞了一些，便把老家的家具搬来，同时也把存了多年的书搬来。可能受市场经济的影响，也可能是为了补贴家用，竟然突发奇想，在房子前面挂了牌子，对外租书，实际上是让自己的书发挥些作用吧。于是，放学后就会有很多学生拥到我家来选书看。一些文学名著、武侠小说等被各年级学生借了又借，自然引起了一些老师的不满，因为学生读课外书影响了做作业、影响了成绩。这也是说不清楚的事情了。唐诗宋词元曲古文鉴赏等被借得很少，记忆中一位语文老师借走了两套，后来不曾还我，在一个暑假他调县中时给带走了，如果能助力他的语文教学，现在想想也是很开心的。"三言二拍"、四大名著、外国文学作品多被老师们借了读，后来也失散了不少。旁边那间厨房里先后有几个读书的亲戚住过，直到他们考上大学。有那么一天，镇上的一位领导来学校检查，看到老师住在学校里很乱，便要求让老师搬出去住。于是，住校老师各找出路，去县城的去县城、到南方的到南方、回老家的回老家、买民房的买民房，直直地把一所好学校搬垮了，搬没有了，这都是后来的事了。

　　我再一次借来平板车，把家具家当搬到了镇上的亲戚家，关于寓居的房子，在《一泓相思小院子》里已经描述过了。在这个小院子里住的几年时间里，也有很多值得书写的故事。陪伴孩子长大的小狗来来，屋檐下报春的燕子，雨中摇曳的棕榈树，暗香盈袖的月季花，写满诗意的葡萄架，远处传来的喇叭声，偶尔来看我们的亲人，找我寻求心理寄托的学生……在这个小院子里，曾有亲戚的朋友的孩子借住这儿一段时间，那个姓郝的女孩当年也是刚到这个镇上工作，没有地方住便借住在这个院子里另外三间房子里。我们平时说话不多，我多数在学校忙着，她很晚才回来。曾记得有一次她叫几个朋友从饭店里要了菜喝酒吃饭，约我参与，便与她有了交流。后来，我学校有事时也会把孩子交予她帮忙带一下，有时候她也会主动与我们聊聊天。再后来我重新回到大学读书，离开了那个小院子，也不知道郝姓女孩的下落了。

到政协机关工作时，没有地方住，还带着孩子，于是便在孩子读的小学附近黄河新村租了小房子。这个二楼小房子掩映在浓密的树冠旁，简单的家具、简易的摆设、简陋的设施，站在阳台上可触摸到颤动的树枝，可感受到飘来的雨丝。虽然房子老旧，但对没有住处的我来说已经很满足了。白天我上班孩子上学，晚上我还要去大学里讲课，也只有周末才陪孩子。这个一梯两户的房子主人是同一家的，年轻的单亲妈妈出租一套，自己带着孩子住一套，平时很少见面。一次在楼下遇到时她对我说："两家的孩子差不多大，有时间了让他们一起玩。"我带孩子去过对面她家一次，看到不大的客厅里放着一架钢琴，上面蒙了一层灰尘，可见孩子并不经常弹琴。虽然我只在黄河新村住了一年多的时间，但我特别喜欢那个地方，那儿的人很会生活、很真实。高低交错的树丫、陡坡上坑坑洼洼的小路、夜晚红黄相间的灯光、鳞次栉比的摊贩、酒香味浓的饭店、飘在空中的淡淡的炊烟，各种人各种车拥在这儿，享受着平静美好的日子。我有时傍晚回来，也会买一瓶啤酒炒两个菜，品味着简单的惬意。当年我还在大学里兼职，多是在晚上去讲课。有时我先把孩子接回来，给他买点饭，之后再骑自行车去学校，时间久了，对这周边的环境熟悉起来。周末或者晚上没事时，我会到事业小区与黄河新村之间的那片棚户房子附近散步。弯曲狭窄的楼间小道、参差不齐的各种建筑，平房、简易两层小楼，门口的鸡笼子、煤球炉子、一小片菜地，摆摊的推车和帐篷、破旧的自行车，卧在门口的黑狗，间或有高大的树木生长在楼房间。这个地方很有年代感，建筑物间有着不规则的小道，走在里面只能循着留在地面上的人们的足迹大致前行，或许走着走着便没有了路，或者走着走着走到了某一家的门口。在拥挤不堪的各种建筑物间有一块空地，那儿有一口老井，砌着石头的井台。经过时会看到担水的、在井边洗衣服洗菜的，虽然这片棚户区偷偷地存在于繁华的夹缝里，但让人感觉很有市井生活气息。住在这儿的多数都是做小生意买卖的商贩：收废品的、加工生活用品的、开小吃

部的、做衣服的等，他们是城市生活中不可或缺的一个群体，保障着老百姓的衣食住行。每次经过，我都很想把这个地方拍下来、写下来，怕在城市拆迁中被拆除。20多年过去了，听说这片棚户区还在，只是将道路和生活设施进行了改造，更加富有诗意了。抽时间一定再去那儿看看，也算作一次采风。

在出租房里住了一年多之后，我在云龙湖畔买了一套小房子，总算在城市里有了自己的家，简单装修后，便准备搬过去。因为没有多少家当，我与楼下摆摊的人商量，借他的人力三轮车运送东西，最后付给他30元钱他才答应借给我。一个周末，我和读小学的孩子一起往楼下搬运东西，也就是那次搬家扭伤了腰，落下了毛病。刚刚搬到煤建南村时，楼下的道路还没有拓宽整修，云龙湖北大堤景区正在建设中。后来，这儿越建越好、道路越来越宽，只是矿务局总医院附近还有棚户区，治安不是太好。每天早晨，我和孩子两人骑着自行车一路走，在淮海路分开，他去上学我去上班。可是那两年偷自行车的特别多，孩子读高中之前，前前后后丢失5辆捷安特自行车，后来小区安装了大门情况才好些，再后来棚户区被拆迁，建设了新的小区，不再有小偷光顾，而我也就不再骑自行车上班了。住在煤建南村的几年里，孩子读了高中、考上了大学。特别是2007年，有几件让自己难忘的事。这一年，我写了一些文章，通过文章认识了文友、朋友；这一年，我们搬到了新城区上班，似乎有了新的变化；这一年，省吃俭用，在新城区买了套房子；这一年，我去了几个省市……

2011年，我又有了换房子的想法，于是周末了便在云龙湖附近察看，听说原矿务局办公室主任搬到了新小区，想把老房子卖掉，于是通过熟人与他联系，几经磋商，以不低的价位买了下来。这儿的房子是矿务局的自建房，住户多是矿务局的管理层，房子结构合理、质量很好、暖气优惠（现在已经市场化）、不收物业费、管理有序、交通方便，楼前是个小广场，楼下可以免费停车。在金秋十月，简单装修后，便搬到了这儿。说到这个小区，也有一种巧合在里面。我的老家村名叫小吴庄，外婆家在3公里以外的大吴庄，新买的房子在吴庄西区，听着就有种回到家乡的感觉。住在这个小区里生活特别方便，出小区南门就是云龙湖，周边医疗、教育、交通、购物很方便。煤建路两边的法桐树枝繁叶茂，冠如华盖，到了晚上华灯初上，两边饭店里传来觥筹交错的笑声，去云龙湖锻炼游玩的游客人来人往。人多美食自然多，窄窄的吴庄路傍晚便成了美食一条街。上了《舌尖上的中国》节目的老家地锅鸡、外卖上走俏的和顺砂锅、贾汪羊蹄、老堤北米线、丁里羊肉馆、河间驴肉火烧、太和板面、萧县卷皮、河南羊肉烩面、祖传炒面、孙五凉拌菜、凤岐把子肉、兵哥牛杂汤、云龙湖鱼馆、翠湖御景烧烤、沛县狗肉烧饼……住在这儿的人都很会生活、很懂生活。茶余饭后、酒足饭饱，到湖边吹吹清风、赏赏美景，当比苏杭更胜一筹。

岁月静好，在云龙湖畔又住了10年，有着很多的记忆。只是这儿离单位太远，坐了10年的通勤班车，每天来回2小时，白白流失了那么多时间。另外，也一直没有自己的书房，委屈了那一箱箱摞在阳台上的经史子集。前几年，趁房价未高时，在单位附近买了一套房子，便又有了一次搬家的经历。当然，这次搬家多是把书搬了来，其他的生活之用都是新的了。

回忆自己的数次搬家，等于回顾了自己的生活、学习和工作经历，凝聚着自己努力拼搏的足迹。搬家过程中，有些东西丢了，有些事忘了，有些朋友散了，有些记忆模糊了，有些汗水结晶了，真正伴随自己走来的，除了那些书、那个梦，还有的就是不变的初心。

锄地

"锄禾日当午,汗滴禾下土……"从这首千古传诵的诗句里得知,锄地从春秋时期就开始成为管理庄稼的一种方式了,直到 2000 年初退出农活行列。今天,再去农村,已经很难见到锄地的活计了,当年那明晃晃的锄头、油光光的锄把也早已尘封于院子的角落里,静待生锈腐朽了。而锄禾这项农活已经成为一个"借代",仅指种地了。

"天地君亲师"为中国儒家祭祀的对象,也是古代社会发展的一种信仰选择,祭天地源于对自然的崇拜。中国古代以天为至高的神灵,主宰一切,以地配天,化育万物。风调雨顺,百姓才能收获粮食,得以生活,所以祭天地有顺服天意,感谢造化之意。至今,农民们都珍爱着土地,呵护着庄稼,因为他们以此为生,生生不息。当然,随着农村生产力的大大提高,随着工业化进程的加快,传统的或者说原始的劳动方式被机械化所替代,但农民曾经的劳动方式应当被记录下来,有些劳动技术也可以录入非物质文化遗产名录。锄地,现在作为人们很难见到、很少人会操作的一种劳动形式,蕴含着农村千年劳动文化。

锄地的工具是锄,锄分为锄头和锄柄两部分,锄头的形状鹅颈一样弯曲下钩,锄面宽 10 厘米,长 15 厘米左右,加上颈裤长 70 厘米。锄柄是木头的,长约 150 厘米,由光滑笔直的槐木或者柳木棍做成。这种农具的形成应该积淀着无数代农民的智慧,锄头的重量、宽度、弯度、锄的长度,都要符合人与庄稼的实际情况。一般锄地的活都是男人去干,需要一定身高,更需要一定的臂力。

"锄禾日当午",说明了锄地的时间一定是在一天中最热的时候,锄地的作用之一是锄草,其次是松土。因为土地本身的肥料不足,在没有化肥的年代，农民多靠土杂肥供养庄稼，产量很低，所以除去杂草成为主要农活之一。这时候，锄就产生了。天愈热，锄地的效果愈好，锄掉的草在太阳的暴晒下会很快枯死。万物生长靠太阳，锄地的另一个目的是不让土地板结，松松土，让阳光的热量能更多地进入土壤，利于庄稼吸收热量和能量，所以也有了"旱锄田、涝浇园"的谚语。

记得农村的庄稼，小麦是不用锄的，因为麦垄太窄，下不去锄，能锄的农作物只有棉花、玉米、大豆等，并且也都是在庄稼苗不过膝时，太高了拉不开架势，容易伤了庄稼。"有钱买种，没钱买苗"，就是补上苗子，也不如原苗好。

锄地是个技术活，需要人的脚力、手力、臂力、眼力、体力。一把锄一般长度都在1.5米左右，在锄地时还要左右换姿势，需要一定的配合与协调能力。豫剧《朝阳沟》中的唱词："那个前腿弓，那个后腿蹬，把脚步放稳劲使匀，那个草死苗好土发松……心不要慌来手不要猛。"多多少少道出了锄地的技巧。先说锄地的脚力。锄地换姿势还要换脚，锄过的地不能过多踩，不然锄掉的草连土即活，也起不到理想的效果。站不稳也影响换手换姿势，锄地对练习弓步有好处，需要脚下生根，站稳了才能提高速度。再说手力。锄很沉，能握住往前送，需要手力大且快，往前送的同时还要有往后拽的动作，以便锄头顺势入土，而又不能太深。手力不大不稳也锄不了地的，并且容易伤到庄稼苗。说到臂力，这是锄地的关键，臂力大才能锄得快，甩开膀子，一左一右，一步一步向前走，经常锄地的男人都练得一副好臂力好身体，肱二头肌和腹肌都会很发达。特别是锄麦茬地，没有臂力很难拉动锄，也影响锄地的质量。其实，锄地还是个眼力活。庄稼苗的行距株距不一定一样，眼力不好往前送锄，锄头宽最容易碰到庄稼，看不准还容易夹生，就是有的地方锄不到，有的草在夏天雨后生长和蔓延得非常快，除草的成效就受到影响。

锄地分为四步：开头后往前送锄3米左右，锄头入地，人站成弓步，接着往身体方向拉四下，最后一下收锄。然后换步向前，重复上一次的动作。左脚在前成弓步时，锄到跟前往右侧收，右脚在前成弓步时往左侧收。我因为体力不够，臂力不够，眼力也差一些，一直没有熟练掌握这个技术。炎炎烈日下，头戴草帽，肩搭毛巾，赤背短裤在广袤绿色田野里锄地的男人是苏北农耕史上不应被忘却的画面。下午锄地至日落，"带月荷锄归"，也是一种很美的意境。

锄地是个劳累而枯燥的活，一块地要锄好几天，所以有的男人边唱着晚上听的地方戏曲边锄地，声音断断续续飘到很远的地方。当年农村也有很多有着各种天赋的人，只是没有让他们成才的教育和环境。也有的男人会约在一起去锄地，虽然相隔一定距离，但彼此说着笑话、侃着大山，也能减轻劳动之累。

家里缺少男劳力的，有时妇女也要学着锄地，而邻居家的男人会抽时间帮忙，帮得多了，自然会帮出感情来。曾经听说过一个光棍给一家妇女帮忙锄地，两人一同去了离村庄很远的北河锄地，带了干粮和水，中午也不回家，最后闹出了绯闻。当然，关于锄地，还寄寓着一些乡村故事，原始、粗犷、淳朴、诗意，读者根据自己的想象去联想吧。

进入21世纪，农村耕种方式随着农业机械化发生了翻天覆地的变化。机器种、机器收，除草剂一洒，草全没有了；化肥一施，也不用考虑松土。农村生产方式完全变了，只要不种经济作物，体力活几乎没有了，更没有谁会再去锄地。锄地，作为一种劳动方式，停留在了20世纪末，今天写下来，留下几代在农村耕作过的人的记忆，将来也许可以作为乡村旅游的一种体验项目。

幸福的棉花

夏季的一天，回老家农村看看，看到了熟悉的玉米田，看到了杨柳树下的老屋，看到了田地边在风中摇曳着的凤尾草，却没有看到昔日的棉花地，没有看到繁花似锦的绿色海洋。一路寻找，终于寻它不见，似乎少了追忆过去的参照，不由生出对棉花的思念。多思考一会儿，忆起与棉花相伴的日子，便感觉到棉花是很幸福的。在苏北农村，棉花承载着人们的致富梦，是唯一的经济作物，备受人们的关注关爱。这里就写写记忆中棉花的幸福日子。

春暖花开季、风和日丽时，走在外面，看到桃红柳绿，会感受着暖意拂面，地里的麦苗开始吐穗了，油菜花已经渐露青黄，田野的井里流出的水，清澈而温润，这时候也到了棉花育苗的时节。棉种是前一年从盛开的雪白优质棉朵里选出来专门留下的，一朵朵棉花手工去绒晒干后放到布袋里挂在阴凉透风处。种子是有生命的，也需要呼吸，布袋子透风透气，是储存棉种的最佳容器。

育苗首先要打营养钵，之前要选好育苗的地方，多是在麦田或者油菜地的中间方便进出的位置，清出一长方形的地块，长可10米、20米、30米不等，宽约一米半，人们蹲在两边手能触及。俗话说"沙地里看苗，淤地里吃饭"，所以育苗多选在沙田地里。在拔掉一些麦苗或油菜苗后，用铁锹翻土，做出深约30厘米的方池，深度恰好是营养钵的高度，这就是育棉苗的温床了。先把土反复翻一遍，清理杂物，之后把发酵了一冬天的精土杂肥（人畜粪便、煮好的豆饼等集中堆放好封闭发酵至粉末状，刚挖开时还会冒出发酵的热气），掺到土里反复翻均匀，再加入少许磷肥、少许粉状农药，抄好的土抓在手里，软软的、细细的，有种手工制作的舒服感。单是做放营养钵的温床，就要花一两天的工夫。温床做好，土肥再焐上一夜，第二天早上便可

以开始打营养钵了。当年的营养钵机子可能现在已经不多见，但凝聚着劳动人民的智慧。把土再翻两遍，如果有点干，就用喷雾器喷少些水，确保土便于成型脱壳而又不粘机子。"磨刀不误砍柴工"，土料整理好，打起来也快，备土的过程也有技术在里面。打营养钵既是体力活又是技术活，一脚站立，双手拿机子往土堆一插，挪到温床里用另一只脚一蹬。一连串的动作一次完成，需要站功，需要眼力和手力。这些活多由十七八岁的女孩或者年轻媳妇干。春风和煦、阳光灿烂的绿色海洋里，远远看到穿着红色毛衣、扎着长长马尾、低头忙碌打营养钵的窈窕淑女时，应该是当年农村最美的诗情画意了。其实，打营养钵本身就是一种艺术。技术差的需要两个人，一人打一人摆，而技术好的不需要单独摆，一转身一蹬脚，便整齐地到位了。打好的圆柱体营养钵，顶端中间有一浅窝的营养钵横成行、竖成列、斜成线，如同一个个衣着整洁的列兵，有着艺术的美感，真的能让人感受到劳动美。

打营养钵要花一两周的时间，打好的营养钵晾晒10天左右，便可以下种了。先用井水把营养钵浸湿，洒水时力量不能太大，不然水会破坏营养钵，水也不能少，要确保种子生长的水分。之后分别蹲在温床两边，把两三颗棉种小心地放进每个营养钵顶端的浅窝里，下种要一次完成，一般都要一大晌，多是一家人全上。下好种子，再用准备好的浮土浅浅盖上一层，接着用准备好的弓子和塑料薄膜罩上，盖好，便等着棉种发芽生长了。每过两天，主人便习惯去看看棉种发芽破土了没，待发芽出土后看看是否缺苗，等苗子长出两三个叶子后，开始通风透气，就是把塑料薄膜两边打开一点风口，再过一段时间，把两头打开通风，等叶子长齐，便白天打开通风日照，晚上盖上防寒。侍苗如侍儿，多是因为期待着棉花里有新房、新衣、新媳妇，有"三转一响"、白馒头。想想春意浓浓的傍晚，晚霞暮霭中，三两人荷锄披衣，说着话去田间伺候棉苗的画面，不也是一种生活之美吗？再有青年男女坐在地头悄悄说着情话，或者几个好友诉说心事，也是生活中的纯真与诗意。

虽然是春雨贵如油，但春夏时节也容易有急雨来，所以有时刮风下雨了要及时去盖营养钵。如果被雨淋了，营养钵容易粘在一起，剜起时不容易分开，也影响棉花栽种。

大概在5月份，开始栽春棉花，就是在耕作好的地里栽种，虽然工序烦琐并有些累，但大体是干净的。这时天气不热不冷，栽种棉花又是充满希望的活计，所以有着诗意般的憧憬与享受。剜苗的、运送的、刨坑的、栽种的、浇水的、覆坑的，多人形成一条生产线。如果人少，有的就"身兼数职"。

回忆当年，大家一起热热闹闹的劳动场面很有田园情调，回忆起来有种甜蜜在心头。再想想当年一些干活的一大家人，老人已经去世，兄弟姐妹各奔东西，又不免有种伤感在心头。有几年，为了提高棉花产量和科学栽种，实行麦套棉，即在小麦未割时在麦垄间栽棉花，其难度很大且劳动量增加，现在想想依然条件反射般地害怕。从温床移栽过来的棉苗"水土不服"，刚栽上会有点蔫，过一夜或者一天，又会恢复其茁壮的样子。

棉花是个娇宝宝，自栽上起便要如同抚养孩子一样倍加呵护。先是锄地松土复垄，接着是每隔几天喷洒农药。不知道为什么棉花那么娇嫩，天旱了有红蜘蛛，连阴天生蚜虫，开花结桃时又有棉铃虫。尤其是棉铃虫，分为五代，贯穿棉花生长的全过程，会躲在花苞里，藏在棉桃中，偶尔到叶下"乘凉"，或者在枝秆上"散步"，所以管理过程中多了"逮棉铃虫"这个有始无终的活。我记得当年背着手动喷雾器喷洒着1605、氧化乐果、敌杀死、呋喃丹的情景，还记得中间要喷洒助壮素、矮壮素。我喜欢看迎着阳光喷洒农药时喷头下出现的彩虹，甚至那喷洒在脸上的农药的凉意也成了劳动之美。消灭蚜虫和红蜘蛛的最佳时间是中午12点左右，高温下喷洒农药，唯一遮阳的是草帽，唯一的凉意是背上的喷雾器中的药水，有时药水汗水混在一起，间或会中毒而头疼发烧，多数都是熬几天就好了。现在想想，对待棉花甚至比对待孩子还用心，大体是因为棉花能给老百姓带来经济上的宽裕。

管理棉花既需要工夫，也需要耐心。计划经济时代，村村都成立棉花专业队，要时时劳动在棉花地里。施肥、除草、浇水、喷药、掐顶、掐边心、打边枝、逮虫、拾棉花、晒棉花、卖棉花，步步有学问，处处有故事。村里棉花专业队由青年男女组成，在一起劳动久了，自然会有属于青年男女的故事发生，在棉花地里谈情说爱或者偷情约会都留下茶余饭后的谈资，也曾经闹出过事体来。至于是怎么解决的，我那时年龄小，也不得而知了。和我们挨着的农场全称是棉花原种场，管理棉花的都是知青，他们有着更多的爱情故事，也只留在他们那代人的记忆之中了。

逮棉铃虫多是在早上露水正浓时，下半身系一塑料布，赤脚走在棉垄间，左一棵右一棵，从上到下，从里到外，从棉桃到花蕾，一一查找，逮到的棉铃虫放到挂在腰间的玻璃瓶中。等天热了棉铃虫缩进棉桃中不容易被发现了，只能靠农药消杀。逮到的棉铃虫粉嘟嘟的，往院子里一撒，成了公鸡母鸡的美食大餐。

棉花是花和果同名的植物，在生长过程中，那些没有花蕾的枝条被称为滑枝，要被掐掉，叫打边枝。由此看来，无材无用便无价值。棉花开的花非常漂亮，类似喇叭花，有各种颜色，并且全身开花，就成了花树，繁花和绿叶相互衬托，非常美丽。偶尔有个阴天，并且凉风习习，坐在棉花地里的田垄上清享其静其美其幽，以及劳累后的放松，感觉非常惬意。我读中学时曾经在暑假里一天下午坐在棉花地里读书几个小时，那种美好的记忆至今还有。

我家最远的地在与另一乡镇的地挨着的北河，距家有2公里之远，那里有块大田地，地特别长。每次干活都是两三家人约着一起去，相互照应着不害怕。记得一年夏天8月份，突降大雨，结满棉桃的棉花都歪倒了，要一一去扶正。本来想在家收听第23届奥运会的转播，却被父母派去扶棉花了。在那前不靠村后不靠店的漫长田地里干活，虽有鸟虫鸣叫，心里还是有种恐惧感，幸好有村子里割草的伙伴一同陪着。我在体味棉花带来的美好的同时，也有种憎恶感，管理棉花占用的劳动多，投入的成本大，还要如此这般地伺候着。为了它们，想读书而不能，想去玩而不得。记得当时为了能一起去河里游泳，几个伙伴每人两行，帮我干完活一道往农场边上的河奔去。现在北河的地还在，早已经不种植棉花了，那时的伙伴们也各自忙于自己的生活，没有了联系。

经过四个月的呵护与劳动，8月底9月初，棉花桃子熟了，慢慢地绽开，露出洁白的花絮，拾棉花的日子到了。这时又是一片醉人的花海，仿佛朵朵白云到人间。秋天雨水少，光照足，棉絮越晒越白，这时人们忙着秋种，也都不急着拾棉花，而是等棉桃完全开放，棉朵膨大成白色的毛茸茸的球状快要落下来时再采拾，所以叫拾棉花，可见老百姓用词形象生动。

拾棉花的活是快乐的，干净不太累，主要是有收获的幸福。腰间系一棉花兜，弯着腰边走边拾，拾满后集中到一个大化肥袋子里，傍晚运到家，第二天在院子里支起筲继续晒。一般一棵棉花上会结20个左右的棉花桃，自下而上可以开三次质量好的棉花，一亩地能产300多斤籽棉，记得当时一等棉能卖5元多一斤，每亩收入1000多元，对农民来说是大丰收了，全家的支出也有了着落。给儿子盖屋说媳妇，给女儿打嫁妆，给上学的孩子准备学费……

棉花不是木本植物，但其外形像树，有枝有干，待其花尽叶落，仍然以树的姿态立在地里。如果想等来年春耕春种，不急着拔棉柴，那片棉花地便会成为野兔、狐狸和其他小动物的栖息地。有的人拔了棉柴种晚茬麦，拔下来的棉柴整理一下，可以做简单的栅栏充当院墙，挡猪羊鸡狗，也可用来搭猪羊棚，为家畜遮雨避风。另外，晒干的棉柴还是农村烧锅做饭的上好柴火，也只在春节或者摆大席时才舍得用。

棉花自育苗开始都是快乐和幸福着的，被呵护着、被宠着，它们不知道农民的苦和累，不知道老百姓的汗水和艰辛。之所以被宠，因为当年种棉花是农村为数不多的挣钱形式，承载着老百姓生活的希望，所以才有着棉花的幸福一生。但当年农村市场不畅，卖棉难的场景可能是幸福的棉花感觉不到的，它们的幸福生活也曾给棉农们带来很多的无奈与伤感。

现在，农村挣钱的门路多了，外出打工的多了，农村经济作物由棉花过渡到了洋葱大蒜、牛蒡山药，棉花因其管理麻烦离开了苏北农村。

很想念幸福的棉花。

过年的饺子

年是中华民族的传统节日,也是重大节日。在大部分地区尤其是北方,年总是与吃饺子联系在一起的,因此过年了就想写写家乡过年的饺子。

对过年吃饺子的由来与含义,没有进行过专门研究和探讨,在农村大抵是团圆的象征。而在南方,大年初一多半以吃汤圆寓意团团圆圆。在北方农村过年,有很多饮食文化和民俗,而吃饺子是最明显的特征。"有钱没钱,割肉过年",割肉主要是用来剁馅、包饺子。"迎客饺子送客面",过年了一大家人聚在一起吃饺子,也就是一种团圆和幸福了。

农历初一是年的开始,过了腊月十五就算进入年关了,这时候人们便开始操办年货,到腊月二十七八就开始准备剁饺子馅。之所以用"剁"这个字,主要突出剁肉的过程,其实做饺子馅很复杂很艺术也很有学问,需要花费很长时间。首先是炉(煎)大料面,把买的或者自己晒的花椒,买的大茴、小茴等放到锅里干炒一下,待泛黄时赶快出锅,不然会糊。晾干后趁没有水分,用烙馍轴子在案板上擀碎擀成面粉状,装在玻璃瓶里备用。之后把生姜去皮切成块、成条,最后反复剁成姜末,再把大葱去皮,切成条、剁成葱花,与姜末一起掺均匀。又从地窖里扒几个大萝卜来,去皮切成条,放到开水里焯一下,捞出来放到凉水中沐,之后用纱布裹起来把水挤干净。这样用萝卜做馅时就不会出水了,确保饺子馅软硬适中。又取初冬刚刚漏好的粉条,在温水中浸泡到八成软,捞出来切好剁碎,放在一边备用。这时开始剁肉馅了,也是先把肥猪肉切成片、成条,之后用刀不停地剁,边剁边加入酱油、盐、炉好的大料面,开始剁时是切好的一堆肉,慢慢地越剁越少。剁肉馅需要技术,剁不均匀会有肉块在里面,会给拌馅和包饺子带来麻烦。技术好的人用两把刀剁,直到肉被剁成肉泥一样,盛在盆里放好。小时候,在年关会听到家家剁馅子的嗒嗒声和炸丸子时油锅里传来的吱吱声,还有偶尔的鞭炮声,弥漫着浓浓的年味。那时农村经济条件都不太好,剁的都是纯猪肉馅,后来经济发展了,生活水平提高了,便剁猪肉和羊肉馅,或者用猪肉配牛肉。以前农村没有细盐,代销店卖的都是大盐,把盐粒在石臼里捣碎后再用擀面杖碾成粉状,撒在肉馅里拌匀。因为人多,并且除夕、初一、初三、初五和十五都要吃饺子,所以要备很多馅。剁好的肉馅单独放在盆里,取出一部分与萝卜粉条一起拌饺子馅。拌馅时,把萝卜、粉条、大料面、姜末、葱花、盐放在一起拌匀,再放入炸丸子和炸菜后的熟油与香油,拌匀拌好,就可以用来包饺子了。

除夕中午,是过年的第一顿饺子,下饺子要放鞭炮,保证饺子下锅时鞭炮响起。那时的孩子们会用竹片做成饺子叉,用来叉饺子吃,省却了筷子,也是过年的一种乐趣。除夕中午的饺子被农村称为尝馅,感觉淡了就再放些盐,感觉硬了就再放些萝卜,感觉不香就再加肉馅,目的是确保大年初一一定吃最可口的饺子。除夕午饭后,收拾一下便开始和面包饺子,同时准备做几个菜,晚上守夜喝辞岁酒。年初一的饺子有很多讲究,面要醒好,面皮要圆圆的,要在几个饺子里包上硬币,谁吃到谁将来有福气。另外还要包一些花边的饺子,初一早上单独盛出来敬天敬地敬灶神。

过了子夜就算新年了,住在农村,会从凌晨开始陆续听到鞭炮声,有鞭炮声就有下饺子的。传说谁家饺子吃得早,谁家就勤劳,谁家日子就能过得好;还传说谁家的鞭炮又大又响,谁家的日子就过得红火。而母亲从来都不让我们与别人家比这个,老人始终认为"小心行得万年船""肉在碗底吃得香",所以我们兄弟姐妹都养成了低调的性格。除夕晚上包好的饺子放在簸箕里或者高粱莛子穿制成的锅盖(拍)上,用从村主任家要来的报纸盖上,四个角用硬币压好,一是提防老鼠偷吃,二是提防失水。还记得初一早上,我们会早早地起来,揉着眼,穿上新袜子新棉鞋,洗把脸,把鞭炮挂在院子里老枣树的枝丫上,从锅底取出火种来,等母亲说开始下饺子了,我们便把火伸向晃动着的鞭炮捻,连忙跑到远处捂住耳朵。爆竹硝烟弥漫时水饺已经煮好,母亲会让我们端两碗放到堂屋里桌子上,一同磕头祈祷天地保佑,风调雨顺,让我们能吃上饭,又到灶前磕头祈祷说灶神"上天言好事,下地降吉祥",之后按辈分长幼磕头拜年,最后才开始吃饺子。

家里人多锅大,下的饺子多,又按人口煮上鸡蛋,除长辈两只鸡蛋,其他人每人一只。初一的饺子既鲜又香且有种仪式感,又有一年初始的象征,所以可以多吃，并且还要有剩余，这也是一种风俗。母亲会计算好下多少饺子够吃且"吃不完"，多半是父母亲少吃一些，留一些放在锅里，寓意年年有余。

　　初二早上依然要包饺子，只是煮饺子时放一些丸子或者炸菜，或者配以馒头、豆包子等。因为家里人口多，确实不能保证有足够的细粮和水饺。饺子馅要存到正月十五才结束，那时的馅子已经发酵有些酸酸的味道了，再配些萝卜，包出来的水饺有点酸味，但也别有风味，现在是吃不到了。

过年的"禁忌"

过年是中国大部分农村人的大事、盛事,关于老家农村过年的很多习俗,我在《过年》中已经详细描述,这里再补充一些农村过年时的禁忌。不管正确与否,仅从民俗的角度写下来,算作农村曾经的过年文化符号,供人们了解。

以前农村过年时,吃美食、穿新衣、看电影、走亲戚,男女老少都处于喜庆幸福的状态中。但是,过年期间也有很多禁忌,并且什么时候做什么事也有着规定,一家老小都要遵从,否则会受到老人的责备。

三十、初一不洗头。大年三十,已经进入年关了,女人们忙着剁馅,包饺子,男人们张罗着约几个要好的晚上一起喝酒守岁,孩子们忙着贴春联、放鞭炮。到了这隆重时刻,人们就要以崇敬之心对待,洗头、洗衣服是之前应该做好的。这个禁忌是从皇室祭拜礼仪借鉴沿袭而来的。在封建社会,遇到祭祀或重大事件时,要沐浴、更衣、独居,戒其嗜欲,以示心地诚敬,称为"斋戒"。致斋三日,进行"五思"(思其居处、笑语、意志、所乐、所嗜),使思想集中统一。斋戒并不是只吃素食、忌肉食,而是变着花样吃肉。古代的"荤",指葱蒜韭姜等有刺激气味的菜,不吃它们,目的在于防止在祭祀或会客时口里发出难闻的气味,造成对神灵、祖先或宾客的不尊敬。从年三十到初一晚上都属于隆重节日,所以不能洗头洗衣。年初一是一年的第一天,不能睡懒觉,要早早地起床,早早地下饺子,早早地放鞭炮,早早地祭拜神灵和先人,早早地到村里老人那儿拜年。

初一不泼水。年初一的凌晨,老人会从下饺子的大锅里盛出一盆热水来,一家老少七八口人用一盆水洗脸,中间也不换水。如果有人嫌水脏,或者感觉洗脸时多人用一条毛巾不卫生,老人会说水不"沃脸",水再脏也能

把脸洗干净。那盆水初一这天不能倒掉，泼水意味着破财，意味着把好运"泼走"。现在这个禁忌早就没有了。

初二不扫地。在老家也有初二这天不扫地的风俗，可能是人们想留有年初一美好生活的痕迹，也可能是休养生息哲学的体现。有人认为，年关扫地会把一年的好运气、财运扫走，这天扫地会破财。也有人认为过年了，天地间一切都应该享受安静休闲。尽管地上有花生壳、瓜子皮、烟蒂、鞭炮纸、拜年人来来回回的脚印，但这一切都是美好生活的痕迹，所以人们在这天是不扫地的。

初四早上喝糊糊。按农村老一辈说法，年初四是迎灶王的日子，灶王是厨房之神，受到人们的尊敬。初四这天灶王回归会在每家点名，要是谁不在的话，在新的一年就会失去灶王的照顾。于是，早晨家家都喝糊糊（稀饭的一种），说灶王看到家家烧糊糊、人人喝糊糊，也就分不清谁没有出来迎接他了。现在，老家人仍然把年初四称为"糊四"，还有着大年初四早上喝糊糊的风俗。另外，初四这天也不走亲戚，初四与"出事"谐音，人们都祈望一生平安健康，自然不喜欢"出事"。

初七傍晚不点灯。大年初七的傍晚家家户户都不点灯，因为传说这天晚上老鼠娶媳妇。老鼠怕光怕人，人们关灯让老鼠传宗接代，也体现了中国传统中"天人合一"的思想，是对中国传统美德的一种坚守。虽然老鼠钻墙打洞，偷吃粮食，创造了"老鼠过街，人人喊打"的成语，但有老鼠在就寓意着有粮食，也是来年丰收的象征，所以人们给予老鼠生存和繁衍的机会。其实，老鼠在人们的心中也有着很高的地位，十二生肖第一就是子鼠，老风俗蕴含大道理。到了晚上9点左右，家家户户才相继点灯。

不吃娘家的回头饺子。在农村有"嫁出的女、泼出的水"的说法，所以出嫁的闺女已经不是娘家人，是不能在娘家过年的。就是出现了特殊情况，如丧夫、重病等原因住在娘家，春节这天也要出去躲一下。这可能寓意女儿嫁得要好，嫁得好，生活幸福，就不会来娘家过年了。时间久了，人们就渐渐认为出嫁的闺女回娘家过年不吉利。也可能还有其他原因，只有到农村找90岁左右的老人打听了。

初一、十五不走亲戚。初一为年，十五为圆。农村民间俗语说"躲得了初一，躲不过十五"，寓意"是福不是祸，是祸躲不过"。这两天走亲戚，会被认为是来躲灾避祸来了，主人家认为不吉利，即使接待了，也会很不高兴，两家还会因此闹矛盾，也有的从此"断路"。有的亲戚走到半路，想起是农历初一或者十五，也就转头回去。新娶的儿媳妇，在头一年正月十五要回娘家躲"十五"。

不敬天地不开饭。大年初一这天，煮好饺子后，要先盛出两碗来放好，一家人一起磕头敬拜天地。家长口中念叨着感激上苍造物，让人们能吃上饭，并祈福上天保佑来年风调雨顺。敬完天地后，儿女还要给爷爷奶奶、父母磕头拜年，之后才开始吃饺子。

初五之前不开剪。老百姓朴素地认为，过年了，万事万物都应休养生息，好好享受隆重节日的快乐。人们感谢诸多的农具，在所有的农具上贴上春联，感谢它们，祝福它们。记得平板车上是"一日行千里，两手把千斤"，自行车上贴"出入平安"，囤上贴"五谷丰登"，灶台前贴"上天言好事，下地降吉祥"，猪羊圈上贴"六畜兴旺"，秤杆前头贴"公平交易"，铁锹上贴"翻土成金"……朴实的老百姓把万物看成与人一样。年关了，初五前不动它们。

守孝三年不过节。古时候，父母去世，儿子要丁忧三年，三年里都戴孝。后来虽然思想进一步解放，但在农村也要三年不能过节。虽然在年关也蒸团子、豆包子，也剁饺子馅包饺子等，但过年时不贴对联不放鞭炮，不出去拜年，坐在家里守着老人的牌位。后来，文明程度提高了，人们只保留了三年不贴对联。"五里不同俗，十里改规矩。"有些地方贴不同颜色的对联，逐渐向红色过渡。第一年黄色、第二年蓝色、第三年白色，三年后便贴红色对联了。

不过十五不出门。在农村，正月十五之前都是年，仍是举家团圆的日子，一般是不出远门的。就是过了十五，回家过年的人开始外出时也要选个日子。老家农村流传着"三六九，往外走"的说法。人们外出打工或者去外地，多选在正月十五后带三、六、九的日子，如初十六、十九、二十三、二十六等。其他日子尽量不外出。以前，正月里或者出了正月逢农历三、六、九的日子，汽车站、火车站都人满为患，一票难求。

正月里不剃头。农村还有不出正月都是年的说法。古人视发如命，曹操曾号令三军不能毁坏农民的庄稼，违令者斩，结果他的战马惊厥，踏坏了庄稼，他便以发代头，削发为惩。正月仍属于祭拜日，所以不能剃头的。农历二月二龙抬头，这天理发一年都发，因此，这天理发的人特别多，剃头铺的师傅一天都不得休息。

不敲筷子不打碗。在农村，遇到旱涝之年、青黄不接时，经常有讨饭的上门。他们多是用筷子敲一下碗边,提醒主人给些吃的。所以在年关包括平时,老人很忌讳敲碗的。人们认为过年时敲碗,寓示着没有好收成,会去要饭。另外,年关人们也忌讳打碎碗碟,打了饭碗寓示着无饭可吃。虽然有着"碎碎(岁岁)平安"的说法,但人们还是认为年关打碗不吉祥。一般到了过年前后,每家都会添几只新碗,买两把新筷子,希望家里添丁添粮。

不倚门框不骂人。过年是大节,心里要有崇敬感,要有仪式感。所以到了年关,老人会要求家人注意自己的言行,做到"站如松、坐如钟、走如风",平时不能倚门而立,因为那是讨饭人的姿势。过年期间更不能骂人、说脏话,做到非礼勿视、非礼勿听、非礼勿言。老人们认为年关违反了这些要求,一年里都不得平安。

不伸懒腰不谈鬼。过年时,人们也不能伸懒腰,农村平时就有着"吃饭抽身(伸懒腰)穷断筋"的说法,到了年关更要注意避免这种忌讳的行为。实际上,勤劳朴素的老百姓认为伸懒腰是懒惰的象征,人一懒地就闲,囤中无粮,心里就慌。过年了,人们也很少谈鬼神的话题,怕引来穷鬼、饿鬼附身。农村里多流传着年关冤鬼附身的故事,这是一种迷信,也是一种玄说,但农村老百姓相信这些,所以春节期间忌讳这些不吉利的话题,尤其是在夜晚,更不能谈论妖魔鬼怪,避免吓着孩子。

随着社会的发展和进步,人口流动和文化的融合,人们的思想观念发生了巨大变化,过年的风俗和方式也有了不同程度的改变。春节回了趟老家,听说拜年时真正跪下磕头的人也少了,不知曾经的春节禁忌还存在多少。

家乡的汤

民以食为天,农村两千多年封建社会,人们都是在为吃饭而拼搏。大多数农村老百姓的日子真正好起来是新中国成立后特别是改革开放后开始的。现在农村的一些老人傍晚遇到后打招呼还问"喝汤了吗",这个招呼有着千年历史。以前农村穷,一天只吃两顿饭,晚上为了节约粮食,就烧点清汤,喝了早早睡觉。家家户户烧汤,男女老少喝汤,但也有的人家甚至连汤也不烧的。汤,成了农村傍晚的关键词,现在的农村老百姓生活基本上都达到了"吃香的,喝辣的",那一声传统的招呼渐渐地越走越远了。汤却成为农村餐饮文化中不可忽略的元素。由此,写写家乡的汤,给人们留下淡淡的乡愁。

其实,汤在人们的饮食中有着很重要的地位,回忆起来,农村的汤大致有以下几种:疙瘩汤、面筋汤、米汤、绿豆汤、蛋花汤、羊肉汤、鸡肉汤、番茄蛋汤、槐花汤、丸子汤、鱼汤、萝卜汤、豆腐汤、冬瓜汤、羹汤、菠菜汤……这些汤有咸有甜、有荤有素、有稠有稀、有热有凉,丰富了农村饮食文化和民俗文化,给了人们生活中的些许美好。老家有着"大锅的汤、小锅的菜"的说法,意思是大锅烧汤好喝,小锅炒菜好吃,而在老家,很多时候烧了咸汤,就不再做菜了。其实,作为饮食文化,烧汤也是有学问在里面的,同样的汤料,有的人做出来味道鲜美,有的人做出来少色寡味,三分料七分做,很有道理。这里选择性地描述几种小时候喝过的汤,和读者一起回味汤的记忆。

面筋汤

这是农村当年麦口里常烧的一种汤,一般都是烧一大锅,可以喝两顿。

热烙饼卷大葱，再喝一海碗面筋汤，那种味道现在想想还有垂涎的感觉。做面筋汤很有技巧。首先选面。当年农村生产力落后，小麦产量低，白面珍贵，磨面粉的形式有一破成和多破成，后来称为八五粉、七五粉、精粉。老百姓多数都磨八五粉，就是100斤小麦磨85斤面粉，面粉中麸皮含量多一些，而这样的面粉最适宜打面筋。把带釉的土盆洗干净，取一瓢面，加水用手搅拌，之后慢慢加水顺时针或者逆时针一个方向不断搅转，老家称为"打面筋"。随着水越加越多，慢慢地面团越来越小，到了最后就打出了面筋，接着进入了洗面筋的阶段。在水中不断挤压，把面筋挤出来，放在大碗的清水里泡上，土釉盆里的面水也放好备用。接着，用木柴把大锅烧得热热的，放入豆油，用切好的葱花煸，待葱花泛黄之际，加入食盐，再倒入凉水，便有水气、葱香气，伴着嗞嗞的声音飘出来。放入一些粉条，用大火把水烧开，之后开始煮面筋，感觉面筋已熟，把切好的条状豆腐皮放进去煮一会儿，再把打面筋的半盆面水倒进去，大火烧开，小火慢煮。过半个时辰，闻到了面汤的香味，再把刚刚采摘的新鲜的苋菜洗净放进锅里。因为锅底有余烬，可以继续煨汤，慢慢地会熬出面汤的香来。在焖汤的同时，一般会开始烙馍。"新下鏊的烙馍四样菜"，是说新烙的馍好吃，用新烙馍卷刚刚从地里拔来的大葱的葱白，热、香、脆、微辣，那种味道真的很吊人胃口，而这时再端来一碗热腾腾的面筋汤，洒几滴香油提鲜。面筋汤与烙馍是当年农村饮食的绝配，放到现在，也算是奢侈的美味佳肴。如果有条件，再甩些鸡蛋穗在汤里，味道就更鲜美了。在以前，面筋汤只在农忙时烧，用来犒劳累了一大晌的男劳力。干一晌活回来，伴着烙馍卷大葱，一碗、两碗、三碗……今天，面筋汤成了丰县菜系中的特色食品，进了饭店、上了餐桌、成了招牌，但与当年传统的面筋汤还是有着很大的区别。

剩面筋汤也有别样的味道，因为烧面筋汤比较费工夫耗时间，一般都会烧一大锅，分两顿喝，而剩面筋汤更有一番味道。用石臼把大蒜捣碎，再用醋拌匀。盛一碗凉面筋汤，里面放些许蒜泥，入口辣、凉、香，也会很惬意。

疙瘩汤

上次走在夹河街上，看到路边有家饭店叫肉丁疙瘩汤馆，想想当年农村的家常便饭现在竟也成了饭店的代号。一次在丰县人开的丰县菜馆里，除了面筋汤，还有一种老家的疙瘩汤，不免让我的思绪走进了以前的老家。回忆起来，老家的疙瘩汤有好几种做法，如葱花疙瘩汤、番茄疙瘩汤、粉条疙瘩汤、苋菜疙瘩汤等。烧疙瘩汤，自然对面疙瘩有讲究的。北方农村缺水，没有水稻，米自然少，聪明的老百姓就用面粉搅成细疙瘩代替米了，疙瘩汤大抵如此由来。以前的农村搅拌疙瘩用的是葫芦做的面瓢，盛些许面粉，加入少量水，用筷子快速搅拌，水太多会变成大块面鱼，水少了很难形成疙瘩，把握加水的量也是一种技巧。一般情况下，搅拌疙瘩和烧水是同时进行的，疙瘩越搅越碎。最后会形成米粒大小。葱花疙瘩汤简单易做，将葱白葱叶切碎，称为葱花。将切好的葱花用盐和香油或者炸过菜的豆油拌好腌着，等疙瘩入锅煮熟后，有条件的再把蛋花浇在沸腾的汤里，之后把腌好的葱花倒入汤中，立刻香气扑鼻，诱人味蕾。葱花疙瘩汤多是粗粮的伴侣，难咽的饭菜在葱花疙瘩汤的诱导下变得可口了，给人以艰苦生活中的一份美好。

番茄疙瘩汤。做面疙瘩的方法大体相同，只是要把葱、盐和切好的番茄用油煸一下，之后加水，接着再放入一点粉条，在水沸腾时小火煮一会儿，估计粉条软了、水浸透了，再将疙瘩搅动着徐徐倒入锅里，大火烧开，细火慢炖，打上蛋花，放入菠菜，出锅时滴几滴香油，青红皂白，入口香软醇厚，自是农村美味仙汤。上面所列的其他疙瘩汤，做法大体相同，只是不同季节不同家庭食材不一，有着口味上的差异。以前在农村，咸疙瘩汤多是用来拌饭的。粗粮野菜难咽，体力劳动繁重，为了让劳力多吃些粗粮，有力气干活，也就烧一些可口的疙瘩汤来下饭。现在生活条件都好了，疙瘩汤纯粹是一种美食存在于餐桌上了。随着物流的发达、市场的繁荣、经济的发展，今天的农村因为有了米，便很少有人家再烧疙瘩汤了。

冬瓜汤

有亲戚从农村老家来，给我带来了一个大冬瓜，大概有30斤的样子，滚圆滚圆的，表面有一层白白的粉末和绒毛，那是风吹日晒的生长痕迹。亲戚说这是在老家院子里自然长成的，没有用化肥和农药，是天然绿色蔬菜。这让我想起了农村在屋前院后"点"冬瓜、南瓜的情形。在夏天收过麦子后，母亲会在院子的角落里、屋后人不经常经过的地方，挖一浅坑，埋一粒冬瓜或者南瓜（老家叫番瓜）种子，浇一点水，便任由它发芽、拖秧、开花、结瓜。看到他搬来的冬瓜感觉搬来的是一种乡愁，一缕昔日的岁月，其意义远

远超出了冬瓜本身。

冬瓜是一种药食兼用的蔬菜，具有多种保健功效。老家的老百姓是不知道这些的，种了冬瓜就把它作为一种蔬菜。冬瓜生长周期长，喜旱不喜涝而又不能缺少水，还要定期给它"翻身"。入了秋，天气干燥，枝叶萎缩，冬瓜在瓜秧上长着放的时间会更长，如果不摘可以长到立冬时节。霜打的冬瓜更好吃，如同富士苹果，只有等霜降后很长时间采摘下来才更甜脆。冬瓜是要按时节吃的，秋天吃特别新鲜，而在农村，人们都把冬瓜作为下咸豆缸的食料，称为腌冬瓜。

当然，现在冬瓜的吃法有多种，常见的是冬瓜排骨、海米冬瓜等。而在我的记忆深处，难忘当年的冬瓜汤，于是我凭着记忆和回忆，按着自己的想法加以改进，试着做了一次童年时期的冬瓜汤。烧好后都说好喝，年长者喝出了当年的味道，年轻人喝出了美食的感觉。

其实，在我童年时喝冬瓜汤的机会也不多。当年蔬菜只有生产队的菜园才种，老家有村庄叫王菜园，大概由此得名。而菜园里很少种冬瓜，种的菜供应生产队的"大锅饭"用。"大锅饭"是历史的产物，现在的年轻人不懂，也不需要懂。我见过的大锅饭也是在农村收种两季才有的。紧手的庄稼消停的买卖，收麦种麦时抢收抢种，一些壮劳力便在生产队的集体食堂里吃饭，人多来不及炒菜，就烧一大锅冬瓜汤。一人两碗汤一个"大杠"（长形的杂面或者白面馍）。在吃饭时，有的小孩便在周边看着，最后父亲或者大哥大姐会在碗里留下小半碗给自己的孩子、自己的弟弟妹妹喝，以解饥饿或者解馋。父母对我们要求严，不允许在人们吃饭的时候去那儿或者经过那儿。记忆中唯一的一次是大姐偷偷给我留了半碗冬瓜汤，那种美味是永远难忘的。

现在就来试着做一次冬瓜汤，共同品尝秋季之味美。

先把冬瓜切开去瓤去皮，之后切成细条状或者小块状放入盆中，撒入一些食盐用手拌一下，放一会儿让盐味入进去，老家称为杀"生"味。切好葱花、姜末，提前泡一些剪成寸长的粉条。烧冬瓜汤宜用铁锅，待锅烧热后倒入植物油，如果加入部分猪油更好，油热后快速放入葱花姜末，看到泛黄后立刻把盐浸过的冬瓜条片捞出来放入热油中煸一会儿。等冬瓜变色后注入清水，如果有高汤更好，再把泡好的粉条放进锅里，大火烧开小火煨。这时，取些面粉放入碗中用清水搅拌成粥状，稀稠把握看锅里的汤水而定。搅拌好后醒一会儿，我理解的应该是让水分子与面粉分子充分融合吧。

冬瓜汤熬 20 分钟左右，打开锅盖倒入面水搅拌均匀，再大火烧开，一会儿之后又改小火煮。老家有"大锅的糊糊小锅的菜"的说法，要想汤好喝就需要用时间熬。所以老家非物质文化遗产的"粥"，其做法的关键就是"熬"，一缸粥要熬一夜，全在时间和工夫上了。冬瓜汤加上面水后，要不断搅拌避免锅底煳，老家称"坐锅"。这时候还不能闲着，取几枚鸡蛋，最好是草鸡蛋，打到碗里搅拌匀，之后均匀缓慢地倒进汤的表面，形成蛋花。等冬瓜汤熬出香味时，可以关上火盖上锅，焖上 10 分钟左右，舀出一点尝尝咸味，淡了就再加点盐，放入些许鸡精。搅拌匀出锅，撒上一点切碎的香菜，色香味俱佳，便可以享用了。这样烧出的秋天冬瓜汤入口绵软香醇，舌边生津，轻啜浅尝，可谓功夫汤。

有人建议加入花生碎，再放入牛肉丁味道更美了，我说那就变成冬瓜羹而不是冬瓜汤了。做羹还需要一定工序和时间。

喜茶之士讲究茶道，好汤之人追求汤道。由此可知，哪怕再简单的事情做到极致，都需要功夫，需要工匠精神，而有了这两点，又有什么不能成"道"呢？

亲戚带来的冬瓜我只用了小小的一部分，却花了 2 个小时做出了带着时光沉积和当下追求的一份汤。

捞盐

听说市内开了一家特色饭店,名字叫"捞盐"。捞盐是老家的方言,现在也只有住在老家的老人知道它的含义了。字典里见不着,《辞海》里查不到,在家乡也是口口相传,再过若干年,这个词没有人传,也就消失了,主要是这个词存在的环境和意义没有了。有人别出心裁,竟然用饭店把它的名字和内容表达给了现在的人,据说生意还很好。当然,有继承也有创新,不然真的做成原来的样子,不符合卫生标准,也不一定有人愿意去吃。

捞盐是以前老家一种大席菜倒在一起发酵而成的混合菜的统称。大席散场后人们把各种菜折在一起,酸辣香甜都有、热菜凉菜同在、荤菜素菜融合,这种菜的气息闻起来都是混合的:酸中透出甜,香中有着辣,甚至还有白酒的淡淡味道。吃在嘴里,青菜中有了肉的味道,肉中又有是肉非肉的口感。现在刻意去做是做不出来的,因为捞盐里有历史、有风俗、有浓得化不开的乡愁、有回也回不去的思念。想起捞盐,就会想起农村昔日红白事上你拥我挤的热闹,一家有事百家哀的真情;就会想起吃大席时划拳行令的呐喊声里透出的男人的粗犷剽悍,嘴角叼着烟、围着围裙、戴着棉帽、眯着眼认真做菜的大厨,还有锅碗瓢盆的叮当伴着孩子嬉笑打闹的欢叫;就会想起手里拿着针线,边说话边纳鞋底的中年妇女们;就会想起淳朴善良而又勤劳的家乡人。

20世纪八九十年代的农村依然处在从贫穷和落后走向富裕与文明的路上,市场经济的浪潮还没有波及这儿,人口流动不大,一切的风俗民情还保持着几十年前的样子,并且每家的孩子都有五六个,自然村子里少不了婚丧嫁娶的诸多事。因为生活贫困,吃大席成为人们的期待,于是庄上谁家的孩子几月几日结婚和出嫁,人们掰着手指算得清楚,早早地就等着了。有亲戚的上礼吃大席，没有亲戚的也争先恐后去帮忙，讲究些的会随份礼，也就5块10块的，表示祝贺也表示不白吃。当年物资匮乏，摆大席用的八仙桌子、盛菜用的锅碗瓢盆缸和水桶都需要东家借、西家凑，一家有喜事就是一个庄上的事，前前后后忙10天左右，所以娶媳妇、出门子（出嫁在农村叫"出门子"）的日子都定在冬天农闲时节。那时人们都不忙，所以叫二还三，闹洞房、住娘家等礼俗都沿袭上百年的规制。等生了头胎要送祝米，也要摆大席。结婚出嫁的大席上，白面馍上点五个红点，送祝米时吃焦饼，染很多红鸡蛋。一家筬子（簸箕柳编的一种半圆形上面带把的容器）里，上面用大红包袱皮盖着，里面自下往上依次是红糖、鸡蛋、焦饼，为防止鸡蛋被颠破，筬子最下面用小麦垫底这些风俗现在渐渐都没有了，年轻人既不会做也不在乎这些了。过去物以稀为贵的东西，今天的人也不一定认为好。包括农村大席在内都可以列入非物质文化遗产名录。

那时的农村大席不上鱼，因为苏北缺水、物流不畅，很少能见到鱼。也不上狗肉，因为狗通人性，能看家，多数人爱狗，且在老家狗肉不能用刀切，说明人们对狗的感情。大席菜多数用的是猪肉、羊肉和鸡、鸡蛋等。另外有丸子、炸菜、鸡蛋饼、白菜、海带、萝卜、藕、绿豆芽、豆腐皮、芹菜、豆腐、卷煎、黄瓜、花生米、花椒、胡椒、大料面、青椒、红椒和淀粉，猪肝、羊肺、猪耳朵，牛肉很少。调料油盐酱醋都是手工的，大料面也是自己做的，味真味纯，没有任何工业的成分。那时没有塑料袋，且也没有打包的习惯，吃不完就剩下了。大席后帮忙的就挨桌收了倒进一个大砂缸里。因此这种折在一起的剩下的大席菜，就有了特殊的名称——捞盐。喜事都选在冬天，有的选在腊月，外面就是天然冰箱，这种菜在大缸里能放上一周多。第二天给庄上左邻右舍家还锅碗瓢盆时，都舀一些带着表示感谢。当年农村生活艰苦且每家人口都多，能吃上这种捞盐也是改善生活了。也因为这个原因，能让捞盐多一些，大老知和厨师开菜单时，会把不太贵的菜如豆腐皮、藕、海带等多开一些。够不够猪肉凑。有多多的五花肉，再大大的油、足足的调料，做出来的菜味道肯定好。大大的锅、大大的火，蒸汽腾腾、人来人往，那种喜庆和热闹今天真的很难找到了。现在再回农村吃大席，菜都是预制，多数都是加工的，没有了过程，自然也少了几分味道，馒头上的红点也省却了，焦饼更没有人知道是什么模样了。

当年乡风淳朴，不管谁家有喜事，都要请年纪大的来吃大席，老人来与不来都有被尊重的感觉。就是不来的话，大老知也会安排厨上去送碗汤，两个白面馍馍。有的老人就很高兴，会带2元的喜礼来。还有一些人不能忘记，就是五保户和智力障碍老人。邻居家有个老人，人们都叫他"聋子"，是年轻时生病聋的。谁家有喜事时，他就去帮忙挑水，到每家都干这一样活，大老知有时比画着让他干其他的，他就会瞪眼嘟囔着都听不懂但都明白意思的话。第二天，事主一定会给他送满满一盆"捞盐"，并且会带上几个白面馍馍。邻村有个智力障碍老人，其实他并不憨，也是年轻时脑炎落下的后遗症，说话口吃。周围庄上谁家有喜事，他都带着自己的儿子去帮忙烧锅。人们都和他开玩笑，他有时恼就口吃着骂几句，引得人们哈哈大笑。晚上走的时候给他带些捞盐，他第二天还会来帮忙送送桌子和其他东西，依然在事主家里吃上两顿大席菜。

一顿大席饱三天，捞盐又能吃一周。有喜事的人家借着喜气，可以靠吃捞盐保持10天左右的好生活。

听说捞盐饭店很红火，真想约几个老乡、三五朋友，去那儿煮酒话桑麻。

那是1995年

一个同事说他从县城搬到徐州时，带来了三箱子书籍，是当年从事宣传工作时买的，结果也没有读完。新家没有书房，就一起放在了地下室。一次聊天时他说："你喜欢读书，家里有书房，就把这三箱书送给你吧。"我如获至宝，感谢不尽，就在一个周末拉来了。

打开泛着时光痕迹的书箱，翻阅崭新的古典名著，嗅着淡淡的墨香和文字的气息，心中涌出了阅读的冲动。这些书都是1995年出版，至今20多年了，把一摞摞书摆上书柜时，摩挲着书脊，有几缕思绪穿越时空飘向了1995年。

1995年，我接近30岁，三十而立，当年的我却仍在拼搏途中。坐在书桌前思忖良久，终于有1995年的影子慢慢浮现眼前。

1995年，我已在镇上的农村中学任教6个年头。学校位于集镇的北头，与一村庄相隔一条路，出了学校不远处便有农田。那时的我衣着朴素，身体瘦长，戴副宽边黑框近视眼镜，下课或者放学后喜欢甩着绳拴的钥匙串，哼着卡萨布兰卡回宿舍，身上充满着朝气和单纯。偶尔会有学生迎面而来，羞怯地给我打声招呼，便匆匆跑开。那时的英语老师会说大多数人不会说听不懂的语言，确实有几分神气。每次上课时，我会拿着课本，带着自制教具，提着小黑板，端着粉笔盒，让课代表帮着提录音机，似乎去上演一个节目。充满悬念的开头、洪亮的声音、流畅的英语、标准的朗读、规范的书写、精妙的板书、幽默诙谐的语言、精准简练的讲解、突然的发问、动听的故事、严肃的纪律、批量的作业……以上都是我1995年上课时的自画像。

1995年，我已经连续四年被评为丰县先进工作者了，奖品或是一条被单，或是一件被套，或是一本大字典。其实物质奖励并不重要，值得记忆的

是一本本盖着县人民政府印章的荣誉证书，那是对我付出的认可，是对我教学成绩的鼓励。那一年，《丰县报》"知识分子在基层"征文还专门宣传了我的事迹，可见我当年工作的认真和教学成绩的突出。我喜欢老师这个职业，也钻研做老师的艺术，又创新课堂教学方法，每节课都给学生以新鲜，都让他们享受到学习的快乐。我借助简笔画带学生用英语复述课文，根据课文用英语编排课堂剧，让学生分角色表演。我自费购买录音机，借助投影仪演示进行英语讲解，在农村中学率先开始了"电化教学"，县教研室让我开了公开课。这些在今天看来是落后的，但当年在农村中学给学生带来了视觉听觉的拓展和学习英语的享受。

1995年，我结合自己的教学实践和体会，撰写了教科研论文，成为学校第一个在省级报刊发表论文的老师，在全县教育工作会议上受到了表扬。另外，撰写的《学生厌学心理分析与纠正》《提高英语课堂教学的艺术性》等论文，在今天依然有着教学价值。这两篇论文先后在省市论文评选中获奖，并收入论文集。

1995年，有一件值得自己牢记的有意义的事。因为我工作认真，表现突出，经过组织的考察，我被定为入党积极分子，为加入中国共产党组织打下了政治理论基础，这在教师队伍中是很光荣的事。我感觉自己之所以被组织吸纳，有自己的积极争取，更是因为我对工作的专注、思想的纯正、成绩的突出，在教师队伍中起到了模范带头作用。

1995年，我被提拔为学校政教处主任，走上了教育管理岗位，似乎是实现了自己的人生价值。可也就是从那时起，自己的心乱了，很难像以前那样专注于课堂教学，所带班级学生的成绩也不再每次是全校第一、全县闻名。但是，我那年也为学校发展做了几件有意义的事，成立学校团委、建立图书馆、广播室、组建学校安全领导小组，这些都给学生留下了学校生活美好的回忆。

1995年，学生图书馆成立前，我利用自己的存书，在学校开了一家书屋。当年农村没有电脑、没有手机、没有有线电视，我的书屋为全校师生提供了很多阅读资料，成了师生们下课和放学后的主要场所，做好借书、还书记录，到书店买书成了我学校生活的一部分。当然，那一年我的书也损失了不少，但想想这些书能丰富师生们的大脑，给他们带来读书之乐，也就不心疼了。

1995年，我搬出了学校。当年农村中学条件还比较落后，学校为了教师工作方便，解决结婚的年轻教师走读问题，便把学校宿舍进行改造。凡结婚的年轻教师，每家一间宿舍，旁边一间小厨房。后来，大家相继搬出了学校，各自想办法找住的地方，我只好寓居于镇上亲戚家的房子里，工作很不便，也发生过让人不快的事。记得有一次，镇上的一户人家的猫走失了，那家主人硬说跑到我家来了，硬说被我藏了起来。大吵大闹，纠缠不清。最后他儿子怒气冲冲地赶来，非要说个究竟。等我下班回来，一看竟然是我的一个学生，他父亲喝多了酒，故意闹事。学生看到是我，便红着脸把他父亲拉走了。另外，有一个外乡镇的年轻女教师，丈夫在外乡镇工作，她无奈地在镇附近村庄上租了别人遗弃不住的房子。没有自来水，电也不正常，晚上经常点蜡烛看孩子做作业，交通也不方便。曾经在一个下雨天骑自行车滑倒摔伤了腿，住院一个多月。还有一对外县的年轻夫妇搬出学校，与村民住在一起，用着压水井，点着煤球炉，受着周围村民的气，后来夫妻俩考进了县中任教，生活中那段体验应该是1995年的无奈。

1995年，我依然种着地，工作日上班节假日干农活。虽然在镇上做老师，但离老家5里多路，父母年迈，地多劳力少，农村的机械化程度低，农活主要靠人力，很多农活便落在我身上。那一年，我品足了劳身之苦、农活之累、种地之难、收获之美；体验了什么叫筋疲力尽、披星戴月；品尝了骄阳似火，汗流浃背；懂得了"紧手的庄稼，消停的买卖"，感受了月黑头加阴天，知道了什么叫冰天雪地……还记得那年收麦时节，农村刚刚有收割机，我和邻居家的年轻人跟收割机跟了整整一夜，凌晨终于请到我们村里来了。结果，先给邻居家收割，只收割半畦就坏在了地里。我只好又累又困又失望地回到自己家麦地里拿起了镰刀，从朝露依依到烈日炎炎再到暮霭茫茫。之后又亲历农村传统打场的全过程。所以，现在提及一些体力活，还会产生条件反射般的心有余悸。当然，1995年的一些农活也能给人以收获的快乐和诗意的遐想。如拾棉花，干净而惬意，弯腰撷取朵朵棉絮，抬头看看天上的白云以及天空飞过的大雁，偶尔又有微带凉意的秋风吹拂在脸上，这都让人生出收获之余淡淡的悲秋情绪。当大地脱去秋装露出泛黄田野时，极目远望，可见远处依稀的村落和行走的路人。或在夕阳西下时的余晖中日入而息，或在鸡鸣犬吠时的炊烟中日出而作，这些都成为我1995年乡愁的一部分。

1995年，我的父母都还健在，家里的老院子也非常完整。周末回家或者从地里回来，一家人粗茶淡饭、碗筷叮当，赶鸡撵羊、话收论种。偶有邻居来谈东道西、借犁还耙，嬉笑间充盈着浓浓的乡情。一天晚上加班拉麦子，回镇上住所时已经月上枝头，骑自行车行走在通往镇上的乡间小路。路边有干涸的小河，河边是两排高大整齐的杨树。6月中旬正是知了猴出土的时候，于是把自行车停在路边，拿着手电去小河边摸知了猴。一个小时左右能摸20多个，回家腌几天煎了，味道异常鲜美。现在想想，心里也泛出一种柔肠。

20年过去了，我的生活发生了很大的变化，同事送我的这些书，也一样地见证了别人生活的跌宕起伏，只是它们在静静地听着、等着，等来了今天的又见光明。

放书入柜，我之幸，书之喜。

名副其"时"

上次回农村老家,听说邻居家添一男丁,取名嘉璐,又文又雅,充满着祥和与收获。家长说在给孩子起名时,查了很长时间的字典,又翻了很多资料,这位年轻父亲还谈了一些起名的学问。听他讲完,感觉农村人的文化素质确实提高了很多,连孩子的名字中都充满着文化内涵,由此联想起农村的起名文化及其变化。

听老人讲,新中国成立前读书人起名很讲究的。名和字是分开的,如李白,字太白;苏轼,字东坡等。有名有字的多是名门望族,一般老百姓的命贱,起名字也就随意了。封建礼制下,女孩子是不起名的,及至出嫁了,被称为"某某家里",需要填写名册时,在丈夫的姓后面加上妻子的姓,再缀上一个"氏",如张刘氏、张王氏等。新中国成立后,封建制度被废除,社会的方方面面都得到了解放,提倡男女平等,体现在姓名文化上,也是男女平等,都有名字。从那时起,省略了"字","名""字"合一,称为"姓名"。那时,父母多数给孩子起个小名,也叫乳名,等长大后入学了,再起个学名。有的没有入学条件,一直在农村生活,被戏称为"大老粗"(不识字),乳名也就用一辈子了。仔细回顾一下,20世纪农村人的姓名里附着了传统的起名文化和时代的符号。

新中国成立初期到"文革"期间,农村给孩子起的名字里体现着政治色彩和时代印迹。刚刚推倒"三座大山"的中国进入了日新月异的新社会,人们的思想得到了解放,心里充满了喜悦和憧憬。当家里有了孩子后,就会给孩子起个记住时代、记住心情、寄寓希望的名字。曾记得大人多给孩子起以下名字:建国、解放、援朝、抗战、备战、胜利、国庆、前进、爱国、社会、集体、北京、上海、新华、新国、合作、联营、联合、建立、新立、银行、新军、国强、国防、国营、建军、建设、光明、公社、幸福、长江、同庆，等等。这些名字都与当时的政治背景和时代特征有关。当年交通闭塞，因为农村的文化水平都差不多，内心的喜悦心情和接受的政治教育基本上是一样的，所以，给孩子起名时也多用这些词语。十里八村，重名的特别多，叫解放的，有张解放、王解放、刘解放、钱解放；有宋合作、王合作、赵合作、陈合作；有刘胜利、孙胜利、李胜利、邵胜利……这些名字，表达了新中国成立初期农村老百姓的喜悦，也带着明显的时代气息。我们村子里现在的中老年人，有不少都叫着以上名字中的一个。因为吉祥、寓意好，大家都争相起某个名字，引起矛盾。记得我们村有个人起名叫上海，同村邻居家有男人在上海工作，媳妇仍在农村，有了孩子也想起名叫上海，于是两家闹起了矛盾，互不相让。年长者说："要讲长幼之尊，要有先来后到，我们先起了这个名字，你家就不应该再给孩子起这个名。"年轻媳妇则说："你家和上海没有任何关系，我家孩子的爹爹在上海当工人，起这个名字是为了让孩子想起他爹。"两家僵持很长时间，年关时孩子的爸爸从上海回来，劝说媳妇给孩子改了名字，这事才算了结。村子里偶有在外地上班的工人，也是年轻时到外地城市里逃荒要饭、机缘巧合被留下做些最基层的工作，因而成了城市人。后来回到农村找个媳妇，一年才回来探一次亲。有了第一个孩子，多以父亲所在的城市为名。家乡农村中老年人就有叫北京、上海、重庆、西安、福建、福州、新疆、兰州、长春、洛阳、银川的，他们的父亲都在那些省份或城市里工作，多是在矿井上、电影队、锅炉房、建筑队、食堂等地方上班。

尽管当年农村迎来了新社会，但在很多老年人头脑里仍然有封建思想的余留，体现在给孩子起名上，也有着传统的思想。农村老人认为，男孩出生后，要起个难听的乳名，起个小狗小猫一样的名字，这样阎王爷就嫌弃，不会"要"走了，孩子就能长大成人。这是因为农村医疗条件落后，孩子容易因病夭折给老人造成的迷信。在老家农村，一些老人的名字就带有这些特征。回忆周边村庄，一些老年人的乳名有：大猫、二猫、大狗、二狗、三狗、黑牛、三臭、四憨子、二鸡、黑蛋、白猫、猫四、虎子、三羊、憨二、臭孩等。其实，很多人名字和人完全不一样。我们村里的四憨子长得又高又帅又聪明，现在他的孩子们在他的带领下过得又富又好。叫黑牛的老人年轻时长得又白又胖，力气倒是像牛一样，村子里年轻人掰手腕都掰不过他，据说他能抱着石磙走上好几圈。

农村过去存在着重男轻女的思想，给女孩子起名更加随意了。多用妮、妞、花、兰为名，家里女儿多了，按年龄叫大妮、二妮、三妮、四妮、五妮、大妞、二妞、三妞、四妞，兰花、翠花、桂花、荣花、春花、金花，玉兰、桂兰、凤兰、兰兰，等等。这些农村的女孩子，名字在娘家时还有人称呼，一旦出嫁结婚，再回娘家时就被给予一个名字，就是在丈夫姓前加上个"老"字。如丈夫姓刘，回到娘家的女孩就被称为"老刘"，不再称其名字。在婆家也就被叫作"某某家里"。农村还有"不孝有三，无后为大"的封建思想，家家都想要个儿子传宗接代。有的夫妻生的女儿多了，从二女儿开始便会起个盼望儿子的名字。村子里有个老汉，二女儿叫"躲"，三女儿叫"藏"，四女儿叫"改"，五女儿叫"烦"，父母和村人叫女孩小烦或者烦妮。虽然他们始终没有要个儿子，但五个女儿一个比一个漂亮，一个比一个嫁得好，老两口年纪大了，跟着女儿们享清福，也是遗憾中的美满了。再后来人们的思想进步了，如果有条件上学，男孩女孩都会另外起个学名。男孩根据家谱上的辈分起个大名，女孩的父母根据自己的喜好让村里有学问的人或者老师给女儿起个好听的名字。农村孩子多的人家，有时也会根据孩子的特征起名，如二胖、三瘸子、三哑巴等，为了尊重他们，就不多列举了。

在 20 世纪六七十年代，政治运动在农村也产生了很大影响，有些男孩的名字都带上了政治色彩。有的叫运动、连思、反修、防修、卫国、卫东、文明，等等。有的家长根据当时发生的大事给孩子起名，如叫爱生、庆生、福生的人，多是 1958 年前后出生的；叫抗震、防震的一定是 1976 年出生的。有的人家根据孩子出生的时间和节气给孩子起名的，如冬生、春生、暑生、秋生、立冬、秋分、谷雨、中秋等。也有的家长给孩子起个寓意美好生活和健康身体的名字，如满意、合意、幸福、福利、福生、顺利、结实、存粮、康乐、长乐、家富、福长、运来、转运、长生等。

到了 20 世纪八九十年代及至进入 21 世纪，农村经济社会有了很大的发展，人们的文化素质也有了很大的提高。孩子也越来越少，再给孩子起名时，便有了很大变化，名字也越来越有文化内涵。如果探知现在孩子的名字的特征，那就是名字越来越没有政治色彩了，寄寓美好希望的、充满文化因素的名字成为主流。这也算是现在给孩子起名的一个特征吧。

注：在老家，直呼其名是不礼貌的，因为书写，难免巧合中提到了读者亲朋的名讳，在此为冒犯一并致歉了。

却把故乡作他乡

我以前回到老家,从庄东头走到庄西头,会遇到很多老少爷们、婶子大娘,问长问短,递烟点火,一包烟都不够,寒暄间感受出浓浓的乡情味道。还会看到东奔西跑的分不清谁家的男孩女孩,遇到了会怯生生地躲开。及至来到自己老院子里,已经在小小的村庄里走了大半圈了。最近几年又回了一趟老家,也是从庄东头走到庄西头,手里拿着烟,却没有遇到几个往日充满着热情与期待的乡亲。看到的几个老人,问候中也没有了以往的喜悦和活力,我才意识到村子变了,在慢慢地变老、变空,年轻人都出去打工了,常年在外,有了条件就把孩子带到打工的地方读书。邻近的一个村子,半截庄子的人都在西安做木线生意和装潢,前几年还在春节回来,这几年有的干脆把老人接到了西安,实际上等于把村庄搬了过去。

我毕业后回老家参加工作时,村子里的人流动还很少,谁家有了红白事,人来人往、人声鼎沸,那种热闹景象留给两代人难忘的记忆。偶尔有两家因争宅基地界吵架,现在似乎都成了一种别样的乡愁。从什么时候,村里的年轻人开始走出村庄的?又是谁第一个吃了螃蟹?回忆起来,便想起比我小几岁的邻家女孩小谷。其实,虽然是邻居,我见到小谷的次数并不多,一是我比她年龄大,二是我从读初三就住校了,也只是农忙干活时会偶尔碰到,后来关于小谷的事也多是听母亲和村人说的了。

印象中的小谷还是她13岁左右的样子,胖胖的,但胖得不难看;矮矮的,又矮得恰到好处。她圆圆的脸上嵌着一双长睫毛双眼皮、会说话的大眼睛。另外,脸庞上还有两个好看的酒窝。她学习认真,成绩特别好,在村小读书期间,经常受到老师的表扬,年年都得奖状,得的奖状都贴在堂屋的墙上毛主席像下面,有客人来了或者邻居串门,这些都是家人炫耀的资本。因为村小比较远，且村里上学的女孩比较少，小谷几年来一直和村头的小山结伴去，一同放学回家。小谷家生活条件比小山家好，有了好吃的，小谷还会给小山带一点，作为照顾她的回报。小学毕业后，去了更远的农村联办初中读书，小谷和小山也是一起上学放学，虽然到了情窦初开的年龄，两个孩子从小在一起，并且两家也是不同姓，却是多年世交，始终把两个孩子视为兄妹一样。而两个孩子在一同的生活和学习中，产生了属于少年男女特有的感情。那时联中要上晚自习，冬天放学时天已经很黑。每次，小山都会在校门外等着小谷一起走，并且每次都是看着小谷进了家门才回去。几年过去，他们产生了介于爱情和亲情之间的感情。

虽然两个孩子学习都刻苦，虽然他们的感情并没有影响他们的学习，但毕竟农村教育资源贫乏，高中录取率很低。第一年，两人都落榜，无缘就读高中。失望过后，商量好都选择复读，只是不能在一个学校了，因为当年初三毕业复读也需要找关系。小谷去了姨家所在的乡镇初中复读，而小山投奔一个远亲。两个人只是在周末见一次面，见面了也多是交换两个学校的试卷和复习资料，偶尔也会谈谈各自学校里的课程进度和老师的教学风格。一年过去了，又到中考时节，两个人都有了很大进步，考试成绩也很理想。由于农村教育资源严重不足，没有那么多的学校和老师，只能减少招生。同时为了控制复读生，便制定了往届生参加中考分数线提高20分的规定，这一下，小山和小谷又傻眼了，再次无缘高中。分数出来后，两个少年的失望可想而知。小谷离我家近，我最先知道了她落榜的消息。那天我从学校回老家，晚饭后到院子前面的树林里散步。黑暗中听到从不远处黑魆魆的地方传来小谷哽咽的哭声。她的哭声让我心里产生了同情，说给家里人听，母亲说小谷想再复读，家里不同意，可能无法承受没考上高中的痛苦。而小山却说再考一年，实在考不上就死心种地了。同病相怜，两个孩子更是惺惺相惜。听说这些后，才知道为什么那天晚上小谷的哭声里透出的那种痛苦。

小谷有表哥在苏南当兵，到她家走亲戚时说部队一位领导家想托他找个小保姆，帮忙收拾家务带带孩子，小谷听说后心动了，便央求表哥带她去。几经恳求，父母看到她求学不得后的痛苦，答应让她去干几个月，之后回来找个好点的婆家。于是，小谷成为偏僻村庄里第一个出去的人，20世纪90年代中期，"打工"这个词还没有传播到老家，但小谷确实是村子里第一个出来打工的。尽管到了城市，春节遇到她也没有了当年上学时的笑声，可见落榜对她的打击和她对学习的渴望。两年后，表哥复员，部队领导转业苏南地方，小谷求主人帮她在苏南找点活干，便进了一家纺织厂打工。一年下来能剩八九千元钱，这对贫穷落后的苏北农村来说，诱惑力太大了。记得我那时当老师月工资500元左右，比她的收入少多了。小谷的妹妹初中毕业后，也在春节后跟她走了，第二年春节回来衣着鲜艳，言谈举止都去农村化了，引得同龄男孩女孩都求她们带出去挣钱。小山又复读了一年，终于考出了理想的成绩。他来征求我的意见，我说这个成绩肯定要上高中，但他父亲说，再等他读几年高中，高中毕业考不上怎么办？抓紧报个中专，毕业后吃计划说媳妇便容易了。小山在读中专时写信追求小谷，被拒绝了。她说小山考上了学是大学生了，是"吃计划"的国家人员，她只是个干临时工的老百姓，两个人不般配。又过两年，小谷嫁在了苏南，后来妹妹也嫁在了离她不远的地方，两个堂妹也嫁在了苏南。小山毕业后留在另外的城市，作为同学和小时的邻居，他们是否还联系，也就不得而知了。村子里的小花，母亲去世得早，她不得不辍学在家照顾妹妹和弟弟。等弟弟妹妹大一些时，她跟小谷到了苏南，靠打工改善了家庭状况，几年后也嫁在了那儿，之后相继把妹妹和弟弟都带过去，都在那儿成了家。她弟弟长得特别帅气，嘴又甜，结果被一老板看上，娶了老板的独生女儿，入赘当了乘龙快婿，乐不思蜀，几年后也不再回老家了。小谷的弟弟是我的学生，没有考上大学，在家跟人学木工，之后到苏南城市搞装潢。出于生意扩大规模的需要，相继把同门同族的男孩女孩都带到了南方。我家西边的邻居与小谷近门，先是两个女孩跟了去，接着儿子也去了，也是做木线生意，发了财，回来把平房建成了两层楼房和配房，比我家院子威风和气派许多。十几年过去，在我的印象中，这幢楼院建好后一次也没有住过，他们一家也很少回来。曾经朝夕相处的左邻右舍，真的恐怕一生都难相见。

当年，人口没有流动时，娶进嫁出，生老病死，村子里人口始终在400人左右。那时离开老家农村只有当兵和考学两条路，而这样走出去的人很少。从小谷出去开始，村里的年轻人出去的越来越多，再后来，全家出去的情况更加普遍，这已经成为农村变化的大趋势。我当年一起长大的发小跟着儿子去了河北某个城市，一次打电话说真想见见，一辈子不知还能回老家几次。村里第一个外出打工的是小谷，村里第一个嫁到苏南的姑娘是小谷，第一个勇于把弟弟妹妹带出去是小谷。好花不常开，好梦不常在。后来听说小谷未到中年便病在了苏南，生前还想回到生她养她的地方看看老院子、听听家乡的北风，但终未如愿，最后魂断异乡，让人生出几多伤感与回忆。

这几年，村里的老人又走了几个，院子又空了几座，人烟又稀了许多。那些外出的年轻人，渐渐遗忘了故乡的路，他们的孩子，也都把父母生活过的地方当成了别人的故乡。

　　春节又至，雪花飘飘，还有几人再回到老家空旷的院子里放鞭炮？偶尔回来的人，又到谁的面前磕头拜年？

第二辑 故人留痕

人在旅途，总会遇到一些让你难忘的人，他们或富有传奇，或给人力量，或充满激情，或留下故事。

永远铭记的那个人

一寸山河一寸血，一抔热土一抔魂。目睹家乡日新月异的变化，感受国家的富强和人民生活的幸福，不由得会想起那些为了新中国的诞生、为了人民的解放而浴血奋战的英雄，忘不掉那些为了革命而英勇牺牲的烈士。在老家丰县至今流传着很多英雄烈士的革命事迹，张其轩就是其中一位。他虽然已经牺牲73年了，他的名字却留存在单县湖西烈士陵园和丰县烈士陵园里，载入了《丰县军事志》《丰县志》《丰县文史资料》等志书资料中；他的英雄事迹仍在家乡口口相传。

颠沛流离苦难路

张其轩1905年出生在一个贫苦家庭里，一家七八口人靠仅有的几亩薄地和给地主扛活维生。常年的兵荒马乱和灾害饥荒让全家日子更加难以为继。1910年，全家逃荒到丰县城南大沙河的包庄，张其轩在包庄生活了20年，结交了很多好朋友，为他后来参加革命打下了基础。20世纪30年代，张其轩一家搬回了丰县赵庄老家，回到家乡。那时一些族人由于生活困难，吃不上饭，穿不上衣，都离家出走逃活命去了。

张其轩老家地处三省交界，兵荒马乱，土匪猖獗，再加上自然灾害，让人生活在水深火热之中。张其轩为人正派，很讲义气，因而结交了许多生死朋友。砀山县高寨的高子荣等人到本地做买卖，被国民党丰县常备队第三大队以和当地区、乡、地主做违禁生意为由抓捕关押起来，说只有交钱才可放人，不交钱就要枪毙。张其轩听说此事挺身而出，愿意替朋友坐牢并承担几位朋友的罚款。张其轩进去以后，高子荣等人被放了出来。无奈之下，家里人将一块宅地卖了，交了钱，才将他赎了出来。

在张其轩老家太行堤北，有一个很小的村庄叫陈屯，那是大地主陈昭明的庄子，在20世纪三四十年代，农村土匪很多，兵荒马乱，人们都生活在贫困和惊恐之中。陈昭明听说张其轩为人忠诚、直爽、勇敢、讲义气，便请张其轩到他家去，一边种菜园子，一边保卫陈家安全。陈昭明是一位枪法很好的神枪手，他看到张其轩忠诚可靠，为了家庭的安全，便教张其轩枪法，干活之余，张其轩勤学苦练，昼思夜悟，很快掌握了枪法技巧，后来成为闻名遐迩的神枪手，这也为他后来成为战斗英雄打好了基础。据年长者讲，张其轩不但能用鸟枪百发百中打到兔子、野鸭、野鸟等，而且还可以击落树蝉而不伤树枝，凭直觉击中抛向空中的砖块。

参加革命见光明

有着过人的枪法、为人正直豪爽、朋友多且行侠仗义，张其轩成为中共地下组织发展的对象，他在20世纪30年代便加入了中国共产党，从事地下革命工作。他的大儿子张金堂[1]回忆，1942年，在他八九岁上小学五六年级时，非常调皮，有一次他攀上房内天棚上屋檐洞里乱翻东西，发现一个包裹很严的小布包，好奇地一层一层打开，原来是一卷折叠很好的纸，打开一看，是好多张《入党志愿书》和《中国共产党党员证》。他不懂是什么意思，既不敢说又不敢问，只好包裹好放回原处。后来他就此事问母亲，母亲说，她也不知道是干什么的，并一再叮嘱，千万不要给父亲提起，也不能给任何人说。张其轩牺牲后，她才告诉孩子们，他们的父亲当时是共产党员，而且是党支部负责人，要绝对保密的。多年的地下革命斗争中，张其轩经常夜间外出，黎明前才回，但从来不告诉家人，也不许家人来问。直到1946年全家跟共产党和部队北撤至黄河北时，张其轩才告诉家人，原来他是在夜间搞地下工作，多数是同葛步海[2]、巩本廉[3]等人开展地下革命活动，经常在村西南满是坟墓石碑的柏树林里或张其轩家地屋里开会，研究开展对敌斗争的群众运动工作，并发展共产党员。

1944年，正处于国共合作抗战时期。国民党丰县常备队有三个大队，彭世亨[4]是第二大队的大队长。此人思想较为进步，主张抗日，同情共产党，在他的队伍里并不严查共产党，但其本质还是国民党队伍的反动立场。他和国民党丰县县长黄体润[5]都知道张其轩的枪法好，有一定影响力，想让张其

轩到他们身边去做他们的警卫。但他们并不知道张其轩是共产党员。张其轩在那里干了很短一段时间,因坚持不穿国民党军队的军装,不扛步枪,还经常保护那些受体罚的士兵,与彭世亨志向相左,不久,张其轩就离开了丰县常备队第二大队。

当时,抗日战争仍在艰苦卓绝地进行着,中共上级党组织向丰县派驻联合抗日工作队(简称抗联组),派驻本村的抗联组,在陈明贵、巩本廉和蒋金化、黄其祥(还有穆月兰、宋茂兰等女同志)等人,以及县委葛步海、陈正立[6]、区委周化南、刘德周等人的领导下,成立了农民救国会(简称农救会)、妇救会、儿童团等组织,动员开展了轰轰烈烈的抗日群众运动(简称群运),张其轩担任了农救会会长,做了大量的抗日等革命工作。1944年,张其轩把自己的两个侄子送到共产党队伍里参加抗日战争,他们二人都在作战中牺牲,成为革命烈士,《丰县军事志》和丰县烈士名单里均有记载。

英勇牺牲为革命

1946年,国民党军大规模向本地区和我家乡进攻,我军及地方干部便向北撤。张其轩与葛步海、孟素云等人把家属送到黄河北后,立即返回投入对敌斗争中。那时张其轩已经担任地方武装区中队副队长、队长,后来任县大队副大队长,带领队伍与国民党部队作战。他与王运堂[7]、杨公显、崔荣河、岳修兰、张体月、袁奉文、王光中[8]等人都是战友。王光中是沛县人,曾任辽宁省副省长,张其轩的三儿子在辽宁省沈阳市开会时,曾与王光中会面,王光中与他叙述了与张其轩一起战斗的情况。

1946年11月,张其轩参加了大刘集战斗。当时丰县武装大队驻大刘集西南附近的山东省单县唐庄,国民党丰县保安团团长刘万俊得知后,便企图一举将丰县武装大队消灭,就带领全团人马进行包围。他想先攻占大刘集,从大刘集、大刘庄和东面的顾园对唐庄进行包围攻击。当时在大刘集只设有武装大队的排哨,保安团逼近大刘集时,与我驻大刘集排哨发生战斗,我驻大刘集排哨立即撤离大刘集,保安团占领大刘集,开始集中火力进攻唐庄县大队,但几次进攻都被击退。刘万俊恼羞成怒,调集兵力,架起轻重机枪等,下死命令从唐庄东边吹号进攻。国民党士兵在轻重机枪掩护配合下,端枪匍匐前进,枪声大作。中共县大队虽然尽力还击,但由于敌众我寡,面临被围的危险。在这紧急关头,县委书记葛步海急令张其轩进行阻击,打退敌人的猛烈进攻。张其轩非常沉着冷静，他立即到前沿阵地，从战士手中要了一支长枪（步枪，因他是县武装副大队长，只佩带短枪）。他卧在一个坟头旁，等敌兵进入射程后，举枪对准前方的敌人进行射击。他连发十几枪，弹无虚发，敌人再也不敢前进了，连连后退。于是我军抓住敌人后退的时机，立即发起了反击。与此同时，已经调来在大刘集周围的我军区独立旅和三分区八团、二团等部队，在司令王秉璋[9]的指挥下，进行了全面反攻。战斗中，保安团团长刘万俊被击毙后，敌兵阵容大乱，我军攻入大刘集内，与国民党兵展开了肉搏巷战。最后，敌保安团全部被歼灭，我军取得了完全的胜利。

大刘集战斗取得胜利，张其轩是立了大功的，在当时的区长刘德周同志回忆大刘集战斗时，着重提及此事。他写道："当时，我在赵庄区任区长，带领区中队参加了这次战斗。""记得敌人发动连续进攻的时候，县领导（记不清是葛步海还是陈正立同志）把我区武装干部（队长）神枪手张启（其）轩同志调到正面战斗最紧要的地方。张启（其）轩同志的枪法高超，调他去是采用枪打出头鸟的方法，哪个敌人带头进攻就打哪个，能给敌人很大威胁。"（见《丰史荟萃》之《刘德周回忆大刘集战斗》）杨公显、崔荣河、岳修兰、袁奉文等老同志在回忆此次战斗时，甚至说："如果不是张其轩同志打退敌人的进攻，大刘集战斗的结果有可能不是这个样子，甚至于，我们许多老同志，不知还有没有今天。"

除了不分昼夜带领队伍与敌人作战，张其轩还投身于发动群众、安抚革命同志家属和筹粮筹款等工作。为重整地方武装，他不断联络北撤时落下的、过去一起战斗的老同志重新回到革命队伍中来，使地方革命武装力量越来越强大。

1948年2月（阴历正月十五日）晚，张其轩带领区中队驻扎在丰单边境的刘菜园。他安排好队伍后，只身到村里做动员和发展武装工作，恰巧与保安团一个连遭遇，只身展开了长时间的枪战，终因子弹打光，寡不敌众，身中数弹，壮烈牺牲！

张其轩牺牲了，他为革命、为国家、为人民献出了自己的生命。国家没有忘记，人民没有忘记，他与千千万万为革命牺牲的烈士一样，被永远记在了中国革命历史上，永远铭记在人民心中。

部分人物简介：

（1）张金堂，张其轩的大儿子，1944年考入了湖西抗日中学（湖西中

学），同时参加抗日活动，后来参加解放军，先后在湖西军分区司令部、平原省军区司令部等任职。后调到总参谋部、北京卫戍区任职。其间多次参加战斗，后参加抗美援朝战争。回国后由郭影秋介绍，在中国人民大学等单位任职。

（2）葛步海，1941年3月任中共丰县县委书记，1944年8月任中共湖西地委秘书长，1946年4月任中共丰县县委书记，1949年春任冀鲁豫区党委青年工作委员会书记，后任中共平原省委青年工作委员会书记。1953年调中共中央华北局做青年团工作，任青年团华北工委书记。1955年3月任中华人民共和国驻捷克斯洛伐克使馆政务参赞。

（3）巩本廉，1962年任安徽省萧县县委书记。

（4）彭世亨，1944年任国民党丰县常备队第二大队队长，抗日名士，后随国民党撤退台湾。

（5）黄体润，20世纪40年代任国民党丰县县长，抗日名士，后随国民党撤退台湾。其子女将《黄体润日记》捐赠给丰县档案馆。

（6）陈正立，1938年3月加入中国共产党，1944年8月任丰县抗日政府秘书，1945年7月任县长，1948年3月任巨（野）南县县长，1949年3月起任冀鲁豫区党委党校、平原省委党校第五支部书记，1950年2月任复程县委书记兼县武装部政治委员，1955年7月任菏泽地委秘书长，1956年3月任菏泽地委常委、秘书长兼地直党委书记，1957年9月兼单县县委第一书记、单县兵役局政治委员。

（7）王运堂，首羡乡王大庄人，曾任丰县三区区长、县组织部部长，后任山东省单县县长。

（8）王光中，1938年任中共江苏丰县七区区委书记、丰县县委组织部部长、砀山县委书记、湖西地委党校指导员、丰县县委书记，1945年任中共湖西地委巨南工委宣传部部长、山东济宁市委宣传部部长、冀鲁豫七地委宣传部副部长，1948年任中共河南项城县委书记，中共信阳地委宣传部部长、地委副书记、书记，1953年任国家计划委员会机械工业计划局副局长、局长，1978年3月任中共辽宁省委常委，1980年1月任辽宁省副省长、省人大常委会副主任。

（9）王秉璋（1914—2005），河南省安阳人。抗日战争时期，任八路军一一五师司令部作战科科长、参谋处处长。解放战争时期，任冀鲁豫军区副司令员、司令员，晋冀鲁豫军区第十一纵队司令员，第二野战军第十七军军长，1949年11月起到1953年2月任空军参谋长，1953年2月任空军第一副司令员兼参谋长，1958年11月到1960年4月任空军第一副司令员，1960年4月改任空军第一副司令员兼国防部第五研究院第一副院长，1962年6月任空军第一副司令员兼国防部第五研究院院长，1964年12月任空军第一副司令员兼国务院第七机械工业部部长，1967年7月任空军第一副司令员，1968年12月任空军第一副司令员兼国防科学技术委员会第一副主任。1955年被授予中将军衔。

注：此纪念文章参考了张其轩的三儿子张德先生提供的资料，特别感谢。又鉴于对丰县历史了解不深，涉及人物的简介可能存在挂一漏万之处。

几多思念不入尘

2022年8月3日，廖老走了，享年89岁。也许过不了多久，廖老会慢慢淡出人们的记忆，因为毕竟他是外地人，本地的亲戚同学朋友不多，也因为他退休那么多年，一些以前的同事有的逝去，有的调到了外地。但对我来说，廖老是我亲密接触到的第一位地市级领导，且在多年的工作和服务中结下了很深的友谊，让我"几多思念不入尘"，其音容笑貌时时浮现眼前。相处的日子里，曾经听他讲机关材料写作、陪他一起出差、和他一起打乒乓球。他的和蔼可亲、他的宽容大度、他的公道正派、他的关心培养，都给我很大的鼓励、很暖的亲情、很真的教诲，让我永远记在心。

2002年我进入机关工作时，廖老刚刚退休，我与廖老擦肩而过。但后来他接着担任两届共10年理论研究会会长，我的工作职责中有一项是服务理论研究会，所以便与廖老接触得多了。在一次次会议中、一次次修改材料中、一次次调研视察中、一次次相互交流中，我对廖老有了更多的了解。

刚刚接触廖老就感觉到了他的平易近人，在秘书长介绍我时，他说："小贾年轻，好好干，以后我们就是同事了。"他并没有因为我没有职务而透出威严，也没有因为我对工作的不熟悉而不快。有时材料质量不高，有时服务不好，他总是耐心地指导、善意地提醒，对我来说是很大的荣幸与鼓励。在后来的工作中接触多了，更加佩服廖老的领导能力和协调能力。当年理论研究会的副会长们都曾是副厅级领导，大多数都任过县、区委书记，后来都在市党政重要岗位任职，都是政治过硬、能力过硬、素质过硬的领导干部，和他们一起、听他们讲话、看他们做事，虽风格各异，但都有可学而又学不来的本领。在与他们相处的10多年里，我从懵懂到理解、从初学到进步，也让我从文字到办会、从做事到相处等方面，都有了很大的提高，学习了在学校学不到的很多东西。廖老"领导"着9位副厅级度过了10年团结和谐时光。因为都退出了重要岗位，当年思想不一致的、彼此间有些看法的，或者有独到见解的，会前大家会争论不休，但只要廖老一坐，微笑着说开会，大家好像心里都有了很舒服的感觉，有了又到昨日的美好。会间，大家都叫他"廖公""廖老"，对一些问题一些事情一些活动一些安排有不同看法时，就会有人说："我们听廖公的吧。"这时廖老会综合大家的意见，提出一个人人都能接受的观点和安排。之后我便把研究会的意见和想法向单位主要领导汇报，主要领导都很尊重廖老，会说就根据廖老的意见落实。接下来我把单位意见汇报给廖老，廖老会说"谢谢党组"，之后便是开会、视察、调研、外出、研讨。虽然研究会是个民间组织，但会长们都是厅级领导、理事，都是二线的正处级主要领导干部，所以要求高、标准高、水平高，自然很多活动都成效显著。廖老任会长的10多年里，能把那些副厅级老领导团结得那么好，让大家有事做、发挥余热、快乐和谐，是非常不容易的。我记得只要说理论研究会有会议或者开展视察活动，副会长们很少有人请假，期间也很少发生不快。只是在那10年间，副会长萧树平、孟庆华、王惟甦相继去世。再出去调研视察，车上便少了很多欢声笑语。我感谢廖老那10年的引领，同时也怀念当年理论研究会在一起时的回不去的时光。

　　后来编撰志书时，查阅资料才知道廖老当年在市里排在第二位，市长之前，又兼任纪委书记，后来到省民政厅、劳动厅、农工部任一把手，其政治素养非常高，政治觉悟过硬，对党忠诚。后来省里打算让他到老家镇江任主要领导，他对组织汇报说老家有亲戚朋友同学，回去任职不好开展工作，才又从省里回到了徐州。廖老虽然从主要岗位上退下来，但他从来不放松政治学习，每天《人民日报》《光明日报》《经济日报》《新华日报》《徐州日报》必读，中央新闻联播、徐州新闻必看，学习笔记、心得体会必写，所以他讲话时政治站位高、思维缜密、逻辑性强、切合实际，这些都是在平时与他的接触中感觉到的。我有时写好材料报给他，他会认真对照中央精神、市委决策进行修改，之后把我叫到跟前，告诉我为什么这样表达，如何与徐州实际结合。现在我在机关文字材料上有着些许的体会和进步，离不开廖老当年的悉心指导。相处的20多年间，我从未见廖老发过脾气。每隔一段时间，或者他到市里参加会议，都会来我办公室坐坐，和我说说心里话，所以我对廖老非常了解，也倍感亲切。廖老很讲党性、很讲原则，从来不给家里和亲人办任何事。他儿子工作几十年，单位的领导和同事都不知道他是廖老的孩

子。廖老讲原则，不会收别人的礼品和东西。我一次回老家时给他带来两箱苹果，他特别高兴，后来趁到市里开会时给我带来两只南京咸水鸭，说是他孙子从南京带来的。他的公道正派是他的"资本"，给他的家人、身边人树立了榜样。记得理论研究会换届后，廖老不再任会长，他请我和给他服务多年的驾驶员参加了他的家宴，我得以认识了他的家人。饭间，他破例喝了几杯白酒，说了很多感谢的话。同时说一起共事那么多年，也没照顾我们什么。说以后要经常联系，以前是同事，以后是朋友……其实，与廖老相处多年，受其影响，我加深了对党史的学习，锤炼了自己的党性，掌握了学习方法，养成了努力工作的习惯，自然在方方面面都有了提高。这也赢得了廖老的信任，他每次与我聊天，都说让我要珍惜岗位，好好工作。一个从不为亲朋说话的领导，却关心过我几次。一次他说："我看你忠诚老实，想去省里工作吗？我给推荐一下？"我说："在徐州很好的，您不是也回徐州了吗？"相视一笑真情难忘。

　　作为一个外地人，廖老把一生奉献给了徐州。他住院期间，我和家人去看望他几次，每次他都拉着我的手，和我说着感谢中国共产党、对党忠诚、无怨无悔的话语，还把自己在病床上写的学党史感悟的诗作读给我听，在场的人都忍不住湿润了眼睛。在告别仪式上，看着盖着党旗的廖老，不禁潸然泪下。

忆田老

2023年1月7日下午,听到了田老去世的消息,震惊和悲痛猛然涌上心头。一直认为田老身体很好,并且每次电话中都听到他爽朗的笑声中透出的乐观和开朗,怎么突然走了呢?后来才知道是不幸感染新冠病毒。想一想,再到春节时,不能与田老通电话了,也听不到他说"回老家时给乡亲们问个好"的亲切话语了。田老去世月余,思念中便想用些许文字写下我心中的田老。

忆田老,我也只能从我的认识角度做些铺叙,因为和田老既有年龄的悬殊,也有时空的交错,还有职务上的差别。虽然我既没有在田老身边工作过,也没有与田老深度交往,但因了丰县情结、因了市政协情怀,我们之间多了心有灵犀的机缘,多了共同的话语和追忆。于田老,似乎把对当年的留恋寄予到与我的交谈交往之中;于我,竟有了他乡遇故知的亲情和温暖。

传说中的田老

我老家在丰县最贫穷落后偏僻的西部,小学到中学,见到的最大的官就是大队书记和学校校长了,接触到的大官便是生产队队长,但从广播上的新闻里,从冬天挖河回家的邻居口中听说过的最大的官却是县长田瑞声、县委书记田瑞声。

现在推算一下,田老到丰县工作时,我在上小学;他任县委书记时,我读中学;他调到徐州后,我考上了大学。他在丰县任职时,虽然已经改革开放,但经济、文化、教育、农业等仍很落后。记忆中,每到冬天,县里都组织农民挖河,从立冬挖到腊月,坑坑洼洼的公路上浩浩荡荡的挖河队伍与工

地上红旗飘飘、热火朝天的劳动画面永远定格在了20世纪七八十年代。挖河回来的青壮年男人，聚在一起聊天时，自然会说起工地上的经历和故事、悲剧和喜遇。我有时会到牛屋里听他们侃大山，其中有个男人记忆力好、模仿能力强，他经常给大家模仿田县长在挖河动员大会上的讲话，惟妙惟肖、活灵活现。在他的描述中，田县长披着黄色军大衣，虽然个子不高，但神态威严，很有气场，他走上临时扎好的台子，站在那儿，手持喇叭，声音洪亮而富有感召力。"来参加挖河的同志们、兄弟们，水是咱们农民的血，河是血管，挖好大河，我们的庄稼就能旱涝保收，我们的父老乡亲就能吃上饭，过上好日子。""明年能不能大丰收，全靠你们了。""天越来越冷，我们一定确保同志们的生活，其他人可以不吃饱，一定要让挖河的兄弟们吃饱；我们可以吃粗粮，一定要让农民兄弟们吃上白面馍馍，吃上白菜细粉炒猪肉……"田县长的动员讲话让人们充满了对美好日子的期待，他那洪亮的声音仿佛成了奔向幸福生活的号角。记忆中，20世纪八九十年代，河水确实流到了老家村头的河沟里，路上一个接一个水泵等河水的画面犹在昨天。我到政协工作后见到田老，把当年村里年轻人模仿他讲话的故事讲述后，他哈哈大笑，表情中露出回忆的留恋和曾经有过的自豪。他挥着手说："都过去了，过去了。回老家时给乡亲们带个好。"其实，当年那些参加挖河的青壮年，或者白发苍苍，或者弯腰驼背，早已不是昔日虎背熊腰能搬转石磙的"英豪"了。

　　我小时候，农村教育还停留在扫盲阶段，但大队里用大喇叭在一个夏天每天傍晚都会喊："各家各户、老少爷们都听好了，根据田县长的要求，到上学年龄的小孩都要上学，不管男孩女孩，都要报名上学……"我的父母老实听话，响应号召，就把我和我以下的妹妹弟弟们都送到了学校读书。当年农村条件艰苦，校舍不够，县里要求大队盖草房子、土院子，记忆中，我上小学的教室都是土墙和草屋。及至那么多孩子小学毕业，乡里中学教育资源不够，孩子无法继续读初中，县里要求在小学就地加盖草屋，实行戴帽初中，就是在小学接着读到初二，之后考乡镇中学的初三。这之前也实行过初二毕业直接考丰中、中专、普通高中的政策。农村师资短缺，就找读过私塾的先生，上过小学和初中的人当代课老师，抵生产队工分。教我小学五年级语文的代课窦老师只会写繁体字，满满的一黑板漂亮的书法我们都认不了几个，但他认真的态度和工整的繁体字对我的冲击现在还在。后来高中毕业的代课老师可以转为民办教师，这种方法激起了代课老师进修学习拿文凭的热潮。

当年在农村学校，一个老师代几门课的情况很普遍，教我小学语文的张老师，到了初二，既教我们数学又代我们物理。课桌、板凳不够，县里说就地取材，自制土桌椅，方法是把一定比例的胶泥与白灰掺好，根据县里统一设计的模具做成土桌椅，条件好的外面用水泥粉刷。为了发展教育，县里是动了大脑筋的。尽管县里加大投入，乡镇中学仍然容纳不下初中毕业生。于是，联办初中出现了，那个时候，田县长应该任县委书记。在县里的政策支持下，我所在的乡镇一下建了东西南北中七所联办初中，取消了各个村小学的戴帽初中。我认识的一个中学低一届的学生，赵庄乡安庄小学毕业，彭庄小学戴帽初中初二毕业，西北联中初三毕业，赵庄中学高中毕业，清华大学本科毕业，再后来他的情况我没有跟踪就不知道了。这是 20 世纪 80 年代老家农村教育的真实情况。现在回忆起来，田老从丰县离开时，丰县的教育趋于顶峰。如果说国家教育政策好，那么田书记落实国家政策有方，让无数农村孩子得到了好的教育，有好的发展，也是利在当下、功在千秋。20 世纪八九十年代，丰县乡镇中学都有过学生考上北大、清华、复旦的辉煌。

田老在丰县时，适值改革开放初期，正处于"摸着石头过河"的阶段，人们思想还不够解放，民营经济还"犹抱琵琶"。我曾听孙传令和王清来讲过田书记发展丰县经济的故事……1983 年 11 月初的一天上午，一辆吉普车开到了单楼乡村民董念华的家门口，丰县县委书记田瑞声走进了董念华的农家小院。董念华带着田书记在几个院子里参观。田书记边走边说："你很好，为全县带了个好头。我在三级干部大会上提出了'四个各'的发展思路：'各选各的突破口，各念各的致富经，各打各的优势仗，各唱各的拿手戏。'念华念的镜条致富经好啊！有什么困难尽管给我说……"田书记的鼓励如春风化雨，滋润着他的心田，给了他极大的鼓舞，他的劲头更足了。1983 年 11 月 23 日上午 9 点多，两辆吉普车开到了董念华家门口。县委书记田瑞声、县委常委兼县委办公室主任蔡文见等人走进董念华的院子时愣住了：院子里静悄悄的，机器没了，案子没了，一个人影儿也没了……董念华无可奈何地说："书记，现在外面各种说法很多，镜条生产不敢搞了。"董念华接着说，"希望县委给我们指明一条路，到底能不能致富，怎样才算正当致富？"田书记不解地问："这话从何说起？"董念华说："您是县委书记，我听您的。但是，丰县有关部门整我的黑材料，我不敢再干了。"田书记笑着说："党的政策鼓励农民勤劳致富，这是坚定不移的，你搞镜条生产，靠技术、靠劳动致富，方向是正确的，要听党中央的，不要听小道消息，你们该怎么干还

怎么干，不要有顾虑。"董念华的父亲热泪盈眶地说："这几天我很担心，吃不下饭睡不好觉，我对几个儿子说，不要发财。听领导这么一说，我好像吃了'定心丸'。"

当然，田老在丰县工作期间，一定还有很多我没有听到的感人故事，也无从拾起了。

相识中的田老

田老从市政协副主席任上退休的那一年，我正好到政协工作，与他"擦肩而过"，感觉与他无缘见面了。后来，我在研究室工作，有一项职责是服务市政协理论研究会，换届时田老当选为理论研究会副会长，在会议和活动中便有了相见的机会。听说田老时，他是县长、县委书记，我是小学生、中学生，年龄悬殊；在市政协相遇时，他是厅级领导，我是机关办事员，仍有着很大的距离。从口音里知道我是丰县人，田老便与我聊起来，也就是这个时候，我讲了小时候听到的他在挖河工地上的故事。自此，他把我当成了"小老乡"，每次见到交谈的话也就多了。

会议和活动中的近距离接触，让我对田老的做事风格、工作思路、为人处世了解得也就多了。理论研究会的会长、副会长大都任过县（市、区）的一把手，又都在市委、市政府重要岗位上任过职，其政治素养、理论水平、工作思路有着过人之处，这些特点在田老身上都有体现。传说中田老在县里工作时政治坚定、雷厉风行、果断担当、威严稳重，但我感觉到的田老是谦和沉稳、乐观豁达、和蔼可亲、平易近人，理论研究会的会长、副会长们，到市政协工作前都认识的，有的曾经是上下级关系，有的曾经是相邻县里的领导，他们之间肯定会有不同观点和见解。10年间，我从未见田老和谁争论过，从未听田老议论过任何人，从未听他发过一句牢骚，其个人修养值得后人尊崇和继承。以前跟过田老或者和他搭过班子的人都说他在县里和统战部时十分严肃、不苟言笑。可我见到的田老总是面带微笑，给人一种亲和感。每次外出学习考察，田老都带着同一个包，上车后对我说："小贾，不要管我，给其他领导服务好。"下车考察时，他都是走在最后，不抢镜头、不抢风头、不抢话语，结束后发言也多给以肯定鼓励和表扬，这也许是他在政协工作的特点之一吧。

田老从丰县调到市委统战部，后到市政协，这些都是讲大团结、大联合的部门，所以他把团结作为自己的待人接物的方法之一。上到省级领导和耄耋之年的老者，下至一般人员和30岁左右的青年，都能和他同桌喝茶，都能与他一起谈笑风生。有时候丰县来人看他，田老会把我这个"小老乡"叫上。一次，他在周末"回"丰县看望"老朋友"，也把我带去了。他们相聚在一个乡镇上普通的小饭店，田老个人做东，自然坐在主位，及至把酒话春秋时我才知道在座的竟然是他任县委书记时的全部班子成员，包括两办主任。大家都已是古稀之年，粗茶淡饭，薄酒常烟。谈话间真情永在，饮酒时泪湿衣襟，大家守望的是当年的风华正茂，抑或是曾经的挥斥方遒。还有一次，田老应邀到部队去参观，带我去了，他坚持和士兵们同一桌吃饭，和士兵们聊得非常投机，给了年轻士兵们一种回家的温暖。那天晚上，我们和战士们一起看了一场电影，因为第一次去部队，给我留下了非常深的记忆。

田老卸任市政协理论研究会副会长后，我们仍然联系着，田老偶尔写写回忆文章。2016年，田老写了篇文章，让人带给我说帮助他改改，我认真学习几遍，之后投给省政协的《钟山风雨》杂志发表。田老非常高兴，说以后继续写写回忆文章。

2020年，我的工作任务中又兼有服务老干部，便多了与田老联系的机会。田老已年过八十，基本上不参加聚会活动了，但每次见到，仍然让我给丰县的乡亲们问好。岁月流转，他牵挂的丰县乡亲们大多已经过上小康生活了，丰县的城市面貌也已经日新月异。2021年是建党100周年，中央为50年党龄的老党员颁发"光荣在党50年"纪念章。因为特殊原因，不便组织集体活动，我陪领导到田老家给他送纪念章，当佩戴好纪念章合影时，田老激动得热泪盈眶，说："感谢共产党，党恩永不忘。"临走时，我握住老人的手，看着田老瘦削的身体，心中油然而生一种酸楚。春节时又到他家看望，正值他吃早餐，简单的饭菜、颤抖的双手、窄小的客厅，不多的问候中还说代给丰县乡亲们问好，他对丰县人民的情怀让我有种说不出感慨。

树欲静而风不止，本该多抽些时间多去看望田老，但因为别的事，两年来没有去拜访老人，本想着春节前夕再去问候，但田老却去世了，留给很多人无尽的思念。

汝香大哥

汝香大哥是邻村的一位远亲,离我们村和我们家都比较近。至于是什么亲戚我也难以说清楚,也可能父母以前告诉过我们,我们没有记住。只知道我老奶奶的娘家在他所在的村子里,且是他祖上的女儿,还听说他们弟兄两个住的宅基地是当年爷爷卖给他们家的。这些都是1949年以前的事了,属于旧社会的事体,也无法去追究。因了这种亲戚关系,虽然他和我父亲年纪相仿,按辈分我却称呼他大哥。他弟兄四人他是老大。也只有他与我们家走得近,对我们家的帮助最大。因此,以前在老家时,每逢春节我都去给他拜年,且偶尔会带两瓶酒、两包烟表示感谢。

他去世时我没能回老家吊唁,大哥代表我们弟兄几个去的,之后告诉我说汝香大哥走得很体面。虽然他渐渐淡出了人们的记忆,但我的脑海里经常闪现出他的音容笑貌,以及他当年资助我家的林林总总,还有就是对我求学路上的一次帮助。

汝香大哥个头不高,冬天里常戴一顶"火车头"帽子,围一条他女儿给他织的围巾,披一件黄色军大衣,很是整洁。一般冬天晚上喝过汤,或者下雪天,他都会到我家来找父亲聊天,记得有时还会看看我的作业。同来的还有父亲的几个村里老友,他们一起抽着旱烟,聊着东家长、西家短,多数说着些开心的事,抑或盘算着以后的日子。记得到了兄弟姐妹或出嫁或娶亲时,他会来得更频繁,多半是帮助我们家出出主意,列菜单子,盘算着办多少桌清席和酒席,该叫哪些亲戚,等等。如同操持自己家的事一样,那种真诚和热心是现在的人很少有的了。

汝香大哥虽然个头不高,但长得非常帅气,方方的国字形脸,浓眉大眼,眼睛特别亮,且是长睫毛双眼皮,他的皮肤特别好,笑起来还有两个酒窝,所以他的几个孩子都十分俊俏可人。他们虽然和我年龄差不多,但在学校里见到了依然规规矩矩地叫我二叔。我很小的时候,记得汝香大哥在大队里任副业主任,那时农村粮食生产是主业,村办企业是副业,就有了副业主任这个职务。他管理着大队里的水泥瓦厂、木工厂、代销店、磨坊等,所以很吃香。

　　因为亲戚关系,汝香大哥安排我大哥到大队水泥瓦厂上班,兼干保卫工作,其实就是白天干活晚上值班,我因此得以在大队部睡觉,得以偷偷玩民兵的步枪,得以跟着电影队吃晚上的加餐,得以在电灯下做作业,确实留有少年时代不多的美好回忆。汝香大哥还推荐我大姐到大队里担任妇联主任,如果大姐有小学文化,她后来一定是一个国家干部,因为她17岁入了党,并且因为带棉花专业队劳动成绩突出,当选为最年轻的县人大代表。组织部门曾经考察过她,只可惜她连小学文化都没有,辜负了汝香大哥提供的好机遇,错失了一生中唯一的一次改变命运的机会。汝香大哥对我们家的好,也引起了其他亲人的羡慕和些许不满。记得他安排近门的识字年轻人当赤脚医生、当代课老师。有个村里的近门,男人早早病逝,撇下两个女儿一个儿子,生活很艰苦。汝香大哥想办法把他家大女儿推荐上工农兵大学,毕业后嫁给了部队军官,弟弟妹妹们后来都跟着到了城市,完全改变了命运。也不知道他们心里是否还记得汝香大哥为他们所做的这些。他还推荐其他青年或者到信用社工作,或者去部队当兵。这些人都因此改变命运,汝香大哥是个善良热心的人,确实为自己村里人做了很多好事。他对我上学的帮助让我走上了读书之路,从农村走到城市,曾经的情景记忆犹新。

　　我1982年初三毕业没有考上高中,只好在家务农。父母看我因不能继续读书而难过,便在汝香大哥来串门时请他帮忙。汝香大哥有一表弟在崔老家联中当老师,他便说抽时间去问问,因为教育资源紧张,当年初中毕业生不允许复读。9月份正值忙收忙种,记得汝香大哥在犁好一块地后,骑自行车带我去了崔老家。他老表回来后,说学校不让收复读生,确实不好办。坐着说话时,汝香大哥让我去供销店给他买包烟。那时快到午饭时候了,正巧我身上带着几块卖兔子毛的钱,买烟的同时,又买了两瓶粮食酒,两包五香花生米。有了酒和烟,男人们就有了坐下来聊天的理由,崔老师家属又做了两个菜,他们边喝边聊,三杯酒下去,我给崔老师端酒,他特别开心,说一定想办法让我复读。再后来,我单独去找崔老师两次,一次抓了家里的两只老母鸡,一次带了半布袋花生。于是得以复读,得以中考、高考、上大学、攻读

研究生，得以从农村到城市到农村再到城市。及至后来回家乡做了老师，每次见到汝香大哥，他都会提起带我找人复读的事，我也会感激着他当年的热心帮助。那时工资低，也只能年关送两瓶酒、几包烟致谢。每次去了，汝香大哥也会很高兴地夸我几句，说我懂事，知道感恩，将来会出息。

汝香大哥是个有思想、有智慧、有能力、有远见的人，当年建党楼小学他出了不少力。用村办企业的盈利盖房子，各村出部分钱置办桌凳，又到公社要钱，还要合计好建多少间教室，需要动员多少位代课老师，为了让老百姓的孩子都能上学，他确实操心很多。党楼小学的建设与发展凝聚着他的心血。前人栽树，后人乘凉。党楼小学让几个自然村的孩子们受到了不同的教育，为开启不少人的美丽人生打下了知识基础。大队的卫生室从无到有，从有到好，也凝聚着他的智慧。他的努力不但给老百姓的治病和健康提供了保障，而且卫生室的刘医生和两个年轻赤脚医生也有了非常幸福的现在。无论是为老百姓谋生活，还是为亲朋好友寻出路，汝香大哥都做到了尽心尽力。

后来，不知什么时候，大队的村办企业没有了，也不知什么原因，汝香大哥被免去了副业主任职务，回家当了普通农民。他回家后曾失落过一段时间，但因为自己会厨艺当起了厨师，农村当年称为"焗长"，便又有了激情和挥洒智慧的渠道。附近村子里，谁家有了红白事，或者送祝米、订婚传启等需要做菜时，都会请他当大厨。记得汝香大哥擅长做的有毛头丸子、卷煎、鸡蛋饼、拔丝馍、红烧肘子等。色香味俱全，酸辣咸恰好，热气腾腾吃大席，热热闹闹饱口福，那也是他最有价值感的时候。汝香大哥家族大，德高望重，虽是厨师，但人们都敬他三分、畏他三分、谢他三分。他在的几天里，事主家都能圆圆满满、皆大欢喜。

我在老家的时间长，参与的家事多，记得我们兄弟姐妹结婚出嫁和送祝米办酒席都是汝香大哥来帮忙做菜。当年农村迎亲嫁女是大喜事，要在定下日子后，找个时间去请大老知和厨师，一般是提前两个月，带两包烟和糖，到他们家去请，有时厨师被其他人家定下了，还要到外村去请。记得办喜事前的几天，父母会操办一个酒场，把大老知和汝香大哥请到家里，边喝酒边商议具体事宜，大老知定好叫哪些人来帮忙，并且做好分工，而汝香大哥会根据人数和大老知定的标准来开菜单，烟酒菜鸡鱼肉蛋、葱姜大料、油盐酱醋茶等。临近喜事前几天，便趁个凌晨骑自行车，两边带着筐，根据汝香大哥开的单子到县城的蔬菜批发市场买菜。回来后的第二天，便请汝香大哥到家里来提前备菜。再加上蒸馒头，要提前忙两三天，但因操办喜事，大家心情好，干活也开心。记得汝香大哥第一天早上来到时，要给他一条毛巾和两包香烟，这是习俗，也是行业规矩。因为大席不能超，也不能不够，所以汝香大哥带着两个人合计着、忙碌着，把炸好的丸子做好的菜都一一点好放好。

喜事当天，汝香大哥一大早就来了，围裙一系就是一天，早上的大席简单一些，没有凉菜，多是六菜一汤。饭后就开始忙中午的大席。当年的大席分为清席和红席，清席是一般的亲戚一般的礼，红席则是近亲、重礼及接亲、送亲的人，再有就是同学和把兄弟。清席就一壶酒，热菜凉菜都相对简单，只有红席才上整鸡整鱼整肘子，并且吃的时间也长，敬酒的礼节也多。那时有个礼俗，开始上大菜时，红席上的客人要准备一个红包放在传菜托盘上，叫茶头礼，是表示感谢厨师辛苦为客人们奉上鸡鱼牛羊肉，也是对上天赏赐的膜拜。一般汝香大哥会把红包退回，于是吃红席的人便会派代表来敬酒，多半是用茶杯或者砂碗倒上半杯半碗，汝香擦擦手，接过来客气一下，咂一大口，用毛巾抹一下嘴，笑着说："好了好了，我再给你们加道菜。"于是便接着忙乎起来。我们家人多，每次有了喜事汝香大哥都会来帮忙主厨，所以对他充满着无限的感激，自然会和那段充满浓浓乡土气息的生活联想在一起。汝香大哥家人手少，就一个儿子三个女儿，所以农忙时，有些重活便会让我家去帮忙，多半是大哥去，用平板车运送土杂肥、拉麦子等。当年亲戚间相互帮忙都是出于真诚，结下的感情也真切，我们两家的密切关系一直延续到我父母相继过世，我们弟兄很少回老家为止。

当年我家人多，因为父亲会民间曲艺和乐器，再加上父母为人厚道善良，邻居们都乐意到我家串门，汝香大哥更是常客。有时父亲外地的朋友来了，他便请汝香大哥来陪客，汝香大哥就会带瓶白酒或者两包烟来，由此认识了山东鱼台县的茂宗哥和安徽砀山县的文典叔，并且也成了好朋友。

刚来徐州的几年，偶尔回老家我还会去看望一下汝香大哥，但渐渐地因忙于拼搏、忙于生活，回去得很少了，汝香大哥也渐渐地离我远了。记得最后一次看望他，他已经卧床不起，神志也不清晰。我提起我的名字，他也不能想起，我感到很难过。之后直到他去世再没有去过。想想他对我家的关心，对我的帮助，有时会因不能报答他而内疚。

今以些许文字记录下我知道的汝香大哥的生前往事，作为对家乡曾经的记忆，对寓居他乡或一个个远去的亲人的纪念。

大队书记

大队书记这个称呼现在很多人都不知道是什么职务，那是计划经济年代的历史符号，就是现在的村支部书记。当年，乡镇称为公社，行政村叫大队，自然村叫队。如我老家在××公社××大队×××东队，换算成现在就是××镇××村×××组。当年一个大队8个小队，外面称为"八大庄"。

在封闭保守的当年，人们行不出50里，见不过300人，生活范围的狭小自然也限制了眼界。天空最高的是村头的大杨树，走得最远的是外公社的挖河工地。村里有个老奶奶活到90多岁，一辈子没有赶过5里外的赵庄集。要说老百姓见过的最大的官，就是没有行政级别的大队书记，现在称村支部书记。于是，就想写写记忆中、想象中和当年现实生活中的大队书记，也是给曾经为农村建设和发展奉献过的一个群体的"画像"了，给大队历史研究留下一点线索。我在农村生活工作了近30年，参加过农村各种劳动，经历过农村的婚丧嫁娶，接触过农村的男男女女，见证过农村的喜怒哀乐，看到过农村的欺软怕硬，感受过农村的冷暖甘苦。我当年很羡慕大队干部家庭的孩子，一同走在上学的路上，穿得比其他孩子好；平时在家里，吃得也比一般孩子好；受到的尊重多，干的农活少，这些都应当自然而生。所以，我那时的梦想是长大了当个大队书记。现在回忆起来，才知道大队书记也不是一般人能干的，更不是一般人能干好的。后来接触到的市领导，有两三位都是大队书记出身。所以现在培养年轻干部要求要有基层工作经验是很有道理的。

当大队书记要有一定条件和基础条件，一个大队书记，既要有一些智慧和能力，也要有一定知识和威信。

大队书记的培养

当年，老百姓的文化程度还不高，绝大多数人都不识字，农村的封建陋习仍有残存。农村讲家族势力，兄弟五六个的家庭很普遍，三代下来，一个大家庭老少十几个男人，"谁的拳头硬谁是老大哥"依然是说话的硬通货。封建落后思想严重，封建意识普遍存在，这些很考验大队书记的综合能力。

当年的大队书记大体上要具备这样几个条件：首先，根正苗红，处在政治挂帅的年代，烈士后代或者贫农的孩子被称为"根正苗红"，是大队干部的人选。其次，家族大，人多势众、德高望重，在当地有威望、有影响力。那时的农村，人们的文化程度都不高，有些人全靠讲道理是不行的，需要借助家族势力来维护生产生活和社会秩序。再者，就是要有文化，大队书记要能领会上面的精神，能汇报农村的生产和发展情况，能贯彻好上级的要求与部署。最后，还要有思想、有个性、有魄力、有胆识、有担当，有解决问题的能力，有处理急难险重突发事件的方法和智慧。用这样的条件来物色，大队书记的苗子就更少了。一般是公社委托老书记选好接班人，专门培养。物色好人选后，先让他从最基本的干部干起，先干生产队队长或者生产队会计，熟悉农村工作。成熟一些后就发展他入党，之后会让他干大队主任，等老书记年龄大了就会接任书记。大队书记的家族背景自然是家大人多，在农村有势力有威望，不会被人欺负。所以大队书记的儿女大了提亲也容易，都愿意攀门台与大队书记家结秦晋之好。

当大队书记需要肚量、需要智慧，农村的庄稼汉子做事都愣，有些问题很难处理，大队书记除了借助家族势力管理，还需要讲究方法和艺术，凡事都要把握度。

大队书记的职责

大队书记是官非官，但在周边几个庄上是有权威的。作为最基层的书记，上面千条线，下面一根针，凡是有关农村的事，他都要管。首先，按照公社布置抓生产。计划经济年代，一个大队种多少亩棉花、小麦、玉米、大豆等，都是公社计划好的。大队书记要按公社的计划开生产队队长会，把任务分下去。哪些地适合种什么，如何去组织耕种和管理，是大队主任和生产队队长

的事了。其次，上缴公粮和棉花。计划经济时代，收获的粮食要上缴国家一部分，剩下的才能按人口平均分。生产队建有仓库，还要留下粮食，农忙时吃大锅饭。那时一切都是公有制，生产的棉花全部上缴。这些政策都要靠大队书记传达和落实，这里面有很多的故事和记忆，不一一絮叨了。改革开放后，农村生产力一度解放，调动了农民的积极性，耕种方式和农作物种类也放开了，再加上农业科技知识的普及，农药化肥的丰富，大队书记在农业生产方面的职能和权威渐渐没有了。因为大队书记本身就是农民，也就和其他农民一样分田种地了。只是因为大队书记有文化懂政策，会科学种田，再加上家底好、基础好，生活上仍然比一般的农民家好一些，依然是当时老百姓的领头羊。在取消农业税以前，农村延续了很多年上缴公粮的政策，后来以钱代粮，都在农村书写了很多鲜为人知的故事。因为贮藏公粮，乡镇一级都有粮管所，县里设有国家粮库。粮管所式微了，国家粮库依然存在着。改革开放后，缴公粮、卖棉花都有提留款，是作为大队里的办公经费和大队干部的薪酬，有时公社、乡镇也会拨专款，用来发展村办企业，建立村卫生室、村办小学、村代销店、磨坊、油坊等。这些多建在大队部的周围，也就形成了农村的经济、政治、文化中心。

  挖河是农村每年冬天都有的活。冬闲时候，县里执行上级政策，兴修水利。因为生产力落后，机械化程度低，疏浚河道、开挖新的水利通道都是人工。那时农村劳动力富足，这项工作自然要落在农民身上。布置任务，操办挖河物品、搭建临时草庵和伙房，组织人员，明确分工，带队出发，大队书记的能力和智慧得到了最大限度的锻炼。关于挖河，依然会有很多故事在里面，不是文章的重点，也就不再赘述。

  虽然当年农村传统落后，但农村的稳定也是非常重要的工作，当一方"诸侯"，保一方平安，维护好农村的生产生活秩序，大队书记是第一职责人。避免偷盗，避免公共财物的损失，丰富农民的文化生活，是公社的要求，也是老百姓的需求，大队书记都要缜密安排。大队部就成了大队书记的家。大队部院子里立个杆子，朝着几个方向绑四个大喇叭，功率要确保每个自然村各家各户都能听到。一年四季，大队部的大喇叭都要播放戏曲节目、新闻节目，多是在晚饭前后或者早晨。有时候，大队书记会在大喇叭上吆喝注意安全，看好自己家的猪羊鸡鸭，遇到有小偷，左邻右舍要帮忙抓住。该缴公粮了，该放电影了，要演大戏了，大队书记都会晚饭前在大喇叭上通知。但凡晚饭前大喇叭一响，各村男女老少都会支起耳朵听听有什么电影、大戏之类的喜讯。大喇叭曾经是农村里的一道风景，随着社会的发展，早已收藏在历史的深处了。

　　大队书记多是周边几个村子里人多势众的家族的老大担任，说话有分量、有威严，不苟言笑。在老百姓眼里就是判官，所以有邻居闹矛盾了，两家打架了，家里兄弟几个不愿意养老了，儿子结婚分家了，一般都找大队书记。大队书记到了，都会给个面子，大队书记也会公正处理好，多以利引导他们。或者说"好好孝敬老人，谁做得好，明年矿上来招工名额了让谁的儿子去"；或者说"远亲不如近邻，上数三代都是一家人，打架不丢人吗？有问题好好商量，谁谁的儿子不是想去当兵吗？到时政审时曾经参与打架还能走吗？"很多事，大队书记都是连劝加哄，最后落实诺言，解决好矛盾。真有光棍汉子喝醉酒骂街有伤村风的，大队书记会让本家人去教训他一顿，等过节了再给他一些救济物品——肉、油、面粉、衣物，大抵也能消除他心里的怨恨。一般的，谁家有婚丧嫁娶的红白事时，多数都会请大队书记来家里坐坐，一是尊重书记，二是借大队书记的影响力，避免当天有人出来闹事。所以，大多数大队书记都会抽烟喝酒，而抽烟喝酒又是农村沟通协调事情的前奏，很多事也都是在酒桌上定下来的。

大队书记的权力

　　当年的大队书记兼有族长的身份，受公社、乡镇党委政府的委托，父老乡亲的信任，有着很大的"权力"。计划经济时代，有时煤矿上会给公社招工名额，社办企业也会招工，名额分到大队后，大队书记就有了话语权；当年政治挂帅，考学需要政审，当兵也要政审，入党需要外调材料，这时候大队书记就起很大的作用了。在老家，既有当年大队书记推荐的工农兵大学生，因此步入大城市改变了自己和孩子的命运的故事；也有因大队不给开证明不能考大学、不能当兵、不能招工的悲剧命运，一句话决定了一个人的前程。另外，公社拨下来的救济款、救济物品发放，困难户的确定，大队书记也有很大的话语权。为了得到以上的好处，自然有很多湮没在历史长河中的往事，任由后人想象和评说了。曾经有个大队书记在弥留之际给儿子说："村西头的小良是能考上大学的，当年因他娘是地主家女儿，我没有答应他政审过关的。这孩子脾气偏，当着我的面把书包扔到了井里，不说一句软话。我感觉对不起他，他爹还是我的发小，你们对他家照应着……"这样的故事有很多。

也有的年轻人好不容易有了个机会，或提干，或转正，都在大队政审前止步。而今天这些障碍都荡然无存了。我记得我考上学、入党、提拔时，也需要大队里外调材料，所幸的是家庭成分是贫农，就很顺利通过政审。

  大队书记如何运用这些权力，是很有水平的。"得民心者得天下"，要做到大体上公平才行。如当年推荐工农兵大学生时，一个大队书记虽然推荐了同族的一个女孩，因为这个女孩父亲早早去世了，母亲一个人带着四个孩子，没有改嫁，日子过得十分艰难，就推荐读了几年书的大女儿上了大学，回来当了老师。还有就是矿上招工时，这个名额也要考虑照顾男孩子多、光棍多的贫困家庭。所有的事情都要大体上过得去，"压服得众口声"。十根手指不一样长，有时权力用得不当带来些许矛盾也是正常的。当年民风淳朴，大部分老百姓都很听话，闹事的少。因为家族关系，同门同姓，也没有真正的矛盾，时间长了也就过去了。加上登记结婚、户口迁出迁进、子女外调等都需要大队书记同意，所以人们对他敬畏三分。

大队书记的待遇

  计划经济年代，大队书记的待遇和社员一样，拿工分计酬，具体怎么计分需要找 80 多岁的老书记探寻了。后来土地承包后，亦"官"亦民的大队书记家里主要收入也是靠种地了。乡镇会制定标准，根据上缴公粮和棉花的数量返还一定的提留款，作为大队干部的薪酬，具体的数目也要去问当年的大队干部。发展到今天，村支部书记及其他村干部都领工资并办理了各种保险，待遇上有了很大的提高。随着人口的流动、空心村的出现，大多数年轻人都"孔雀东南飞"，村支部书记的压力远远不如当年大队书记的大了。

  以前，大队书记的人选很难培养，一个书记要干很多年。公社或者乡镇定期对年轻、有知识、有能力、有成绩、口碑好的大队书记实行招干考试，优秀的遴选到公社、乡镇任职，身份就变成了国家干部，这让很多大队书记看到了希望，有了干劲。我到市机关工作，认识的市领导中有三位都是从村干部干出来的。所以有个领导说，大队书记干好了，能干公社、乡镇党委书记，公社、乡镇党委书记干好了，能干县委书记……可见大队书记的付出是很多的，干好了也就锻炼出了各种能力。有的大队书记干的时间长了，年纪大了，公社、乡镇会考虑让他们到乡镇的"七站八所"（计划生育办公室、农科站、林果站、农经办、农机站、粮管所、司法所、民政所）等部门协助工作，享受地方补贴待遇，到了一定年龄，退休领些养老金，这是"地方粮票"，也算一种安置和奖励。"强龙不压地头蛇"，是褒义还是贬义，也要看怎么去理解。一个大队或者一个村里，当兵、考上学混得好的人，春节期间回家乡探亲，一般都要和大队书记处好关系，自然是在觥筹交错中叙乡情，在推杯换盏中话当下。相互交流，相互支持，一切都符合农村的人之常情。

其实，一个称职的大队书记是很辛苦的，他的生活和工作状态是会多、事多、操心多，酒多、烟多、在外多。所以，很多大队书记年纪大了，身体都不太好，就是因为劳心又劳力，抽烟又喝酒。

当然，大队书记也有犯错误的，因为有一定的权力，也面临财物、美色、烟酒的诱惑，毕竟他能给人解决一些问题、提供一些帮助、带来一定实惠。在农村生活工作的近30年里，见到过因犯错误被撤职、被处理的村书记，也听说了因为能力欠缺、威信不高主动辞职的村书记，这里面也埋没了很多给人想象的故事。有句玩笑话说"别把村长不当干部"，其实真能干好村干部，也说明其人既有客观条件，如家族家势、文化知识，也有智慧和能力，会搞好团结和协调。这里面的道理很深，需要慢慢去体悟。

我所写的是我表面认识和理解的大队书记的画像，带着个人色彩的表述。在我的印象中，大队书记沉稳威严、衣着整洁、做事利索。一个难忘的画面是当年我在路口麦场上打场，村支部书记陪镇党委书记下来视察"三夏"，看到我戴着眼镜，学生模样，还会扬场，便和我聊了几句，问问家里麦收情况。后来，这名公社书记当了县领导。我到市机关工作后，一次开会碰到了，彼此竟然都还有印象。

其实，最让我羡慕的是大队书记有报纸看，有杂志读，这在当年贫穷落后的农村，是难得的文化知识资源。大队书记开会多、读报多，眼界自然开阔，对读书重要性比一般老百姓认识深刻，所以大都会给孩子创造好的学习条件。20世纪八九十年代，农村里能考上学的，或者能当兵入伍的，要么是老师的孩子，要么是大队干部的孩子，概率是很高的。

关于当年的大队书记，自然还有很多值得书写的故事，他们身上还有很多闪光点没有表达出来，留给那些研究者去探寻和补充吧。

"老村长"的眼光

"眼光"这个词带有方言的特色,在修辞上可以说成比喻,又可说成比喻中的借喻,是形容一个人看事待物有远见、有水平。可以用"风物长宜放眼量""志存高远""从长计议""三十年河东,三十年河西"等来解读。我们村的"老村长"虽然生于农村、长于农村、埋于农村,但仔细想想,他的眼光确实非同一般。

春节前回家一趟,恰巧遇到了"老村长"的老伴,已经80多岁了,步履蹒跚,拄杖而立,说了一会儿话,感慨颇多。也有10多年没有见老人了,她自"老村长"去世后便一直住在外地小儿子家,很少回来。她说趁还能走动,回到老家来看看,看看老院子,见见老邻居,再回来时恐怕不是睁着眼了。

"老村长"的家与我家隔一条路,农村有"隔路如隔山"的说法,当年与他家相比,差距真如一座山的高低。他家是青砖绿瓦四合院,我家是草屋柴门篱笆墙;他家孩子新衣新鞋饭飘香,我家是粗粮黑面青菜汤。虽然当年农村都很穷,但"老村长"读过几天书,有学问、有眼光,会精打细算,会开源节流。再加上是村干部,多少有些收入,所以日子过得比一般人好一些。"老村长"的一个儿子比我年长两岁,我有时去他家玩,总羡慕他家孩子有小人书读,总羡慕他家一日三餐有汤有菜有馍。

20世纪80年代前,农村人的日子都差不多,思想也都在同一个维度,而"老村长"因为有报纸读,经常去开会,思想上自然先进,眼光自然长远些。这儿主要说"老村长"的眼光对他的4个孩子人生的影响。

"老村长"有两个儿子两个女儿,儿子帅气女儿漂亮。因为一路之隔,当年是"低头不见抬头见",便经常串门到他家玩。到了他家,喜欢看他家的报纸和小人书,而当时在农村,这些都是比较珍贵的东西。春节时村人们都到他家要报纸盖饺子，妇女们则要了报纸剪鞋样子，或者包走亲戚的草糖（一种甜点）、月饼等。"老村长"知道读书好，所以他坚持让4个孩子都上学，尤其对两个儿子寄予很大的希望。"老村长"的大儿子聪明、帅气和调皮，是村里出了名的捣蛋鬼，上学成绩不是太好，但点子多、动手能力强，我们和他一起玩时，看到过他的很多"发明"：钓鱼钩、洋火枪、土炸弹、捕鼠器、弹弓及胶泥弹弓子……高中没有读完，因为好玩与厌学成绩不好，便辍学在家了，谁劝都不愿意再进学校"受罪"。我那时比他低一个年级，"老村长"曾让我约他几次，未果。无奈之下，把他送去当兵，谋个出路，说个媳妇，将来从部队复员也当个村干部。记得当年农村孩子能入伍当兵是一种荣耀，回家探亲时都穿着军装，让村子里的年轻人艳羡不已，更引得姑娘们回眸一笑，在家的几天时间，媒人会不断地到家里提亲。可"老村长"的大儿子到部队几年，先是退了农村的婚事，再是发挥自己的聪明才智，转成了志愿兵。后来，他自己在苏南服役城市谈了个女朋友，留在了那个城市，算起来也有很多年没有见过他了。二儿子很帅气很老实，学习认真但成绩不好，初中毕业早早下学在家务农。"老村长"便让他学习木匠，多个吃饭的营生。随着农村经济的发展，做生意的人越来越多，"老村长"拿出多年积蓄，帮助二儿子操办工具，让他与近门人合伙加工木线，再后来去了南方的城市。听说现在干得风生水起，成了村子里的"有钱人"，也很少回到老家来。

"老村长"的两个女儿长得非常漂亮，能记得的是她们都遗传了"老村长"的特点，眼睛大、睫毛长、双眼皮、瞳仁亮。"老村长"看到两个儿子没有通过考学这条路走出农村，便又把希望寄托在了两个女儿身上。那时农村还重男轻女，一般的家庭不让女孩上学，而"老村长"却坚持供两个女儿读书，经常到学校与老师交流，了解孩子的学习成绩。平时不让她们干农活，再忙都不忘她们的"一日三餐"，专门为她们腾出学习的"书房"。因为是挨着的邻居，且我也是学生，去过她们家几次，很是羡慕她们家的文化氛围。"老村长"的两个女儿学习非常认真，成绩非常好，相继考上了初三。但当年农村教育资源匮乏，教学质量不高，两个女儿在中考后都无缘继续读高中。"老村长"并不灰心，让两个女儿复读初三，两个孩子非常拼，经常熬夜苦读，进步很大，有望考上高中。因为农村中学师资、校舍等不足，中考升学率也很低，政策规定复读生中考分数线要比应届生高20分才能录取到普通高中。这对努力了一年的姊妹花再次"花落农村"，无缘高中。那时我已经回

老家农村中学任教,"老村长"曾找到我,看能否花钱让两个女儿读高中,最终未能如愿。有时回家时遇到她们俩,能感觉到中考失败对她们的打击,也能从她们眼里看出对考上学的羡慕和对读书的渴望。直到现在,我都为那批复读的学生抱亏,他们学习非常刻苦,成绩非常好,但最终没有取得继续读书的机会。有个女孩在复读第四年时,给自己改名"李心寒",也不知后来是否考上了。

20世纪90年代,农村"劳务输出"(就是外出打工)还是个新鲜词,"老村长"毅然把大女儿送到了大儿子所在的城市去打工,并让大女儿在苏南找个婆家。大女儿在外地打工几年后就嫁在了当地,接着二女儿也去了苏南附近的城市打工。其间,二女儿的一个初中同学考上大学后开始追求她,保持了几年的恋爱关系,后来不知道为什么没有走进婚姻的殿堂。又过几年,二女儿也嫁到了苏南。

"老村长"一辈子没有去过城市,面朝黄土背朝天,但因了自己的眼光,早早地把孩子们都送到了城市里,彻底摆脱了农村。

用白描手法写完了"老村长"的眼光,其眼光里应该有着很多的故事和值得思考的东西。

老掉牙的故事

因为不能用真名实姓，就给他虚构个名字叫韩志。

韩志因为"文革"没有参加高考，便回家种地。两年后，因为国家恢复高考制度，韩志边耕边读得以再上考场。那时参加高考的人，多数是冲着"吃计划"去的，眼界没有那么高，心境也没有那么大，填报志愿多数由班主任老师代劳了。班主任对韩志说："你就考师范大学吧，离家不是太远，毕业后回来当老师，能照顾家，还能帮忙种地。"这确实是当年人们的真实想法，高考成绩出来，韩志可以读更好的大学，但志愿定终身，他也就读了师范大学的物理系。考上大学之初，在老家引起了轰动。按照班主任当年的设计，按照正常的人生轨迹，韩志毕业后回到了老家的中学当了一名物理老师。

工作不久，也是按照当年农村正常的生活程序，韩志到了男大当婚时节，说媒的开始往他家跑了。当年老师地位低、收入少，多数男老师只能找个农村姑娘，这种情况一直持续到20世纪末。不管你是哪个大学毕业，只要毕业后在农村当老师，男的找的对象大抵是农村姑娘，条件好一些的能找个供销社、粮管所、农机站、化肥厂等单位的临时工。韩志算是条件好一些的男老师，他在县城附近的中学教毕业班的物理，人长得也帅气，于是说媒的给他介绍了一个农村信用社的临时工，说也是高中毕业，姑娘长得也俊。按照农村规矩，两个人见了面，女孩家在媒人的撮合下带着婶子大娘相人相家，最后算定了亲。

上面的叙述都是当年正常的人生逻辑，如果正常发展下去，就是两个人结婚生子，过上平常教师职工的日子。上班、种地、养老抚幼，孩子大了考上大学，自己在县城买套房子。当年那些"老三届"现在多数是这样的结局。根据人生线路图，韩志的生活也应该沿着这样的路子走，可是偏偏方向有变，

人生也就跟着变了。

　　韩志与女孩见了几次面，因为都是读过高中，且两家离得不太远，共同语言自然多了。相处一年多，到了谈婚论嫁时，突然有了银行系统内部招工考试的政策，考上后作为委培生到高校读两年，回来后按正式员工分配。作为临时工和高中生，女朋友符合条件。这个消息让韩志对生活充满了新的希望，他鼓励女朋友认真复习，参加考试。他憧憬着，如果女朋友考上分配了，成了正式工，那他结婚后就完全成了双职工家庭，就能真正摆脱农村了。女朋友犹豫着说："行吗？都几年没有看书了。"韩志说："你没看书大家都没有看，你感觉不行大家都感觉不行。我们先不结婚了，你就搬到我宿舍里来住，我辅导你数学，你背诵语文，再找个会计辅导你专业知识。"未婚同居在当年是非常前卫的事了，可是韩志与女朋友顶住了别人异样的眼光。晚上他和女朋友在办公室学习也招来很多学生趴在窗户上看"西洋景"。长话短说，结果正如人的心理期待一样，自然是圆满结局，女朋友考上了，到南京金融专科学校读书两年。放假了，韩志会骑自行车到车站接她，开学了会去车站送她，那种浪漫和幸福如同电影电视里的故事一样，可是不一样的是后来。

　　女朋友读书两年，知识长了眼界宽了，人更俊俏了，心气也悄悄地更高了。工作后不久便出嫁了，但嫁的人不是韩志，是另外的比韩志条件好的人。至于新嫁的对象多好，没有必要介绍了，随着大家的猜想吧。这里要说说韩志的痛苦和懊悔了。失恋的痛苦、爱情的绝望、同事的眼光、家庭的埋怨……

　　假如女朋友还是临时工，假如认识后不久就结婚，假如女孩不去上学……

　　人生没有假如，只有现实。韩志哭过、醉过，但现实如同日出日落，不会因为个人的感受而动容。学物理的人到底比学中文的理性，不到一个月，韩志又恢复了正常的生活，只是工作更加努力了，学习更加认真了，心里更加有方向了。关于韩志考研的经历不是文章的重点，就不叙述了。两年后，韩志到了武汉大学重新读书了，这在当地又引起一片哗然。是不是换了环境换了工作换了生活就换了心情？这只有去问韩志本人了。毕业后韩志进了国家级科研所，工作三年后，因着科技兴国的政策，年轻的他到了某县挂职科技副县长。又两年后，当地迁建师范学校，他成为校长的人选。又三年后，两校合并升格，他又成了副校长（副厅）。再三年后，西南某科技学院成立，他又升该校校长（正厅）。又过三年，出任某市市长。

　　其实，韩志后面的故事只说明了他一直在努力，努力的动力可能来自当年的失恋，也可能来自心中一直的追求。

　　韩志的故事可以作为小说来写，而他的人生道路就如同一部小说。前两年跟着去西南某省时，约见韩志的原型，他刚好在北京，第二天一大早赶到我们住的酒店，请吃了早茶，说他正在忙招商大事，这次不能"煮酒话桑麻"了，如果不走，晚上他个人请客。

嫁出农村

　　我们老家的村子不太大，一共有二三十户人家，几百口人，每年出生的孩子有10个上下。记得小时候与我同岁的有9个，5个男孩4个女孩。当年曾一起到地里割草，一起在村后树林里玩游戏，一起走在蜿蜒土路上上学。后来大家陆续辍学、长大、出嫁、成家、外出，有的人一生都不可能再见到。在我记忆里，邻居家的大燕值得写上一段文字，值得写的是她的出嫁和后来。

　　同村同岁的4个女孩中，大燕小时候长得比较普通，眼睛不太大，个子不太高，并且很胖。上学时大家都不愿意和她一起走，而她也比较自卑，经常带东西给我们吃，让我们不要孤立她。因为她家离我家比较近，所以上学时经常邀我一起。我记忆中比较深刻的是对她的感谢。有次我在学校里犯了错误，偷偷打铃把铃绳扯断了。班主任让大燕带信给我的父母，把我所做的错事告诉家长，我当时特别害怕。第二天到校时，老师问大燕带到信了吗，大燕撒谎说我父亲把我狠狠"揍"了一顿。

　　小学毕业大燕没有考上初中，便辍学在家了。可能是为了弥补自己相貌的不足和成绩的不好，大燕在家非常勤快。虽然年龄很小，但洗衣做饭、喂养牲畜，样样在行；种地打场、洗浆缝补，样样都会；待人接物，热情友善，很得人的喜欢。其他同岁的三个女孩长得好看，到了十八九岁时便开始相亲了，而来给大燕说婆家的却不多。

　　那时农村还比较落后，人的思想还不够解放，还不流行外出打工，所以女孩子大了也就找个合适的人家嫁了，过着柴米油盐酱醋茶的生活，生儿育女种庄稼的平常日子。可就是这样的生活，对大燕也是一种奢望。有媒婆上门给她介绍过几个，不是伤家的，就是年纪大且家里穷的。后来她干脆不让人提亲了。到了年关，有出嫁同伴带着新客（女孩出嫁第一年时对丈夫的称呼）来拜年，遇见了大燕打招呼时都带着幸福的口气。到了晚上，爹妈也会用羡慕的口气议论着别人女儿的幸福，之后便叹气说大燕什么时候也能嫁个好人家。又过一年，同伴们再回娘家时，已经是歌词中唱的"左手一只鸡，右手一只鸭，身上背着个洋娃娃"了，而大燕还没有婆家。

有一年，大燕用自行车载着母亲去很远的姨家走亲戚，姨给她介绍邻居家的青年，是矿上的工人，他爸爸退休他接班（这是计划经济时代的政策，如果爸爸妈妈在单位上班，退休后孩子可以接班）。男青年在食堂做饭，一个月工资600多，只是男子的腿有点残疾，比大燕大5岁。也许是为了了却父母的心思，也许是想离开老家人的议论和眼光，大燕答应了。结婚一年后，大燕便跟着丈夫到矿上去住了。先是在食堂干临时工，时间长了矿上招工时变成了合同工，在灯房上班。每天负责矿工上班发放矿灯，工人下班后收矿灯并更换电池。她曾经给娘家人带来过几只报废的矿灯，比手电筒亮得多，并且也非常耐用。大燕所在的矿区属于上海，户口全部是上海的，也有部分上海人在这儿工作。我曾经在大黄山矿区中学实习过，矿区就是个小社会，类似个小城市，城市有的一应俱有，功能齐全。在这儿生活久了，大燕俨然变成了城里人。她不用下地干农活，不用风吹日晒地忙收忙种，不用喂猪喂羊。慢慢地，她衣着也讲究了，皮肤也好了。在别人的影响下，她开始注意减肥、美容和修身。回娘家也是一年一个样。她有两个孩子，都是上海户口，在矿区学校上学，用的上海教材，教学政策与上海市区一样。现在，儿子同济大学毕业，女儿上海大学毕业，都在上海工作。

出生在农村，嫁到了"上海"。小学毕业，孩子却读了名校。年少时普普通通，现在青春依然，不见岁月。这就是大燕的现在了。

小时候同饮一井水，同走一条路，长大后各自奔忙。很多年没有见过大燕了，关于她的这些，都是上次回老家时听同龄人讲的。真正应了老家的一些土话："三十年河东，三十年河西""人在人眼下，树在树底下""谁也没有前后眼光""小时候胖不算胖"……

青梦碎了一地

苏北农村三省交界处有一大姓马家，周边几个村庄，甚至两省毗邻的村子多是姓马的。据说这些马姓人虽然分布在三省交界各村，但都是同根同族。有个村庄叫三省庄，村里全是姓马的人家。周边以马为名的村庄有马楼、马庙、马庄、马家营。为了区分和便于记忆，后来有了东马楼、西马楼，南马庙、北马庙，大马庄、小马庄。当地至今还传着"步行百十里，脚踏马家泥"的说法。抗日战争、解放战争期间，马家人演绎了很多可歌可泣、可喜可悲的故事。而马成家的经历和马成的故事可能有别于其他人家，所以传得更远更久，后来就传到了我的记忆里。这儿简略地写下来，在写的过程中，心中有种复杂的感觉。

马成的家在属于山东省的西马楼，西马楼多是大家族，每家都有五六个男子，而马成家却人烟不旺，马成的爷爷是独苗。爷爷的父亲因孩子少，负担轻，得以把马成的爷爷送到了私塾里读了几年书，算是村里的文化人了。在他爷爷那一辈，马成家里还是红火的，爷爷给地主家当管家，跟随地主很多年，很得主人赏识。新中国成立后，当过管家的爷爷和父亲被划为富农成分。"文革"期间，"地富反坏右"都经历了政治风云的改造与锻炼，马成的父亲为了改变家庭的成分和命运，想方设法从山东的西马楼搬迁到了苏鲁交界的江苏省的东马楼。本以为换了省份换了村庄换了环境，家庭成分对孩子的影响会小一点，但在那个年代，搬到东马楼，马成家的日子并没有多大改变。虽同为马家人，但毕竟是外来户，融入群体依然很难，再加上马成也是个独苗，随着父亲来到陌生的地方，被人欺负是常有的事。每次马成与村里其他孩子打架，受了委屈，到家后都会被父母呵斥一番，如果当着邻居的面，父母还要象征性地打马成几下。马成的童年和少年生活里，很少有成长的快乐，唯一能得到心理满足的便是读书学习了，唯一能找到自身价值体现的便是老师的表扬了。但学习成绩的优异带来快乐的同时也带来了痛苦。同村的顽皮男孩子看到他经常受老师表扬便有了天真的"妒忌"心，几个孩子经常约在一起欺负马成，老师每表扬他一次，几个孩子就与马成打一次架。为了不受欺负，在考试时马成经常留一些题目不做，这让老师感到奇怪。及至中考，马成才以第一名的成绩"一鸣惊人"，考入了县中学。马成的父母为了躲避家庭的窘况搬迁到了东马楼，而马成却为了脱离东马楼暗暗努力着。

　　到了县中，马成学习认真，成绩优秀，性格沉稳，很受老师和同学的喜欢。这里还要说说马成的相貌，马成的爷爷是地主家的管家，懂诗书、知礼仪，且长得一表人才。马成遗传了爷爷的基因，瘦瘦的，不高不矮，大眼睛、双眼皮、长睫毛、皮肤白皙，鼻高齿白，着实是才貌双全的好学生。这时的马成对未来充满着憧憬和希望。

　　中学毕业该考大学了，那时考大学要政审，要到学生的出生地开证明，这一审，审出了马成的爷爷竟然是地主家的管家，并且父亲也在地主家干过活。因家庭成分高，马成被取消了高考资格，美好的未来与马成擦肩而过。已经习惯承受打击的马成默默地回家了，回到了东马楼，去做了农村青年。这次创伤让马成心理发生了变化，他在人们面前变得沉默而自卑。儿子的境遇让父母难过了很长时间，他们说也许就不该搬迁到这儿来，在西马楼毕竟本家族的人多一些，也许不会在孩子考学上与他们家过不去。马成什么也没有说，坦然地和姐姐们一起下地干活了。虽同为马姓人家，但仍存在"远近厚薄"，每次分工，马成干的多是重活、苦活。虽然马成在农村是个"知识青年"，但所学知识也都束之高阁了。

　　有那么一天，马成去县城玩，看到了化肥厂的招工告示，他悄悄去参加了考试，结果成绩是第一名。在政审时，马成的父母在大队干部那儿一把鼻涕泪两行地苦求，缠了几次才开来了介绍信。到了化肥厂，领导之间也因为马成的事争论了很长时间。书记讲政治、讲成分，厂长讲生产、讲技术。最后，厂领导们见到马成时，感觉这个青年人怎么看都不像个"坏分子"，于是马成才有了半年的试用期。这样，马成总算离开了农村，离开了东马楼。

　　开始到化肥厂上班的一段时间，马成看到一种奇怪的现象，每天晚上下班后，年轻工人们都会相约去开会或者参加活动，但没有人通知他，也没有人邀他一起去。起初他以为自己是新来的还没有资格，但后来转正了，仍然不能参加会议和活动。后来他要求加入共青团组织，也被拒绝了，一问原因，

说他成分高，不能加入厂里的组织，也不能参加厂里的文体活动。这件事让马成困惑而痛苦。他不能理解曾经在地主家当过管家的爷爷会对他的影响那么深，他的自尊心受到严重伤害。自此，他很少回家，把心思全部用在了生产上。父母想他了，会抽时间到县城化肥厂来看看他。下班后，其他青年都参加学习和唱歌跳舞，他只能在宿舍里看书写字，研究生产。见到同事后，总感觉低人一等。因为有知识，因为认真钻研，他所在的车间无论在生产产量、质量还是安全上，都是厂里的先进和标兵。到了年底，他的同事都受到了表彰，领取了奖金，唯独他没有得到表彰和奖励。马成的心都碎了，自己偷偷地买了一斤白酒，两包花生米，边喝边哭、边哭边喝，醉了两天。

  马成长得很帅，又进了城，到了二十出头，自然会有人给他提亲，他曾经发誓不找农村媳妇，可是他的成分那么高，在农村找个对象都难。有时候，爱情也不一定受金钱和政治的影响。马成来自农村，又是富农成分，年轻人都不愿意和他玩，于是每次到食堂打饭，他都是一个人去，一个人坐在食堂角落里吃。因为他是读书人，长相潇洒，身上自然有种读书人才有的，看不见摸不着却能让人感受得到的特殊气息。渐渐地，他引起了食堂一个窗口打饭女孩的注意。每次打饭时，那个女孩会不经意地多给他打一点菜，多加一点米。虽然女孩戴着口罩不能说话，但她那美丽明亮的大眼睛给马成传递着青年男女之间都有的心灵密码。马成也动心了，每次打饭他都是最后一个去，每次女孩都会给他多盛一些饭菜。在别人不注意时，女孩会把口罩摘下来和马成说两句话。一次，女孩说"下班后你送送我吧，家离得远我有些害怕"。马成答应了，高兴地吃完饭，换掉工作服就到大门口等那个女孩。两个换掉工作服换上整洁衣服的年轻人肩并肩走在了厂外田间小路上，边走边聊，感觉有聊不完的话语。一次、两次，一天、两天，一月、两月，马成脸上露出了微笑，心里荡起了幸福。有一个女孩陪着，他忘却了政治阴影带来的痛苦和烦恼；有一个人爱着，他忘记了生活之苦、精神之伤；有一个女孩牵手，他感觉到了黑暗中的光明，未来道路上的风景。化肥厂旁边有一片茂密的树林，他们经常坐在那里互相倾诉。树林外面就是广袤的田野，有玉米田、棉花地、油菜花。相识的两年里，他们在这里演绎着自古以来青年男女都有的故事。终于有一天，女孩发现自己怀孕了。当年未婚先孕是件很丢人的事，马成知道后又惊又喜，想让女孩给家人说定亲结婚，而女孩却说先把孩子流掉，之后再谈定亲之事。在最后一次约会后，女孩自己去流产，结果大出血，再也没有回到食堂上班，再也没有了牵着马成的手在河边散步、听马成讲故事的机会了。

爱情生活的夭折毁灭了马成对生活的希望，他痛哭之时选择了自杀，工友们发现他喝了农药之后赶紧把他送往医院。因发现及时，马成得以活了下来。这事在当年闹得沸沸扬扬，传遍了县城。女孩的家人来厂子里把马成狠狠揍了一顿，化肥厂赔女孩家一些钱，同时开除马成，这事才算了结。马成挣了又挣，最后还是没有摆脱命运的捉弄，又重新回到了农村。收拾东西时，他只带回了自己的书籍和女孩的两寸照片。劳累之余，马成会静静地看着女孩的照片，回忆起在化肥厂两年的时光，悄悄地流下思念抑或是委屈抑或是无奈的眼泪。两年后，经不住父母的央求，为了传宗接代，他只好娶了自己不爱的女人，过上了没有爱情的婚姻生活，重复着普通人家都有的"日出而作，日入而息"的日子。

马成一直是个有梦的人，就是当了农民，他也在劳动之余坚持读书学习和看报。为了区别于村里其他农民，他相继自学了中文专科、中文本科，并拿到了毕业证书，成了方圆几十里文凭最高的农民。读的书多，知道的自然多，马成认为文化人就要有文化人的样子，他的衣服有两套，一套是干农活时穿的，一套是农闲时穿的。到县城去时，整洁的上衣口袋里别着两支钢笔。逛的也多是新华书店。就是家里的几间土屋，他也收拾得干干净净，并且单独隔出一间书房，放上桌椅和简易书柜。

读书与不读书，生活会产生很大的不同。因为读的书多，懂得多，毛笔字写得好，马成渐渐地在村里吃香了。谁家有婚丧嫁娶的事，都找马成写喜字、上礼单、写吊薄，邻居家有事求他帮忙时，他都不遗余力，有时还会自己掏钱。他知道尽管自己姓马，但毕竟是搬迁来的，为了不让自己的孩子们经历他的命运，同时，父母年纪大了，将来送"南北坑"时，也需要"邻居百势"帮忙。他这样做都是为了让人能看得起，在村子里赢得一定地位，积累一些人缘。他的几个孩子在他的熏陶下读书学习，相继考上大学，一个个到了不同的城市。

现在，马成年纪大了，每到年关，孩子们回来聚在他周围吃年夜饭时，他都会唠叨一番："假如当年我有你们这样的环境，我……"说着说着便哽咽了，猛抽两口烟，饮一满杯酒，掏出叠得整齐的手帕擦擦湿润的眼角。

我们村的"爱迪生"

上次回家，见到了朱发明，已经很老了，也不再干电工了。其实，朱发明是他年轻时村里人给他起的绰号，慢慢喊开了，人们便把他的真名忘记了。

朱发明从小就聪明，虽然只读过小学，但懂得的知识非常多，应了"实践出真知"那句话。本来他可以继续上学的，但母亲在他读完小学后无论如何都不让他接着读书了。不让他上学是因为朱发明的父亲。朱发明的父亲也是个有学问的人，20世纪六七十年代，凡是"喝过墨水"的人都被看作是有学问的。朱发明的父亲因为有学问，在县城里谋了事做，开始只是个临时工，后来转正了。转成正式工人后，心却歪了，忘记了"糟糠之妻不下堂"的古语，在城里有了心爱的人，把农村的老婆抛弃了。朱发明的母亲思想老，认为"嫁出去的女，泼出去的水"，丈夫不要也不能回娘家，她还认为"生是夫家人，死为夫家鬼"，就守着一个孩子两间屋，不再改嫁。她认为这都是学问惹的祸，丈夫没有学问就不会进城，就不会变心，所以她在朱发明小学毕业后，不管谁劝，坚决不让孩子再接着读书，也不放孩子出去。于是，朱发明就在母亲的管教下收了上学的心，安心做了农民。母亲省吃俭用，给朱发明成了家，他便过上了"日出而作，日入而息"的农村日子。

朱发明从小就喜欢捣鼓东西，给伙伴们做万花筒，用竹子制作笛子，用废旧自行车链条制作洋火枪，用铁丝做弹弓、糊风筝，用鞭炮药自制雷管……但凡当年农村孩子玩的玩具，他都会做，并且做得很精致。这大概就是所说的天赋了。

20世纪七八十年代，农村开始通电，每个村要有个负责线路和变压器维护管理的人员，村里看朱发明喜欢捣鼓东西，心灵手巧、懂事勤快，就派他去培训了一段时间，回来兼职干电工，当年农村的电工都是这样干起来的。

电工除了维护线路和变压器外，还要负责村里磨坊、电动机、电泵等管理。农村实行家庭联产承包责任制后，电工还负责收缴电费。朱发明当了电工后，非常用功，在干活的同时琢磨电学原理，赶集时会到供电所借资料来看，有时也会托别人给他买电学方面的书籍。冬天农闲时他自己就摆弄一些电器，学会了无线电维修。朱发明用木板抠个箱子，买晶体管、喇叭等元件组装了我们村第一台收音机，虽然收音效果不太好，但是能通过这个小盒子听到来自北京的声音，也让全村男女老少都拥到他家里听新鲜事。后来，他还组装了村里第一台黑白电视机，几个年轻人帮他砍树立电视天线的情景如在眼前。

  农村电工非常吃香，当年能源紧张，农村用电都是限时限量的。一般晚上10点左右才有电，因变压器容量小，邻近几个村庄不能同时供电。一台变压器安放在北河前不靠村后不靠店的田地里，电工每天要按照计划定时给各村错时供电，经常是晚上一个人拿着强光手电去那儿调节电路电闸。到了农忙时节，浇地的、打场的都盼望着早点来电，多来一会儿电。经常有周围几个村子的人来求朱发明，他有时会根据远近厚薄急缓难重适当照顾一下，来的人会给他带上一两盒香烟。那些不想晚上熬夜浇地的人家，也会求他把送电时间调整到白天。朱发明也曾经因此闹出过风流韵事，差点被撤换掉。如果谁家有红白事了，晚上想用电，给他说一声，他都在不违反原则的情况下尽可能地提供方便。因为懂电学，朱发明还自己学会了缠电泵、电机，当年这在农村是十分吃香的技术。那时人们不会科学使用电泵，会因电压不稳、运转时间太长出现电泵烧坏的情况，只好从井里拔出来拉到集镇上去修。"紧手的庄稼，消停的买卖"，电泵坏了费钱费时，主要是耽误了耕种。因为缠电泵是个慢活，朱发明一般不帮人修。记得一次我晚上回家浇地时，因为没人看井，结果保险丝烧断一股，电泵烧坏了。朱发明的孩子跟我上学，我去找他帮忙维修电泵，他也不好意思拒绝，加班帮忙缠好了。直到现在，提到浇地，我心里还打怵，主要是浇地多数在夜晚，下泵拔泵都需要几个男劳力。朱发明因他的孩子跟我上过学，在用电上给予我几次帮助。另外，除了电泵，农村还有电动机，那是收麦脱粒用的动力之一，多数人都找朱发明帮忙安装电动机。

  朱发明心灵手巧，他不但懂电，而且还懂铁匠和木匠活。钉镰磨镰是项技术，收麦子前夕，便有左邻右舍拿着在集镇上买来的镰刀和镰把来找朱发明钉镰，有时朱发明忙不过来了也会说："集上卖现成的镰，买来就直接用了，我这儿工具不全，也不一定能钉好。"而邻居们多数图个便宜，因为在

镇上买成品一是贵，再就是也不合手，还有就是卖镰人也是搭配着卖的，镰刀好镰把就差一些，镰把好镰刀就次一点。另外，两样都好的价格就贵，不如自己分开买来让朱发明给钉。因为喜欢探究物体的原理构造，喜欢制造东西，朱发明的"百宝箱"里有各式工具和零件，手锯、手钻、扳手、钳子、锤子、木尺、墨斗、鞋钉、铆钉、八煽子、铜丝、晶体管、磁铁、拆开的自行车链条……开始时他还乐在其中，时间长了心里就有想法，但左邻右舍和近门同族，他都加班给做好。万事相通，心灵手巧的朱发明还会挤风箱、扎鸟笼子。

因为农村生产力的落后，很多农活全是体力和手工，劳动量非常大。记得割麦子的活，一个人一天在炎热下骄阳下挥汗舞镰，臂疼腰酸，也割不了半亩。脱粒机出现之前，打场需要五六个人配合，还要看天气，扬场要两个人配合，还要扬两遍。播种、施肥、除草等都需要人力和时间。朱发明爱动脑筋爱动手，在节省体力上动了很多心思，发明了很多富有技术性的农具。当年他既没有知识产权意识，也没有想着去赚钱，所想的只是少出力、少挨累。

割麦机是他的第一个发明，因为他家劳力少，每年割麦时都是最后收完。跑了几次镇上废品收购站，买回些旧的机械零件，自己研究焊出了第一台收割机，只有三支镰刀，只能割半畦，留的麦茬也高。这在当时已经很先进了，在人们眼里是个怪物。后来他又研究改进，变成了五支镰刀，安装在手扶拖拉机前端。当时，人们都头戴草帽，肩搭毛巾，弯腰挥镰，几天时间才能把麦子割完，而他只用一袋烟的工夫，麦子全齐刷刷地倒下了，干净而不留散麦子，便于耕种。村人们对他刮目相看，纷纷请他帮忙割麦，给他家送些鸡蛋、绿豆等作为答谢，可以说朱发明开启了当年当地农村生产力发展的先河。在人们用木锨扬场时，朱发明自己焊了一个风扇安装在手扶拖拉机的机轮上。一顿饭的时间扬完了一大堆麦子。当人们用平板车人力来回拉土杂肥、拉土时，他发明了手扶拖拉机带平板车。当五六个人一起下电泵时，他自己焊了三脚架辘轳，用废旧自行车轮子旋转着一个人下电泵。当人们用铁锨、砍耙筑畦田埂时，他自己发明了覆埂机，当人们一个坑一个坑点玉米时，他发明了玉米播种机……

因为有发明创造能力，朱发明的生活总是和别人的不一样，他的自行车上有发电的车灯，他家的电视有单独的自制音箱，他家的电灯是声控的，他家的压水井是电动的，他家的机动三轮车车厢是自动卸载的，他家的猪羊圈是循环经济方式的……他的一些发明现在看来原理很简单，有的甚至落后了，但在当年，在20世纪80年代的农村，确实是最能引领生产力发展的。

　　上次回家遇到他，聊完后我思考了很久，如果他能上大学，能分到科研院所进行科学研究，甚至进行军事研究，他一定会有所成就的，因为他有发明天赋，并且喜欢发明。记得有一次他对我说："你不要看我叫不出零部件的名字，但收音机、电视机打开我就会修。"这一点我是深信不疑的，有一次大队的高音喇叭坏了，不出声音，大队书记让他到维修部去修，他看了一下，拿起喇叭筒在地上摔了两下，喇叭口都摔变形了，但声音如故，大家都咧嘴笑了，说："朱发明就是能。"

　　现在朱发明老了，也不捣鼓东西了，他说科学发展太快了，农村种地轻松得不用劳心劳力了。他的两个女儿都上了大学，学的都是理工科，他的儿子做生意，做技术含量较高的木线装饰品。

　　在某种程度上，我真为朱发明可惜，而他却不觉得。

第三辑 往事续语

无论在故乡还是在异地,生活学习工作中,都会经历很多事,有些事随风飘远,有些事刻骨铭心,有些事丰富了人生,有些事带来追忆。

那些值得赓续的真实

  作者的书稿出来了,我反复读很多遍,终于理解作者为什么面对自己的文字时总是两眼含满泪水,相信每个人读了这些文章都会受到感动。在《我家故事》里,作者书写了自己的家世、家史、家规、家训,同时也展示出了故乡的民风、民俗、民心、民情。虽然作者学养深厚、读书甚多,但通篇没有引经据典,没有援诗吟赋,字里行间透出的都是泥土味、乡村风。我手写我心,作者用通俗的语言写出自己的真实经历、真实的情感,记录父母及5个儿子的真实生活与经历的磨难,同时还有父母传承给儿子们的一直坚守着的传统美德。

  生活就是一本书,作者的这本书是在还原当年的生活,是在叙说以后永远不能复制的经历和情景。一本书精彩与否、耐读与否、感人与否,全在文字是否有深度、高度和广度,全在内容对读者是否有触动、启迪和沉思。

  文不在长,有义则久。作者的这本书做到了。《我家故事》本义写大刘庄西场村,实则绘出了鲁南苏北当年的生活画卷;作者本义写家庭的发展,实则写出了家乡和个人大家庭的上下近百年,写出了新中国成立、改革开放、新时代等历史巨变让故乡的河山有了迷人色彩,生活有了变化,人们有了盼头,让家乡不再穷,让每个家庭充满了幸福。

  存在了两百多年的西场村消失在历史长河中,兄弟们及其子女工作生活在不同的城市、不同的地方,有了知识、有了梦想、有了幸福的港湾。随着时空的变化,再过几十年或上百年,祖辈们拼搏的足迹、父母那些刻骨铭心的家训、耕读传家的家风是不是能赓续下去?作者几度沉思、几度缅怀、几度掩面、几度感喟,带着对往昔的追忆、对父母的怀念、对大家庭的思索、对后辈们的希冀,写下了自己最真实的心绪。

这本书不厚，不是作者写不厚，而是以少寓多，以读寓悟；每篇文章不长，不是作者写不长，而是以短文警世、以片语喻世、以真情醒世、以心灵恒世。读了再读，会让家人及后辈们永远不忘从哪里来、到哪里去，永远铭记父母及祖辈们积年累月留下的精神遗产。书中记载了母亲的伟大和严慈，父亲的坚强与善良。母亲的家规让兄弟5人都读了书，都用知识改变了命运；父亲的勤劳给孩子们攒够了学费，换来了饭食和布衣……他们是父母，更是导师，引领着5个儿子向上、向善、向好。

母亲的伟大怎么去颂扬都不为过，伟大的母亲很难用语言全面描述出来。父亲的刚毅、坚强，从书中故事里可以局部再现，父亲的正直、正派充盈书的字里行间。作者秉持低调谦逊的风格，行文不凸显文采；其工作生涯成绩卓著，书中文里不透片言。《我家故事》，读之，如饮甘露；品之，余味悠长。书中的故事不渲染溢美、不虚构雕琢，都来自亲历的生活，来自一种真实，让人容易感受到其中的烟火气息。

家是小的国，国是大的家，写家亦写国，把"我家故事"写下来、传下去，是期待老祖宗两千多年来留下的传统美德不要丢，是期望父母留给后辈们的家风、家训代代赓续下去。

书中共14篇文章，篇篇真实，字字珠玑，相信这本书会触动每个读者心底最柔软的地方，会让他们边读边思边悟，会把书置于案头、床头、心头，把最具启迪意义的话语融于自己的灵魂里。

希望后辈们像石榴籽一样紧紧地抱在一起，把祖辈的品格和家风传承下去，也许是作者写这本书更深的用意。

作者让我写几句话，是因为我们都曾生活在农村，都读过师范专业，都当过教师。相遇在机关，我在他身边工作几年，相处中比较了解他的经历和为人处世风格。又反复读了几遍书稿，依其文风，用朴实的话语写出自己的真切感受，又恐语不及意，不胜惶惶。

祝《我家故事》与作者家风、家训同在，代代相传。

往事并非如烟

作者的《岁月留痕》书稿出来了,我读了几遍,就萌生了写一些体会的想法。这本书的特点是图文并茂、以文释图、以图说文,有时空穿越感,又有现场真实感。一字一句都感人,一图一文总关情。该书翔实叙述了作者从寒窗苦读到走上工作岗位的经历,生动再现了其在不同地方、不同岗位上留下的足迹。读后感觉是"清晰简约廿百页,耕读致用半世纪"。

这本书内容虽是个人往事,却隐含着时代的变迁、社会的发展,饱含着作者对工作生涯的深情与眷恋,体现着对自己经历的审视与真情。读之,可鉴改革开放40多年来的日新月异;品之,能给人以启迪、力量和智慧。由此书,我想到了林语堂在《吾国吾民》中的话,"研究任何一个时代的文字或任何一个时代的历史,其最终和最高的努力,往往用觅取对该时代之'人、物'的精详的了解"。因此,把个人放到时代社会中考察,既可以阐明个人的历史地位,还可以揭示那个社会的发展状况,这应该是《岁月留痕》的价值之一。

其实,于多数人来说,人生多是经过求学、工作、退休三个阶段。求学时,求知的同时做到立德,以达到德才兼备,以格物、致知、修身、齐家;"穷则独善其身,达则兼济天下"。工作后或走上社会,学以致用,或受组织之托,或受社会期待,夙寐在公,朝乾夕惕,或以才学能力富一方百姓,或以一技之长贡献社会,或聚众人之长以促经济,或汇多方智慧以兴城市……就这样日复一日,年复一年,不知不觉走到了今天,这大概就是作者几十年的写照,也就构成了本书的主要章节。

《岁月留痕》一书记录了作者38年来学习、生活、工作过的十多个地方、十多个岗位上的工作情景和难忘镜头,书写了自己求学、上班、助手、调研、决策、落实、成果等重要关键词。于己，兢兢业业、务实踏实，无愧于父母的熏陶教诲，无愧于师长的嘱托希冀，无愧于自己的信念坚守；于公，无愧于组织的培养，无愧于百姓的期待，无愧于时代的要求。书中，作者这样描述在卫生局局长岗位上的工作：

……邳州市36个乡镇卫生院，当时大部分卫生院的房子是20世纪70年代搭建的简易平房，面积狭小，没有功能定位。群众看病挂水，晴天在院内树底下，盐水瓶挂在树上或平板车把上，阴雨天挤在四周没有遮挡的院内走廊上，夏天蚊蝇咬，冬天寒风吹。调研后确定工作重点：一是集中各级财政补助的资金，集中使用，分两年各乡镇盖卫生院综合楼；二是医院工作人员自学业务，给两年时间，第一年考核不合格允许再考一年，还不合格要么退岗，要么拿一般工人工资；三是群众评议、群众推荐，竞争选院长，公开透明，落选者作为中层干部安排。

…………

两年下来，三分之二的乡镇都盖起了综合楼，辞掉了一部分没有业务能力的职工，三分之二的卫生院选拔了有一定能力的院长。邳州市的卫生工作跃入徐州市先进行列，为邳州市的卫生工作打下了扎实的基础。

书中关于社会稳定工作方面的叙述也让人深受教育。

1993年2月，我任新沂市委副书记兼政法委书记。新沂地处两省五县（山东、江苏）（郯城、邳州、苍山、宿迁、沭阳）交界，社会治安不稳定，经常出现结伙打架伤人事件。经公安机关调查了解到，活跃在新沂城区的就有"梅波帮""酒糟帮""斧头帮"。特别是"酒糟帮"，大都是解除劳教人员，垄断城区酒糟市场，抬价销售，欺压农村来买酒糟的养猪群众，酒糟不经脱水处理，路边乱放，严重污染环境。

作者为了一方百姓的平安，组织全市政法系统，统一认识，以"稳、准、深"的措施敲掉了地方流氓团伙恶势力，为维护社会稳定、维护老百姓的财产和安全付出了努力，打好了基础。当年面临的压力、阻力和困难一定很大，书中着墨不多，但文章的背后肯定还有着更加丰富的内容。

往事并非如烟，作者对于往事的追忆，表面是写自己的昨天，寻找曾经

的缕缕难忘，实际上是记录几十年来一个地方、一些行业的历史变化；图片文字映入眼帘的是个人足迹，实际上展示了当地的发展历程。这些或明或隐的故事里有勤劳的汗水、有奔波的身影、有生活的俭朴、有面对困难的坚强、有解决问题的智慧、有"风物长宜放眼量"的远见。

市委、市政府成立了由分管副市长及建委、财政、规划、交通部门主要领导组成的指挥部，并决定严格招标条件，重视施工人员的素质，设备考查认定，在学生放暑假期间抢修钟吾路，尽量减少修路带来的损失和不便。

…………

2001年元旦晚上，刚修好的钟吾路人流如织，亮如白昼的路灯下，拥挤着欢乐的人群。

24年过去了，钟吾路设计方案仍不过时，已经成为新沂市城区的景观路和主车道，质量经受住了检验，坚硬如初，没有一点破损。

当地民众和调出的人们提起那段岁月，仍然记忆犹新。

……空间的开发性和大力营造室外的公共环境是西方人城市管理特色，应该为我们所借鉴和学习，新沂凡是交通要道两侧的建筑物都要把后院变成前面的广场，把楼房尽量后建，前面留足停车场或广场绿地。在城市建设中，有些地方是路修到哪，房屋就盖到哪，沿路开发，结果里面的土地被堵住，无法开发。土地开发最好的地要留给将来开发，先开发最差的地段，特别防止一些人想占用空地，占而不用、占而不建。

房地产发展迅速，这一点要引起我们警惕，要摸清新沂刚需情况，现在有的地方，大量卖地搞房地产，爷爷把孙子的钱都给花光了，将来孙子怎么过……

作者当年的思考与实践，给后来的城市建设留下了具体范式。

读《岁月留痕》，如同跟着作者走过他曾经工作过的城乡院企，他走过的山山水水。但这些只是日常的、表面的。一树一菩提，一花一世界。经历人人都有，不同之处在于人生的厚度，在于人生的宽度。只有读出作者的内心，读出文章和图片所蕴含的深层次的东西，才算读懂了这本书。言为心声，通过阅读，能感受到作者拥有的特点。

一是学习。从文章中可知作者是个善于学习、喜欢学习和时时学习的人。

他从年轻时就养成了好学、善学、乐学的习惯，向书本学、向社会学、向老百姓学。他认为唯有学习，才能知行合一，才能跟得上趟、吃得了苦、承得了重、克得了难、干得了事。作者曾经参与过农村挖河，住在简陋、凌乱、嘈杂的窝棚里，以书为伴，以学习为乐，度过了那段艰苦岁月。工作后经历多个岗位，走过数个地方，但无论到哪里，都是干一行、学一行、干一行、爱一行、干一行、成一行。作者曾经在全市三级干部会议上讲如何养猪，并且有一套切合当地实际的、切实可行的理论，为农民增收开辟了新路子。即使到了二线，他依然学习不辍。学习书法，追随二王和苏黄米蔡，虽然谈不上专业，但几年来坚持挥毫泼墨，其作品已可观可赏；闲暇之余坚持读书著文，虽比不上鲁郭茅、巴老曹，但所写文章情真意切、言简意赅、生动形象、流畅易懂，让人感受到文章之美。

二是认真。书中有作者30多年工作日记的照片，我在编校本书过程中曾经翻阅部分日记，其字体之工整、标注之翔实、页面之整洁让人敬佩不已，现在的学生如果这样认真学习，一定会成为国之栋梁。从书中图文能感受到作者学习认真、做事认真、调研认真、工作认真、落实认真，这么多的认真叠加，其结果自然是如己所愿、如民所盼、如组织所托、如"政声人去后"。

1998年初，我们得知国家金卡工程发展迅速，各种卡基需求量很大，靠进口满足需求。国家要减少进口，上一个为金卡工程配套生产各种卡基的项目，这个项目深藏闺中，"名花"无主，国家科委正在物色放置地点。这是一个高科技、高附加值、无污染的项目，我们专门成立班子疏通各种关系，数次跑国家有关部门，千辛万苦地争取到这个项目。

2001年8月二期工程乘势而上，2017年11月6日在深圳上市，目前成为国内生产各种卡基最大、效益最好的企业。

....

不能靠牺牲"环境"图一时的发展；也不能为应付考核，图一时的政绩；更不能不算细账，一味地放宽"优惠"政策，地方不但没有回报，反而留下"坑"，后人去填……靠双赢，东南钢铁厂落户利国。

....

当日下午，我同发改委刘恒亚主任、安总急匆匆地赶到南京机场，夜飞重庆，宗申集团老总左宗申非常感动，当夜11点，把刚下飞机的我们三人接到宗申集团豪华的山庄宾馆。没有客套，没有休息，双方非常认真地进行了合作事项商谈。宗申集团乐意将徐州作为东部沿海地区的唯一销售分公司，愿意提供足量的同质产品配件，连同发动机，同意先生产各种系列的农用车辆，销售后再付款等非常有利于徐州发展的事项。深夜，宗申集团的山庄宾馆仍灯火辉煌，在友好的气氛中，双方非常愉快地签了合作协议，奠定徐州分公司的发展基础。

虽然文字叙述是平淡的，但故事内容充满了激情，让前人难忘，让后人振奋。书中描述的这些情景，今天读来仍然感觉快意和激动。

三是务实。书中的图文里，凝聚着父母的教诲、组织的栽培、个人的努力、社会的担当，这些元素融合，让作者养成了踏实做人做事和求真务实的品格。再回首那激情燃烧的岁月，无数个场景历历在目而又催人奋进。

每季度组织县四套班子领导县有关单位，各乡镇党政主职参加现场观摩会，每个乡镇都到。观摩结束时进行讲评，先进的乡镇介绍经验，没有项目或项目建设进度慢的乡镇主职表态，不听客观原因，重点说清回去怎么干……

尽管由于基础条件带来的考评欠合理问题，偏远、基础条件较差的乡镇没有怨言，但县委、县政府不断完善考核方法，尽量相对合理。将乡镇分成若干类型，临城近郊为一类，离徐州城区比较远的乡镇分为二类或三类，同类型进行考核。

根据项目建设序时进度打分，主要考核新增量，避免上一个大项目连续先进。压力是巨大的，也是普通的，每个乡镇每时每刻都承担着发展的巨大压力……但没有怨言，都心无旁骛地抓项目，项目是巨大的压力逼出来的。

到2004年，县委、县政府进一步完善考核办法，鉴于2002年抓项目已有三个年头了，重点考核新上项目的贡献，主要以上缴税收及新增就业人数为重点。并且为全县的民营企业纳税大户给予物质重奖。

2005年春节刚过，上班的第一天，县委、县政府就召开了全县三级干部表彰大会。铜山新区沸腾了，广场上红旗招展，停满了奖给纳税大户崭新的高级轿车及运输汽车、摩托车、农用三轮车……喇叭里播放着欢快的歌曲，到处洋溢着喜庆氛围，获奖者身披红绫带，胸戴大红花，手捧书写着纳税数额的匾牌，无比自豪地坐在会场前几排。

用事实说话，让时光代言。面对书中图文，慢慢去品去悟，总能品出岁月静好，悟出人生之道。

　　书中还以图文形式，叙述了作者作为十届全国人大代表发生在会议期间的几则故事，读来深受教育。

　　《岁月留痕》文字量不是很大，但能给人们留下难忘的人生哲理、工作之道，是所有向上向学之人应该放在手头、案头的工具书和教科书。也许还有更多的往事值得追忆，也许还有更多照片值得展示，也许还有更多的文章应该收入，但作者依然秉持低调、谦逊的风格，只择其提供记忆线索的部分图文，将很多有意义的内容都留在了书外，给读者以意犹未尽的想象和思考。

　　因本人才疏学浅，恐言不及义，请大家指正。同时，期待着《岁月留痕》能在更多的读者心里泛起思考的涟漪。

梦里依稀岁月痕

——看《大考》忆高考

断断续续看完了电视剧《大考》，剧情主要围绕高三学生展开，自然是当下各种家庭教育和环境中高三学生的代表和缩影，契合了典型环境下典型人物、典型性格的创作规律，也书写出了今天家长和高三学生面临的压力和心理态势。其实大考一方面是考学生，另一方面是考家长、考学校、考社会。看到剧中那些朝气蓬勃的学生，看到画面里的校舍操场，一下子想起了自己任中学老师的那段时光，接着又穿越时空，仿佛回到了自己面临高考时的生活，也就自然想起了自己高考前的二三事来。

20世纪80年代中国教育方兴未艾，而农村教育虽然进步但条件和资源依然相对落后。那时农村的学生对升学、对高考并没有现在的内卷和竞争。考上学就去上，考不上学就回家种地是绝大多数家长和学生的心态。这也源于当时人们刚刚能吃上饭，对生活的欲望与追求还不像现在这么强烈和丰富。再加上每家都有几个孩子，农村生产力落后，考不上学家里多个劳力干活有了帮手也是好事。孩子早点回家或者娶妻或者出嫁，完成一个是一个，也能早早了却家长的一桩心事。在这样的心理下，多数家长对孩子升学的要求并不高。而对农村学生来说，能读个高中已经是村子里的知识分子了。回头看看，我们那时候的高中生，现在还真的很少有是纯农民的，当兵的到部队可以考军校提干，当地镇政府、银行、派出所、七站八所招聘的合同工后来赶上了招干，身份转为了公务员或者事业单位。有个别落榜高中毕业生回家后，也会在村里任职，后来多数参加招干成了乡镇干部……有的被安排当民办老师，坚持下来的大都转为正式老师。由此可见，知识在某方面是决定人命运的。

当年，教育还不发达，招生还不像现在那么科学规范和信息化，招生程序都是人工操作。为了加快招生进度，让考上大学的学生按时入学，采取高考成绩一出来就填报志愿。当年看分数还是采取张榜公布的方法，在学校教务处外面墙上张贴出成绩。学生看到自己过分数线了，就领取志愿表，从本科、专科、中专全部填满，之后就回家等录取通知书了。

我们填报志愿时，都没有多大的理想抱负，想着只要被录取，毕业后就分配工作，就能吃上"皇粮"（计划粮），就摆脱了农村艰苦的生活。因为绝大多数家长都不识字，学生填报志愿也就自己根据感觉和爱好填报了。我高考志愿填报的学校肯定记不全了，但大体的类别和专业现在依然清晰，仔细回忆，这里面有自己的爱好，也透出了当年的时代印痕。

20世纪八九十年代的农村，虽然人们吃饱了饭，但经济、文化、交通、信息、生产力等都十分落后，农村人的观念依然十分陈旧，依然受着传统的影响，封闭保守、随遇而安、安土重迁、忠厚孝悌。多数学生填报志愿都是在懵懵懂懂中填上的，有的学生就从能帮助家庭摆脱困境的角度填报高考志愿，考虑自己的未来。

我从小在农村长大，见到的文化人便是老师，感觉到最神圣的人也是老师，还觉得教书育人是很受人尊重的，所以就想当个老师，还想当个好老师，这些都是受对我影响至深的几位老师的浸熏。我从小学到高中，能坚持下来，能有机会考上学，与所有的老师教育分不开，但真正对我影响最大，在求学过程中真正关心过我的也就三四位老师吧。张瑞芬老师的鼓励和家访让我在小学三年级辍学后又搬着板凳回到了教室，高世靖老师每堂英语课对我的提问让我对英语产生了兴趣，张世允校长半学期的数学课让我对数学开了窍。成为他们的样子是我当年的一个追求，所以高考志愿里，从南京师范学院到徐州师范学院到徐州师专、徐州教育学院，专业从中文、政教、英语到历史，都填报上了。

在农村，能见到的另外一个文化人便是邮递员，非常羡慕他车兜里的报纸、杂志，还有信封上花花绿绿的邮票。我曾经用一碗白开水和他换过报纸看，也央求他帮忙向他给送信件的村里人索要信封上的邮票。他那一身绿色服装既是文化的象征，也是美好生活的标志。能穿着制服骑自行车送报纸和电报信函也是"吃计划"拿工资的人，这自然是农村人仰望的生活。出于对读报的喜欢和对集邮的偏爱，我也填报了福建邮电、南京邮电等学校。

改革开放初期,农村的文化发展非常落后,能接触到的文化传媒也就是收音机了,村子里偶尔放一次电影,也根本不能满足人们的文化生活和精神渴求,于是,读书便成为我学生时代最大的乐趣。但那时候书籍也很少,我在想,如果能当个图书管理员多好,在书海里自由徜徉该是多么幸福的事。想怎么读就怎么读,想读什么就读什么,想读多长时间就读多长时间……于是,我产生了报考图书管理专业的念头,记得也填报了几个学校的图书管理专业。我的一个同学后来看到我的志愿表笑了。他说:"你还真想当个精神贵族啊?"现在仔细想想,那些确实是我的初心。后来,我做了10年中学老师,到现在还坚持阅读报刊、坚持集邮、坚持习作,似乎并没有偏离我当年的高考志愿。

　　我经常对别人说,我其实是个"读书的混子",一年也没有读几本书,只是有着对读书的守望罢了。上学读书为考试、课外读书为休闲、继续读书为远行,都没有超乎功利之外而静心读书。及至实现了梦想,读了师范、当了老师,却在现实生活的挤压中后悔了自己所选择的方向,怀疑了心中那首诗的存在。我们那几届高中生在农村中学算是很好的了,升学率能达到10%左右,而几个成绩好的都被师范大学、师专录取,另外的同学便考上了中专学校,大体上有江苏公安、江苏银行、无锡税务、淮阴财经、镇江粮校、徐州供销等。两三个本科和专科毕业生都回到农村学校当了教师,而中专毕业的到了银行、公安、税务、财政、供销、粮食、法院等部门,还有的进入乡镇政府工作。

　　"男怕选错行,女怕嫁错郎。"20世纪90年代,当老师工资低、待遇低、社会地位低。"家有三担粮,不当孩子王"是当时的流行语。而成绩好考进师范的男生们,应该是最"悲惨"的一代人。寒窗苦读10多年,从农村考出来,毕业后又回到了农村,交通闭塞、生活艰苦,女教师还能找个其他好部门的对象,这些男青年只能找个农村姑娘了。于是青年才俊多数组建了半工半农"一头沉"的家庭,既要教学,又要种地。与当年学生时代的梦想相比,真的是"理想很丰满,现实很骨感"。说句真实的话,很多当年的热血青年,都是带着"既来之,则安之"的无奈和遗憾在农村中小学走到了今天。但从长远看,当年的"青年们"的付出,也换来了他们下一代的美好今天。在后来的交往中得知,这些教师的孩子绝大多数受到了好的教育,考上了好的大学,生活在了远离农村的大城市。当然,社会发展到现在,教师已经成为让人羡慕的职业,在教育领域也有了更为宽广的发展空间,一名正式在编男教师也一定有了选择爱情的能力。

还是回到原来的话题，当年填报志愿时，有的同学会找人指点，虽然读了不太好的学校，但是学了非常热门的专业，也就被分配到了让人羡慕的单位，如前所述的公检法、财税银部门等。男的在好单位工作，找对象时就有了很大的优势，毕竟人是生活在现实中的。在经济相对落后的年代，物质和权力当然让农村人崇拜，具有很强的吸引力。

那时，对农村人来说，最吃香最让人羡慕的是供销社和粮管所里的棉检员和粮检员，还有就是供销社的开票员。当年我的两个同学都读了这样的学校，在这样的岗位工作，那个神气那个风光，应该是他们一生难忘的辉煌，以至于我工作后特别后悔没有报考这样的专业。20世纪90年代初期，农村生产力的发展与工业生产力的滞后带来了农村粮棉生产的过剩，再加上市场经济的不完善，就造成了农民卖棉难、缴公粮难的情景。虽然绵延几公里排队半个月卖棉花的平板车成为历史上永远不会再现的风景线，但卖棉难的经历在我心理上留下的烙印是永远也不会消失的。种棉花之累、管理棉花之苦都能让人承受，而排队几天好不容易拿到号排到地磅前被检不合格的伤害难以接受。每年的10月份，麦子种上了，棉花收获了、晒干了，家里便用被单缝成大包装好棉花，怀着收获的快乐、带着对收入的期待和兴奋，用平板车拉着去供销社收棉站卖。记得有一次半夜里披星戴月拉着平板车去排队，到地方一看已经排一公里长了。于是让父亲看着车子，一点点地往前挪，天亮了，日出了，晌午了，日落了，依然没有进收棉站大院。只好在平板车下铺上雨布，拿出带来的被褥，过上一个秋夜。秋天夜里的露水会把车子上的棉花打湿，中午棉检员要休息，下午排到时，棉检员用测湿的仪器一夹，仪器一响，湿度过大不合格。他的一声"不合格，拉走晒去"给我带来的是打击、是失望、是着急、是伤心、是对棉检员的神往。因为离家远，我只好无奈地把"不合格的棉花"拉到了我的宿舍里放着，周日在校园里再晒。后来才知道我班上一个学生的妈妈就在供销社主管棉花收购，我给他布置了一项特殊作业："想办法把我宿舍的棉花送到供销社。"还有一年，排队的人特别多，把平板车放在那儿排队，和村人轮流看着，一点点往前靠，我既要回家帮忙耕地种麦子，还要到学校上课。结果晚上下雨了，秋雨绵绵，一下就是10天左右。我白天忙完，晚上再去那儿看护棉花。找个棉站的空房子睡觉，听着雨声，担心着棉花被雨淋湿。当时，我的一位高中同班同学考的南通纺织学校，毕业后在供销社棉花收购站负责棉花检验，我曾挤在人群里通过猫洞一样的窗口给他打招呼，可他理都不理。后来在院子里遇到他，求他帮忙，他没有答应。这件事让我耿耿于怀，至今不能放下。几年后同学聚会时遇到了他，也就是点个头。想想当年的卖棉难，生出了下辈子不考清华考纺织的念头。

20世纪90年代初还执行着农村缴公粮的政策，收公粮是粮管所的主要职能之一。在那十几年的种地过程中，我曾经历过缴公粮的难与累，缴完公粮拿到票据的轻松与释怀。民以食为天，对于缴公粮的政策，个别老百姓内心是有些想法的。辛辛苦苦一年收获的粮食，要缴上去一部分，他们很心疼。于是，有的农民就把晒得不是太干、扬得不是太净、颗粒不是太饱满的粮食当作公粮缴。有的是上半口袋是好的，下半袋子是差的。其实，那时的农民也是穷怕了、饿怕了、累怕了，自然想在缴公粮时讨些便宜。一脸神气与傲慢的检验员手持约30厘米长的半圆形铁钎子，等粮农解开口袋，把铁钎子往下一插，拔出时会带出口袋中间的粮食来，先看是否干净，如果不干净，拉出去重新扬。接着把粮食颗粒放入一个连着便携式仪器的夹子，用力一夹，如果仪器不响，说明干度合格，才允许抬上去过磅。有些农民的粮食不是太脏就是湿度大，有的抬到磅秤上了还要被检验员呵斥着抬下去。有的会笑着给检验员商量，有的会红着脸争吵几句，僵持一会儿，还是无奈地抬下去。在粮站的水泥院子里，或者晒干，或者扬干净，等下午装好口袋再去排队缴。去缴公粮一般都会用一天的时间，有的人带点干粮，有的就饿一天。古铜色的后背、黝黑的脸庞、敞着怀的汗衫、凌乱的头发是当年中年农民的标配。其实，也不能全怪检验员，公粮要存国家粮库，如潮湿不净，也会给存储带来麻烦，而老百姓是理解不到那么深刻的。缴公粮的日期都是排好的，轮到哪个大队缴，大队干部会在现场，或者观察缴粮的进度，或者维持秩序、处理一下发生的矛盾。当年刚刚从计划经济转向市场经济，农村也处在向民主化的过渡时代，大队干部的权力和权威非常高，在粮站和棉站都有说话的能力。他们要带头缴公粮，且不会缴不合格的粮食。轮到缴公粮的日子时，大队的大喇叭会通知各家各户，连布置带吓唬，并说公粮就是爱国粮，党员和村干部要带好头，不要缴不合格的粮食。还提醒大家过了这几天就收另外村里的了，再想缴公粮就要到下一轮了，那时天更热、路更难走……当年农村缴公粮多在7月份，农村的主要运输工具是平板车。因为当年农村的道路都是土路，被轧得崎岖不平，平板车拉着上千斤粮食，有时上岗下坡了，需要相互照应一下，所以都是几家约在一起去。我曾经跟着去缴过几次公粮。我们家的家风是"诚实本分，吃亏是福"，所以都是按标准上缴干净晒好的粮食。另外我害怕好不容易排到磅前，如果因为不干净或者湿度超标被退回来，既耽误事（那时我已经当老师了），又感觉没有面子，还怕再经历排队之苦和搬运之累。也有一次，可能是在家里放在地上受潮的原因，有两袋子湿度超标，我就拉了回来。粮检员的中午下班会休息，粮农或者找个树底、屋檐下坐着打盹，或者坐在远处用鞋当烟缸抽烟聊天等检验员上班。有一个高中隔壁班的同学，读的是镇江粮食学校，回来被分配到了粮管所，也是非常风光的，很多人买米面油找他，缴公粮找他，能帮忙的他都帮。有一次我下午有课不能等了，找到他，他说："你把平板车拉到我宿舍门口放那儿吧，晚上我给你缴了。"下午下班后去找他，他已经替我缴上了，还留我一起在路边简易饭店里吃饭，喝着光瓶酒，聊着高中的同学。说谁谁找他缴公粮了，谁谁找他想给老人买点计划米，他用自己的计划本给买了，又说谁被分配到县城工作就露味了，还有谁不复读再考一次有点可惜了……

  我对他们的羡慕让我对当年自己高考志愿产生怀疑和后悔，因为他们毕业后帮助家里缓解了收种之苦、卖棉卖粮之难，赢得了乡里乡亲的夸赞、恳求、羡慕和热情，而作为老师的我，除了能帮助家里干农活，辅导弟弟妹妹们读书学习外，其他什么也做不了。

  "忽如一夜春风来，千树万树梨花开。"随着市场经济的发展，卖棉难、缴公粮难不觉中成为一个历史符号定格在了过去。随着工业化进程和农村生产力的解放，种地难也成了一种传说。随着社会的富裕和物资的丰富，供销社和粮管所不再是人们神往的地方，当年在此那么风光那么吃香的同学因为这个变化而"失宠"，有的在坚持几年后因待遇低无前景相继买断工龄另谋职业。而做教师的待遇相对变好，随着人们对教育的重视，老师受到的尊重程度也有了很大提高。这在某些方面似乎体现了公平，但时过境迁，有些东西失去了是很难找回的，如激扬文字的青春梦想、大展宏图的人生目标等。

文学——让人生充满快乐的钥匙

应邀参加一次文学讲座，于是对自己从事文学习作的经历做了回顾，同时也总结了自己读书著文的体会，和与会者交流分享，呼应者众多。

大学里读以群主编的《文学基本原理》，其给文学的定义之一是"文学即人学"，文学创作的基本方式是"来源于生活，高于生活"。而我个人理解，文学创作就是讲故事、写故事，讲好故事、写好故事。我一直想写篇散文来纪念农村说书人，名字叫《说书的本事》，想讲讲过去农村的集市上说书人的故事。

当年农村5天一集，集市两头赶集人经过的大树下、池塘边，都会有民间曲艺工作者或者说书，或者唱戏，那是他们的一种谋生手段，也是人们接受传统文化影响、丰富精神生活的方式。大概在上午10点，经过街头，便会看到说书人站在空地上或讲或唱，开始没有人，慢慢地会聚三五人听，渐渐地人就多了起来，后来就会有很多人站着围成一个大圈。看到人越聚越多，说书人便使出浑身解数，激情满怀地说唱表演，等说唱到故事高潮时，便戛然而止，接着就是收钱了，这样的镜头和电视电影中呈现的一样。但听书人也穷，一到收钱时刻，多数人就会一哄而散，说书人不管收多收少，都会继续说唱下去，少总比没有强。一集下来，说书人能收个三块五块就是大丰收了。

当年农村民间艺人不是一个两个，不少人都会到逢集时在不同的地方安场子，这就如同设擂台了，对艺人们是个挑战。为了避免相互拆台，有时一方会礼让撤场，或者合二为一。台上一分钟，台下十年功，说书人会仔细揣摩听众的心理需求、精神需要，选择老百姓喜欢听的曲艺和传统故事。他们会不断提高自己的技艺，凌晨即起到田间村外喊嗓子，劳动之余练乐器，秉灯夜读思情节。我小时候暑假里经常去集市上听书,大概是文学爱好的开始和所受的启蒙吧。自此,我喜欢上了文学,虽然因生活所迫,没有走上专业创作的道路,但作为一种爱好,一直坚持着,算算练习写作也有30多年了,作品多数都是日记或者素材类、灵感类的记录,有"道听途说"的传闻,有"胡思乱想"的故事,有"瞎编乱造"的冥想,有"三教九流"的描述,有生活中的经历,有自己人生中的大事。翻看多年的日记,感觉人间万象皆文章,人生本是一场戏。

回顾自己的文学爱好历程和习作体会,个人认为文学创作应该有这样几个条件。

一是对文学的爱好。其实,我少年时期能感受到生活中的丝丝美好,都源于文学之美。小时候,家庭贫穷、条件艰苦、人多粮少、身体瘦弱,很难感觉到成长的快乐。农村落后,一些农民愚昧无知,可以说一张小纸片都代表着文化,几句俚语就是人生法则。真正感受到文学之美是读了《安徒生童话》《格林童话》,受到文学影响最大的是读了《钢铁是怎样炼成的》。我多次谈到或者写到这本书对我的影响,让我培养出坚忍、执着、毅力、学习等意志。接受中国传统文学的浸熏是读了《水浒传》《聊斋志异》《西游记》《红楼梦》《封神演义》《三侠五义》《七侠五义》……也曾想写篇文章《最美的一道菜》,记录自己中小学时代伴着读书咽下粗茶淡饭的情景。青少年时期的听书和读书经历让我爱上了文学,直到今天,还会延续到明天,30多年如一日坚持写日记就是对文学的守望。我记得自己的第一篇文学作品发表在《丰县报》上,小豆腐块的名字叫《串串榆钱串串情》,这在同事间引起了轰动,带来的快乐和自豪至今难忘,由此激发了自己文学创作的热情。

二是对生活的热爱。爱好文学的人自然会热爱生活,热爱生活的人自然会观察生活之微,倾听生活之声,书写生活之美。其实,热爱生活就要接受生活赋予的一切,困难、坎坷、失望、迷茫、排挤、劳动、收获、青春、成功等,这些是生活中的赤橙黄绿青蓝紫,有了这些,生活才有了颜色,才有了意义,才有了美好,才有了值得咀嚼的味道。热爱生活就要适应生活、创造生活、感受生活。辛勤劳动的滋味,"锄禾日当午"的感受,"小麦覆垄黄"的体验,"带月荷锄归"的晚唱,无不是生活美好的底色。牛屋里、河工上、棉花地、赶马车,都有着丰富的生活内涵。还有农村的婚丧嫁娶、风土人情,都包含着生活的味道和情趣。这里给大家讲讲小妞的故事,我的散文集《别样的乡愁》中《邻家小青》就是以小妞为原型的。小妞没怎么上学,小时候头发乱糟糟的，衣服破破烂烂，就是一个黄毛丫头。但女大十八变，越长越好看，豆蔻之年，已似天生丽质。改革开放后的20世纪90年代，她出去打工，离开了黄土地，离开了一贫如洗的家。到了城市，思想变化了，眼界放宽了，懵懵懂懂中不知不觉走上歧路。那几年，她家盖了楼房，弟弟上了大学，父亲的老年病看好了，母亲的脸上有了笑容。后来离开打工的地方，嫁到了南方另外一个城市，依然有了幸福家庭、幸福生活。从她的经历中，总感觉有些地方出了问题，又感觉没有什么问题。人们热爱生活的方式有很多种，似乎很难说出个对错来。对于文学创作者，多关注那些热爱生活的人，且不管他们以什么方式追求美好生活。而作者本人也应该是个热爱生活的人，这样创作出的作品才更有生活气息。

　　三是对文学创作的执着。文学创作是一项艰苦的劳动，并且可能是一种没有收获的劳动。这就阐释了文学的功利性和非功利性之间的关系。唐宋时期写诗作词的人灿若星河，但真正成家留名的也就几十个人，无数创作者都成了诗词歌赋的"殉道者"。文学创作就需要有这种执着和毅力，需要一种奉献和敢为天下先的勇气。我听叶兆言的讲座，他提到自己创作的作品，两年都没有发表一篇。那时他爸爸叶至诚是《雨花》的主编，但他的作品就发不了。不过他说的另一句话对我启发很大，他说"抽屉里要有东西"，就是说文学创作要坚持住，很可能是没有结果的劳动，但创作的过程也是文学的意义所在，写出来的东西放放，再回头来改，可能会有大提高。我在日记中写过一篇文章——《未曾谋面亦朋友》，是自己通过读报纸副刊上的文学作品"认识"了一些作家，记住了他们的名字，期待着读他们的新作，这些人有李阳波、张蛰、王爱芹、鲁敏、老土、黑马、朱群英、袁魏然……有的一直坚持着创作，有的走着走着就走丢了。我记得我们镇上有个民俗作家叫齐运喜，是个真正热爱创作的人。他文化水平不高，文学道路上也走不远，但他一直坚持着思，坚持着写。20多年没有见，出于好奇，一次喝喜酒时向以前农村中学的同事打听他的情况，说现在还坚持着写作，并且建了个农村文学爱好者群，群里五花八门、形形色色，非常热闹，这也是农村文化的一种存在。我想这是他生活快乐的理由，文学的繁荣和传承就需要很多这样的人。

　　四是对文学创作理论的学习。文学创作，仅仅有爱好是不够的，仅仅有毅力也不行，一定要读大量的古今中外文学名著，一定要读些创作理论。鲁郭茅、巴老曹、郁达夫、徐志摩；莎士比亚、巴尔扎克、托尔斯泰、高尔基……《文心雕龙》是中国古代文学理论的扛鼎之作，值得读了再读、悟了再悟。还记得当年我的室友用 10 本小说换了我收藏的一本《文心雕龙》。他是学古代文学的，收集各种版本的《文心雕龙》。我手头上的这本是我 1988 年在南京买的，我读了几遍，有很多启发。记得"登山则情满于山，观海则意溢于海""义典则弘，文约为美""意得则抒怀以命笔，理伏则投笔以卷怀"……当然，鲁迅、周作人、朱光潜、李泽厚、胡适、梁实秋等，都有着文学理论方面的论述，值得读之悟之学之习之。因不是专业作家，也因忙于生活和工作，有的书读了也是囫囵吞枣、走马观花。日记里曾写过一篇文章——《读书是有钱人家的事》，讲到读书要有经济保障，边打工边读书大抵是难以静心读书的，也读不深读不透读不好。我这一代农村人，能考上学的，绝大部分是父母识字的，或者是老师的子女，或者是大队干部的孩子，这都有着内在的因果关系。当然，也有例外，但寒门学子考上了大学，依然有很多东西要补。

　　五是对时代的呼应。"文章合为时而著，歌诗合为事而作。"这是唐朝诗人白居易提出的文学创作口号。对于文学创作者，要有对时代的一种关注，对现实社会的一种关切，对改造社会、促进社会进步有一种责任和使命。从四大名著到《平凡的世界》到《人世间》到《小时代》，都肩负着时代使命，记录了时代印记，把握着时代脉搏，发出了时代声音，给人精神愉悦的同时，也有着时代呼唤，给人以力量，给人以希望。我在大学期间曾研究中国现代乡土小说的悲剧，也阅读了很多这方面的文学作品。"悲剧是把美的东西撕破给人看"，个人认为悲剧更能带给人们一种思考、一种力量、一种难忘。所以，我的很多文章都有悲剧色彩在里面。《旁庄》《青砖青瓦》《二头》等都含有悲剧意蕴，人们读后都留下深刻的印象，无形中也获得了生活的动力。

　　六是对社会的深入了解。要想写出好的作品，塑造出典型环境中的典型人物，就要深入生活中去，到各种人群、各行各业、各个阶层中去，到社会的最底层去。之后，通过思考和提炼，创作出具有时代性、可读性、启发性的文学作品来。我从小生活在农村，参加过各种农活和农事，见证过农村的婚丧嫁娶，感受过农村的民俗和风土人情，让我写那时的农民那时的农村，最有体会，最有感受。毕业后我在农村中学任教 10 年，对于农村的教育和农村老师的生活也有着深切的体会。曾经写了两篇描写农村学校年轻教师苦闷生活的文章，编入文集时被出版社删掉了，但事情是真实发生过的。一篇文章讲了师生恋，另一篇讲了一位老师与农村一个年轻媳妇的爱情，人物和故事大抵都有原型，但有悖于学校的责任与伦理，删掉也有其道理。也曾想写篇小说《她有没有错》，讲一个农村女人与光棍们的故事，但没有时间去构思，也只能作为一个素材放在那儿了。又想讲讲一个农村学生的故事，也是生活中的原型。他中学时爱上了弟弟班里的女孩，以一种难有的韧性和毅力获得了女孩的芳心。大学毕业后毅然回到县城化肥厂工作，娶了心爱的女孩，婚后有一女儿。化肥厂破产他无奈下岗，妻子摆地摊供他考研，他读研期间妻子自己带孩子继续摆摊糊口。后来读博期间妻子跟他到所读的名校干清洁工，天天早起扫那条师生都走的两边有郁郁古树的大道。毕业后他因成绩优异留在了大城市的名校任教，住在30多层的教师公寓里。后来，他出国深造两年，妻子一个人在家带孩子，开始还有电话，慢慢地电话少了。妻子每天坐在30多层房子的飘窗前看地面上蚂蚁一样的人来人往，对人生都有了怀疑。丈夫被异化了，忘记了"人生若只如初见"的美好，他在国外与一个共同留学的女孩"恋爱"。也许那个曾经摆摊供他读研的女孩与留学女生方方面面都有天壤之别，也许他早已忘却了还生活在农村的爹娘与兄弟姐妹，反正他后来完全"摆脱"了农村，与留学的女同学生活到了另外一个城市。"存在的就是合理的"，这可能是他们对生活错误理解所表现的一种方式吧。

当然，还有很多类似的故事，都散落在月月年年的日记中了，等以后有机会了再去书写。

最后谈谈文学对个人的激励与推动。回顾自己走过的路，虽多有坎坷，但都能"逢山开路，遇水架桥"，到达柳暗花明的境地，全是因为文学作品的精神支持。读文学作品，懂得了"书中自有黄金屋，书中自有千钟粟"。也是在文学作品的教化中，读书向上，引导家里不少人手执黄卷，粗懂文墨，多数因读书改变了命运，生活在天南海北的不同城市里。我个人因着文学的熏陶和影响，读书求学，由老师起步，步步前行；由在中学任教到返回大学深造，渐渐成熟；由农村到城市，慢慢提高；由贫穷到小康，且行且珍惜。其间自然有很多经历，有很多思考，也积累了很多文学创作的素材。其间，聆听过余光中、吴本星、贾平凹、张晓风、赵本夫、刘庆邦、叶兆言、徐则臣等作家的讲座，并向他们当面请教创作问题，得到指点，自然学到了一些文学创作的方法。八小时之外，也与一些文学爱好者有着沟通和交流，互送作品，多有启迪。对文学爱好者而言，真正想写出些有价值的东西，还需要深入生活、深入社会、深入思考，且笔耕不辍。

鲁迅与时有恒

在参与编纂整理《徐州市政协志》时，我看到了一位政协委员叫时有恒，他从徐州市第一届政协（1955年）到第七届政协（1982年），直到去世，都是特别邀请人士界的委员。查阅徐州市一届政协提案资料，发现了时有恒在徐州市第一届政协期间提交的一些政协提案。于是我通过走访其后人和查阅他的档案，了解了时有恒先生的一生一世，才知道他就是《鲁迅全集》中《答有恒先生》一文中的有恒先生。

时有恒，1906出生，1982去世。江苏省邳县（今江苏省邳州市）人。他曾先后毕业于江苏邳县铜山县第三高等小学、南京钟英中学。后参加北伐战争。历任国民革命军第26军11师2团政治指导员、师政治部宣传队队长、上海总工会工人纠察队教练长、国民党上海市第六区党部宣传部部长、上海县总工会筹备委员。1928年起任上海南华书店、群众书店编辑，上海树人中学教师，加入"左联"。抗日战争爆发后，任徐州《国民日报》副刊编辑，第三国际情报局组组长，成都中央军校黄埔出版社编辑。新中国成立后，加入市民革，任中学教员。

我曾经跟着导师学习研究鲁迅，于是结合当年的一些资料，对时有恒与鲁迅的交往有了深入了解，整理此文，也是对这位老政协委员的纪念了。

1927年，北伐军到上海不久，蒋介石叛变了革命，制造了骇人听闻的"四一二"反革命大屠杀，上海也陷入了白色恐怖中，很多爱国志士都处于愤慨与迷茫中。当时，时有恒年仅21岁，作为热血青年，他也对革命前途产生了迷茫、沉思与困惑。他一直喜欢着斗士一样的鲁迅，经常读他的作品寻求精神上的航标。他常常到上海四马路的北新书局去买鲁迅的著作以及他编的杂志来读，渴望从鲁迅的作品中找到方向，汲取革命的力量。但是，有那

么一段时间，鲁迅保持沉默了，没有发表文章，这让时有恒更加困惑，当即写了篇文章《这时节》，寄给北新书局。在文中，他对"久不见鲁迅先生等的对盲目和思想行为下攻击的文字"表示"怅惘"，认为那个时候再读读鲁迅的文章，还能给人"以新路的认识"。因此，他"恳切地祈望鲁迅先生出马""对现社会下攻击"，继续带领青年为革命而战斗，时有恒的思想代表了当时很多革命青年的愿望和渴求。这篇文章被采用，发表在1927年8月16日《北新》周刊第43、44期合刊上。其实，时有恒哪里知道，鲁迅先生因为控诉"三一八惨案"，遭到了北洋军阀的迫害，不得不四处逃难，先后离开北京到厦门，后又去了当时的革命中心广州，也处在十分危险的境地。

远在广州的鲁迅看到了署名"时间有恒"的这篇杂文，感慨万千，在同年9月4日用书信的形式写下了《答有恒先生》，发表在《北新》周刊第49、50期合刊上。在这篇书信体的杂文中，鲁迅对自己的思想进行了深刻剖析，表达了与反革命势力继续做斗争的决心。鲁迅先生的回复给时有恒指明了前进的方向，给了他继续革命事业的信心和动力，让他看到了革命的光明，同时也加深了时有恒对鲁迅先生的尊重，盼望着能早日见到鲁迅先生，听他当面教诲。

鲁迅先生对国民党反动派的倒行逆施极为愤慨，对共产党人和革命者充满了同情与支持。在广州中山大学任教时，积极参与营救被捕的革命青年，因无果，愤而辞职，离开广州来到了上海。到上海后，鲁迅先生给北新书局写信，关切地询问《这时节》作者的真实姓名。这封信由北新书局的李小峰转给了时有恒，时有恒问清楚鲁迅先生的地址后即刻回信感谢并告知自己的情况。鲁迅先生很快就回信给时有恒，热情地约他到自己的住处去玩。1927年12月17日，时有恒带着喜悦的心情来到了鲁迅的住处——北四川路底横滨路景云里寓所，鲁迅先生热情地接待了他，并与时有恒做了长谈。时有恒询问鲁迅在厦门、广州等地的情况以及来上海的目的，两人还谈到了抽烟、喝酒的事。当鲁迅听说时有恒喜欢喝绍兴酒时，特别感兴趣，笑着问："你是北方人，怎么爱喝绍兴酒呢？"时有恒答道："我参加北伐时曾经路过绍兴，知道那儿是先生的故居，为此就着茴香豆畅饮了一次，从此就爱上了绍兴酒。"鲁迅先生听后风趣地说："那好嘛，日后有机会请你到绍兴喝绍兴酒。"

时有恒再次见到鲁迅先生是1928年6月20日（《鲁迅日记》记载）。去鲁迅先生住处的路上，时有恒一直在思虑鲁迅先生当时的处境。鲁迅已经成为"众矢之的",受到国民党反动御用文人和资产阶级反动文人的围攻,就连跟随鲁迅先生多年的学生高长虹也对鲁迅先生进行攻击甚至嘲骂,说鲁迅是"世故老人""身心交病"等。时有恒既不相信这些鬼话,内心又感到困惑不解。两个人一见面,鲁迅就问时有恒:"他们为什么专攻击我呢?"时有恒直截了当地回答:"大概因为先生不和他们同调吧。"时有恒的回答是确切的,鲁迅先生不但不和那些反动文人唱一个调子,而且还同他们以及他们的反动谬论做着不懈的斗争。因此,鲁迅先生自然要遭受他们的反对和攻击。

时有恒问鲁迅先生是否看到他发表在《文化战线》上的文章《论高长虹与鲁迅的笔墨费》。鲁迅说"看过了",但面部表现出一种痛苦的神态。时有恒没有问原因,便起身告辞了。过了一段时间,《丰收》的作者、左翼作家叶紫约时有恒去看望鲁迅先生,说他已经与鲁迅先生约好。但时有恒当时正为糊口而四处奔波,错过了去见鲁迅先生的机会。不久,叶紫就去世了。

在鲁迅先生的影响下,时有恒充满了革命激情,思想倾向革命,当权的国民党反动派对他恨之入骨,罗织罪名,横加迫害。在"四一二"大屠杀前,时有恒任国民革命军26军1师政治部宣传队队长时,就倾向革命,受到"因思想关系,着即撤职"的处理。时有恒虽然被撤职开除,但他仍向往革命,积极要求进步。1930年的夏天,经中国共产党党员、左联作家胡也频介绍,时有恒加入了左翼作家联盟,同时还参加了斧镰社。1931年2月7日,胡也频、柔石、殷夫、冯铿、李伟森被国民党反动派秘密杀害于上海龙华监狱,史称"左联五烈士"。

时有恒因经常与鲁迅先生联系交往,又参加了中国共产党领导的左翼作家联盟,被当时的国民党反动派视为追捕对象,1931年4月以"共党嫌疑"而被捕入狱。先后在伪上海警察局、龙华警备司令部、上海漕河泾第二监狱、苏州市江苏反省院等四个地方坐牢。其间,他受到了严刑拷打和残酷迫害。在监狱里,时有恒与鲁迅先生失去了联系,但他时刻想念着鲁迅先生的话语,秉承着鲁迅先生提出的"韧"的战斗精神。1934年5月,时有恒结束了3年零1个月的监狱生活。出狱后,他很想去拜访鲁迅先生,但由于鲁迅正受到迫害很不自由,生活不安定,居无定所,时有恒怕连累鲁迅先生,就打消了这个念头。

因蹲监3年,时有恒失业了,生活处于极其艰难的境地。一天,朋友姚潜修在曹聚仁住处对时有恒说:"你与鲁迅先生去封信,一定有办法。"时有恒深知鲁迅先生的难处，知道鲁迅先生人身不自由，生活上也不会宽裕，怎么好再去麻烦他。姚潜修仍坚持让他写信，说："鲁迅先生乐于助人，曾帮助很多年轻革命志士。你写信过去，先生肯定会尽力帮助。"信发出不到两天，时有恒便接到了鲁迅先生的回信。信中只问了时有恒的地址和所用姓名，别的什么话也没有讲。这可能出于保护双方吧。按照鲁迅先生的要求，时有恒及时复信。不到两天时间，又接到鲁迅先生的回信。信的大体意思是：鲁迅对时有恒入狱的事一点不知，自己对外几乎没有什么往来。大凡有办法的人已经断绝关系，少数友人也无能为力，暂时不能帮助时有恒解决职业。同时，信内附寄日本人内山完造的一封信，让时有恒到内山书店去一趟，说留店大洋20元，要时有恒一定收下，且不能推却，让其暂时维系短期生活。时有恒感觉过意不去，不愿去取。朋友姚潜修劝他说这是鲁迅先生的一片心意。时有恒苦于生计问题，便答应去取。

时有恒到达内山书店后，将信交给了内山完造。内山一边把钱如数交给他，一边转达鲁迅先生的嘱托和诚意。时有恒接过了钱，心潮翻滚、浮想联翩，深感鲁迅先生对进步青年的亲切关怀和爱护。从悼念被段祺瑞政府杀害的爱国女青年刘和珍、杨德群，到给自己解决经济上的困难，都能说明鲁迅先生对青年的关怀与厚望。关于时有恒用的这20元大洋，在《鲁迅日记》里有这样的记载：1934年11月27日"寄有恒信并泉二十"。（泉，钱币的古称）

1936年10月10日，伟大的文学家、思想家、革命家鲁迅先生不幸去世，时有恒在徐州听到这个噩耗十分悲痛。时有恒直到逝世都一直怀念鲁迅先生。

1976年10月，时有恒应绍兴鲁迅纪念馆邀请，参加了纪念鲁迅逝世40周年、95周年诞辰的活动，以怀念、崇敬的心情为纪念馆提供鲁迅生前的活动情况。从绍兴返徐途中，又应上海鲁迅纪念馆的邀请，参加了座谈会，瞻仰了鲁迅先生故居。1977年4月，时有恒应北京鲁迅研究室的邀请，到了首都北京为研究鲁迅的同志提供了不少情况。

1976年到1977年，时有恒为表达对鲁迅先生深切怀念，先后向绍兴鲁迅纪念馆、上海鲁迅纪念馆、北京鲁迅研究室献出鲁迅著作初版本、鲁迅研究资料及各种杂志约3000册。杂志大多是20世纪20年代和30年代的，也有40年代的。这些杂志是研究鲁迅先生的宝贵资料。

时有恒之所以能这样做，完全是出于他对鲁迅先生的感激和热爱，是表达他对鲁迅先生的无限怀念。献出这些资料，既是对鲁迅的悼念，也是为后人做点贡献。时有恒一想到鲁迅先生对青年关怀备至，就感到自己也应为青年多做点有益的事。1980年8月，他将自己精心收藏的近15000册书籍杂志，全部捐给了徐州师范学院图书馆。这些书有线装和平装；有元版本、明版本、清版本以及民国年间的版本，其中有不少是当时国民党反动派所查禁的书，时有恒冒着生命危险保存了下来。

时有恒，连任七届市政协委员，用鲁迅先生的精神从事着政协事业，着实是一届届委员们的楷模。

一步十年

——写在《徐州政协》发行100期

不知不觉离开高校到政协机关工作10年了。初到政协,除参与做好综合文字、社情民意信息工作和理论研究会的服务工作外,就是着手编辑《徐州政协》了。和《徐州政协》相伴10年,让我对人民政协产生了深厚感情,对政协杂志有了一种情结,对作者、读者、委员、同事拥有了一份真情。我通过编辑政协刊物,有了知识的积累、耕耘的快乐、团结和谐的体验、人生价值的实现。

一、学习是件大好事

和每个刚来政协机关的人一样,我到政协工作时也对政协理论知识掌握不深,就找来《徐州政协》学习和阅读。那时,董助才先生负责编辑政协刊物,《徐州政协》2001年的正式创刊,凝聚着他的劳动与汗水。刚开始时,我参与杂志的校对,也知道了校对是件不容易做好的工作。在校对政协杂志过程中,我首先学习了政协各种会议的材料和领导讲话。学习领导讲话,可以了解党的大政方针和人民政协的新变化、新理论、新形势和新任务;阅读理论探讨文章,了解了人民政协的性质、地位和作用,掌握了人民政协的发展历程,以及人民政协在新中国成立、社会主义建设、改革开放等各个历史阶段所发挥的重要作用;在校对和编辑杂志的过程中,我还学习了各个时期党和国家领导关于人民政协的重要论述;通过校对有关提案工作和社情民意方面的稿件,我懂得了提案和社情民意信息在政协履职中所发挥的重要作用,也掌握了做好社情民意信息工作方法；通过"调研报告""建言献策""委员风采"等栏目，我深入了解了政协各专门委员会的作用和工作实效，并且对如何撰写政协的调研报告和视察报告有了充分的认识，为后来参与调研和起草调研报告打下了文字基础。记得领导在机关全体工作人员会议上的讲话中提到，政协机关人员，尤其是年轻同志，一定要加强学习，要做到张口能讲、提笔能写、办事能成。政协机关还为此开展了"提高工作标准，提升工作水平"的学教活动。我在编辑政协刊物过程中，结合"双提"活动学习，把理论学习与文字起草结合起来，与编辑刊物结合起来，同时把编辑刊物与做好社情民意信息工作结合起来，把学习与工作实践结合起来，为完成政协各级领导交办的工作任务打下了坚实的理论和知识基础。

二、编辑本领值得有

实际上，编辑刊物是一门学问，也是一项有技术含量的工作，对编辑人员的文字、审美、校对、设计等综合素质都有较高的要求。我还在综合处参与文字工作时就开始编辑杂志了，期间得到了孔庆钢、高辉、董助才、黄越、王晓松等几位同志的指导和帮助，在完成其他任务的同时，尽最大努力做好杂志的编辑工作。

一是组稿、改稿。政协刊物有其特色和专业性，既要符合政协的特点，又要体现政协的时代要求，还要宣传政协的履职实效，更要把杂志作为委员履职的平台；既要有政协履职实效的动态体现，还要对政协委员，各民主党派、工商联，各县（市）区政协通过政协这个平台参政议政的成效进行宣传；既要有事关徐州的文史知识和人物的记录，也要有一些委员的文学作品，以此提高杂志的可读性。政协杂志还经常选编一些在政协工作多年的老领导、老干部的回忆文章，为他们发挥余热、奉献社会搭建宣传平台。因为杂志面向全国很多兄弟市政协交流，一些外地的徐州人和以前在徐州工作过的外地人也经常为《徐州政协》撰稿。还有一些不在政协系统工作而热心政协事业的作者也经常为杂志投稿。对于这些稿件，我在编辑过程中也会适时采用。市政协在任副主席、各县（市）区政协主席如赵彭城、刘厚远、史亚林、李继忠、李成金、郑群德，市政协老领导如何赋硕、李鸿民、周嵩山等也经常为杂志撰稿。他们的文章质量高、可读性强，为提高杂志的水平做出了贡献。还有在台湾的台胞夏明伯，因为思念家乡，辗转送稿，我也认真编辑修改，以适应大陆的文法与表达。他每次收到政协杂志，都非常感动，也由此学会了大陆的简化字。再后来，老人去世了，也不再有台胞的稿件寄来。想想那位未曾谋面的台胞，年至耄耋，实在令人钦佩。对于每位作者的稿件，我都认真阅读，有时需要进行删改，我便与本人沟通，有时感觉不了解的地方，我会向专家教授请教，有时会翻阅资料和查字典，有时会考虑到版面设计进行调整和修改。尤其是对于老同志的文章，因为我不处于那个年代，再加上他们的文章大都是"三亲"，所以修改文章除了要认真细致外，还要与他们进行沟通，这种工作的复杂与严肃，只有经历过了才能体会到。

二是画版、排版。我参与编辑《徐州政协》时，电脑还没有像今天这么普及，收到的稿件也多是文字稿。对每篇文章都要数清字数，再用画版纸来标明。我在开始时跟着董助才主任学习画版，那时的画版纸有好几种，根据不同的文章体裁选用不同的画版纸。有每版2000字的，有每版2500字的；有用四号字的，有用五号字的；有一版三列的，有一版两列的。另外，画版过程中对于文章的题目、插图、段落、转页等都有不同的标识。在跟董助才主任学习编辑一期后，我便能自己画版了。最初接触杂志编辑工作，大多还是文字稿件，有些老同志的文稿送来后，需要我来输入，我也因此学会了五笔输入法。

三是封面设计、插图。"质胜文则野，文质彬彬，然后君子。"一本好的刊物，不但要有好的内容，更要有形式美。为了更好地发挥《徐州政协》的宣传阵地作用，我虚心向印刷厂的欧阳敏学习，学习外地交流来的政协杂志，自己尝试着设计封面与内文插图，尽量使杂志的封面既能体现徐州的历史风情，又能彰显政协的特色，还要有一定的审美效果。每次，我都大量参阅外地政协的刊物以及各种杂志的封面，最后才与印刷厂的同志一起设计封面和彩页。有时一个封面要数易其稿。由此，我深深体会到，再小的一件事，想把它做好，都是不容易的，都要用心。翻阅很多兄弟市政协的杂志，感觉具有审美与欣赏价值的是北京政协发行的《北京观察》、上海政协编辑《浦江纵横》、温州政协主办的《温州政协》，尤其是《温州政协》杂志，无论从封面设计上还是从内容及插图方面，都可以称为艺术品。后来打电话一问，才知道他们的美术编辑是专门聘请的美术学院的教授，拥有着深厚的文化和艺术功底，还是当地有名的书画家。《浦江纵横》编辑杨格非常有水平，看了他的栏目对我冲击很大，也有很大启发。《北京观察》是面向全国正式发行的刊物，其创作队伍专家荟萃，阅读起来，有知识的获取，也有编辑刊物方面的启迪。

因为我在编辑杂志的同时，还一直从事着政协的社情民意信息工作，所以在栏目设计上，对于提案和社情民意信息履职成效的宣传上进行了创新。通过杂志宣传提案和社情民意工作，既让委员们了解到了这方面的成绩，也让他们感觉到了价值体现，更好地鼓励和调动了委员们参政议政的积极性。《徐州政协》的提案工作和社情民意栏目被很多兄弟市政协刊物学习和借鉴。

每期杂志出来，抚摸着光洁的封面，嗅着淡淡的墨香，心里有种激动与快乐，希望尽快送到各位领导和读者手里，盼望着他们的建议、指导，但唯恐某个细节出现了差错，于是又有种惴惴不安的感觉。当然了，每期杂志的定稿，都有秘书长把着政治关，更有编委会的同志的复校和修改建议，一般不会有大的错误，因此发行完也就欣欣然，又尽快忙着去为下一期组稿了。

四是校对、考证。谈到校对，很多人会认为是件简单的事情，实际上，这是一件最需要细心、最重要、最有压力，也很有科学性的工作。初来政协时，协助做文字工作，自然从基础做起，也就是搜集材料和校对文稿。这方面我要感谢孔庆钢同志，他不但教我如何写作公文，而且还教我校对文稿的方法。校对文稿也是一件枯燥的事，因为真正的校对是见字不见文，也就是说是一个字一个字地看，不能理解文章的意思。校对的内容包括字体、字号、文章格式、标题、文字、标点符号、页码、书眉等各个方面。经过10年的锻炼，已经培养了校对文字的习惯与能力。在读书时，有时读着读着就进入了校对的状态，有时还真能看到错别字，不免哑然失笑。记得在老机关上班时，经常路过一名校，阅读其英文名字时，竟然发现一个单词错了。曾经两次找到学校老师，告诉他们学校英文名字中有个单词是错误的，后来他们就改过来了。还有一次去一个景点参观，也发现英文介绍有几处错误，告诉导游让他们进行更正，不知现在是否改了。还有一次到一高校听报告，走到那儿第一眼就看到会标出现了错字，幸亏还有近半小时时间，进行了更换。这样的小花絮还有很多，在此列举几例，就是说明文字校对的重要。

实际上，校对文字是有压力的，不但要具备文字基础，还需要心静、认真和细致。10年来，我除了编辑校对《徐州政协》杂志外，一直参与政协会议材料包括领导讲话、政协常委会工作报告、大会发言、会议材料汇编、全会会议手册的起草和校对工作。每次校对完付印，心里不是一种放松，而是紧张不安，唯恐出现错字，影响了工作。我想，从事文字工作的人都会有这种感觉。

三、摄影留住政协美

编辑刊物，尤其是政协杂志，需要很多图片。政协的各种会议照片、调研视察、履职实效、委员风采、机关建设、纪念活动等，都需要在刊物上进行宣传。当时，在政协摄影的有王忠德和黄越两位同志，他们的摄影技术好，又熟悉政协工作，为《徐州政协》提供了很多质量较好的照片。有些照片事关全市的活动，王忠德和黄越同志不能去拍摄，我便与《徐州日报》负责摄影的徐剑联系，想办法拿来重新冲洗。因为当时还没有数码相机，也没有电子图片，联系和取照片很花时间。鉴于政协杂志的特点，有些照片不容易得到，我萌生了学习摄影的想法。2004年全会召开时，我在孔庆钢同志的指导下开始学习摄影。每当政协召开一些会议和开展履职活动，我就现场拍摄杂志所需要的照片，再后来，我也就担负了为政协收集存档图片资料的任务。2005年，纪念徐州市政协成立50周年，编印的《风雨兼程铸辉煌》画册中，就采用了我提供的50多幅图片。《人民政协报》在刊发徐州政协成立50周年纪念专版文章时，所需要的照片也由我提供。2015年，纪念徐州市政协成立60周年，画册大部分照片也由我提供。为了提高自己的摄影技术，我多次向孔庆钢、王忠德、黄越、张冰贤、孙华鹏、徐剑、李玉昌等人学习，自己在业余时间也钻研摄影理论，基本掌握了摄影技术，为政协留下了图片资料，也拥有了很多值得个人收藏的照片，培养了自己的摄影爱好。

四、读书著文意味长

虽然到政协之前发表过很多文章，但大多是文学作品和教育方面的，真正学习公文写作是从在市政协研究室综合处任办事员、科员开始的。在编辑《徐州政协》的过程中，更多地接触到了政协工作方面的各类公文。与此同时，孔庆钢同志坚持让我写作各种讲话并结合实践和自身经验对我进行指导，现在想起来，对他是非常感激的。在他的帮助下，我能够承担政协全会的部分文字材料，也先后在《人民政协报》《江苏政协》《徐州日报》《徐州政协》等报纸杂志上发表了政协理论文章。为了加强社情民意信息工作，市政协定期召开全市政协社情民意信息工作。每次召开会议，我都参与会议各种文字材料的准备工作。近几年，我完成了市政协社情民意信息工作会议的各种文字材料,其中包括会议通知、表彰决定、工作总结、领导讲话、关于进一步加强社情民意信息工作的意见、省政协信息工作座谈会的经验交流材料等。通过编辑《徐州政协》,我驾驭文字的能力也得以提升,每年政协全会的大会发言都由我根据要求来调度、修改和删减,得到了政协领导和各发言单位的认可,大会发言也引起市党政领导的高度重视。为了提高市政协机关中青年干部的素质,市政协先后组织了两次脱产培训。通过参加培训学习,自己对编辑《徐州政协》的认识和能力都有了进一步的提高,对政协的公文写作有了全面的了解和实践。2010年,我参加了市政协调研组关于文化产业创新的调研,参与了调研报告和建议案的撰写。2011年上半年,我参加了市政协调研组进行调研,在刘兆勤副主席指导下起草了关于提高我市市区职工医保工作水平的调研报告和建议案,经主席会议、常委会议通过后报送省政协和市党政主要领导。副省长曹卫星和徐州市委书记做了批示,市委、市政府在进行医保政策调整和完善时,充分采纳了市政协的意见和建议。除此之外,我还为分管领导起草了到外地开会的经验交流材料,市政协理论研究会年会的工作总结、领导讲话、年审报告等文字材料,会后还负责把研究会理事们的理论成果汇编成册。在编辑杂志的同时,我还积极为杂志撰稿,曾写了三篇委员风采,有效宣传了政协委员的履职成效和他们为社会做出的贡献。

五、联谊交流情义深

《徐州政协》是委员参政议政的重要平台,是宣传政协履职实效的窗口。十三届市政协以来,免费向全市政协委员,市委、市政府,市人大、市政协领导,各民主党派、工商联,各县(市)区政协委员、市政协机关工作人员、政协机关离退休干部、市政协理论研究会理事、省政协以及包括全国政协、北京政协、上海政协在内的100多个兄弟市政协赠阅。10年来,《中国政协》《人民政协报》《政协工作文摘》先后转载了《徐州政协》杂志中的文章,全国工商联打电话索要《徐州政协》,一些外地政协的同志也写信来索要杂志。

通过编辑《徐州政协》,我认识了很多热心于政协事业的老干部,如何赋硕、廖文才、李鸿民、周维宇、周嵩山、孟庆华、王大勤、王冰石、吴学胜、庄新农、王万里等。通过与他们的交流,我深深被他们高尚的思想境界、严肃认真的风格、平易近人的态度所影响。特别是何老,曾经多次到政协机

关，与我讨论文章的修改，并且给我讲他的革命经历，还把他出的书赠给我。廖老是个和蔼和宽容的人，但他对文字要求非常高，态度也非常认真，记得他多次与我讨论文章的情景，一字一句，一个观点与表达方法，他都要找到政策和理论依据，这对我有很大启发，也让我加深了对政协文字工作和刊物政治性的理解。李鸿民副主席是个为人为文都达到一定境界的人，挥毫著书，广交文友。李老对《徐州政协》非常关心，他说："《徐州政协》是咱们自己的刊物，要把它办好。"同时，他还对如何提高杂志的可读性提出一些建议，对我做好编辑工作有很大帮助。他还把他出的书送给我，每一本我都认真阅读，从中学到很多东西。市政协赵彭城副主席对杂志也很关心，他是徐州著名的文人，对徐州文化有很深的研究，他曾经带我进行过文化产业创新方面的调研。通过向他请教与学习，我对养成读书习惯和提高自己的文化素养有了更深入的认识，也为编辑好杂志打下了文化基础。另外，分管和曾经分管研究室工作的刘兆勤副主席、吕中亚副主席以及公方泉、陈大伟等，都对《徐州政协》非常重视和关心，先后就办好刊物提出要求和意见。也是通过杂志和信息工作，从这些领导身上学到了很多，有工作方面的，有做人方面的。见贤思齐，回忆起来，对他们充满着敬佩与感激之情。

　　因为《徐州政协》的征稿，我与委员，各民主党派、工商联，各县（市）区政协负责文字的同志联系很多，他们也积极给杂志投稿。不过，随着时间的推移，他们中一些人在干部交流中离开了政协组织，也就不再向杂志投稿了。如薄顶华、付修春、袁浩、李爱红、安国胤、卓雷、花莉、王燕等，有的到了党委政府部门，有的考到了其他单位，虽然他们不再为《徐州政协》投稿，我想彼此心中一定还怀有《徐州政协》带给我们的那份友情和难忘岁月。再次翻阅10年来的杂志，读到他们的文章，不免感慨时光短暂，人事变换。因为《徐州政协》杂志与全国100多个市政协交流，自然会引起反响，外地政协的读者、委员、作者经常打电话过来，或者索要杂志，或者给杂志投稿，或者交流办刊经验，或者电话感谢。虽然与他们未曾谋面，但因为杂志便有了共同话题，也就成了文友。一些外地和外单位的作者如黄越城、陈麟德、顾玉书、石耘、刘春华、吕峰等人，有的现在还给我们投稿，有的已经调离，也就失去联系了。锦州市政协办公室主任顾玉书去年来信说："感谢你几年来专门给我寄送《徐州政协》杂志，我现在已经退休，以后不要再寄了。"我看信后心里有种酸楚感，回信说："虽然你退休了，但你依然是政协人，我们会继续给你寄《徐州政协》。"实际上这是政协一家亲的延续和守望。

　　还是在刚刚接手杂志时，高辉和董助才两位先生带我去过一次印刷厂，从此认识了孙晋平和欧阳敏两位厂长。孙厂长虽然在企业工作，但很有文采，言谈举止颇有涵养，为人处世很有水平，与他相处那么多年，学到了很多与人交往的方法。近日与孙厂长谈《徐州政协》的发行情况，他总结说："有苦有乐，10年流金岁月；无怨无悔，一段不解情缘。"既表达了我们因为杂志而相识的感情，也表达了我们对《徐州政协》的那份情结。欧阳敏原来是武汉某高校老师，因为丈夫在徐州，便调到徐州太平洋印务工作。欧阳厂长工作细致认真，且有着较高的文化素质，她负责过十几本市政协《徐州文史资料》的制版和校印工作，对《徐州政协》的封面设计和创意付出了一定的努力。欧阳厂长的宽容和严谨态度给人印象很深，无论我们提出什么修改要求，她都会不厌其烦地进行修改，并且总是微笑着面对每个到印刷厂的人，有时我们因为文字方面的事发脾气，她都不愠不火，耐心解释，认真地对待，并且恪守着印刷无小事的信条。欧阳厂长常说的一句话是："人相遇就是缘分，我们有业务是朋友，没有业务也是朋友。"因为太平洋印刷厂承担着《徐州政协》《徐州党建》《徐州史志》《徐州府志》《环境科技》等几份机关刊物和书籍印刷工作，再加上很多徐州的文化学者都在那儿印书，因此在与两位厂长交往的过程中，也认识了不少文化人，从这些人身上可以感受到文化的力量和文人的风骨。如李鸿民、王华超、赵明奇、田秉锷、陈广德、胡存英、耿家强、田厚钢、吕峰、张鲁道、张道奉等，也因此得到了一些人的作品和书籍。

　　与《徐州政协》一同走过了10年，其中还有很多写不完的故事。《徐州政协》发行100期，凝聚着市政协主要领导的关怀，凝聚着各位副主席的希望与要求，凝聚着各专门委员会的劳动，记录了市政协各参加单位通过人民政协这个舞台参政议政的成果，留下了市政协10年来的发展足迹。

让"瞬间"成为永恒

——读巍然先生散文集

　　巍然先生是个有情怀的作家,坚持30多年笔耕不辍,其精神是让人敬佩的。一生只做一件事,做得久了,自然就成为专家了。巍然先生多年前执着于自己的梦想,从一篇篇小文章写起,积沙成塔,渐渐地便成了作家,成了乡土作家。前段时间托人将他的新作——三本散文集《回忆是条归乡路》《此物醉相思》《我是风筝你是线》送我。我将这套书置于案头手边,有时间就读,有时读着读着仿佛穿越时空,"回"到了过去的老家,"看"到了曾经存在于生活生产中的物什,"听"到了历史角落中的亘古绝响。

　　"文之为德也大矣,与天地并生者。"从另外一个层面理解,阐释了文章"瞬间"与"永恒"的哲理和思辨。中华5000多年文明源远流长、绵延不断,是世界上唯一没有消失的文明,深入研究,中华文明的延续更多地依赖于2000多年的封建统治。虽然封建统治固化了人的思想,固化了社会关系、家庭关系、人伦关系,阻挡了社会的变化与进步,但固化的另一种作用便是稳定。中国封建社会,无论儒家还是道家,都给人生做好了设计。儒家思想做人要讲孝悌,讲仁义礼智信,做官讲修齐治平,君臣父子兄弟姐妹讲三纲五常……这是封建社会意识形态的根本。至于农村老百姓,更是在封建统治下愚昧贫穷而又淳朴勤劳善良地一代又一代地往前行走。同时,为了生存生活,为了繁衍后代,他们在劳动中积累了生产生活经验、创造了农村文明、形成了民风民俗,丰富了民间手工技术和作坊,也总结出很多做人处世的名言俚语。这些都是自给自足经济方式的精华,是一代又一代农村老百姓的智慧的结晶,是先民们生活的色彩和美好记忆,更是解读中国农村文明密码的钥匙。

改革开放几十年,打开了农村封闭几千年的大门,解去了禁锢农民思想的枷锁,解放了农村生产力,农耕方式和精神追求发生了翻天覆地的变化,手工业渐渐消失,作坊被工厂所代替,风俗被外来文化所稀释,人口被发达地区所虹吸。孔雀东南飞,人往城市流。中国农村存在了2000多年的文明渐渐被冲淡,再过30年,很多村庄都会消失,很多农村人凤凰涅槃,很多乡风民俗都会不再,很多生活方式都会改变,很多手艺工艺都将成为非遗。随着时间的流逝,农村的内涵没有人能懂,农村的样子没有人记得,先辈们的生产生活生态没有人解读,农村的很多名词没有人记住。在人类文明诞生过程中,在漫漫历史的长河中,农村2000年也只是"瞬间",但这瞬间的多样多彩,应该是人类文明发展的永恒记忆,农村的风土人情,农村的民俗乡规,农村的生存方式,需要有人记录下来,留给后人、留给历史。即如现代人想知道秦汉时期农村的生产生活及风土人情,要到书籍里抑或汉画像石中探寻一样。

担起历史的责任,记住农村的发展符号,这是巍然先生创作的初心。读了巍然先生的这套书,感觉非常亲近、非常真实、非常感人,充满回忆、充满遐想、充满文化,凝聚着对苏北农村的感情,凝聚着浓得化不开的乡愁,读了再读,如临其境,如在其中。感觉这套书既是村史,又是苏北农村断代史。可能因为我在农村生活学习工作了30多年,参加了农村的各种农事,亲历了农村的各种风俗,有着同样的乡愁,所以对三本书的每篇文章都认真阅读。有的文章读了几遍,仿佛读到了自己的过去,仿佛回到了生活过的老院子、土屋子。

"文章合为时而著,歌诗合为事而作。"巍然先生的散文集有着历史责任感,在写自己的同时,描述了自己生活过的农村的真实情况,发生在农村的普遍性的故事,当年农村的环境、生态、生产生活方式,农村的节气,农村的婚丧嫁娶、生老病死。这套书的内容是苏鲁豫皖四省交界地区当年的农村画卷,是以后研究农村文明文化的真实资料。从这个意义上说,巍然先生对历史是做出贡献的,应该用"铁肩担道义,妙手著文章"褒之。

散文集主要通过讲故事的方式把农村描述出来,这些故事是20世纪50年代、60年代、70年代出生生活在农村的人都有的经历,是他们一生的难忘记忆,有着很强的时代印痕。如割草、藏马虎底、看露天电影、听大喇叭,都是那个时代童年的美好,也是这三个年代人满足精神生活的主要途径,忘也忘不掉，而讲给现在的年轻人听，他们怎么听都听不明白。票证年代、缴公粮、"吃计划"等都是计划经济时代的特殊符号，估计永远都不会再现了，但忠于历史、忠于家乡，巍然先生都——书写下来，将农村历史融于感人的故事里，让很多人拾得起、记得住。农村艺人、农村工匠，是农村老百姓物质和精神生活的依赖，都饱含老百姓的智慧和天赋。音乐、武术、杂技、绘画、唱大戏，乃至看风水、算卦等，既是一部分人的生存之道，也是普通老百姓精神所需和朴素的理想追求。还有那些泥瓦匠、木匠、铁匠、篾匠、裱匠、接生婆、裁缝、货郎鼓等，称为匠的，很多都是门里出身，祖传手工艺，都有着探究不尽的门道和故事。还有存在了多年的磨坊、油坊、炕坊等都是农村2000多年自给自足经济方式的体现，其中凝聚着无数悲欢离合的故事和风霜雪雨。这些在巍然先生的书中都进行了描述和记载，至少改革开放前农村都是如此模样。因此，阅读巍然三本书，通晓农村两千年。

"夫水性虚而沦漪结，木体实而花萼振，文附质也。"巍然先生的文章虽说是对曾经生活过的农村全景式的描述，让读者了解农村的人、农村的事、农村的风风雨雨以及曾经的风花雪月，但蕴含其中的是当地当年老百姓的纯朴、勤劳、善良、诚信，蕴含着自己对家乡的情深意浓，对亲人的思念与留恋。作者多次写到与奶奶的感情，让人感受到纯真无私无瑕的亲情。写到父亲的敦厚勤劳，写到邻人的善良与淳朴。都给人以想象、以怀念。"言以文远，诚哉斯验。心术既形，英华乃赡。"再读巍然的文章，其乡愁、其情感、其忧思、其文采，跃然纸上，充盈字里行间。

"文章千古事，得失寸心知。"真正能体味文章真谛真情的还是作者本人，与作者生活经历相同相近的人更容易引起共鸣，更容易心有灵犀。"夫缀文者情动而辞发，观文者披文以入情，沿波讨源，虽幽必显。"作为从农村走出来的每个人，都应该多读读这套书，寻找属于自己的乡愁，不忘从哪里来，知道到哪儿去，并以此教育后人。有了这些乡愁，大致不会迷失自己，不会找不到生活的方向。

巍然先生的这套书是座"富矿"，有待于在一遍遍阅读中去体悟、发掘，以上文字仅仅是个人的阅读体会，言不及义，待读两遍后再做解读。

爸爸都去哪儿了

应邀参加一次社会活动的启动仪式，主题是"尚学·读书会"，并请了教育专家开展讲座，参加活动的有200多位家长和孩子。启动仪式后，专家开始讲座，我发现听众全是女性和孩子，没有一个男人。虽然我坐在角落里，专家还是几次给我这位唯一的男听众以关注的目光。

讲座结束后，我一直在思考，孩子教育和成长的过程中，爸爸都去哪儿了？这次活动是在双休日举办的，孩子的爸爸们应该是有时间的，但没有一个男人来，这让专家的讲座少了一半的听众。爸爸们都在干什么？牌场？接着的酒场、车间？或者送外卖的路上？抑或烈日下的工地……于是，教育孩子的事都给了妈妈或者奶奶。于是，讲座的听众都是妈妈和奶奶了，女孩子还能偎着家长似懂非懂地听，男孩子则到处跑着追气球，四处溜达了。

分析一下原因，大概有这样三点：一、爸爸们对自己在孩子教育成长中的认识和定位有误区。爸爸们认为他们的任务是挣钱养家，接送孩子、教育孩子、陪伴孩子是妈妈们的事。另外，幼儿园、小学中的老师几乎全是女的，与老师交流自然是妈妈的事。二、生活压力分散了爸爸们的精力。社会阶层的分化，各种因素对经济的影响，让大部分家庭的经济压力增大，再加上住房的压力、教育费用的压力，都让爸爸们对孩子的陪伴和关注出现"心不在焉"的情况。干出租、跑外卖、送快递、上工地、下厂房……养家糊口，这是很多爸爸的责任，所以孩子的教育只有交给妈妈们和爷爷奶奶们了。三、家庭教育知识的缺失。有的爸爸们就是想去陪伴孩子，也不知道怎么陪，并且教育的"内卷"让绝大部分家长"急功近利"地盯着成绩单，哪有心去关注孩子的心理健康和孩子游戏快乐的诉求。真的需要开个"爸爸培训班"，让爸爸们学会做父亲，但这次活动专家讲得那么好，一个爸爸都没有来。

心理学家格尔迪说过："男人较女人来讲，更具有冒险精神、探索精神、宽容精神、求知精神，这些特点，会淋漓尽致地体现在对孩子的教育上。"其实，孩子成长过程中，爸爸的作用是非常重要的。总有这么一句耳熟能详的教育名言："家庭是孩子的第一所学校，家长是孩子的第一任老师。"爸爸作为孩子的"老师"，除了给孩子安全感和关爱之外，还应该是孩子成长的陪伴者、人生的模仿者、价值观形成的引导者、心灵健康的呵护者。对男孩来说，爸爸应该是正直的、高大的，充满阳刚之气，勤劳坚韧果敢，甚至有时粗犷有度、适当地发脾气以及义气豪放等方面的些许缺点都能让儿子感受到男人的味道。作为爸爸，偶尔和孩子一起玩游戏、看电视，是与孩子沟通交流、消除隔阂的方法，也是男孩所喜欢的爸爸的样子。多年父子成兄弟，是良好父子关系的最佳境界，值得每个爸爸思考。我的一位朋友，儿子并没有考上好的大学，但在他的影响下，做什么事都认真，在人们面前总是彬彬有礼，言谈举止和他爸爸一样有礼有节有度，很讨人喜欢。听朋友讲，他儿子小时候，是他带着旅游、看电影、做游戏，现在儿子偶尔要找爸爸下象棋、小酌两杯。虽然没有人们眼里的大富大贵，但父子间都洋溢着浓浓的父子情和幸福感。

对女孩来说，爸爸的角色更不可或缺。父亲应当成为女儿的安全港湾，女儿感知的第一位男性就是爸爸，爸爸的形象是孩子对异性理解的标杆，好的爸爸对女儿的影响是长远的，过分的溺爱和长期的缺位都会影响女儿的健康成长。一位同事讲了他亲戚的女儿，爸爸长年在外打工，妈妈不断对她的学习成绩的退步进行呵斥，她在学校受了委屈也无人诉说。久而久之，现在初中了，有些抑郁，用刀子把自己的手臂划出很多口子，看到流血竟然有了一种快感。其实，这样的女孩越来越多，爸爸的缺位应该是原因之一。我的一个同事在对女儿关爱的同时，绝对不溺爱，与女儿交流很好，他称女儿"老万"，女儿叫他"小万爸爸"。女儿追星时，妈妈气得要拿剪刀剪掉女儿的刘海，而小万爸爸却与女儿讨论那个女星为何留那种发型，有什么特点，并说要给女儿买瓶发胶，固定女儿喜欢的发型。当然也只是说说，却解开了女儿逆反期的心结。每次考试结束，他都不管成绩好坏，带女儿看场电影、吃次饭，好好放松一次。直到现在他孩子在大城市考上了公务员，仍然还期待着与爸爸的看电影和小聚。有女儿的爸爸，更不能缺位。

爸爸的陪伴，对孩子的学习、性格、情感、品质、体质等方面都有不可替代的影响。

在父亲的正确陪伴和引导下，孩子往往更坚忍、大胆、果断、自信、独立，这就是父亲给孩子的力量。

心理学家麦克·文尼此前做过试验，一天与父亲接触不少于 2 个小时的孩子，和那些一个星期与父亲接触不到 6 个小时的孩子比，他们的人际关系更融洽，更勇敢、开朗。但是，这次讲座上没有一位爸爸出现，我很想问问 200 多位妈妈和奶奶，在平时的生活和学习中，孩子爸爸的身影在哪儿？爸爸对孩子未来的发展的责任在哪儿？

今天是父亲节，写给男人们一些话，带给所有爸爸一点思考。

"苦"学中的孩子们

　　双休日准备去看望一位亲戚，便到小区附近的水果店买水果，店门外有个上小学的孩子正在做作业。来来回回的身影、讨价还价的声音，引得这个孩子不停地抬头看看购物者、听他们说的话，根本难以静心学习。孩子的妈妈边给顾客结账边大声地朝孩子喊叫："抓紧做作业，乱看什么？我一会儿检查，错了看我不揍你……"

　　可能被呵斥习惯了，也可能感觉妈妈根本没有时间看作业，孩子无所谓地一会儿玩一会儿写，作业情况可想而知了。提着水果走时，看到另外的摊位旁边也有一个小孩子趴在板凳上做作业。

　　中午，到一个饭店里吃饭。顾客不多，一个服务员带着孩子在大厅的餐桌上做作业，旁边的一个桌子上，七八个男人在觥筹交错、猜拳行令，说笑声此起彼伏。孩子坐在餐桌上艰难地写着，妈妈坐在对面玩着手机，偶尔看看孩子的作业，一手拿着手机，一手戳着男孩的头骂两句："字咋越写越差了？老师上次都说我了，好好写，不能再让老师批评我，当着那么多家长的面，多丢人……"

　　下午，去金地商都买东西，听说富国街上有家饼做得好，准备买几个带回去。到了那家馅饼店，看到年轻的妈妈忙着做饼，孩子坐在外边的桌子上迎着风口做作业，能看到书和作业本随风翻动。在熙熙攘攘的街口，在车笛声声中，孩子怎能安心学习？这个男孩一会儿抬头左顾右盼，一会儿跑去找邻店的伙伴。妈妈边做饼边呵斥孩子。我买好饼走了，可是作为一个曾经的从教者，仍然在想着那个风中的男孩。

　　傍晚，去超市里买菜，看到了坐在柜台里做作业的一年级的小女孩正被妈妈训斥着："5角钱是多少不知道吗？1元是几个5角？去拿两个硬币比画比画！"我说："孩子不是呵斥出来的，孩子小，需要从实物感觉中慢慢认知和掌握。"女主人对我说："我从早忙到晚，还要按老师的要求给她对作业，还要签字，可累了，而这孩子就是教不会，都愁死了。"我说："教育孩子急不得，需要一个过程，需要家长学会陪伴。"

晚上，给外地一个亲戚打电话，说他的孩子两天没有给我发朗读的英语语音了，也没有给我发练习的钢笔字。亲戚说："这几天厂子里忙，每天晚上 10 点才能回家，怕孩子玩手机游戏，不敢把手机留在家里。而家里面，10 多岁的哥哥带着 5 岁的弟弟，有时候我们到家两个孩子都睡着了。想想真的感觉亏待了孩子，没有办法，要生存、要养活工人、要面对竞争、要应付检查、要挣钱供房子、要……"听着他的倾诉我也不知道该怎么说了。想象着两个孩子灯光下等待家长回来的孤独，也想起了一次看到的夜晚路灯下小摊旁边做作业的那个小女孩。

一天的经历让我的大脑里涌出了《寒门再难出贵子》中的两句话。"大多数出生于各个层次的人还是沿着家庭开始的那条无形的线在走，在生活。""马克思说过：阶级一旦形成，那么出于各个阶级的人想打破阶级的鸿沟壁垒几乎不可能。"

又不由得想起了《三字经》的开头："人之初，性本善；性相近，习相远……"

何处是吾乡
HECHUSHIWUXIANG

成长的烦恼

——根据真实的案例改编

　　东子出生在一个比较好的家庭，母亲在机关，父亲在医院。东子的烦恼是成长的烦恼，他烦恼的原因不是他成绩不好，而是他的父母总渴望他更好；他的烦恼不是他不努力，而是他再怎么努力父母总认为他还没有努力到极限；他的烦恼不是他父母不疼爱他，而是父母除了让他学习，其他什么都不让他干。

　　东子长得非常帅气，在同龄孩子中，个子高高的、瘦瘦的，皮肤白白的，眼睛大大的，头发又密又黑，特别讨人喜欢。我见到他时，他已经在市里最好的中学读初中了。他的家长听说我当过中学英语老师，便让我偶尔给东子辅导英语，由此便接触到了东子。

　　虽然东子学习努力，成绩也很好，但他生活在少年的烦恼之中不能解脱，后来自然也成了家长最大的烦恼。

　　一次，东子做完老师布置的作业，时间还早，想看一会儿电视，妈妈把削好的苹果给他，说："好孩子，去把明天的课程预习一下，电视也没有什么好节目。"东子不情愿地回到了书桌前。大概过了半个小时，东子刚刚预习完，妈妈进来了，左手拿着一包酸奶，右手拿着一本练习册，说："东子，喝杯奶，休息一下，再做一套数学练习，做完就休息……"东子无奈、无语，委屈地翻开了练习册。几次之后，放学到家，东子再也不那么积极地做完作业了，因为他知道在家里已经没有"完成作业"这个词。

　　如果是我，我会在孩子做完老师布置的作业后，让他坐在我身边，我们一起看会儿电视，听他聊聊学校里的趣事，聊聊班里同学之间的相处。边聊边和他一起吃点小零食。如果时间不是太晚，就建议孩子预习一会儿第二天的课程。周五的晚上一定让孩子放松一下，周六睡个自然醒。之后根据孩子的兴趣学一种乐器、一种体育项目，或者学习书法绘画等，同时参与一些有益的活动。

上初中后，东子参加了升学后的第一次测试，因为还不适应，结果成绩不太理想。东子心里想，一定好好复习，争取下次考出好的成绩。开家长会回来，妈妈就开始唠叨："你在学校里肯定没有认真听课，不然怎么会这么差？这样的成绩怎么能考上市一中的高中？从今晚开始，再加一个小时的学习时间，每晚学到10点30分。"有天晚上，东子做作业时趴在桌子上睡着了，妈妈看到很生气，把他晃醒，让他坚持学到10点30分。东子感觉到十分委屈，对妈妈的不理解感到困惑，渐渐地产生了厌学情绪，也不因为自己考不好而懊恼了。他认为反正每天都要学到10点30分，作业能拖就拖，学习的主动性没有了，进步的愿望也被妈妈的唠叨、父亲的严厉消磨掉了，学习自然越来越退步。这让东子的父母急得寝食难安，从此家里的笑声少了、和谐少了、幽默少了，沉寂多了、呵斥多了、埋怨多了。东子最后失去了对学习的热情，失去了对父母的依恋，慢慢地不再与父母说心里话。

如果是我，孩子退步了肯定也着急，肯定也想埋怨和唠叨，但我心里再急也不会表现在语言和面色上。想一想，哪个学生不想考出好成绩，哪个孩子不想得到老师的表扬、家长的夸赞、同学的羡慕？孩子没有考好有很多原因，只要不是特别差，就能找到原因，就能找到进步的方法。这时候，正是培养孩子非智力因素的好时机。我会找班主任和任课老师了解一下孩子的情况，上课分心了？早恋了？与老师闹心绪了？和同学产生矛盾了？做题粗心了……找到原因，就慢慢地和孩子一起解决和培养。但说起来容易做起来难，我认为孩子不退步就是进步，进步一点点家长都要"大贺特贺"。如果是我，我知道天才的孩子很少，多数孩子都是普通的，需要家长陪着慢慢成长。我不因退步而怒（要怒也在心里怒），不以进步而喜（喜也要适度）。孩子考不好心里一定烦恼，如果家长能与孩子同心同行，孩子会得到情感鼓励，会对照自己的不足而努力，会找到自信和心理的依靠。

假如孩子的成绩真的非常差，那我也不自暴自弃，也要找到孩子的特长和闪光点，让孩子看到未来的希望，培养孩子健康的人格，培养一种谋生的技能，这一点也非常重要。如果当初东子的父母能考虑到这些，肯定能找回那个成绩优异、活泼懂事的东子。

成绩的下降、生活的枯燥、青春期的逆反、家庭的冷漠，让东子找不到知音、找不到快乐，最后电脑成了他最好的朋友，游戏成了他离不开的伙伴。晚上，父母都休息时，他便悄悄打开电脑，玩游戏、找网友、聊天、看电影。夜里精力充沛，白天萎靡不振，学习飞流直下，性格日趋孤僻，再也不是我第一次看到的那个讨人喜欢的东子了。

　　一个下雨天的晚上，东子的爸爸给我打来电话，求我帮帮他，说东子已经几天没有出房间了，妈妈做好饭放到门口，他吃完就锁门，天天玩电脑，什么也不干，一句话也不说。东子的爸爸说："你给他辅导过英语，他最喜欢听你讲课，听你的话，你快来一下。"我问他什么原因，他说："我们想逼孩子出来，就把网断了，上不了网，孩子就要跳楼。"我连忙收拾好，抱着一箱苹果，打车去了他家。在我要进他的房间时，东子终于说话了："你们谁都不能进来，只要敢进来，我就跳楼。"说完竟然真的打开了窗户。东子的妈妈吓得拉住了我。我说："东子，我是你老师，你爸爸叫我来修网，我哪懂网络啊？老旧小区都这样，一下雨网就断，我家的网也坏了。""我很长时间没有见你了，你也不和老师说句话？""好了，东子，那么晚了，你休息吧，改天我们一起吃饭。我让你爸爸给移动公司打电话修网，现在离开网络就是不方便……"

　　不管怎么样，孩子听我说完不嚷着跳楼了。问题要一点点分析与解决，改变要融入一天天的生活中。东子今天这个样子，全是父母造成的。要孩子改变，首先要改变家长，之后我经常建议东子的父母学会做家长。

　　如果是我，我一定会陪着孩子玩玩电脑，毕竟信息时代到来了，毕竟家长的方方面面都在一天天退步。与孩子一起玩，是家长在追求进步，和孩子一起学电脑，能缩短与孩子之间的心理距离。网络也是"双刃剑"，家长要把它作为促进学习的利器，作为丰富孩子生活的方法，作为与孩子沟通的桥梁。如果是我，我会在周末与孩子一起玩玩游戏，这方面，百分之九十的家长是玩不过孩子的，我深有体会。我还会和孩子一起升级电脑、改善网络，以便更好地"玩"。这能让家长与孩子"零距离"，家长说的话孩子大部分都会听，即使不听也不会逆反。用好了网络，能促进孩子的学习。上网尽情上，学习认真学，有放有收，两者相长，家长们能做到这些，"东子的烦恼"就不会存在了。

　　后来，学习上，东子从成绩优异滑到最后几名；心理上，东子从开朗活泼变成了孤僻封闭。好不容易读了普通高中，因为基础差，完全跟不上了。

如果再这样下去，孩子可能会自闭或者抑郁。我告诉东子的父母，不要再逼孩子上学了，既然已经辍学半年，再到学校对他来说是一种痛苦，不如让他到一个新的环境里锻炼、生活、学习，也许能改变他。于是在18岁高二那年，东子入伍了，且不说他能有多大的"出息"，单单是回归健康、回归正常就很幸运了。

东子的烦恼不单是他自己的烦恼，也是他父母的另一种烦恼。我想很多孩子和家长都有这种烦恼吧。其实，东子很可惜的，他的小学和初中都是在最好的学校里读的，并且当时成绩非常好。如今他入伍，将来也许会有一个美好的前程。

凌晨断喝伤几许

——一个小学生的遭遇

睡梦中,突然被楼下一个女人的呵斥声吵醒,于是断断续续地听到她在训斥孩子:"这都几点了?你还没有完成作业?白天干吗了?""这一个题目 20 分钟没有做出来,你怎么这么笨呢!你这样都什么成绩,只能考个大鸭蛋……"

我起来看看时间,已是凌晨 1:40,这个孩子还没有睡,因为他(她)还没有完成作业。住在我们这个小区的多是素质比较高的人,孩子多是在这附近一所比较有名气的小学里读书的。被妈妈呵斥的这个孩子可能是白天只顾玩或者上各种培训班了,老师布置的作业没有完成。从妈妈歇斯底里的责骂中,感觉到孩子肯定有的题目不会做,"磨蹭"到了凌晨。孩子的妈妈肯定是又气又急又心疼,才来了几声断喝。我没有听到孩子的声音,但我心里感觉到这个孩子非常可怜,我一直揪心着他第二天到校后的境遇。作业做到凌晨 1 点多还没有完成,受到了妈妈的呵斥,第二天到了学校,会不会再受到老师的批评?那么小的孩子那么晚休息,白天上课时能有精力吗?课堂上能不打瞌睡吗?我相信每个人都品尝过课堂上打瞌睡时的不舒服。更重要的是熬夜那么晚,听课效率肯定低,肯定影响学习成绩。作为学生,听不懂、学不会是非常难受的,成绩差是非常痛苦的,更容易厌学,更容易叛逆,更容易成为问题少年。这个孩子才刚刚上小学,就承受着家庭、学校的双重压力,其结果真的不堪设想。最近我又在网上看到了自暴自弃、走上歧途的问题少年。

我想,类似这个孩子境遇的肯定不在少数,类似这样的家长也大有人在。

悲剧偶有发生，深究其因，多半出在家庭教育的缺失，多半是家长不懂得如何陪伴孩子，不懂得如何引导和鼓励孩子，不懂得如何对孩子进行习惯养成，导致孩子做事拖沓、作业敷衍、成绩下滑、两头受气。

我一直想找到这个孩子的家长，与其交流一下，"帮助"那个可怜的孩子走上学习的正轨。可是几次敲门还是没有找到，只好写在这儿，但愿能给一些家长以思考和启发。

如果是我，我不会让孩子熬夜那么晚，我会告诉孩子从下次开始一定要提前把老师布置的作业完成。这次的作业我去和老师沟通一下，我们一定抽时间补上。

如果是我，我不会说孩子笨，我会告诉孩子谁都有不会的题目，实在想不起来爸爸（妈妈）和你一起思考，真的不会做就记下来，明天问同学和老师。

如果是我，我会引导孩子养成良好的学习习惯，我会用PQ4R（预习、提问、阅读、反思、背诵）的方法，帮助孩子克服学习障碍和困难，让孩子听得懂、学得进、跟得上、不厌学。

如果是我，我会让孩子享受成长的快乐，享受童年之美。在玩中学，在快乐中学，尽量用最少的时间学到最多的知识。我看孩子的成绩，不唯成绩；我说孩子的时候少，和他一起学习的时候多。

如果是我，我会换位思考，想想现在的小学生所面临的困难和问题。作业量大？题目有难度？在校受欺凌？不能专注？没有毅力？我会注意孩子非智力因素的培养……

如果是我，我会实事求是地鼓励孩子，让他不怕难、能吃苦，让他从小都在"跳一跳摘到桃子"的过程中收获成功和喜悦。我会通过实践让孩子知道人生总是失败多、成功少，人都是在失败中进步的。

如果是我，我会在学习和做人方面做孩子的榜样，让孩子品尝读书之美、勤奋之后的收获之美。

大道至简说"宽容"

有亲戚的孩子读小学,学校要求家长以"宽容"为题,写一篇家庭教育的体会文章,亲戚忙于事务,便委托我代笔。思考几日,结合实践,写出了短文,或许有些启发。

"天称其高,以无不覆;地称其广,以无不载;日月称其明者,以无不照;江海称其大者,以无不容。"这是三国时期曹植的话,意思就是说的宽容吧。关于阐释宽容的名言哲理很多,网上随手一点,铺天盖地而来,随意撷一则,便足以受益终身。只是孩子还不懂,家长不去懂,或者字面懂,行动中难以给孩子做出榜样,孩子自然失去了培养"宽容"品格的机会。现在教育提倡的"立德树人",其中宽容应该是内容之一。

宽容是情商的重要内涵。一个人有多宽容,未来前景就有多美好,感召力和影响力就有多大,事业和成绩就有多辉煌。

大道至简,教育应该如此,孩子宽容品格的培养也是如此。培养孩子宽容的品格,可以通过以下几种生活学习中自然简易的方法。

一、培养读书习惯。孩子读的书多了,知识自然丰富,心界自然宽广,眼光自然高远。读书,可知多少伟人豪杰,心向世界,不为物役;读书,可懂大浪淘沙,时光如梭,不负韶华;读书,可感生活之美好,不庸人自扰;读书,可养浩然之气,不目光短浅;读书,可解烦恼忧虑,不坠青云之志;读书,可……所以,读书多的人,一般心胸比较宽广,具有包容之心,不自私、乐助人、心态好,容易团结人。读书多的孩子懂得的自然多,凡事能把握度,自然减少了与其他孩子的矛盾,多了健康成长的环境。我们特别注意让孩子多读书,陪孩子读,听孩子讲书,至今孩子养成了读书的好习惯,也就懂得了很多做人的"大道理",有时很善解人意,有了心胸宽阔的品格。

二、培养爱心。培养孩子的爱心特别重要，爱人爱己，推己及人。有爱心的孩子爱父母、爱生活、爱世界。"送人玫瑰，手留余香。"家长要学会做到，更要培养孩子这方面无意识的自觉。爱同学、爱老师、爱父母、爱动物、爱花草、爱劳动，爱得多多，包容多多。因为爱就是付出，有爱心就会克服自私的心理。自私是人的本性中负面的元素，培养出有爱心的孩子，在学校就会爱老师、爱同学、爱劳动、爱学习，就会为自己的健康成长营造良好的条件和氛围。我们经常让孩子给流浪猫准备食物，和小朋友相处，以谦让为荣，鼓励和夸赞中，孩子养成了无私善良的品格，自然也赢得同学和小朋友的喜爱。

三、培养兴趣爱好。玩物长志。会玩的孩子有追求、有寄托，有消化情绪的地方。受了委屈、有了烦恼、产生了矛盾，都可以在自己的兴趣爱好里化解，因为有兴趣爱好，自然会爱屋及乌，也就多了对人和事物的宽容，多了对未来的憧憬和追求。另外，兴趣爱好坚持久了，就会成为一种特长，就会成为将来交友的方式，就会给自己的生活和发展增添力量。现在的家长多数都在让孩子学一些音乐美术舞蹈等，一定要随着孩子的兴趣走，这样才有助于孩子宽容品格的形成。体育锻炼对孩子的成长很重要，孩子每天都会去打篮球，我们循着孩子的兴趣爱好，给他报篮球班，陪他打篮球，培养了孩子的特长和健康心理，自然有助于孩子学习的进步。

四、培养自控能力。"天下熙熙，皆为利来；天下攘攘，皆为利往。"自私自利是人的本性，培养无私和宽容的品格是需要从孩子抓起，这就需要培养出孩子的自控能力。有了自控能力，孩子就不会为了小事小利而发脾气、闹矛盾，就会原谅别人，就会看淡钱财，就会包容别人的缺点和过错。其实，孩子的过错多数都是无意识的行为，都是成长过程中正常出现的现象，关键在于家长的引导和纠正。而自控能力强的孩子包容性也强，这与家长的引导和示范密不可分。心理学家艾莉森·高普尼克说过："你是什么样的人，你跟孩子关系怎么样，比你对孩子怎么做要重要得多。"孩子现在自控能力强，电视要看，但适时而止；手机也玩，但懂得把控时间；朋友也交，但能分清良莠。

大道至简，孩子宽容品格的培养于无形中潜移默化，于生活中正确引导，于日常中持之以恒。

人生百年如寄——且珍惜

时光如电，在不知不觉中飞逝。今天遇到的几个老人让我生出一番感慨，对我的思想冲击很大，体味到了萨都剌的《木兰花慢·彭城怀古》中"人生百年如寄，且开怀，一饮尽千钟"对人生沧桑的喟叹，由是感觉到：人生没有输赢，只有在岁月中慢慢变老。

筹备和服务一个重大活动，参加者是各界杰出人士，同时邀请一些老同志。上午8点多，我在大门口迎接他们。寒风中先后见到了从车上下来的曾经的两位老领导，他们头发几近全白，步履蹒跚、弯腰驼背，由人搀扶着走进大厅。我曾在他们任上工作数年，见证过他们意气风发、激扬文字的时光，领略过他们英明果断、处惊不变的沉着，感受过他们敬业认真、科学决策的领导风范……可是，今天，他们没有了当年的威严，没有了当年的风度，没有了让人生畏的气势，没有了……我连忙走下台阶，扶他们走进候会室。两任领导间曾经有过意见不一的时刻，曾经有过执政方式的分歧，曾经有过些许杂音，这些都付笑谈中了吗？后来只看到他们分别坐在了两边的沙发上。进入会场时，除了老干部处的人外，没有当年的同事前来问候。当我搀扶一个老领导坐下时，他激动地握住了我的手，眼睛里流露出当年对我培养不够的内疚。

做人，一定要厚道，这是先辈教给我的，是中华民族的传统美德。不管有什么过不去的事，都会被岁月淹没得无影无踪。我去扶的是一位老人，是对传统美德的坚守。虽不能真的做到"老吾老以及人之老"，但尊重和帮助老人一定是每个人要做到的。

活动圆满结束，大家如释重负，我便想回老房子那边办点事。走到小区附近时，看到站台旁边一个老人匍匐在地面上，拐杖扔在了一边，帽子甩到前面很远的地方，老人几次想爬起来，因为没有拐杖又摔倒在地上，旁边有几个人观看，没人敢扶。我连忙过去把他扶起来，看到他脸色蜡黄、摇晃不定，开始问他话，他口齿不清、语焉不详。我把拐杖给他让他站稳，帮他把帽子拾起来戴上，把衣服整理好。从外表看老人曾经在机关工作，虽然站立不稳，却从口袋里拿出梳子，用颤抖的手把头发梳好，重新整理好帽子，同时让我看看皮衣后面是不是脏了。我给他掸去尘土，问他住在哪儿，他说住新吴庄。问他想去哪儿，他慢吞吞地说去矿务局。我说"天冷先回家休息，恢复好了再去"。他说"谢谢你，我没有事，我等57路公交车"。这时候，旁边有个妇女用手机拍下了我扶老人的镜头，直说很危险，最好去医院。在老人坚持不让我再扶他时，我才慢慢离开，再后来就不知道老人是回家了还是去矿务局了。

我在想，如果当时我不去扶他，下一个出来扶起老人的是谁？假如摔倒的人是我，那个扶我的人又是谁？"一人有难百人帮，一家有事百家哀"，这是我小时受到的传统教育，才短短的几十年，竟荡然无存了。

晚上，应邀参加一个活动，大多是我小时候家乡的主要领导。有两个曾是电视上有影、报纸上有像、广播里有声的人物。两位老人当年都是正职，都是烈士后代，都是名校毕业，但当年他们有过工作上的不合，后来一个调任外县，一个调到市里。时过境迁，30年弹指一挥间。后来的日子里，一个人曾身陷囹圄，刚出来不久，一个人退休在家。今日相见，中间人说你们俩握握手吧。于是，两位曾经风华正茂、血气方刚、风度翩翩的白发老人握手难欢，不知各自心里埋有多少话语。

人生如梦梦难却，一切应付笑谈中。所遇到的都是路上的风景，真的不必为之怒、为之伤、为之怨、为之累。

又闻鼙鼓声起

20年后的初夏，我去了一次母校，当年的教学楼依然在，只是又多了新建的大厦，诉说着廿年巨变；敬文图书馆外貌依然，昭示着崇德厚学、励志敏行的校训永远在，只是里面图书更丰富，设施更齐全，借阅更便捷；当年玉泉河两边的小树已然荫如华盖，给人一种不觉韶华几何的感觉。走着当年和同学一起走过的路，目睹师生一同听张晓风、余光中、吴奔星等文学大家讲学的报告厅，心头涌起"昔年移柳，依依汉南"的感喟。昔日的老师们，或退休或调离，同学们毕业后去了五湖四海，在不同行业不同领域传播着师大精神。

江苏转业干部文化速成学校、江苏省转业干部速成中学、无锡师范专科学校、江苏师范专科学校、徐州师范学院、徐州师范大学、江苏师范大学。薪火绵延、文化赓续，70年风雨兼程，70年砥砺前行，江苏师范大学用时光之笔，蘸岁月之墨，书写了无数的动人故事，凝聚了无数的期许，成就了无数学子的梦想。周恩来总理的殷切希望、郭沫若的亲笔题名、费孝通的亲临关怀、启功先生的题词激励、茅盾的悉心指导、叶圣陶的谆谆教诲、赵丹的学术讲座、华罗庚的科研报告、王蒙的文学剖析、余光中的诗歌朗诵、杨乐的数学启迪、匡亚明的诤言良策……数不清的日子稠，说不完的名人事。每个师大人，都记得将朝霞披在肩上的秋天，也不能忘却将星辰映入眼眸的夏季；都忘不掉带着梦想而来的兴奋，也铭记带着憧憬奔向远方的骊歌萦怀。

我们那届研究生共计53人（包括师大几位老师），来自全国各地，学着不同的专业和方向。我们入学在云龙校区，毕业在泉山校区，两个校区都留下了美好的回忆，书写了勤学苦读的故事。有些镜头成为一生的难忘，成为对母校的永远的情结。

1999年12月20日，中国恢复对澳门行使主权，这是举国欢庆的大事，为响应学校的庆祝活动，我们举办了庆祝澳门回归祖国文艺晚会。诗朗诵，话回归；歌伴舞，庆昌盛；演小品，抒情怀。我们那届研究生中，应届生和工作后又考取的各占一半。应届生青春朝气，有工作经历的多才多艺，当年能聚在一起学习生活，确实很不容易，所以都是一见如故，学习和活动中都亲密无间。最难忘的当是研究生们自己根据闻一多的《七子之歌》精心编导演出的歌舞。《七子之歌》朴素真挚、深刻感人，当时在华夏大地迅速传唱，曾引起世界各地祖国同胞的强烈反响。为了表达我们53人的激动心情，也为在众多本科生面前展示研究生的风采。大家对歌词反复吟唱研究，对服装精心挑选搭配，请音乐系教授精心指导，甚至化妆时，请了校外演艺集团的化妆师。表演那天，云龙校区师生齐聚会堂，男主持人是古代文学方向、曾在外地高校任教的同学，是国家普通话测试员，女主持人是师大应届考上的现代文学方向的相貌出众的女生。两人一出场、一张口，便迎来了热烈的掌声。难怪演出前男同学说："我要再次给大家展示一下什么叫普通话。"到《七子之歌》节目时，灯光全熄，黑暗中传来了诗文朗诵，之后，手持烛光、低吟浅唱的女生和男生分别从舞台两边出来，队伍慢慢成"心"形。当最后灯光打开时，全场欢呼，为世界和平、为祖国繁荣、为师大发展、为师生未来……

　　那届研究生，绝大多数都是学师范的，多数在职考上的都有教学经历，于是我们组织了支教活动。寒假，因为路远火车票难买，便有不少研究生不回家过年，于是就到偏远贫困的乡镇去给孩子们上课补习。因为那时研究生还不收学费，且每月都有助学金，所以大家经济压力小，组织活动比较容易。到了暑假，因时间长，学习压力不大，便组织大家去农村支教，既体验了生活，又锻炼了自己，更重要的是给农村的孩子送去了希望的种子，让他们知道了外面的美好。记得两位女同学给农村中学的学生补习过一段时间，与学生建立了永久的联系，周末时几个学生经常坐公共汽车来找他们的"老师"。后来的后来，师生间的故事就不得而知了。

　　进入21世纪，国家经济社会快速发展，高校教育也迎来了春天。师大的招生规模进一步扩大，招收的研究生也多了。1997年招收17名，1998年招收28名，1999年招收53名，2000年招收77名，2001年招收100名，2002年招收133名。人数多了，研究生的管理也成为师大的一项重要工作。为了研究生管理工作的接续，2000年，我们筹备召开了徐州师范大学第一次研究

生代表大会，选举产生了新一届研究生会主席、副主席和各部部长，为师大研究生管理走上制度化、规范化和程序化做出了贡献。当时，研究生支部属于师大机关党委，我任研究生支部书记、研究生会主席。2001年师大中文系更名文学院，我又兼任文学院研究生会主席，组织大家开展了很多活动，也在文学院领导的带领下为研究生们解决了学习、生活和就业中的问题。这些都给那几届研究生留下了师大的记忆。

20世纪90年代末，学校扩招，师资短缺，因我们那届在职考取的研究生多数来自不同层次的学校，于是师大根据研究生的具体情况适当安排承担部分教学任务，当然都是一些公共课和基础学科。有些教学能力强、教学成绩突出的，研究生毕业后就留校任教了，也有的留校后又考取博士去了其他地方。当年，我们在居住和学术方面享受着师大老师待遇，4个或者5个人住两室一厅的房子，借书查阅资料和老师的一样，还曾经和老师们一同参加了成人高考阅卷工作，和老师们一起参加各种学术报告会，还可以报销差旅和资料费用。母校70年之际，肯定条件更好了，研究生教育成果一定更加丰硕了。

2001年，是伟大的文学家、思想家、革命家鲁迅120周年诞辰，也是他逝世65周年。当年的4月26日至27日，中国鲁迅研究学会、江苏省鲁迅研究学会、江苏省现代文学学会、南京师范大学、徐州师范大学联合在徐州召开了"纪念鲁迅120周年诞辰学术研讨会"。这是21世纪鲁迅研究界的第一次重大会议，师大非常重视。我有幸参与了筹备活动，参加了学术座谈会，同时负责接送几位名校教授。我去北京中国社科院接中国鲁迅研究会会长林非，到北京大学接孙玉石教授，接北京鲁迅博物馆馆长陈漱瑜先生，到南京接江苏省鲁迅研究会会长、南京大学教授包忠文等。因为当时交通还不像现在那么发达，并且有些教授身体欠佳，接他们也费了很多心力，但能为学术研讨会的成功贡献一分力量，很有成就和价值感。还记得陈漱瑜在总结发言中指出，鲁迅是中国新文学一切开端的开端，是中国新文学的天才创造者、出色的现代白话文的创造者。他不仅奠定了现实主义文学在中国现代文学中的主导地位，同时又是新兴文学理论和文学批评的开拓者。鲁迅是立足于现实的，正是他洞察现实的穿透力，使他的作品超越了现实，超越了时空而具有了永恒性。鲁迅是为现实而创作的，但由于他把创作当作自己生命的一部分，在创作中融进了自己的血和泪，因而他的作品又成为他生命的延续，而不会跟他的肉体同时腐朽。当前，无论人们如何评价鲁迅，鲁迅都是一个绕不开、推不倒的存在，是一块踢起来反而会伤自己筋骨的老石头。由于鲁迅是中国现代先进文化的载体、先进文化的时代代表、先进文化的标志，因而他同时产生了世界性的影响，使他不仅属于中华民族，而且属于整个人类。学术是有传承的，鲁迅学也有传承。鲁迅的文化传统不是罗布泊中的楼兰古城，仅仅记录着往日的辉煌，而是一条奔腾不息的文化长河，形成了中国文学、中国学术、中国文化活的传统。在这次活动中，我与中国鲁迅研究会会长、中国散文协会会长林非先生结下了友谊，他指导我写散文，给我讲述他与钱锺书家的过往和郁结，后来他劝我报考他的博士，而我终因自己中文基础疏浅，又有稻粱之困放弃了进京的机会。但这次学术研讨会和林非先生的指导给予了我学习和创作的动力和方向。

70年前，母校孕育诞生；20年前，我们携梦前行。53人中51人留在了高校。一人参加省委组织部选调到南京政府部门工作，我通过考试进入机关从事文字工作。20年过去，绝大部分同学都接着读了名校博士，现在有的已经成为名校硕士生导师和博士生导师。

作为师大毕业生，我20年来一直秉持着崇德厚学、励志敏行的教诲，没有一时荒于读书学习，又常恐虚度光阴而自疚。手不释卷，笔耕不辍。除尽职尽责于本职外，负责建设了全省一流的文史馆，负责建设了全省领先的多功能书房，参与编撰了志书，填补了徐州的空白。8小时之外，出版了两本散文集，一本由赵本夫作序，一本受名家指导。文集被徐州各大高校和徐州市图书馆收藏。

值母校70华诞，以片言念之记之。

小区里的流浪者

一个下雨天的傍晚,看到了流浪在小区内的一家5口——一只公猫、一只母猫和它们的三只幼猫。虽然它们不是人类,但却演绎着人类所有的亲情。受其触动,便以文字记之。

所住的小区内外绿化比较好,大门外有条河,河两岸有着水杉林及其他景观树,还有错落有致的灌木绿化带,靠近小区的河边修有亲水栈道。小区围墙外有几十米的绿化带,栽有松树、竹子、银杏树及其他不知名的花树和景观灌木。地面做得有凸有凹,给人一种美感。小区院内有花园、亭榭、假山、土丘,有盆景、小沙滩,树木茂盛、灌木葱郁。因生态环境好,自然多了虫鸟蛙猫等。

猜想着,或许某一天,一只流浪的母猫溜进了这个小区,躲进了厚厚的灌木丛,到了晚上,悄悄爬进一个个垃圾箱寻找着食物。因为现在人们的生活水平提高了,抛弃的厨余残羹剩菜鱼肉自然也多了,这些就成为流浪猫的美味佳肴。另外,院内也会有老鼠出现,这些都给流浪猫创造了生存条件。

也许又有那么一天,又来了一只流浪的公猫,遇到了流浪的母猫,它们便结为伙伴、结为夫妻,相互照应,共同生活在这个小区里。在老家农村,人们称呼猫为男猫女猫,可见人们对猫的感情之深。这对猫生活在这个小区里,白天在树林和灌木丛中嬉戏玩耍,晚上躲进阴暗处相依相伴。

如果不是遇见,我也不会注意到它们一家子。这个下雨的傍晚,晚饭后下楼转转,走到门厅里,发现门口站着一只黑色的猫,两眼发亮、面部惊悚,盯着我看。正在纳闷,以为它要到门厅避雨,忽然听到角落里别人放着撑开的雨伞后有猫崽的叫声,才知道是猫妈妈担心着她的孩子。透过门厅玻璃,看到外面雨中还有两只猫崽,被雨淋得乱叫,似是喊着妈妈。一只黄花公猫护着它们。黑猫看到我站在这儿，既担心门厅里的孩子，又心疼外面淋雨的两只小猫，急得转来转去，时而盯着我看，时而看看雨中的孩子。门厅内离开妈妈的小猫也到处乱躲，唯恐被我捉住。母亲爱护孩子和孩子依偎妈妈的本能由此可见。

　　灯光里，雨影中，公猫焦急地守着乱跑乱叫的小猫。雨越来越大，夜越来越黑，最后母猫和公猫放弃了门厅里的幼猫，叼起外面的两个孩子消失在雨中、消失在黑暗中。

中国现代早期乡土小说的悲剧意蕴

内容摘要

追寻中国现代早期乡土小说的终极意义，它既是五四新文化运动在文学上的践行，也是中西文化冲撞而产生的理性选择。中国现代乡土小说从一开始便具有浓郁的悲剧意义。鲁迅作为新文化运动的主将，作为乡土小说的开山鼻祖，既写出了第一篇表达民族悲剧意识的乡土小说，又对乡土小说的理论建构做出了贡献。解读早期乡土小说，能体悟到小说所蕴含的文化意义，能体味到作品所发露的悲剧意蕴。该论文从五个层面阐述中国现代早期乡土小说所表达的悲剧意义及其发展流程。

第一章 中国现代早期乡土小说悲剧主题的书写

分析早期乡土小说产生的历史背景，观照乡土小说理论的发展与建构，可以看出周作人、鲁迅、茅盾等人所做的贡献以及他们对后人的影响。无论是20世纪三四十年代的沙汀、路翎及解放区的赵树理，还是新中国成立初期的孙犁和20世纪五六十年代的刘绍棠等乡土小说作家，都继承和发展了鲁迅、茅盾等人的乡土小说理论及创作思想。五四时期乡土小说的旨归是呼唤初民时期的悲剧精神。论文介绍了中国传统悲剧和西方悲剧的冲撞与融合以及它们对早期乡土小说创作的影响。

第二章 早期乡土小说悲剧精神的整体诉求

作为中国现代文学之父，鲁迅既受中国古典文学的影响，又受西方先进文化的浸熏，形成了自己独特的悲剧观，并运用这种悲剧思维写出了《阿Q

正传》《药》《故乡》《祝福》等乡土小说。在鲁迅的感召下,第一批乡土小说作家开始反思批判传统落后的乡村文化,并把这种文化悲剧体现在小说创作中。本章具体分析了初民时期悲剧精神在社会发展中淡化和消弭的原因,着力突出了五四新文化运动在民族悲剧意识的产生和复归中的意义。

第三章 悲剧精神与民族意识在早期乡土小说中的物化

现代早期乡土小说在其发展过程中产生了表现同一悲剧精神的不同话语,因之出现了写实主义乡土小说和田园派乡土小说。作为乡土小说的开山祖,鲁迅创作乡土小说时便自觉创造了两套话语系统,影响了两类乡土小说的创作。乡土写实派作家带着悲愤和忧郁的文化心理描写农村的凋敝和落后、习俗的冷酷与野蛮、农民的麻木及愚昧。他们试图用小说中的悲剧景象启迪国民觉醒。论文选取了不同地区不同作家的不同作品进行个案分析,凸现其乡土小说中的命运悲剧、爱情悲剧、性格悲剧和心理悲剧。田园抒情派乡土小说多从"人性美"的角度来弥合下层人们的悲剧。冯文炳和沈从文是田园派乡土小说的代表作家,他们都着力描写人的内在精神悲剧。沈从文用中国文化书写了尼采所弘扬的"酒神精神",用人的原始本性中的"美"与"力"呼唤民族悲剧精神。

第四章 台湾早期乡土小说的悲剧意蕴

台湾是中国领土不可分割的一部分,台湾乡土小说的产生与发展和大陆一脉相承。台湾早期乡土小说同样具有静态文化悲剧和动态文化悲剧的特质。赖和是台湾的鲁迅,在他的影响和带领下,台湾第一批乡土小说作家创作出了反映封建制度和日本殖民统治下台湾人民的生活悲剧作品,也创作出了体现台湾人民保护民族尊严、追求民主自由的悲剧精神的乡土小说。

第五章 早期乡土小说悲剧意蕴的剩余话语

中国早期乡土小说作家从农村这个特定的视角多层次描写中国古老乡村的悲剧,为以后乡土小说的发展定下了基调。到了20世纪30年代,开始涌现乡土小说作家群体。这些作家秉承了20年代乡土小说作家的创作思维,依旧用农民的各种悲剧呼唤国民的斗争精神。在四五十年代和60年代,乡土小说中的悲剧话语逐渐减少,乡土小说开始走向低迷。只有到了70年代后的新时期,乡土小说才重新走进文学殿堂。乡土小说又一次负载了表达人们悲剧意识与悲剧精神的话语功能。

引言

当19世纪英帝国主义用坚船利炮轰开中国大门时，中国2000多年封建社会所建构的王权、族权、神权等上层建筑遭到撞击与解构。于是出现了中西文化的冲撞，现代文化与传统文化的冲撞。于是，改革者与保守者，压迫者与被压迫者之间的矛盾日趋尖锐。中国从此开始走进了悲剧时代。

中国自古是农业国，自给自足的经济特征决定了"乡土中国"的内涵。"五四"前的中国在西方资本主义侵略过程中变成了半封建、半殖民地社会。两次鸦片战争、甲午战争，割地赔款、八国联军瓜分中华大地等一系列社会悲剧把闭关自守的中华民族驱入了沉重灾难中。为了国人的生存，为了国家的富强，近代先觉们和有良知的知识分子开始寻求救国之路。从"戊戌变法"到"辛亥革命"，从"戊戌六君子"的惨遭屠戮到"辛亥革命烈士"的血流成河，都寓示出中国社会悲剧的开始与衍进，这是五四新文化运动的历史背景。由于当时的知识分子已开始自觉接受西方文化思潮，"民主"与"科学"跨越了个人与政治偏见而融入中国现代文化思想。于是，在文学界便产生了"诗界革命""小说界革命"。梁启超的《论小说与群治之关系》就是在这一背景下出现的。也正是"民主"与"科学"观念的进一步深入扩展引发了最富时代意义的五四新文化运动。五四时期产生的乡土小说自然成了新文化运动反帝、反封建的"载体"。早期乡土作家以全新的目光回眸旧日的乡村生活，从自己熟悉的乡村生活出发，向人们铺开了农村种种悲剧的画卷。

"五四"新文化运动最大的贡献在于它极大地振奋了被深深奴化的民族精神，促成了民族悲剧性抗争精神的再一次迸发。在广阔的社会产生了冲击波，唤醒了沉睡中的国民的心灵。在早期乡土小说作家悲剧思维里，既有传统悲剧的影响，又有西方悲剧的质素；既有对农民的人道主义同情，又有对国民劣根性的批判。现代早期乡土小说的悲剧主题，一方面极力展示发生在农民身上的各种悲剧，以此来引起人们的同情与怜悯；另一方面表现了觉醒的国民积极主动的抗争精神。随着乡土小说的进一步发展，出现了以现实主义为其指导思想的乡土写实派和以浪漫主义为指导的田园抒情小说。透过两类小说的浅层表达，我们可以看出隐在民族文化心理底层的悲剧精神以及民族审美心理的变化。五四时期乡土小说丰富完善了中国乡土小说悲剧创作的理论和技巧，为中国乡土小说的悲剧创作确定了方向。

作为中国文化的一部分，台湾乡土小说的产生与发展和五四运动是分不开的，五四新文化运动的内在诉求也是台湾乡土小说的主流话语。"但是，从两岸的创作群体和创作实绩来看，民族精神所构成的共同创作母体——苦难的现实和现实的苦难——促成了两岸现实主义创造精神的不断高涨。"[1]台湾乡土小说首先表现的也是潜于人民心理底层的民族悲剧精神和悲剧意识的复返。赖和被称为"台湾的鲁迅"，他写出了台湾第一部反映平民悲剧的乡土小说，他也领出了第一批台湾乡土小说作家。于是台湾人民的悲剧精神有了代言人，乡土小说悲剧艺术的流程有了记录者与呐喊者。这使台湾乡土小说的发展走向了中华文化的终极。

第一章　古老命题的再阐释
——中国现代早期乡土小说悲剧主题的书写

第一节　中国现代乡土小说的滥觞与走向

20世纪的中国经历了民族大解放、大觉醒，20世纪的中国更成了中西文化碰撞的场所。正因为民族的觉醒，因着西方文化的影响，才产生了改变中国命运、促使中国走向现代化进程的五四新文化运动。任何社会的进步，都有着特定的历史前提和文化背景。1840年鸦片战争的爆发标示着中国已远远落在了世界后面，中华民族及中国传统文化已面临着危机。从全人类、全世界的发展中可以看到，古老的中华民族面临即将被淘汰的危险。五四新文化运动是中国文化的一次重大的现代化运动，它是西方进步文化思想对古老中华的一次冲撞，也是中国觉醒了的知识分子改造中国文化以企改造国民性和促使中国走向世界的大行动。西方异质文化最先在中国相对发达的城市传播，最先由知识分子所接受。而偏远暗陬的农村依然为封建宗法制度所笼罩，占中国人口大多数的农民依然生活在愚昧和落后之中。旨在改造国民性、重塑民族魂的五四新文化运动在吹响前进的号角后自然要向这"荒原"进军，这应该是早期乡土小说产生的历史背景。"风行一时的严译《天演论》把人们从现实生活中感受到的民族危机感提到科学理论的高度，中国知识分子对民族命运的思考从此获得了一个新的视角：从全人类，全世界的历史发展中看到了古老的中华民族被淘汰的危险，从而产生了变革的历史要求。"[2]这一现代思想启蒙引发了新文化运动，引起了文学革命，催生了新的文学观、新的小说观。作家的笔触从此伸向了农村,开始描写各地乡间村镇下层人的生活,乡土小说的实际意义由此开始。

现代早期乡土小说是在近代资产阶级思想启蒙下,在五四新文化运动中孕育而成的。梁启超在《论小说与群治之关系》中提出:"欲新一国之民,不可不先新一国之小说。故欲新道德,必新小说;欲新宗教,必新小说;欲新政治,必新小说;欲新风俗,必新小说;欲新学艺,必新小说;乃至欲新人心,欲新人格,必新小说。"[3]结合当时的文学创作,我们不能不说梁启超的基本思想指导或影响了早期乡土小说的创作,同时这段话也涵盖了日后乡土小说的主要旨归。

谈到对乡土小说的界定,人们总会想到鲁迅先生1935年给《中国新文学大系·小说二集》作序时的一段话:"蹇先艾叙述过贵州,裴文中关心着榆关,凡在北京用笔写出他的胸臆来的人们,无论他自称为主观或客观,其实往往是乡土文学,从北京这方面来说,则是侨寓文学的作者。但这又非如勃兰兑斯(G.Brands)所说的'侨民文学',侨寓的只是作者自己,却不是这作者所写的文章,因此也只见隐现着乡愁,很难有异域情调来开拓读者的心胸,或者炫耀他的眼界。许钦文自命他的第一本短篇小说集为《故乡》,也就是在不知不觉中自招为乡土文学的作者,不过在还未开手写乡土文学之前,他却已被故乡所放逐,生活驱逐他到异地去了。"[4]在这段话中,鲁迅主要阐明了乡土文学的特征,其用意是在鼓励、启迪作家们写出揭露黑暗农村一隅的作品,也是对此前乡土文学理论的印证。然而,"乡土文学"的名词出自鲁迅,但乡土文学理论的早期建构及文学创作的实践在"五四"前后。应该说,对于乡土文学的厘定最早由周作人提出。他对乡土小说提出了这样的理论:"风土与住民有密切的关系,大家都是知道的:所以各国文学各有特色,就是一国之中也可以因了地域显出一种不同的风格。譬如法国南部普洛凡斯的文人作品,与北法兰西便有不同。在中国广大的国土更是如此。"[5]他大力提倡文学"须得跳到地面上来,把土气息、泥滋味透过了他的脉搏,表现在文字上,这才是真正的思想与艺术"[6]。另外,由于受进化论及西方自然科学理论的影响,他提出了人的解放,人的灵与肉的同一,个体的人与群体的人的同一等"人学"理论。五四时期是平民精神高扬的时代,而周作人正是推进平民化的急先锋。他的目光关注"世间普通男女的悲欢成败"[7]。他说:"中国的生机还未灭净,就只在这一班'四等平民'中间。"这也是他何以高呼以乡土艺术重塑国民性的质素之一。

在乡土文学理论建设中，茅盾也主张"为人生"的乡土文学观。他特别强调乡土小说的"地方特色"。"地方色就是地方底特色，一处有一处底性格，即个性。"[8]到20世纪30年代中期界定乡土文学时，茅盾先生既认同了鲁迅提出的乡土文学观点，同时又有了进一步的发展，给乡土文学的创作提出了标准性的理论概括。他说："关于'乡土文学'，我以为单有了特殊的风土人性的描写，只不过像看一幅异域图画，虽能引起我们的惊异，然而给我们的，只是好奇心的餍足。因此在特殊的风土人情而外，应当还有普遍性的与我们共同的对于运命的挣扎。一个只具有游历家的眼光的作者，往往只能给我们前者；必须是一个具有一定的世界观与人生观的作者方能把后者作为主要的一点而给予了我们。"[9]

鲁迅与茅盾的乡土小说理论指明了"乡土小说"的发展方向——以揭示农民精神之痛、生活之苦，以唤醒沉睡的国民起来抗击封建统治为航标的现实主义创作道路。以质朴的笔触去写广阔的乡土大地及它的儿女，去揭示这些朴素儿女的生与死、悲与欢，去描写他们畸形的生命方式，批判他们心灵的精神垢点。这无疑是对近代启蒙主义文学的一种自觉的历史承接。在以上乡土小说理论指导下的文学创作，绘制了一幅幅具有地方特色、异域情调的中国乡村图画：时下的大众生命形态结构是扭曲、脆弱的，他们的生活方式是简陋、枯燥和野蛮的，他们的精神是愚昧和麻木的。而所有这些，也为中国乡土小说后来的发展定下了基调。不管是20世纪三四十年代的沙汀、路翎，还是解放区的农民作家赵树理，都是沿着现实主义的乡土小说理论来进行创作的。新中国成立初期的孙犁和20世纪五六十年代的乡土小说作家刘绍棠也仍然坚持着鲁迅、茅盾等人的乡土小说理论。诚如刘绍棠自己所指出的："我从自己的乡土文学创作实践中，得出了自己对乡土文学的认识，即：坚持文学的党性原则和社会主义性质，坚持现实主义，继承和发展民族风格，保持和发扬强烈得中国气派和浓郁的地方特色，描写农村的风土人情与农民的历史和时代的命运。"[10]

需要指出的是，台湾作为中国领土的一部分，和大陆有着同一文化命脉。《马关条约》把台湾割让给日本后，台湾人民便处在了日本殖民统治和封建思想的双重压迫之下。这也给台湾乡土文学印上了民族文学的痕迹。台湾新文化运动也因此负起了双重任务。"导源于五四运动的台湾新文化运动，是以反日爱国意识和文化革新意识双轨并行的。"[11]台湾乡土小说诞生于日据时期。当时最突出的矛盾是传统文化与日本异质文化的对抗，殖民化与反殖民化之间的斗争。由于大陆五四运动的感召和中国知识分子本身具有的忧国忧民精神,许多知识分子投入了实际的抗日救国运动,因而产生了台湾民族化的文学,也催生了台湾早期乡土小说。台湾乡土小说一诞生,就直对殖民主义和封建主义。铲除、摆脱日本殖民统治的斗争是台湾乡土小说的主题。"社会历史背景造就了早期乡土小说的鲜明特征:它是直面现实、寄托血泪的,它是关怀乡土、争取解放的,它是追求全体民众的意愿而非抒发小知识分子的一人之痛的。因此,它主要以思想和内容取胜,而非达到开阔奇妙的乡土小说艺术的境界。"[12] 由于特殊的地理、历史、文化环境,台湾乡土小说的起源晚于大陆乡土小说。因而,台湾早期乡土小说理论缺乏系统性。但赖和、杨逵、杨守愚等第一代乡土小说作家的作品凸显了其创作原则,和大陆乡土小说有同工异曲之妙。分析比较两岸早期乡土小说,我们会发现两岸乡土小说同出一源,殊途同归,都是在中华传统文化的基础上建设新文化,摆脱封建思想的毒害,摆脱外国殖民统治。在乡土小说的内容上,都展示了封建思想和殖民统治酿制的人民的生活悲剧,都体现了中华民族勇于反抗斗争的悲剧精神。

第二节　五四时期乡土小说悲剧意识的体认

"五四"前后的中国处于多变之中。西方的"民主"与"科学"启迪了一代知识分子,启蒙了第一代乡土小说作家。他们的宗旨是用"科学"和"民主"解放人的思想,鼓励他们去反抗、去斗争。他们在呼唤人类所共有的初民时期悲剧意识的复归,追寻"力"的悲剧精神。

谈到早期乡土小说中的悲剧意蕴,我们不能绕过时下"悲剧""悲剧主题""悲剧精神""悲剧意识""悲剧性"等几个平行概念在乡土小说中的隐现。我们在这里谈到的悲剧是美学意义上的悲剧,是讲早期乡土小说中所蕴含的悲剧精神。"悲剧最早是指产生在古希腊的一种戏剧形式,到了中世纪,这个概念被打破了初始的严格含义,作为一种审美意识或美学范畴,它以自身特有的魅力步入了非戏剧作品的广阔领域。当今艺术界所说的悲剧应该不外这两种含义:一是作为戏剧样式的一种,一是作为一种审美意识。"[13] 在这里我们取审美特征的悲剧内涵来观照早期乡土小说。"悲剧反映的是现实悲剧性。悲剧性是悲剧中最核心的内容,它使悲剧具有最激动人心的最具持久性、含有最深的文化意义的力量。悲剧性又是超越悲剧的,它也可以表现在其他艺术形式里面……各种艺术都可以表现现实的悲剧性。"[14] 这说明早期乡土小说作为表现现实悲剧性的文学形式一定反映了五四时期人们所具有的悲剧精神。而悲剧精神是悲剧主体遭遇到苦难、毁灭时所表现出来的求生欲望、旺盛的生命力的最后迸发及其不屈不挠的抗争意志。也指为了一种人生正义而顽强拼搏，明知不可为而为之的行动意志。

在谈论悲剧时，我们还会面临着中西悲剧内涵的异同问题。一代宗师王国维最先把西方悲剧学说引进中国，他用西方人的眼睛审视中国的"悲剧作品"，进而否认中国戏剧史上的大部分作品的"悲剧性"。"吾国人之精神，世间的也，乐天的也。故代表其精神之戏曲小说无往而不著此乐天之色彩。始于悲者终于欢，始于离者终于合，始于困者终于亨。非是而欲餍阅者之心，难矣。"[15]朱光潜则说："戏剧在中国几乎是喜剧的同义词。"[16]因为地理环境、文化背景之不同，要用西方悲剧公式去求证中国悲剧可能是缘木求鱼。但如果我们追溯到先民时期，从人类的起源观照，便能察觉到人类共有的悲剧性。人类在生存中遇到自然的挑战，人们与自然斗争的武器是生存本能加知识加信仰。这种斗争的精神是超理性的。这就产生了人类的悲剧性。读一读东西方先民时期的故事，我们便能找到双方的共同之处了。从希腊悲剧故事来看，它反映的是神祇、传说英雄的受难故事。早期的《酒神颂》就是讲酒神狄奥尼索斯在尘世所遭受的痛苦。埃斯库罗斯的《被缚的普罗米修斯》叙述了普罗米修斯因盗天火救人类，触怒宙斯而被锁在高加索山上，忍受风吹日晒苍鹰叮啄之苦。索福克勒斯的力作《俄狄浦斯王》描写俄狄浦斯企图与命运抗争，但最终被命运捉弄而杀父娶母……这是希腊人对现实认真思考的结果。而中华民族的神话与传说也在述说着同样的故事：

洪水滔天，鲧窃帝之息壤以湮洪水，不待帝命，帝令祝融杀鲧于羽郊。鲧复生禹。帝乃命禹卒布土以定九州。

刑天与帝争神，帝断其首，葬之常羊之山。乃以乳为目，以脐为口，操干戚以舞。[17]

这些东西方神话传说都是该民族早期民族悲剧精神的体现，都表现着该民族强烈的生存欲望和同自然界暴力搏击的顽强抗争精神，以及对死亡的超越意识。因此可以说，人的生命本质就具有悲剧性。这种悲剧性表现为人类以有限的生命去超越无限，以个体生命的偶然同死亡的必然性抗争，并且始终不懈。人类这种明知不可为而为之的基本精神使人类在不断抗争中获得了自由。这也体现了悲剧精神的第一要义。

人类这种共同的悲剧性随着人们征服改造自然能力的增加逐步趋向理性化。由于人类社会发展过程中出现了宗教、哲学等意识形态，悲剧意识在不同地区、不同国家便有了不同的发展形态。中国在儒、道、佛等宗教文化浸熏下形成了中国古典悲剧特征，而西方国家则在追求科学、张扬个性的氛围中产生了以希腊悲剧故事为题材的悲剧。虽然中国古典悲剧在封建思想桎梏下其悲剧精神日渐淡化，但到了五四新文化运动时期，原始人类共有的这种悲剧精神受到召唤，得以复归。

五四新文化运动是中国历史上第一次声势浩大的思想解放运动，它极大地振奋了业已被深深奴化了的软弱的民族精神，它促成了民族悲剧抗争精神在更高层次上再一次迸发，并且在广大的农村产生了强大的冲击波，震撼了沉睡中的中国国民的心灵。《狂人日记》《阿Q正传》等小说中的主人公身上都映射出这种悲剧精神的影子。

对于五四时期乡土小说悲剧精神的文本解读后面详述。在这里，我们继续分析西方悲剧和中国古典悲剧对早期现代乡土小说的影响。说到西方悲剧的定义，人们都会想起亚里士多德的理论："悲剧是对于一个严肃、完整、有一定长度的行动的模仿；它的媒介是语言，具有各种悦耳之音，分别在剧的各部分使用；模仿方式是借人物的动作表达，而不是采用叙述法，借引起怜悯与恐惧来使这种情感得到陶冶（又译净化）。"[18] 后来西方悲剧学说的发展都以此为源头。当人们把悲剧概念发展开来引申到美学范畴时，仍以亚里士多德的悲剧思想为指导。单从"悲剧"这一文学形式的理论建构来说就有文艺复兴时期、古典主义时期、欧洲启蒙运动时期、德国古典悲剧学说、唯意志论的悲剧学说、马克思恩格斯悲剧学说等。而这些西方悲剧思想在很大程度上影响了最早接触西方文化的中国知识分子。王国维、胡适等把西方悲剧理论引入中国，新文学的启蒙者鲁迅不但接受尼采悲剧学说，而且还把这些理论融入作品中，提倡用尼采式的悲剧精神打破旧的文化"铁笼"。早期乡土小说作家更多的是鲁迅小说的模仿者，他们的乡土小说的主题是唤醒民众，唤回消弭的民族抗争精神。鲁迅、周作人等当年受尼采哲学的影响，因此其作品中充盈着尼采的酒神精神。在尼采看来，酒神精神更契合古希腊文化的本质，因而也最能体现悲剧精神。"对生命的肯定，甚至对它最奇妙、最困难问题的肯定：在其致力于追求最高形态的过程中，对其生命力之无穷无尽而感到欢欣的生命意志——这就是我所说的狄奥尼索斯情态，这就是我所指的达到悲剧诗人心理状态的桥梁。"[19] 正是这种迷狂的反叛旧世界的狄奥尼索斯情态影响鲁迅写出了《狂人日记》，并使后来有了弘扬斗争精神的乡土写实小说。需要强调的是，亚里士多德的悲剧理论后来被博克解读为两个命题："一、我们对受难者的同情产生观看痛苦场面的快感。二、观看痛苦场面的快感加深我们对受难者的同情。在博克看来，情景愈悲惨，所需同情愈大。于是体验到的快感也愈强烈。"[20] 也正是在这种悲剧理论的影响下，早期乡土作家用了直陈手法，充分展示封建统治和殖民统治下人们的生活悲剧，以引起人们的同情与怜悯，并由此而觉醒。这类作品再现了乡村悲剧的图景，我们暂称它为静态悲剧。塞先艾的《水葬》、许钦文的《石宕》、许杰的《惨雾》等都是以惨绝人寰的风俗画展示人们的悲惨遭遇。在这里，作者试图让人们从痛苦的审美快感中加深对受难者的同情与怜悯。在这方面，台湾乡土小说也具有同样的悲剧内涵。

现代早期乡土小说在吸取西方悲剧理论的同时，也对中国古典悲剧理论进行了继承与吸收。王国维在引进西方悲剧理论考察中国古典文学作品后说，元杂剧中"最具悲剧之性质者，则如关汉卿之《窦娥冤》，纪君祥之《赵氏孤儿》。剧中虽有恶人交构其间，而其蹈汤赴火者，仍出于主人公之意志，即列之于世界大悲剧中，亦无愧色也"[21]。这实际上是在肯定窦娥、公孙杵臼、程婴等人赴汤蹈火之意志，并肯定了这种具有崇高人格力量的意志——即悲剧精神。现代早期乡土小说超越了小说故事情节的中和性。打破了传统小说的"大团圆"结局，使小说一悲到底。这表明，在西方悲剧理论的影响下，五四时期的文学先驱们开始反思、审视、批评中国古典悲剧的不足，呼吁写出新时代的悲剧。

第二章　宏伟造像之诞生
——早期乡土小说悲剧精神的整体诉求

第一节　鲁迅悲剧思想的确立与文学的自觉

鲁迅是20世纪世界文化巨人之一。他深受中国古典文学的浸熏，同时又受西方先进文化的影响，并汲取了尼采的悲剧哲学，形成了自己独特的悲剧观。尼采认为，宇宙的原始意志，作为生命力的实体，充满着超个人、超主体的不可摧毁的力量，而个人客观化的意志则是受实体永恒力量支配的个体现象。个体只有在不断的变化乃至毁灭中才能不断获得新的生命力。悲剧的实质正是体现了个体现象，因为个体现象作为人的客观化的意志是人生痛苦和罪恶的根源，个体毁灭了，而本体则是永恒的，归根结底是美的。悲剧的美感正是来源于对个体超越的不断实现，从而获得充盈的、完满的新的生命形式。鲁迅早期悲剧观及作品都体现了这一点。《狂人日记》中的狂人虽非尼采的超人，但狂人的话语和行动无不透射出一种"上帝死了"的悲剧意识以及狂放的酒神精神。当人们谈论鲁迅悲剧思想时，都把他在1924年写的一篇杂文《再论雷峰塔的倒掉》中的话"悲剧是将有价值的东西撕破给人看"作为标准。其实这句话隐现着鲁迅的悲剧思想。"有价值的东西"应该与亚氏悲剧理论中的"严肃""崇高""正义"相一致。而毁灭则会引起人们的同情、恐惧与怜悯。作为乡土小说的被模仿者，鲁迅融汇中西、博采众长，形成了有历史性突破的悲剧观：一、反对"大团圆"主义的悲剧结局，发展了符合新的人生观的悲剧。鲁迅沉痛于民族的落后、保守，沉痛于人的粉饰痛的缺陷。他认为历史或现世的穷苦灾难还不足以叫人悲痛，而在灾难、耻辱中依然美化现实才是更大的悲剧。因此，他坚决摈弃小说中"大团圆"的结局。二、发掘出极平常人、极平常事所蕴含的悲剧精神。这些人和事并非悲剧英雄的不凡之举，但它能使人因严肃地思考问题而坐卧不安。鲁迅乡土小说中的悲剧美感并不是因为人物形象是否具有反抗精神，而是由于代表正义、美的精神力量的"有价值的毁灭"。在《药》中，夏瑜的悲剧被极力淡化，但读过《药》的人都被夏瑜的悲剧所吸引，都会去思考他的悲剧原因。三、对中西悲剧理论进行融合，开创"为人生"的现实主义悲剧观。他通过让读者对人物命运的关切和对有价值的人生的毁灭的遗憾，通过隐含在作品整体氛围中对传统文化的再估价和对现实的深刻体察，促使读者思索悲剧的真正原因，激发和鼓舞人们改造社会、改造人生的激情与斗志。其实鲁迅所揭示的是中华民族特有的文化悲剧。这种悲剧是中国国民性中固有的东西。正如德国哲学家雅斯贝尔斯所说："悲剧知识乃是不仅产生于外部活动，而且发生在心灵深处的历史运动的最初形态。"[22]鲁迅力图改造国人灵魂的思想只能用这种对悲剧的重笔表达出来。

在其悲剧观主导下，鲁迅写出了中国现代史上最早的乡土小说代表作《阿Q正传》。《阿Q正传》是农民在封建思想戕害下形成的国民性弱点的集中暴露。阿Q的悲剧是当时不觉醒的所有人的悲剧。鲁迅写《阿Q正传》既揭示批判了国民性，又表现了对封建统治者的"憎"和深藏心中的对人民的"爱"。对于《阿Q正传》的悲剧意义，周作人有过这样的评论："《阿

Q正传》是一篇讽刺小说,讽刺小说是理智的文学的一支,是古典的写实的作品。他的主旨是憎,他的精神是负……因此在讽刺里的憎也可以说是爱的一种姿态。摘发一种恶即是扶植相当的一种善;在心正烧的最热,反对明显的邪曲的时候,那时他就最近于融化在那哀怨与恐惧里了——据亚里士多德说,这两者正是悲剧的有净化力的情绪……"[23]鲁迅也说过他写《阿Q正传》并非由于滑稽和嬉戏的态度。仔细研读文本,我们会发现阿Q身上显现着不同的悲剧特征。

阿Q的命运是悲剧命运,他的性格是悲剧性格,他的心理是悲剧心理。生长在悲剧社会的环境里,阿Q身上体现的是中国的民族悲剧。我们不但要看到阿Q的滑稽可笑,而更应看到笑的背后隐现的眼泪和愤怒,应看到笑的背后重大的社会悲剧。从文本中我们知道,阿Q是一个被剥削的农村无产者,在冷酷无情的封建社会,他没有任何地位,甚至没有人们应该有的基本生存权利。人们记得他,只是因为他是"会说话的牛马"。这样的经济地位决定了阿Q会产生革命的思想,至少会向往和跟从能给他带来好处的革命,或神往那种能使统治者担心害怕的"革命"。然而,那时的社会背景是辛亥革命失败后的肃杀的"荒原"。辛亥革命的弱点就在于它是资产阶级和小资产阶级领导的,并没有经过农村的变革,没有发挥农民的作用,因此,阿Q般的自发的革命热情并未得到发挥提高。相反的,它却受到像赵秀才这些代表封建势力的假革命者的排斥,而同阿Q一样的人糊里糊涂地成了牺牲品。无论怎样"瞒与骗"(就是有革命的思想与行动),无论怎样发挥"精神胜利法",阿Q的命运都是辛亥革命的祭品。

当我们把视点投在他的典型性格上时,会发现阿Q的性格是典型的悲剧性格。阿Q是一无所有的被剥削者。封建统治的压榨与剥削,使阿Q从物质到精神都陷入万难忍受的绝境。然而,他用来斗争的武器是精神胜利法。阿Q的悲剧在于精神胜利法足以毁灭他的抗争意志和求生愿望,而他却坚信这是他改变命运和维系生存的主要法宝。阿Q是旧中国农民的代表,他代表了当时民族的、阶级的性格特征。阿Q生活在中国沦为半殖民地、半封建社会的时期,帝国主义带来的无休止的屈辱与压迫造成封建统治者的失败心理,而农民则承担了全部的民族压迫和阶级压迫的痛苦。这种痛苦会产生两种景况:一是农民起义,一是精神之麻木。"至于百姓,却就默默地生长、萎黄、枯死了,像压在大石底下的草一样。"[24]阿Q在封建主义残酷剥削下,在未庄的具体环境里,物质上一无所有,失掉了土地,也失掉了健康;精神方面,

受到封建思想的熏染与毒害，有着畸形发展和麻木状态。阿Q一样的农民，不仅地主老爷摧残他，麻木的看客们也把他看作无足轻重的开心的丑角。面对这一现实，阿Q是无力反抗的，他的身心需求得不到一点满足，为了活下去，只好用独特的方式——精神胜利法来维系自己的精神。在当时，这种悲剧性格普遍存在，因而形成了"想做奴隶而不得"和"暂时做稳了奴隶"的国民性的"画像"。阿Q精神胜利的性格有着民族的烙印，就在到了临刑的场面时，他还"无师自通"地说了半句"过了二十年又是一个……"。虽然他的最后一次精神胜利法的表现是那样悲怆、那样沉重，但我们已笑不出来了。这有力地说明了鲁迅对阿Q不是冷酷无情或深恶痛绝的，而是用自己独特的悲剧观来进行含蓄深远的艺术创造。

"弗洛伊德把哈姆雷特看作是歇斯底里症的患者，其实就是把他看成悲剧中的精神变态者。当然，作为精神变态者，他必定是要经历精神上的痛苦或磨难，而这种痛苦或磨难总是与某种具体的环境有关（反之，快乐和幸福的情形也是如此）。换言之，精神变态者也是形成于一定的环境和条件。"[25]一无所有的阿Q几乎没有了生存的权利，作为人应有的生理和心理欲望被湮没殆尽，也因之形成了阿Q的心理悲剧。仔细研读《阿Q正传》，可以看出阿Q即使怎样麻木，也绝不是一个没有思想、没有欲望追求与发泄的"非人类"动物，绝不是一个训良的奴隶。他在赵太爷家做短工时去向吴妈求爱。"他五六年前，曾在戏台下的人丛中拧过一个女人的大腿，但因为隔一层裤，所以此后并不飘飘然，——而小尼姑并不然，这也足见异端之可恶。'女……'阿Q想。"[26]阿Q恋爱的悲剧实际上是他性追求的失败，由此而造成他心理压抑、精神变态。分析阿Q的心理流程，他并不完全是一个思想麻木之人，他对他的生活地位经常愤愤不平：对赵太爷只是怕，并不格外恭奉。尤其"革命"时期，赵太爷迎着他怯怯地叫"老Q"，他却是歪头不理会；假洋鬼子是他最厌恶的人，而且除了怕，看见他"一定在肚子里暗暗咒骂"；挨饿时，敢于跳过静修庵的墙偷萝卜；丧失生路时，敢于进城"干勾当"。然而，这些不自觉的心理外露并不能形成真正的反抗，只能给心灵带来一次又一次的创伤，酿成一次次心理悲剧。读者在读《阿Q正传》时，会渐渐收起笑容，越到后来，心情越沉重，越来越感到作品的悲剧气氛。《阿Q正传》体现的悲剧观是一种"平凡的"悲剧观，更是历史新阶段的真正意义上的悲剧。鲁迅塑造的悲剧主人公阿Q是掩饰表面的悲剧色彩而抒发心中的真悲。

阅读鲁迅的其他乡土小说，其悲剧理论依稀可见。《药》运用明暗两条线索描述了革命者与平民所演的令人心寒的悲剧。革命者的血被愚昧的群众当作治病的药,病人又死在愚昧里。这是一个可怕的悲剧。而革命者夏瑜的牺牲也是一个令人同情、怜悯和警醒的悲剧。《祝福》《离婚》中的祥林嫂、爱姑则是鲁迅对19世纪末、20世纪初中国农村妇女精神悲剧的深刻洞察和独立思考。从这些乡土小说的悲剧主题中可以洞见鲁迅的"人道主义"文学观和悲剧观,同时也体现了他揭露国民的弱点,改造国民性的主题旨归。在鲁迅的影响和指导下,早期乡土小说蔚然成风,表现农民生活悲剧的作品相继问世。作为乡土小说的被模仿者,鲁迅领出了早期乡土小说创作的队伍。

第二节 现代早期乡土小说悲剧意蕴的文化解读

五四新文化运动是中国文化走上现代化的开始,是对中国文化批判的理性选择。五四运动标示着中国的文化觉醒,标示着西方文化思想包括马克思主义在内对中国传统文化的撞击。这种文化冲撞使启蒙者看到了中国文化滞后、消极的负面背反。这种先进的异质文化首先在中国城市传播,而从乡村流入城市的一批知识青年却因着新文化表现了自我心理上的焦灼、痛苦及各种文化冲突。于是他们开始反顾批判传统、落后、封闭、静止的乡村文化,也因之有了表现乡村悲惨生活、民间风俗,体现乡村文化悲剧的乡土小说。

中国自古是农耕社会。中国农民的生活方式是"日出而作,日入而息"的机械重复。2000多年的封建统治渗透于中国社会的方方面面。审视早期乡土小说的悲剧内涵,更能看到中国的文化悲剧。也正是中国的传统文化反证出早期乡土小说的悲剧意义。"由鲁迅的乡土小说到人生派乡土小说,再到乡土小说流派,我们可以清楚地看到,在民族文化心理(劣根性)的批判中,各个作家因情感差异的程度,或多或少在自己作品中注入了两种情感的冲突,这种冲突往往会使作家陷入一种两难的窘境。正是这种眩惑使得作品更有耐读性。从王鲁彦、王西彦等到台静农、许钦文、彭家煌、蹇先艾、黎锦明、许杰……一大批乡土小说作家,在两种文化冲突的抉择中所表现出的这种尴尬情感,似乎成为一种无可名状的隐性创作主体情结,这种文化失范的表现愈真愈显,应该说对作品所显示的文化意义就愈大。相对地说,其艺术的生命力也就愈恒久。"[27]这实际上是中国传统文化悲剧在作家身上的凸显,是对新文化追寻时所产生的痛楚,作家本身也成为表现乡土小说中文化悲剧的符号。

仔细分析中国文化发展史,我们会发现中国文化是逐渐由"力"的动态文化转向静止文化，逐渐形成了一种"集体无意识"的保守文化。丁帆先生的《中国乡土小说史论》把传统文化界定为静态文化是颇有见地的。正是这种静态文化消弭了中国传统文化中的悲剧精神，这种悲剧精神的弱化本身就是中国的文化悲剧。"就总的情况而论，中华民族是充满悲剧精神的民族，但在漫长的历史进程中这种悲剧精神又不断地呈现出弱化、淡化的总趋势。这种总趋势直到元、明、清时代的戏剧、小说中才开始萌发转折的征兆。五四新文化运动后，民族悲剧精神在各种社会因素的变化及影响下才得以真正焕发光彩。"[28] 早期乡土小说悲剧作品也是在这种大的文化环境下产生的。

中国几千年的封建社会运用改朝换代的方式进行一种社会的自我调节，但这种朝代的变迁，并未使社会的政体结构、伦理习俗、文化心理发生明显的否定性的动态交替，于是漫漫历史长河中积淀下了难以改变的文化厚土——传统。从此，中华民族便负上了更多的因袭上古的文化负担，消解了悲剧精神，酿制了自身的文化悲剧，导致了文学中悲剧的缺席。

我们首先看地理文化对民族悲剧精神的影响。中国初民生活于黄河流域，后来扩展到长江流域。当时黄河流域满是洪水、沼泽，气候恶劣，人们为了生存进行了长期的开拓搏击。这种文化精神催生了《大禹治水》《女娲补天》《精卫填海》《夸父追日》《后羿射日》等颇具悲剧性的神话传说。后来，中华民族向南方、西南方扩展。在使"自然人化"的伟大实践中，逐渐形成了相对稳定的"大国"。及至唐宋时期，中国疆域固定了，生活环境、物质生活条件趋于优化，习俗稳定化、定性化。这种生产环境的相对稳定也减弱了民族的冒险趣味和开拓进取、勇于破坏的悲剧精神。几千年后，也就退化为鲁迅所说的两类人——"想做奴隶而不得"和"做稳了奴隶的人"的心理态势。中国自古以来都是以农业为主，农业生产似乎把人们固定在有限的土地上做年复一年的重复耕作，这是形成民族心理定式的重要原因。中国人对自然及其规律认识很早，这样便缺乏那种破坏和谐的、打破现实平静安稳的激越行为，也造成了中国人安土重迁、执恋故土的情感，削弱了民族的冒险性和进取性。长期延续下来，中国民族性格便有了保守、稳定和安于现状的特征。正是这种农业文化心理机制决定了中华民族悲剧精神的弱化。也正是这种心理结构形成了乡土小说的特征——"地方色彩"。"如同鲁迅剖析阿Q的病态精神发现了'未庄文化'一样，大批乡土小说作家写出了'松村文化'（许钦文《鼻涕阿二》）、'桐村文化'（蹇先艾《水葬》）、'陈四桥道德'（鲁彦《黄金》）、'林家塘规矩'……"[29] 早期乡土小说作家也因了不同的地理文化环境写出了意义深刻的悲剧作品。他们正是通过作品的文化批判呼唤充满"力"的悲剧精神的出现。他们以觉醒的文化批判者去写文化悲剧所造成的下层平民的生活悲剧、命运悲剧、性格悲剧和心理悲剧。

　　五四新文化运动的多元价值中最大的意义在于文化批判。《祝福》中祥林嫂的悲剧是对封建宗法制度血的控诉。此前2000多年的时间里，传统的宗法伦理规范淡化了初民时的民族悲剧精神。虽然中国社会形态几经变革，但早期形成的血缘伦理制度、血亲情感很少受到破坏与否定。"旧时王谢堂前燕"昭示出封建社会家族在人们心理结构中的地位。被王国维称为中国之大悲剧之一的《红楼梦》，也是对反映封建宗法伦理制度的"贾、史、王、薛"四大家族悲剧命运的诉说。考读古希腊的历史，我们会发现古希腊从氏族社会过渡到奴隶社会，血缘关系被移民、战争、奴隶的贩卖等活动摧毁，因而有了奥瑞斯特杀母、美狄亚杀子、俄狄浦斯杀父娶母等故事和艺术悲剧的产生。中国自古以来都是宗族社会血缘等级与社会等级融汇而成绝对君权的等级制度。正是在封建社会大一统伦理规范控制下，中国人才提倡和表彰符合伦理道德的自觉意识，提倡忍让、节制，反对个性张扬，反对人破坏这固定的伦理模式和君主们设计的生活公式。这种文化心理物化到意识形态的艺术表达，自然有了"追求中和之美，欣赏娴静之态"的艺术审美标准。人们一旦形成这种审美心理定式，自然难以欣赏那种冲突激烈尖锐的悲剧，阅读期待中力避那种激扬慷慨、富于个性的抗争行为。

　　中国早期乡土小说在五四文化精神的感召下，用悲剧思维模式对古老乡村文化进行了彻底批判。他们用悲凉的笔调描述宗法制度带给下层人民的痛苦，封建伦理制度所造成的人的心理悲剧。祥林嫂的悲剧是神权、族权和夫权所造成的，她的悲剧是宗法制度下旧社会儿女共同的精神悲剧。王鲁彦的《菊英的出嫁》更反映了封建伦理制度对人心理的戕害。菊英的妈妈认为人死后为鬼照样能像人一样在世间生活，能嫁人生子，繁衍后代，以至于菊英的妈妈花掉家中的所有给女儿操办阴间的婚礼，这是当时人们生活悲剧和心理悲剧的真实写照，是民族文化心理的"集体无意识"。王鲁彦这篇小说既表现了中国民族文化悲剧的根源，又寄寓了自己文化批判的悲愤情怀。早期乡土小说派拥有一个为数不少的作家群，大致有王鲁彦、蹇先艾、许钦文、许杰、台静农、徐玉诺、潘训、王任叔、王思玷、叶圣陶、彭家煌、废名、黎锦明、杨振声等作家。这些作家大都来自中国各地农村，都体察到封建文

化悲剧意识，他们的小说或展现人与社会生存环境的对立，或展现人与人之间的对抗，他们的笔端凝聚着乡村的苦难与黑暗，因而，其作品中都带有较浓厚的悲剧色彩。这种悲剧，不仅仅是指作家们对现实世界的一种艺术态度，也不仅仅是一种美学素质，它形成了早期乡土小说的文化思想内核。早期乡土小说作者是在鲁迅乡土小说影响、启迪下成长起来的，同鲁迅一样，他们也从文化批判角度来描述不同的人文地理环境下平民的生活。既书写了人民在封建思想重压下生活悲剧的轨迹，又表达了改造国民性、呼唤民族悲剧精神、创造新文化的理想诉求。阅读早期乡土小说，可以求得民族文化悲剧的内核。

第三章　走出荒原的神话
——悲剧精神与民族意识在早期乡土小说中的物化

第一节　现代早期乡土小说的分野与其悲剧话语

20世纪20至30年代出现的乡土小说是与当时的社会整体进程分不开的。中国社会进入民主主义革命时期后，城市、农村都发生了剧烈变动，此时的乡土中国已与古代文人笔下描绘的农村社会大相径庭了。这也赋予了乡土小说以特殊的时代特征和命意。时代、社会、传统等大文化与作家个体文化以及思想意识形态相互作用、相互冲突、相互交融，形成了乡土小说作家独特的主体文化。大多数乡土小说作家与生于斯长于斯的乡土社会有着无法分割的血缘关系。当他们内心世界孤独、焦虑、困惑的情绪涌动时，当他们在社会悲剧浸熏下产生民族悲剧意识时，他们很容易将故土作为审美观照的焦点。因为不同的文化地理环境，因着作家不同的文化底蕴、文化主张，他们便写出表现同一悲剧精神的不同话语。因此也就有了写实主义乡土小说悲剧作品和表现内在心理悲剧流程的乡土抒情写意派或"田园派"小说。

"自从1917年文学革命提出以后，新文学与旧文学产生了对立。从时间上说，新文学代表现在和未来，旧文学代表过去，时间上有历时性，有先后时间关系。由于社会上存在着不同的文化层次，这种竞争，使新文学成为高级的探索性文学，旧文学下降为平凡的市民阶层的带商品性文学。这就出现了文化间共时性的层次间隔性。而流派的兴起，又打破了新文学内部相对统一的局面，在新文学这个文化层次上，出现了不同的作家群体间的群体差异性。他们的生活审视态度、艺术追求、人生观念、审美特征和对外国文学的态度，都显出差异。"[30]这种差异性也凸显在早期乡土小说的创作中。这是早期乡土小说悲剧精神表达上二元化的文化素质。

"在一定意义上可以说，中国现代文学是'鲁迅时代'的文学。"[31]根据这个文学公式推理论证早期乡土小说的诞生、发展及其悲剧意识的诉求，我们不能不回到鲁迅身边进行询问。"毫无疑问，在追溯中国乡土小说之源时，几乎所有的现代文学史家都不否认鲁迅小说是其发端。"[32]鲁迅作为乡土小说的启蒙者、被模仿者，其乡土小说的创作及悲剧思想表达在早期就产生了二元化趋势。"鲁迅之所以用'乡土'作为'载体'，从本质上来说，正反映出一个现代智识者充满着背反的矛盾视阈。一方面作为接受了西方文化熏陶的'五四'先驱者，那种改造农业社会国民劣根性的使命感迫使作者从一个更高的哲学文化层次上来藐视他笔下的芸芸众生，驱使他用冷峻尖刻的解剖刀去杀戮那一个个腐朽的灵魂，从而剥开封建文化那层迷人的面纱；另一方面作为一个从小生活在水深火热的农业社区里的与中国农业有着深厚血缘关系的'地之子'，那种对农民哀怜同情的儒者大慈大悲之心又以一种传统的情感方式隐隐表现在他的乡土小说之中，这种'深刻的眷恋'一方面表现出普泛的人道主义精神，另一方面又制约着对封建王权和奴性教育的传统思想更有力的批判。"[33]正是这种理性思考与感情依恋的矛盾文化心理下意识地让鲁迅创作出了中国早期乡土小说的两块模板。首先是鲁迅创作的《故乡》《社戏》为代表的过去时态的田园式小说，此类小说引出废名、许地山等表达作者及普通知识分子内心悲剧意识的抒情乡土小说。

鲁迅在《呐喊自序》中说："我在年轻时也曾经做过许多梦，后来大半忘却了，但自己也并不以为可惜。所谓回忆者，虽说可以使人欢欣，有时也不免使人寂寞，使精神的丝缕还牵着已逝的寂寞的时光，又有什么意味呢，而我偏苦于不能全忘却，这不能全忘的一部分，到现在便成了《呐喊》的来由。"[34]鲁迅的乡土小说大多是忆写故乡的生活的忧伤，静谧之中流露出缕缕悲凉。无论是描写"社会对于苦人的凉薄"的《孔乙己》，还是"留着安特莱夫式的阴冷"的《药》；无论是续写剪辫子引起乡村土场上骚动的《风波》，还是忆写童年时难以忘怀的好戏的《社戏》；无论是叙说单四嫂子和她三岁儿子悲剧的《明天》，还是描述闰土等农民双重悲剧的《故乡》，都带有那种抒情小说的倾向。而这种抒情小说的潜层中又有着中国静态文化悲剧的气息。鲁迅《故乡》的发表，在中国现代乡土小说的兴盛中具有十分重要的意义，作品撩拨起乡土作家们浓浓的乡情乡思，形成了当时文坛上"游

子归乡"的叙事模式,也为早期乡土小说作家乡土文化批判、呼唤悲剧精神开辟了一条道路。《故乡》是写作者故乡的美、故乡的风俗,儿时心中的"伊甸园"。但现实中的故乡却已透出悲剧气息。"时候既然是深冬,渐近故乡时,天气又隐晦了,冷风吹进船舱,呜呜的响,从缝隙向外一望,苍黄的天底下,远近横着几个萧索的荒村,没有一些活气。"(35)之后作者对20年前的故乡、20年前的闰土、20年前的人做了对比式的描写。20年前的故乡未必比现在好,作者是用这种"蒙太奇"的写作方式给自己的精神寻求栖息之地。同时在这种田园诗话中表现着人们的悲剧。闰土的物质、精神的双重悲剧。人与人之间被封建宗法制度凝固为互相隔膜的高墙内的静物。《故乡》中回乡寻觅过去的记忆与情感的主人"我",在被岁月和生活压迫得麻木了的闰土一声"老爷"的称呼中,感到他们之间已经隔了一层可悲的厚障壁了,童年时相处的无拘无束的小英雄闰土消失了。这难道不是悲剧的曲笔描写吗?《故乡》中闰土的悲剧也是被封建思想所扭曲的性格悲剧,闰土20年前是小英雄形象,20年来,也一定有过对生活的努力追求,但20年后只能在香炉和烛台里寻觅人生的希望,寻求精神的寄托和慰藉。

鲁迅乡土小说抒情写意的深层寄寓着寂寞,述说着美的特征以外的悲剧。符合厨川白村的"生命力受到压抑而生的苦闷懊恼乃是文艺的根柢"的学说。因此,他的写意乡土小说抒写寂寞的悲哀。他的寂寞是先驱者的孤军奋战的寂寞,是面对人与人之间隔膜的寂寞,是熔铸了屈原和尼采悲剧精神的寂寞。可以说鲁迅作为乡土小说的被模仿者,也影响引导出一批田园式乡土小说作家,废名、沈从文、许地山等人的早期乡土小说,都有着抒情写意倾向。冯文炳曾说:"《呐喊》是我预约的,如饥似渴的盼望它出版,一出版就去取书,拿到手上就看那一篇'序',非常受其吸引地读下去。"(36)冯健男在《冯文炳选集·编后记》中指出:"鲁迅的创作启迪和滋养了我国现代的一批又一批的作家,其中包括了冯文炳——废名。"冯文炳的前期小说创作首先受到了鲁迅的影响是确凿无疑的。

阅读冯文炳的乡土小说,有一些作品是以作者故乡的生活为题材,来描写故乡古朴悲凉的人生。如以作者"族间的一位姊母"为原型的《浣衣母》,以作者童年生活为素材的《柚子》,描写桃园里父女间舐犊深情的《桃园》,描写河柳畔陈老爹落魄生涯的《河上柳》。前期小说创作代表了废名创作的独特风格和杰出成就。这种以对故乡的回忆为题材的乡土小说,明显地受到了鲁迅作品的启迪和影响。至于后来冯文炳逐渐远离鲁迅,走向了周作人,是因为在创作路上文学观念与世界观的变化。但准确地说他是在周作人的鼓励下，在庄禅哲学的影响下，由前期"鲁迅风"创作归入周作人"言志派"的作家。总的说来，他的小说创作是从鲁迅的路上走来，而步入周作人的园地的。他不能忘却：他曾愿为看护鲁迅的尸首而献身。

在鲁迅人道主义乡土小说作品的影响下，早期乡土小说作家或多或少地驻足于抒情写意乡土小说的创作。分析这些作家作品背后隐藏的价值趋向，则是一种内在悲剧精神的表现形式。当一个知识者生活在顺利的环境之中时，内在价值随外在价值的良性发展得到最大限度的转化、张扬；反之，若社会价值严重受挫或幻灭，致使外价值空缺，导致心理失衡，于是他们会退回心理末位"独善"，以追求精神高位为补偿，临踞一切现象界为心理庇荫，与感性自然达到超感性之至乐。这实际上是一种心理悲剧之外化。田园写意派乡土小说作家均带有这种心理悲剧意识。布拉德曾说："悲剧是精神的一种自我分离和自我耗损，或者是含有冲突和耗损在内的精神的一种分裂。"[37] 20世纪20年代登上文坛的沈从文等作家虽然上承周作人的人生趣味和审美境界，但他们同时也受到鲁迅早期乡土小说作品的影响。我们知道，在中国现代文学史上，周氏兄弟是五四新文化运动中文学理论建树和创作实绩的两面旗帜，当时许多文学青年都受到他们的启迪和影响。在新文化运动初期，周氏兄弟的文学观念、文学主张也是一致的。

作为革命家的鲁迅，作为启蒙者的鲁迅，他不是仅仅把弱国子民的留日学生孤寂忧闷的生活摄入自己的艺术世界，也不是在苦闷和彷徨中着意憧憬美和爱的理想天国，他执着地以浙东故乡的乡镇生活为摹本，努力从故乡人的生存状态和精神世界的描述刻露中对中国传统文化做深刻的批判。在这种乡土文学观念的影响下，王鲁彦、蹇先艾、许钦文、台静农、许杰等一批"乡土文学"作家都把和鲁迅一样的艺术触角伸向农村，形成了一股植根乡野的乡土小说作家群。这些从事乡土小说创作的主要是一些"侨寓作家"。他们大都是"五四"以后成长的新青年，在"劳工神圣"的思想感发下，把与劳工为伍作为崇高的信条，回忆、批判传统、落后的文化，书写发生于农村的种种悲剧。因此，那些在旧中国农村具有普遍性的阿Q的故事、祥林嫂悲剧故事，在王鲁彦、蹇先艾、许钦文等人的笔下演化为骆毛、阿长、鼻涕阿二的故事情节。这些作家的创作都是在对命运的挣扎，都把"为人生""反帝反封建"作为创作的终极目的。鲁迅影响下的乡土写实派作家都有相似的人生经历、文化素养，在同一时代背景下形成了相似的悲剧意识。"五四"以后，文学担负了思想启蒙的重任，小说不可避免地染上了政治功利色彩。鲁迅创设的以《阿Q正传》为代表的叙事话语，成为一种贴近现实、进行思想启蒙的行之有效的模式。这种乡土文学写实话语所追求的不是古典主义美学范畴的悲剧效果，而是从潜在意识里对人的生存本身的发难。乡土小说作家大多从普泛的人道主义精神去观照中国乡土社会的现实，去渲染弥漫于偏僻乡村的悲剧色彩。许杰的《惨雾》、王任叔的《暴风雨下》、台静农的《新坟》等都是鲁迅文学风格映照下的模仿作。"直接师承于鲁迅或受到鲁迅创作间接影响的乡土小说作家占去了这一时期乡土小说作家绝大部分，如王鲁彦、蹇先艾、许钦文、许杰、台静农、黎锦明等，他们的乡土题材小说的创作，在鲁迅创作精神和风格的引导下，主要倾向于现实主义的写实笔法。如鲁迅那样，他们敢于直面惨淡的人生，敢于正视淋漓的鲜血。他们清醒的现实主义创作风格，昭示了乡村的苦难、愚昧、衰败、落后，大胆地写出了农民精神愚黯和苦痛的悲剧，笔调滞涩、重浊、压郁、朴素，其'呐喊'控诉之声有着乡土野村夫式的粗野、暴烈、浑重。"[38]

总之，新文化运动初期，鲁迅创作了两套乡土小说的话语系统，由此引发了乡土小说的肇始：抒情写意乡土小说借"故乡"意象表现内心之焦灼与苦闷，表现潜伏于乡村风格中的文化悲剧。乡土写实小说则以"为人生"为目的，以启蒙为旨归，用悲剧方式表达内心的悲愤与忧郁，描写不同的地域文化环境中的悲剧故事。早期乡土小说的两翼分别以各具特色的表达方式书写出内在与外在的悲剧作品。

第二节 写实派乡土小说作家对悲剧精神的追求与实践

"五四"是一个理性自觉的时代，实际上也是一个悲剧意识自觉的时代。当时，紧随鲁迅步伐的乡土写实派作家对中国古典文学悲剧作品中的"大团圆"进行文化批判，从而对一种新的悲剧观念加以肯定与张扬，以图引起人的彻底的觉悟，使人产生根本的反省。这种带有现代主义的悲剧观念，直接影响了早期的乡土小说创作，使"五四"乡土小说呈现出新的艺术姿态。早期乡土小说作家都是从农村走向城市而又反观农村景象的觉醒者，他们既受西方文化的影响，又深深体验过农村之苦。他们在痛苦焦灼中形成了一种继承传统文化而又超越古典悲剧的悲剧观念。"我们的作家取下假面，真诚地，深入地，大胆地看取人生并写出他们的血和肉来的时候早到了，早就该有一片崭新的文场，早就该有几个凶猛的闯将，以改变传统中文学瞒骗之风，创

造真的新文艺。"〈39〉

研读乡土写实作家的小说,我们会发现其作品里透出了他们悲愤和忧郁的文化心态。这种文化心态制约着他们的悲剧意识和悲剧思维向度,他们的创作里时刻回荡着苍凉、沉郁的音响。许钦文的《石宕》《鼻涕阿二》,蹇先艾的《水葬》《盐巴客》,台静农的《红灯》《拜堂》,黎锦明的《出阁》,许杰的《惨雾》《赌徒吉顺》,彭家煌的《怂恿》《活鬼》,王鲁彦的《菊英的出嫁》《黄金》,潘谟华的《乡心》,王任叔的《疲惫者》,徐玉诺的《祖父的故事》,都将农村的凋敝落后,习俗的冷酷与野蛮,农民的麻木、愚昧等所有造成的悲剧景象展现出来,以启迪国民觉醒,并希望通过恢复先人曾有的悲剧意识来改变这旧的世界。他们发出的是"农村衰败"的悲叹,他们表现的是"隐现着乡愁"的故乡风。与此相联系,他们着力展示着"悲壮的背景"。这种悲愤忧郁的文化心态影响着早期乡土小说创作的悲剧主题,也影响了其创作的美学风格。

当早期乡土小说作家运用文化批判武器考察分析他们曾在其中生活过的乡村社会时,必然会追问构成此社会形态的历史背景、现实因素,以及它的发展流向,并必然会在这种拷问中发露中国传统文化的悲剧内核。但是,由于他们都曾承受过传统文化的浸熏,因此,他们的悲愤和忧患的悲剧意识就很难不再是中国传统的感时忧国、忧于危亡的潜意识承传。屈原是中国传统文化里悲剧精神和悲剧意识最明朗化的代表,他所处的时代和五四时代一样都是悲剧的时代。屈原无论在位或去职,终其一生充满了忧患意识。这种忧患意识从审美领域观照就是一种强烈的悲剧意识。中国现代乡土小说作家的悲剧意识在忧患心态上对传统的容纳,表明中国传统文化对中国现代乡土小说的深层影响,显示出文化心理结构的内在联结,是"五四"文化转型期深层同构的续传。

早期乡土小说对悲剧精神的追求是在五四新文化运动的社会背景下展开的,是一种新的文化观念的确立。在中国20世纪初期,影响最为深广的文化观念是科学和民主。鲁迅认为:"科学者,神圣之光,照世界者也,可以遏末流而生感动。时泰,则为人性之光;时危,则由其灵感,生整理者如加尔诺,生强者强于拿破仑之战将云。"〈40〉马克思主义在中国的广泛传播,也促使"科学"根深蒂固地化为中国现代文化思想之一。在中国现代文化中,"科学"已是一种泛科学概念,它常与愚昧、封建、封闭等对立,而与文明、进步、人性等观念画上等号。科学观念对现代乡土小说悲剧意识有着浓郁的浸润,悲剧意识与科学观念的同构是现代乡土小说作家对科学信奉、尊崇的共识。他们的悲剧意识内涵里最鲜明的拥有科学观念的是进化论思维和反对封建愚昧与呼唤现代文明的悲剧主题。他们以进化思想反传统的"大团圆"观念,王国维、蔡元培、茅盾、胡适、鲁迅都曾对传统文学的"大团圆"观念做过深入剖析和批判。正因如此,他们及后来的乡土小说作家才发现了生活中众多的悲剧事实,创作出没有团圆的悲剧。"五四"乡土小说以大量的篇什,向我们展示了诸如"水葬""冥婚""村仇械斗""典妻""偷汉""鬼节超度"等种种悲剧的"浮世绘"。批判封建传统,呼唤现代文明是现代乡土小说悲剧的一个基本而鲜明的主题。这种悲剧主题有三个层面的含义:一是对农村愚昧乡俗所造成的悲剧的文化批判,批判传统的伪道德,《祝福》《冥婚》《生人妻》《离婚》等作品都对这种悲剧做了深层剖析。二是对积极、美好人生的追求与向往,小说主人公不再是传统文化悲剧的被动者,他们身上开始出现初民时期的民族悲剧精神。吴组缃的《一千八百担》里的平民开始有了为生存而斗争的思想意识。《一千八百担》中所写到的宋氏大家族"八十多房,好几百家",除了把持宋氏庄的柏堂、月斋老以及当区长吃公事饭的绍轩等人外,"品类庞杂"的宋氏子孙,都随着整个社会悲剧走向破产,大部分人家的私田变卖为义庄公田。更悲惨的是那些沦为佃户的贫苦农民以及失业的小职员,社会灾难大都落在他们头上,他们被逼到死亡的边缘。小说结尾出现了大众为了生存起来反抗、抢取粮食的悲壮场面。作品里描写的时代是人吃人的时代,没有指望的时代,破产中的乡村犹如黑夜里的坟墓。这些悲剧性的环境气氛,既有重要的认识意义,又有某种美感移情作用,令人悲冷伤痛,激发奋发图强的心志。三是对丰富活泼的生命力和生命本源的探求。以上是早期乡土写实派小说家的悲剧主题。另外,中国早期乡土小说所表现的悲剧意识具有平民化的特点,悲剧主人公不仅多是普通人、平常人,而且早期乡土小说更倾力于表现个体毁灭的悲剧性。他们不仅令人同情、哀怜,更令人悲愤。所以,狂人、吉顺、骆毛等都以丰富的个性完成各自的平常人悲剧性。

由于时代的变化,中西文化的冲撞弥合,再加上乡土写实作家创作观念的自觉,他们作品所表现的悲剧意识已具有崇高的美学品性和进攻性精神风貌,以显示出"力"的悲剧美学特征。关于五四新文化运动影响下的乡土小说中"力"的凸显,丁帆先生的《中国乡土小说史论》中有专篇进行论述。他把传统文化定义为"静态传统文化",把新文化称为"动态现代文化",

这实际上是在叙述着现代文化思潮的尚力语素。中国古代悲剧多表现为静态的被动的忍从性悲剧，《窦娥冤》中的窦娥被一步步逼至悲剧结局，作品运用静态悲剧故事和最后的浪漫结局引起读者道德情感上的同情与怜悯。中国传统悲剧的美学品位是悲冤、哀怜。清人毛声山阐释传统悲剧的特征时说："文章之妙，不难于令人泣。盖令人笑者，不过能乐人，而令人泣者，实有以动人也。夫动人而至于泣，心非佳人才子，神仙幽怪之文之足乐则甚矣，乐人易，动人难也。"传统悲剧的确表现出"令人泣"的审美感受，但它缺少英勇无畏、积极进取的悲壮，也没有惊天动地、至死不悔的崇高。用西方悲剧或现代悲剧的标准去衡量传统悲剧美学上的向度，会发现有种"力"的缺失。传统悲剧的忍从特征受中国传统文化的影响，如前文所述，中国传统文化曾为人建构了一套合乎伦理的道德、生活和社会规则，人的一切都被程序化、静止化了。这种社会制度消解了人的欲望，消解了冲突与矛盾，也消解了"力"的破坏功能，潜入民族意识，也就消解了初民时期所具有的民族悲剧精神。"五四"前后的文化觉醒便体现了"尚力"思潮。从严复的"鼓民力"、梁启超的"新民说"，到鲁迅的"诗力"、蔡元培的"劳工神圣"都构成了"尚力"的趋向。早期乡土小说作家以悲剧形式直接而丰富地表现了尚力文化思潮内涵。他们把悲剧创作和改造国民性、启蒙国民觉醒联系在一起，悲剧自觉地担负起唤回悲剧精神、改造国民人格和精神的重任，体现了其悲剧内涵中尚力文化的审美表述。

鲁迅是新文化运动的主将，也是乡土小说的始祖。他的乡土小说创作始于1919年，到1922年便写出了《药》《阿Q正传》《风波》《故乡》等作品。作为被模仿者，他引领了诸多乡土小说作家。而这些作家都用不同的笔调写出了各自家乡人的悲剧，表达了同一文化基调下各具地方特色的悲剧思维。"鲁迅的乡土小说启发了许多从农村来的有一定生活经验的爱好文艺的青年，帮助他们开窍，使他们懂得怎样用自己的审美积累。当时出现乡土小说作家，有些是经常与鲁迅接触的青年（如许钦文、台静农），有一些是听鲁迅讲课的学生（如鲁彦、塞先艾），有一些是鲁迅扶植的文学社团的成员（如冯文炳），更多的是仰慕鲁迅的文学爱好者（如王任叔、彭家煌），他们几乎没有哪一个不受鲁迅的影响。"[41] 也许是同一地方文化的缘故，活跃在乡土小说文坛的作家来自浙江的就有王鲁彦、潘训、王任叔、许杰、许钦文。此外有贵州的塞先艾，湖南的彭家煌、黎锦明，四川的罗淑，安徽的台静农、吴组缃，湖北的废名，河南的徐玉诺、师驼。山东的王统照和福建的许地山也曾写出了反映农村生活悲剧的作品。下面仅以主要乡土作家作品的个案为例，论述早期乡土小说作品中的悲剧内涵。

王鲁彦是被公认为"更多的师承鲁迅的笔致风格"的一位作家，是早期乡土小说创作的代表。他的小说风格画色彩浓，悲剧意识明显，所表达的悲剧主题也是浙东地区农民的愚昧、落后所造成的命运悲剧，封建宗法制度所造成的生活悲剧，也是长期封建思想统治所形成的农民自身的性格悲剧。"他的乡土小说之所以有吸引力，是因为他非常准确地表现了'五四'以来反封建的主题，改造愚昧落后的国民劣根性问题。他的小说主题，有许多甚至是对鲁迅思想的诠释，或是鲁迅小说内涵的翻版。"[42]《柚子》是鲁彦早期代表作，小说中的"我"客居在充满悲剧气氛的长沙，当时的长沙战云密布，人们的心灵麻木而变态。主人公"我"和其他人一同于寂寞无聊中去浏阳门外看杀头的"盛举"。但见刀光一闪，人头落地，恰如湖南的柚子一样就地滚动，一样不值几文钱。其小说目的不仅在于描写统治者的荒淫残暴、军阀的草菅人命，更深刻的内涵则在于那批看客在观看杀头时的亢奋情绪，而这正是软刀子割头不觉死的国民劣根性之一，也是鲁迅所批判的看客"意象"的再现。这与《药》里华老栓用革命烈士夏瑜的血来拯救儿子生命的悲剧一样，与阿Q奔赴刑场之前遗憾于圆圈的画不圆一样，都造成读者情感上悲剧效果的体验。

《菊英的出嫁》是表现农民受封建迷信和封建宗法制度毒害所造成的集体无意识的文化悲剧。小说描写浙东农村的一种旧的民俗——"冥婚"，地方色彩浓郁，悲剧意识渗透在奇特的故事情节中。菊英已死了10年，但母亲还惦念她18岁的女儿在阴间有孤独感。她跋山涉水，为菊英物色一个也死去10年的丈夫，并置办金银首饰、绫罗衣被，划出陪嫁的良田，雇用浩大的仪仗队，为他们办了一场体面的婚礼。作品最后给读者的是一种难言的悲哀。作家对小说的悲剧情节有怜悯也有同情，并由此引起人们痛苦心灵的共振。《黄金》标示着鲁彦乡土小说创作的成熟。小说通过如史伯伯家道衰落后一连串的生活悲剧，淋漓尽致地写出了陈四桥这个农村小镇上趋炎附势、世情淡薄的状况，鞭挞了人与人之间那种冷漠的关系，揭示了这一连串生活悲剧的潜在原因。如史伯伯是农村小生产者，原来在陈四桥有一定地位，但自己年老力衰，儿子又小，挑不起家庭经济负担，家道骤然衰落，日常生活难以维系，这使他受到陈四桥人的奚落、嘲弄与欺凌。他们见如史伯伯有了不幸，就幸灾乐祸地把消息传遍全镇。如史伯母去阿彩婶家串门时，阿彩婶认为来求借，不但冷漠地敷衍她，事后还传出许多难听的话。镇上人办喜事，昔日德高望重的如史伯伯，席间竟受到嘲笑和捉弄。为做羹饭，又受到本席人的无理欺侮。连强讨饭的阿水知道他们穷了，也"故意来敲诈"……如史伯伯终于跌入生活的苦难深谷。小说最后如史伯伯做了一个好梦，梦见儿子做了官，而且汇款来了，那些欺侮、嘲弄他的人都跪在他前面磕头。小说既反映了人的生活悲剧，也反映了如史伯伯的心理悲剧。鲁彦小说中的悲剧主题给人以悲剧体验，带来"净化"与"愉悦"的效果。悲剧的效果不仅仅是痛苦，更重要的是读者在阅读体验痛苦中得到许多超越痛苦的"净化"和"愉悦"。一部作品、一篇小说如只能使人体验痛苦而不能超越痛苦，达到"净化"的境界，不能算成功的悲剧小说。鲁彦的乡土小说大多笼罩着一种阴暗凄凉的悲剧气氛，描写了宗法制农村闭塞沉闷，古旧而陈陋，阴沉而悲苦的生活、心理和习俗。

　　鲁迅影响下成长起来的浙江籍乡土小说作家除鲁彦外还有许杰、许钦文、潘漠华、王任叔等，他们都创作出了具有自己独特风格的乡土小说。对他们的乡土小说进行解读，我们会发现他们的小说都表达着同一主题，即反映农村和农民的愚昧、落后。他们写的极为沉痛悲哀的小说，是对一个民族悲剧意识的体认，也是对民族悲剧精神的渴盼与追求。

　　许杰是中国五四新文学运动造就的一位乡土作家。自从 1924 年 6 月在文学研究会的刊物《小说月报》上发表中篇小说《惨雾》后一发而不可收，接连发表了大量的表现农村悲剧题材的小说，如《大白纸》《台下的喜剧》《琴音》《隐匿》《赌徒吉顺》等。这些作品表现了封建宗法制度给农村劳动者带来的痛苦，表现了农村青年的爱情悲剧和农村妇女的命运悲剧，同时也表现了沿海农村在资本主义风气影响下人们思想的变化以及正在发生的悲剧。"许杰开始创作大概在 1923 年下半年。他最初的两年光景，一气里给了我们十多篇农村生活的小说，其中长的如《惨雾》有三万多字，短的亦在一万字以上。在那时，他是成绩最多的描写农民生活的作家……"[43] 我们从他所描绘的乡土风俗画中，既看到了浙东人因愚昧、落后而造成的悲剧，也可看到人们觉醒、抗争中表现出的悲剧精神的复归。《惨雾》是许杰乡土小说的代表作，他叙写了因愚昧而导致的村与村之间由械斗酿造的悲剧。玉湖庄和环溪村是一水之隔的近邻之邦，两村的关系和睦，且有婚嫁之类的亲事往来。玉湖庄的香桂姑娘嫁到了环溪村，他同丈夫感情非常好，同周围的邻里处得也很好。她刚回娘家两天，两村却因争着开垦一片河滩，演出了械斗的悲剧，

这惨剧越闹越大，越闹越凶，终于死伤了很多人，亲家变仇家。这种封建宗法思想造成的集体悲剧也酿造了个人悲剧。香桂姑娘始终不愿两个村子打仗，一边是夫家，一边是娘家，而大规模械斗的结果是她的丈夫与她的族弟同时死了，她本人也因昏死从楼上跌下而受重伤。这种矛盾冲突集中的写法符合悲剧美学的审美思维。亚里士多德认为："悲剧所以能使人惊心动魄，主要靠突转与发现，此二者是情节的成分。"(44)这里的"突转"是指一种逆反变化即：一、体现悲剧冲突的必然趋势；二、主人公必须是由"顺境"转入"逆境"，而不是"逆境"转入"顺境"。"发现"在这里应有新的阐释，"发现"除了小说主人公不断自我发现外，还包括读者从悲剧情景的"突转"中的审美发现。它着重表现悲剧接受主体的心理反差和理性发现。从悲剧美学的角度分析《惨雾》的悲剧内涵，既能让人透视封建宗法思想之害，又能引起人们对悲剧主人公的同情与怜悯，从而起"净化"作用。许杰的另一篇有影响的乡土悲剧作品是《赌徒吉顺》。这是一篇最早描写典妻制度的小说，比柔石的《为奴隶的母亲》和罗淑的《生人妻》都早。这篇小说着力刻画了吉顺的心理悲剧和其妻温顺善良而又过于软弱可欺的悲剧性格。吉顺是个年轻的泥瓦匠，父亲早亡，少年时受岳父照管，学了一手好手艺。后来在城里交上了不务正业的朋友，染上了赌博的恶习，一心想靠运气发财，却不料越赌越输，越输越赌，最后债台高筑，终于答应把妻子典给别人。小说着力铺写吉顺第一次拒绝典妻，又答应典妻时极度痛苦的心理流程。吉顺是中国农村在资本主义势力入侵下造成的悲剧人物的典型。

  浙江籍的乡土小说作家许钦文与鲁迅有同乡之谊，也是最早出现的乡土小说作家之一。他的小说里总弥漫着一种悲剧气氛。《父亲的花园》写得哀婉真切，既表达出对家庭衰落、家人离散凋逝的悲剧，也反映出以花园的失去所象征的整个家庭与社会的衰微。而他的小说《疯妇》则把笔触伸向了农村，所揭示的已不再是个人家庭的悲剧，而是社会人生的悲剧。城市的商业经济开始波及浙南农村，不仅双喜离乡到上洋西店当学徒，而且双喜娘也不再织布，也去梢锡箔了。这就造成了婆媳两代的矛盾。最后双喜媳妇疯了，不到一个月便死了，婆婆凄凉地去哭坟。《石宕》写了石工葬身石窟的惨相：由于长期开采，石山变形，巨大的石层突然断裂，把七个石匠砸死或活埋于石窟之中。小说集中描写被埋在深坑中的三个矿工，他们连连呼救，但石层太厚，人们束手无策。只好任其饿死闷死，尽管谁也不能担保不再发生这种悲剧，而且传言石宕深处时时传出冤鬼呼救之声，但人们为了生活仍要走上命运悲剧之路。《石宕》带给读者一种恐惧的悲剧美感，正如朱光潜所说："悲剧尽管激起恐惧，或者说恰恰因为它激起恐惧，便使我们感到振奋，它唤起不同寻常的生命力来应付不同寻常的情境，它使我们用力量去完成现实生活中我们很难完成的艰巨任务。这个任务当然只是想象中去完成的。我们在理想中或多或少不自觉地把自己与普罗米修斯、俄狄浦斯、李尔以及类似的巨人般的人物等同起来，用崇高的力量去斗争，哪怕面对彻底的毁灭或可怕的死亡，也决不屈服。"(45)

王任叔的乡土小说对农民受经济崩溃的祸害和受官兵、土匪滋扰的悲惨命运，寄以深切的人道主义同情。《疲惫者》笔调质朴诚挚，沉哀至痛，反映出王任叔悲剧观在作品中的表露。运秧哥外出做雇工20年，被苦役压弯了腰，奔父丧回家，一无所有，没有住处，只好到庙里占一席之地，铺一床草过夜。尽管常以草叶清水充饥，也不曾丧失劳动者本色，没钱断不肯上酒店，虽然被命运摆弄得筋骨疲惫，也绝不向权势者献媚讨好。无端地被诬陷为偷钱贼，依然倔强地辩解。诬陷他盗窃的人升做侦探，而一生清白的运秧却成了囚徒，出狱后又沦为乞丐。作品以单纯的故事揭示了宗法制乡村耐人寻味的社会悲剧。王任叔的另外一些乡土小说已开始表现农民身上初民时期勇于反抗的悲剧精神。

蹇先艾是备受鲁迅赏识的乡土小说作家。他一开始就写乡土写实小说，而且始终以写乡土写实小说为主。他深受长期客居异邦依然描写故国农村社会悲剧的波兰现实主义作家显克微支的影响，对他的描写农村悲剧的中篇小说《炭画》尤为喜爱。同时，蹇先艾也是一位师承鲁迅的乡土作家，他执着地以朴质细腻的文笔描绘发生在贵州农村的悲剧故事，书写偏僻山城的苦难人生，展示了一幅幅具有浓郁乡土气息和独特地域色彩的风俗画。他的笔下走出的都是有着不同悲剧故事的普通人：贵州道上的轿夫、盐巴客，山城客栈的挑夫、老板娘，流浪街头的乞丐，滞留山城的老人，茅草棚里的草药贩子，川黔路上赶骆马的老人，后坝场遭遇不幸的妇人。蹇先艾通过凡人琐事的描写，意在展示劳动人民的深重痛苦，抨击地主军阀与反动政府的黑暗统治。他的众多乡土小说中，《水葬》是悲剧小说的代表作。这篇小说的格调阴沉压抑。当时已是民国，而桐村尚有对小偷处以水葬的酷刑。村中的男女是麻木的。风俗的牺牲品和看客无一不是被一种由混合着麻木和愚钝的好奇而激起的冲动支配着。从无知的村童到腼腆的村妇，从执行的汉子到村中的教书先生，几乎个个都压抑不住内心的喜悦，仿佛去参加一个盛典，就连悲剧主人公骆毛也有了牺牲者的荣耀感。这里体现了农民身上文化悲剧的集体无意识——愚昧、麻木、不觉醒的看客心态。"它并非来源于个人经验,并非从后天中获得,而是先天就存在的。"[46]这种麻木的精神和野蛮的乡风相结合,酿制出了一幕悲剧。骆毛被沉河,他的母亲还望眼欲穿地等他归来,村人们却向她封闭了消息。作品虽对悲剧的根源未做深刻挖掘,但它已经真诚地接触到了悲剧本身。20世纪20年代末30年代初,蹇先艾的乡土小说依然表现着浓烈的悲剧主题,小说里的人物也多是悲剧性的。《盐巴案》中的盐巴客终日辛劳,衣衫褴褛,常常付出高于常人的繁重体力劳动,并且许多人不得不以身体的畸形来换取生存的条件。有时受大兵的凌辱,有时连生命都难保。他们最大的悲剧在于初民时期悲剧精神的残缺与变异。他们仿佛已形成这样的心理定式:麻木地承继已有的风俗、已有的环境,而不是去思索破坏压迫他们的氛围。《到镇溪去》描写开往镇溪的一艘白木船上的对话,却反映了闭塞的内地乡村沉重的痛苦和渺小的希望。靠担抬为生的孙大哥,奔波忙碌依然光棍一条。希望与守寡的客栈的老板娘结亲,碰了壁。但当他在船上听乘客议论老板娘时,心中又跃动着懊丧与幻想、失望与希望。一条白船载着人物苦闷的情绪,伴着充满乡音的对话,穿行于崇岭湍流之中。小说写出了一个穷苦挑夫的悲剧人生,就连他的希望也是带着悲剧性的。《乡间的悲剧》写被遗弃的农妇祁大娘的悲剧故事。她成年在地里像男子汉一样干活,皮肤晒得黝黑紫红。丈夫祁银跟地主少爷上京当公馆仆役,一去数年,音信全无,但她还是那么倔强,拖着一群子女,拼命地干着田活。她的生活悲剧是地主少爷造成的。少爷明知祁银家有发妻和子女,却把少奶奶的丫头赏给他做老婆,致使祁银乐不思家。虽然在生活上祁大娘未得丈夫多少扶持,但丈夫是这个勤劳农妇的精神支柱。当祁大娘挑着火炭煤进城,从地主家人口中听到被遗弃的真相,便精神失常,沉井自尽。乡间的悲剧带着社会悲剧的色彩,地主不仅制造了这个农妇物质上的悲剧,而且酿制了她精神上的悲剧。蹇先艾的乡土小说从不同的角度(包括社会、经济、文化、爱情等方面)写出闭塞的村镇环境中下层人民的悲惨命运。他的小说内容充实而乡土气息浓厚,视野开阔而批判的锋芒犀利,是兼有社会悲剧性和乡土奇特性的。

"彭家煌独特的作风在《怂恿》里已经很圆熟。这时候他的态度是纯客观的(他不久就抛弃了这纯客观的观点)。在几乎称得上是中篇的《怂恿》内,他写出朴质善良而无知的一对夫妇夹在土财主和破鞋党之间,怎样被摆弄而串了悲喜剧。"[47]彭家煌以现代乡土作家所具有的忧郁、悲愤的悲剧意识洞察湘中农村，反映了洞庭湖边农民的生活悲剧。《怂恿》写了封建乡绅牛七利用家族势力与冯家财主斗法而将族内名叫政屏的一对老实夫妇当作牺牲品的故事。牛七是个恶讼师，诡计多端，仗着会点武艺，在地方上横行霸道，却两次输给了冯雪河家族。于是千方百计对冯家报复。有一天冯家裕店收购了牛七族弟政屏家两头猪，未来得及当场付款，于是牛七就教唆政屏故意找碴儿，逼对方把已杀的猪还原，还出主意教政屏妻子死到冯家，硬栽一条人命，把事情闹大。尽管牛七如此处心积虑地周密策划，斗争结果却出乎意料。读者从受害最深的二娘子身上可看到中国旧农村妇女的悲惨命运，作品里隐现着巨大的悲剧内容。他的另一些乡土小说或写平静环境中阿Q式的被侮辱的人物，或写动荡社会中命运悲惨的女性。《陈四爹的牛》中的猪三哈有阿Q般的悲剧结局。《喜期》中的静姑被父母逼嫁给一个瘸足的傻佬，绝食数日以示反抗勉强出嫁，又被闯进洞房的大兵奸污，她沉塘自尽了。在小说创作中彭家煌运用了以喜写悲的手法来倾注自己的悲愤情感，用调侃的喜剧手法来写那种心理潜在的悲剧。

湖南的另一位作家黎锦明也写出了不少反映农村人生悲剧的小说。《唐寡妇》浸透着作者故乡的血和泪。唐寡妇把流浪汉汉生接到家住了两个月，受尽邻人的白眼，汉生当兵三年，升了连长，打算买房置地，她闻讯乐得发狂，汉生却另娶白胖的太太，仅给她捎回20块钱。她的儿子到河里打鱼养家，也被邻村儿童打成重伤。她悲痛得发疯，投河自尽，被打捞起来后，躺在破屋里苟延残喘。这个农妇的命运不是并非无事的悲剧，而是惨烈的大事集至的悲剧。悲剧的永恒魅力就在于它一拂人们生活的表象，深入意识的最隐处，触动了附丽于人性本能之上的悲剧情结，像海绵吸水一样聚敛着生的力量。《唐寡妇》的悲剧主题对被损害被侮辱的女性寄以同情，表现出人民生活之艰难。另外，黎锦明的乡土小说《出阁》《水莽草》书写了农村青年男女的爱情悲剧，充满了对封建宗法制度的批判，但小说中的主人公已有了反抗斗争的悲剧精神。

"要在他的作品里吸取伟大的欢欣，诚然是不容易的，但他却贡献了文艺；而且在争写着恋爱的悲欢，都会的明暗的那时候，能将乡间的死生，泥土的气息，移在纸上的，也没有更多、更勤于这作者的了。"[48]这是鲁迅对安徽籍乡土小说作家台静农的评价。师承鲁迅现实主义创作原则，以满腔悲愤和同情写出宗法制乡村的血与肉、生与死，是台静农乡土小说的悲剧主题。《负伤者》中主人公吴大郎，妻子被乡绅霸占，自己又被乡绅打伤。警察署长以十几块大洋的身价,逼他在卖妻字据上画押,逼他离家出走。《蚯蚓们》描写荒年造成的"民变",被田主请来的大兵镇压。农民李小求无法养活妻子,忍痛含泪以四十串钱卖掉了妻子。《烛焰》中美丽少女翠姑,便是夫权社会的殉葬品。未婚夫病入膏肓,她却被嫁过去冲喜,结果新婚之时便穿白衣哭送灵柩。小说不仅写出了传统等级制度和封建习俗造成的乡间悲剧,也写出了军阀横行、社会动乱带给人民的沉重灾难。《新坟》中的四太太更能引起人们的同情和怜惜,以及一定的恐惧感。守寡的四太太理想是儿女成人,男婚女嫁。但兵乱来到,女儿被强奸,儿子被兵杀害,家产被骗走,最后以坟为家,自焚身死。"台静农小说的悲剧色彩异常浓郁深重,他是病态农村社会一位卓越的'解剖师'。"[49]台静农用安特莱夫的手法写出了当时社会的种种悲剧,用心血细细地写出了民族悲剧精神的复归。20世纪20年代后期《建塔者》中的小说已有弘扬民族悲剧精神的典型人物,书写了许多"时代的先知""晨曦的使者"。

"五四"文学初期,乡土小说孕育时来自中原大地的乡土作家徐玉诺就引起了鲁迅的注意,尽管他在创作时没有乡土小说的自觉意识。乡土文学的概念提出后,茅盾便在他的《中国新文学大系·小说一集导论》中肯定了徐玉诺的乡土小说。"满身泥土气息的乡村来的人,写着匪祸兵灾的剪影。""这一时期,描写农村生活的作家有徐玉诺,潘训,彭家煌。"而"徐玉诺是一个有才能的作家""有向更高阶段发展的基本的美质"[50]。徐玉诺是继鲁迅之后较早写乡土小说的人,他的小说多取材于苦难故乡河南农村的生活,描写农民的不幸与悲剧。他来自贫苦的农家,始终未割断同民间的密切联系,乡土生活体验非常丰富。他的乡土小说有着现代早期乡土小说的特征,一类是写兵匪横行给农民带来的悲惨生活,一类着重揭示农民不幸命运及其精神状态。徐玉诺描写农村,着意于匪祸兵灾的剪影,特别是把那些被苦难生活扭曲而悲愤或隐忍麻木的农民精神倾注于笔端,画活了一幅幅特异的黄河岸边的悲惨图画,忠实地做了乡亲父老悲愤控诉黑暗生活的代言人。《一个可怕的梦》用梦境的构思加强揭露和抨击现实的力量,突出了苦难生活中农民的心理悲剧。千百万农夫为防御匪患花七八年时间筑了一个三丈高两丈厚十五里长的新土寨,然而兵匪们一阵"卷地黄风"破寨而入,"雷一般的一阵暴火从寨内升起,黑红的火焰立刻充满天空,浓带着焦毛气和烘烤气"。灭绝人性的罪恶向几个幸存者示威性地扑来。痛苦失神的母亲在早已半死的儿子身旁,颤抖着一遍又一遍地哀告苍天。《一只破鞋》描写了善良、仁慈、憨厚的农民海叔叔进城看望正在求学的侄儿，归途中遭遇土匪，不幸重伤乱枪之下，死在黑夜的荒郊野外，最后尸体被野狗啃吃，只剩下了一只破鞋。小说反映出了兵匪是那么残暴、恐怖，百姓是那么痛苦凄伤。《因为山平的一段故事》《骆驼毛》则以充满感情的笔触揭露腐朽的封建道德，反映豫西农村的落后意识和习俗，表现农民的愚昧和挣扎。收入《中国新文学大系·小说一集》的《祖父的故事》表现了老一代农民的悲剧，祖父年轻时有力气用血汗垦荒，不料辛苦开出来的沃土被地主夺去。他带领全家拼命挣扎不仅没有创出新业，反而招来不断的祸殃。后来老祖父因病不能下地，遭老伴吵闹，心中掀起层层痛苦波动。徐玉诺的小说不仅凸现了农民的性格悲剧，而且写出了农民的觉悟：这世界不平等，是人吃人的世界，没有穷人的太平，穷人也创不成什么业。小说已开始为初民悲剧精神的出现而呐喊，诱发父老乡亲久被压抑的原始性的粗野悲愤色彩。这些悲剧故事的描写能体现出西方悲剧在美学上体现的审美功能，达到悲剧上异质话语的同构。徐玉诺乡土小说的悲剧书写体现了国人悲剧意识的苏醒。"只有透过悲剧情绪我们才能感觉到在事件中直接影响我们的或存在于总体世界中的紧张不安和灾难……悲剧呈露在人类追求真理的绝对意志里，它代表着人类存在的终极与和谐。"[51]

师陀也是来自河南的乡土小说作家，他的小说也取材于故乡河南中原大地。师陀1931年才从乡下走出来，到北平不久便卷入了政治洪流，加入了反帝同盟，他的"普罗精神"使他的乡土小说里有一种"力"的文化向度。师陀的乡土小说从现代世界的文化历史角度"审视"乡土，写出其悲剧心理的寄托。师陀在他的作品中一次次用废墟、弃国和荒村来营造一种悲剧气氛。《落日光》中"荒寂的田庄"和"野草丛杂的废园"，《寒食节》中"冷落了数年的管家大宅"等不能不让人想到乡土中国的悲剧。作为热爱故土充满忧患意识的作家，他对故乡所呈现出来的落后愚昧和黑暗持严峻的批判态度。在他的描写乡土悲剧的小说深层潜着作者爱的热流。阅读他的乡土小说《酒徒》《受难者》和《人下人》，我们能感觉到作者对作品主人公悲剧命运的同情。在他的乡土小说中，师陀关注的是人的价值和人的命运。他所描述的既是有形的肉体毁灭的悲剧，更是无形的精神毁灭的悲剧。师陀的乡土小说多创作于20世纪30年代，对20年代初期乡土小说理论有继承也有发展。其显著特点是更多地体现了人的抗争意识和悲愤情怀。

罗淑是独具特色的乡土女作家。她"以自己的声音"写出了反映故乡四川的具有地方色彩的乡土小说。她把自己的艺术目光执着地投向四川中部，沱江流域。寄托于家乡的劳苦大众，一起笔就走上"直面人生"的写实道路。她的作品不只给读者以四川的山川景物、风土人情，更使读者看到了四川劳苦大众的苦难与不幸、愤懑与抗争。在20世纪二三十年代的"天府之国"，农民贫困破产，和其他各地农民一样过着悲惨生活，咀嚼着痛苦与灾难。罗淑的代表作《生人妻》正是这一社会悲剧的典型概括。《生人妻》中的农民夫妇失去了土地和房子，住在看守庄稼的"搭棚"里，以卖草为生。尽管他们勤恳而勇敢地生活着，却无法度过饥饿的关口。为了给妻子一条活路，丈夫把妻子卖给了一个有钱的人家，而丈夫用卖妻子的钱换回的不是身上衣口中食，而是被抵押出去的妻子用了20年的银发簪，而妻子在深夜从买主大胡家逃走，摔伤在石桥下，清醒过来后，首先想到的不是自己的伤势，而是对丈夫的连累——"我倒害了他"。小说矛盾的设置与美学悲剧上的内容有同构质素。《生人妻》写的是悲剧，但已不是纯粹的静态文化的悲剧。小说从开始到结束，始终表现了主人公的抗争精神，体现出了中国现代悲剧意识的"力"的精神。中国传统文化主和、尚柔、守静，造成了中国传统悲剧的美学品位是悲冤、哀怜。而罗淑的《生人妻》中已有崇动、尚勇、进攻的原始悲剧精神。《生人妻》中的妻子不只是淳朴善良，更具倔强反抗精神。妻子在被卖到大胡家的夜里，小胡企图调戏和侮辱她时，她气愤地责骂小胡，并伸手一掌，打得小胡站立不稳，跌倒在地。她再也不能忍受买主家"奇特的恐怖和胁迫"。一手推开猪圈的门，用尽力气跑了。黎明到家时，丈夫已被保甲带走。另外，罗淑的短篇小说《柚子》《井工》《阿牛》等大力描写了下层人的命运悲剧，反映了社会生活中带有普遍意义和本质特征的东西，把被侮辱与被损害者的血和泪展现在读者面前。与此同时，罗淑的悲剧小说也写出了农民和盐工不甘忍受痛苦与凌辱，不为严酷的命运所屈服，为改变生活处境而抗争的精神。

　　四川的乡土小说作家还有沙汀、艾芜、李劼人、周文等。由于其特殊历史和地域文化，他们"冲出夔门"的文化趋向受到一定的限制。但这并未影响他们沿着早期现代乡土作家的路写出反映农民悲惨生活，富有地方色彩的乡土悲剧小说。

　　现代早期乡土小说作家受鲁迅影响者居多。在鲁迅小说创作精神和风格引导下，他们倾向于写实的方法，直面惨淡的人生，描写乡村的苦难、愚昧、衰败、落后，大胆写出了农民的各种悲剧。这些作家肩负着启蒙任务。他们要用手中的笔画出国民灵魂，用乡村农民自己写下的命运悲剧、爱情悲剧、性格悲剧和心理悲剧唤醒他们起来斗争。他们在复苏被中国传统文化消解了的民族悲剧精神。他们用小说告诉人们中国农民的悲剧不仅在于主人公的悲剧生活，还在于弥漫于他们周围的封建宗法制度。他们的乡土小说的悲剧诉说动摇了人们的思想，动摇了中国古老的乡村存在方式。他们的小说在践行着早期乡土小说所凸现的悲剧创作理论，实现着用文学改造人、改造社会的理想。

第三节　田园悲风中的"孤鸿"——废名、沈从文悲剧精神的内在肌理

周氏兄弟是新文化运动的启蒙者，也是乡土文学的理论建构者与实践者。乡土小说初期，二人的文学观点是一致的，但随着文学的发展，鲁迅领出了一批精神斗士，他们的小说是悲剧的定格——表达控诉和启蒙的意旨。而周作人由于后来迥异于鲁迅的文学思想以及个人价值观的变化，带出了乡土小说的另一类风景：乡土抒情写意派作家，如废名、沈从文等。他们实际上也是发展了鲁迅乡土回忆、乡土抒情的话语体系。沈从文在他的《小说集·题记》中说："由于鲁迅先生起始以乡村回忆做题材的小说，正受广大读者欢迎，我的用笔，因之获得不少的勇气和信心。"[52]如果说鲁彦等受鲁迅的影响，抱着入世的态度写出了旧农村的悲剧小说的话，废名、沈从文等作家则受周作人的影响带有一定的消极避世趋向，用清新冲淡的文笔写出返璞归真的宁静的理想境界。实际上他们也并未脱离悲剧心理，他们更多地受到中国古典悲剧的影响，而用阮籍、陶潜的方式表达着自己内心的悲剧感。"因此我们说西方悲剧意识偏于暴露困境，同时也就是更偏于克服困境，具有实践性和行动性。而中国悲剧也暴露困境，反映人在自然社会历史中的所必然遭遇的苦难和不幸，但这种暴露是不彻底的，中国文化不愿意毫不留情地表现人生的痛苦，不愿意毫不掩饰地展示人生的创伤，而更愿意用各种方式缓和遮蔽弥合人生的苦难与困境，显出一种温情，心灵得到一份安慰，使他们能够更加从容平静地面对人生的种种磨难和挫折。"[53]可以说周作人、废名、沈从文内心都具有这种传统的悲剧意识。新文化初期他们呼唤西方民主与科学的新鲜空气，自身价值能得以实现，内在价值随外在价值的良性发展而转化张扬。但大革命失败使他们的社会价值严重受挫和幻灭，导致他们心理失衡，使价值内敛，退向心理末位"独善"。周作人有异常复杂的文学理想，"他采取一种宽容而中庸的态度，在中西方古代朴质明净高远清雅的文化中

发现'自我'"[54]。废名直接受周作人影响，接受并发展了这种几近隐逸的人生态度和文学态度。紧紧跟随废名的是沈从文，虽然他的作品很少涉及时代风云，作品内容多描写远离时代旋涡的边远山区的世态人情，但他的小说在一种神秘美、情感美中展示了原始生命的活力和古老村寨里人的原始悲剧意识。田园抒情派乡土小说绝非一味地以"渐进自然"的艺术表现走进"象牙之塔"，他们的田园只是一种心境，是用另一种方式、另一种精神境界与苦难的现实相对抗，实际上是一种心理悲剧的隐形话语。

　　由于废名前期受鲁迅的影响，其小说关注着宗法制农村人民的悲剧命运。《柚子》所反映的是一幕爱情悲剧。"我"与表妹柚子两小无猜，但祖母却为我另缔婚约，有情人难成眷属，作品对封建婚姻制度流露了一种不满与批判。小说集《竹林的故事》中的《浣衣母》更能体现废名初期的悲剧思想。《浣衣母》中的李妈是个善良的农家妇女，她的酒鬼丈夫杳无音信，她一个人养着两男一女。但她的儿女们死的死了，长大的走了，她依靠儿子的希望破灭了。后来一个中年汉子在门口搭茶铺，李妈帮他过日子，但她的行为立刻引起人们的议论，中年汉子在可畏人言中离去，李妈只能生活在水月镜花般的"肥皂泡"中。这篇小说中有着"公共母亲"之称的李妈成为封建礼教的牺牲品。从这个角度来看，废名多多少少写出了弥漫于乡野的自私隔膜和沉郁的悲剧气氛。在这里尚有现实主义乡土小说创作的共同话语。废名早期乡土小说多写故乡农村的下层劳苦人物，但深受传统悲剧意识影响的废名却把悲惨的命运进行美化与弥合，即通过引导情绪的转移来遮蔽悲剧。例如，浣衣母李妈身世悲苦贫穷，依赖为人洗衣为生，作者却把她的悲苦一笔带过，把她的住处写成众人的乐园。废名的乡土小说总是以阮籍、陶渊明般的悲剧心理来表达湖北家乡人的生活。他的小说不侧重书写，甚至不写民间疾苦，而是着重写民间古朴之风，表现人性之善，人性之美。他的立意在于用人性善、人性美来消解人间的苦。废名的乡土小说带着极大的隐逸性，有着陶渊明般的田园特质。但是从整体来看小说的气氛却是悲哀的，他在诗化的小说意境中求得精神归宿，企图以陶冶与净化来消解人间悲苦，但他的梦幻之境毕竟是从人间苦的现实开脱和超越出来的，于静美之中仍能嗅出悲剧的气息。

　　仔细品味废名的小说，我们会发现他的笔下常常描写一些充满了寂寞的悲哀的人物和故事：善良热情的浣衣母，在可畏的人言中孤寂地等待不知能否归来的儿子（《浣衣母》）。清苦勤俭的金喜和尚，在黑暗的火神庙中孤寂到离开了人间（《火神庙的和尚》）。失了业的陈老爹孤独地蹲在柳树下，眺望对面的青山（《河上柳》）。病态恹恹的阿毛姑娘孤寂地坐在门槛上，望着桃园的暮色（《桃园》）。这些乡土小说的主题全然是陶渊明式的传统悲剧意识的现代表达。但是，隐在这风景画的审美餍足中的还有平民生活透出的淡淡悲情。"于是，同是隐逸者的心态，与陶渊明不同的是他们的视线在投向静谧和谐的自然时，不能不被那儿的一些人的活动所阻隔；在陶醉于大自然的美景怡然自得时，不能不为周围一些人的苦难生活洒下同情之泪，他们的作品在描绘美丽的同时亦留下淡淡的忧伤。"[55]这既能透出废名等田园诗派乡土小说作家的悲剧意识，也能解读他们小说的悲剧主题。

废名的田园小说创作影响了一些追随者，沈从文说："在冯文炳作风上，具同一趋向，曾有所写作，青年作者中，有王汶、李同愈、李明瑛、李连萃四君。"[56]而其中受影响最大的还是沈从文。但沈从文大大发展了田园抒情小说，并借描写湘西风物追寻原始悲剧精神。沈从文的乡土小说视野非常开阔，但他的作品达到了对中国古典悲剧思想的超越，在人性描述中追求失落的原初悲剧精神，在自然景物描写中拾起人性中悲剧意识的碎片。他推崇"力"的思维向度，作品中反复提倡那种远离城市、远离封建宗法制影响的残存于人类集体无意识中的悲剧情怀。《龙朱》《雨后》等是对生活中不受约束的原始活力的赞美；《边城》《会明》《虎雏》是对湘西淳朴民性中悲剧意识的诗意展示；《民间小景》《媚金，豹子与那羊》是借古老风俗再现初民时人的悲剧精神；《萧萧》《贵生》是对封建宗法制度下湘西人们悲剧命运的痛吟。细读沈从文的乡土小说，能品味出他对人性中原始力量的呼唤。沈从文在他的小说中用中国文化书写了尼采所弘扬的酒神精神，以此达到人与自然的契合以及天人合一的境界。他试图以人的原始本能放纵的酒神精神来消除人的隔膜，来抵制封建宗法制度对人性的束缚与压抑。如果说尼采高呼"上帝死了"，用酒神精神给人带来欢乐与生的价值，以此来反抗基督教的统治，沈从文则用日神与酒神的共存产生的悲剧来对人性进行赞美与弘扬，来抵制封建制度对人性中美好东西的破坏。

尼采哲学对近代乃至现代中国知识分子有很大影响，中国新文化运动的主力军都曾受到尼采哲学的启迪。五四文化运动阐扬思想解放，反封建礼教，以及20世纪30年代作家提倡解放的浪漫主义风格，无不受尼采思想影响[57]。尼采把酒神和日神视为悲剧的根源，他认为二者是真正艺术生成的原动力和根源。尼采把日神比作梦境，把酒神比作迷醉。这两种心理经验之间的差别等于日神与酒神之间的差别。而酒神精神更为原始，是一种与醉酒十分相似的精神状态,处于酒神精神中的人,可以尽情放纵自己的一切能量和欲念,毫无顾忌地宣泄自己的原始本能。把人生当作一场世外桃源式的狂歌劲舞的欢庭。人生就是要从这种不停的充满活力的野性放纵中寻求幸福。他可以摆脱个体的任何束缚而将自己融归自然。

沈从文的乡土小说便是对原始人性的赞美,从湘西家乡农村寻找和寄托美的理想。湘西在中国西南部,是苗族、土家族聚集地,那里的人还未受中国传统文化和西方资本主义文明太深的浸熏,他们还具有勤劳、勇敢等传统美德。在那里生活着具有酒神精神的人,在那里可以找到人性中的野性力量,在那里生命力可以无拘无束地流淌。在那个充满黑暗灾难弥漫的世界,沈从文的乡土小说抒发了对人类内在生命力的呼唤。当然,他的小说中真正的"精神家园"只能在想象和梦幻之中,而回归精神故园的"乡土之恋"注定要成为永恒的悲剧。虽然他的乡土小说没有尼采那种悲剧的表层叙述,但在追寻真挚、大胆的情欲和原始跃动的生命力方面,他们有着共同的音律。

正是由于对酒神精神的弘扬,沈从文用对完美人性的建构来反抗黑暗的宗法制度,谱写了一曲曲湘西初民悲剧精神的挽歌。他的小说里交织着原始的野性强力和真挚的人情味。短篇小说《柏子》是通过一个水手原始欲望的迸发来表达对生命力的感叹。在这里,对于"性"的观念不会使你感到"猥亵趣味",你由那生命的自在形态中嗅到了人的迷醉气息。对于辰河上的水手与吊脚楼上的女人,他重点写生命力的恣肆迸溅,把残酷也写得美丽。这实际上是对封建伦理的抨击。青年水手柏子在船傍了码头的傍晚,来到岸边吊脚楼上跟一个熟识的妓女厮混,把辛苦一月攒起来的"腰板钱"用光之后再回到船上。小说表面看起来是写嫖娼卖淫行为,潜层述说的却是普通劳动者的生活悲剧、命运悲剧。柏子是许多有力气、能吃苦、识水性的年轻水手之一,这些水手凭自己的本领和劳动应该能娶妻生子,过上幸福平静的生活,不公平的社会却逼着他们把原始本能的生理需求用辛苦了一个月的血汗钱洒在吊脚楼的卖淫妓女身上。我们从小说中体味到的是原始本性的美丽。但我们思考沈从文留给我们的剩余话语时,能领略到其深层的悲剧性:他们在恣意消耗着生命,年轻时用一个月的血汗买的这一刻"类似烟酒的兴奋与满足",但老了以后呢?这不含沉重色彩的故事里有着十足的悲剧性。

《萧萧》写的是一个童养媳的故事,沈从文避开乡土写实派书写病态文化、人生悲剧的笔调,把大量笔墨放在描写社会风情上。在社会风俗描写中画出萧萧像野草一样任人践踏,又顽强生长的生命。萧萧作为童养媳12岁出嫁,可她的"丈夫"才"刚断奶不久"。"十岁娘子一岁夫",这种婚姻本身已够惨苦了,更何况她又遇到一位"生来像一把剪子"那样严厉的婆婆。萧萧15岁时被比她大十多岁的长工花狗引诱失了身,怀了孕。原始本性的追求让她犯下了伤风败俗的"弥天大罪"。她面临的是"沉潭"或"被卖"。为了向命运抗争,她动员花狗双双出走,可是个大胆小的花狗撒下她自己逃走了。她虽然一度想自杀,但又不愿这样结束自己既苦难又不无希望的青春生命。在这里作者运用了"亚氏悲剧理论"中的"逆转",萧萧出乎意料地未被"沉潭"或"发卖",她和她的新生婴儿都被接受下来了。原因是封建伦理讲的"饿死事小,失节事大"的道德规则而将活人处死是老百姓怀有不忍的。这是对封建吃人礼教的一种反抗,但萧萧母子的命运是怎样的呢?小说的最后写道——

　　到萧萧正式与丈夫拜堂圆房时,儿子已经年纪十岁,有了半劳动力,能看牛割草……
　　这儿子名叫牛儿,牛儿十二岁时也接了亲,媳妇长六岁……唢呐到门口时,新娘在轿中呜呜地哭着……
　　这一天,萧萧刚坐月子不久,孩子才满三月,抱了自己新生的毛毛,在屋前榆蜡树篱笆间看热闹,同十年前,抱丈夫一个样子。小毛毛哭了,唱歌一般哄着他:"哪,毛毛,看,花轿来了。……明天长大了,我们讨个女学生媳妇!"

　　这是悲剧,是生活悲剧、命运悲剧。17年前萧萧接受的是这种生活,17年后,她的大儿子牛儿接受的也是这种生活。萧萧的悲剧不过是长剧中的一幕。作者表层书写的是湘西风情,实际上是用陶潜、阮籍式的悲剧心理对造成中国社会千百年来绝少变化的沉重黑暗社会的控诉。
　　短篇小说《丈夫》是20世纪30年代初期湘西城乡生活的真实描写,小说通过一个地方色彩浓郁的故事写出了半封建半殖民地中国的人生悲剧。小说开头揭示了湘西典妻与卖淫等不人道生活现象的经济根源:

　　地方实在太穷了,一点点收成照例被上面的人拿去一大半,手足贴地的乡下人,任你如何俭省耐劳的干,一年中四分之一的时间,即或用红薯叶和糠灰拌和充饥,总还是不容易对付下去。[58]

正是这种不合理的社会制度造出了"丈夫"一样的大批穷苦农民,于是出现了被迫卖身的"老七"一样的妻子。生活在悲剧中的老七虽然身上有了城市人才需要的恶德,但身上依然保留着乡下人的淳朴、善良。她记得丈夫"爱含片糖"的习惯,赶庙会时不忘为丈夫买来一把二胡。船艄上那段"夫拉妇唱",虽没有"小红低唱我吹吹箫"的雅致闲适,但也透露出夫妻间的真情。丈夫正因惦记妻子,才从乡下赶来看她,给她带来爱吃的板栗,带来了曾冤屈过她的忏悔,可当他走近妻子之后,只能眼看着妻子被醉鬼、恶棍践踏而无力庇护。娶了妻无力养活,有了家无力维持……这是何等悲惨的人生。尽管沈从文用人性美好的油彩涂掩了人间生活的悲惨,但小说留给人们的依旧是沉痛的思索。小说的最后,受尽屈辱的丈夫恢复了做人的尊严,带着妻子离开了花船。但老七为了"求生"由乡村来到城里河埠,回到农村后不依旧接受悲剧命运的摆布吗?沈从文追寻的是一种梦境般的现实,作品里交织着"浪漫与严肃,美丽与残忍,爱与怨"的悲哀情愫。"这种质朴的、向往氏族社会淳朴遗风的社会意识,派生出作家对人物形象的特殊的审美追求,其笔下的理想人物多带野趣或古典风格,其品性素质多是糅合着神性(皈依自然并具原始天道心理)和野兽性(狮子般的刚强和绵羊般的驯良)的一种未被金钱社会的文明所腐蚀的自然人性。"沈从文对乡村人性和原始遗风的追求,是对封建宗法制的隐形控诉,是对原始人性中所具有的悲剧精神的曲笔诉求。

《边城》描绘了川湘交界的茶峒在20世纪初叶的社会风貌,书写了发生在民风淳朴的环境中的一幕爱情悲剧。祖父、翠翠和一条黄狗住在河边码头,靠摆渡为生。翠翠在端午节看龙舟的偶然机会中,对绰号"岳云"的青年水手傩送一见钟情,第一个向她求婚的却是傩送的哥哥天保。翠翠的母亲和一个军人相爱,但不愿同军人私奔,生下女儿后,投河殉情了。而翠翠在重复着她母亲的悲剧。天保因求婚不成,乘船外出经商,遇险身亡。傩送不愿再见这个犯死哥哥的心中情人,千里漂流,寻找天保的尸体而不得,又因豪爽的父亲一时不愿把间接害死长子的姑娘娶进家中为儿媳,也坐船远去桃源。祖父忧虑翠翠的命运,迅速苍老,于暴风雨夜溘然长辞。翠翠看守祖父坟山,望溪流而思故人。至于傩送,"这个人也许会永远不回来了,也许明天回来!"我们初读小说的感觉是一首浪漫的爱情诗,是一篇《桃花源记》般的散文。细细品味才能悟出这是一出愁绪缥缈的人间情爱悲剧。但沈从文在这幕爱情悲剧中挖掘的不是残酷而是优美,在展示边地人生苦难的同时更展示了边民品德的纯洁。小说始终散发着一股强烈的"人性美"的芳香。他实际上在告诉我们:湘西自古就有眼泪和痛苦凝成的悲剧,但人们心中的理想之梦从未消失过。他在借书写边地美好风情和人性来表达边民对幸福的执着追求。实际上,沈从文的乡土小说在文化层面上隐现着人类的悲剧意识。

作为田园抒情小说作家,沈从文创作出了饱含悲剧意识的作品。尽管他没有像乡土写实派作家那样去启蒙人们起来抗争,去描写乡村的生活悲剧,但他从人性的角度去解读人的生存方式,用人的原始本性的"美"与"力"反抗封建宗法制,抵制城市文明中腐朽的东西对农村的侵袭。这与尼采悲剧哲学中张扬人的个性是同步的。当时现实的残酷驱使他对人性呼唤的直感变成了一种理性的追求。

现代早期乡土小说的两翼的文化诉求都反映了五四新文化运动的主题。不管是乡土写实派作家还是田园抒情派作家,他们都有着忧郁悲愤的悲剧意识,他们都以悲剧方式感知表现历史人生,自觉地置悲剧于社会人生和文化价值模式里去反思封建文化,探究人的价值意识。或呼唤初民悲剧精神的复归,或为已失去的原始悲壮谱写挽歌。早期乡土小说作家与中国乡村社会有较多的接触,既看到了农民的优良品质,产生了一种乡恋情结,又目睹了中国乡村世界的野蛮残酷、破败凋敝和中国农民困顿而悲惨的生活。这种切身伤害和苦难记忆把他们对社会无情的悲愤、对人生无奈的忧伤印在了心理底片上。五四新文化运动后,随着社会的发展,随着知识分子文化思想的选择与文学的自觉,加之社会现实给他们带来的不同境遇,他们便有了不同的悲剧表达方式,也就产生了乡土小说的不同风格。正如雅斯贝尔斯所说:"当新方式逐渐显露,旧方式还依然存在着。面对尚未消亡的旧生命方式的持久力和内聚力,新方式的巨大突进注定要失败。过渡阶段是一个悲剧地带。"[59] 20世纪二三十年代的中国正处于这样的悲剧地带,映射在乡土小说中的是悲剧意识外化而来的悲剧情绪。因此,对悲剧精神的追求也就成了两类乡土小说的共同主题。

第四章 梦的遥望与追寻
——台湾早期乡土小说的悲剧意蕴

台湾是中国领土的一部分,台湾新文学是中国文学不可分割而又独具风貌的支流。台湾新文化运动是五四新文化运动在台湾的体现和延伸。"由于人民的集体意识受到严重的压抑和摧残,因而小说的诞生是以咆哮和呐喊的声音向全世界报到的。台湾第一篇小说和'五四'新思想应和。这说明台湾小说不仅诞生在中国传统小说的母体内,而且受到'五四'新文化运动的深刻影响"[60],随着大陆乡土小说理论的孕育及乡土小说创作的出现,台湾乡土小说也应运而生。由于台湾不同于大陆的地理环境和文化历史背景,20世纪初期台湾乡土小说在内涵上具有了不同于大陆乡土小说的两个层面:一、台湾乡土小说具有民族性,具有反对日本文化殖民、反对日本黑暗统治的特征。研读台湾第一代作家赖和、杨逵、吴浊流等人的小说,炽热的爱国主义、民族主义情感油然而生。台湾早期乡土小说先驱者都具有自觉的使命感,即保存固有的中华文化,抵制日本殖民主义者的"皇民文化"。因此,早期台湾乡土小说多反映殖民文化统治下台湾人民的生活悲剧,反映台湾人民反抗日本统治的历史悲剧。二、台湾早期乡土小说具有用白话文反映台湾下层人民悲惨生活、反对用台湾方言创作的特征。台湾新文化运动初期,一些作家便保持和大陆统一的文化思想,用通俗流畅的白话文来揭露日本警察残害百姓,田主厂商盘剥佃农的罪恶行径。他们用白话文着力描写小市民、知识分子的愁苦和封建礼教束缚下青年男女的悲哀。社会抗争色彩和乡土情结浓重。20世纪30年代,"台湾话文论争"为台湾乡土小说的发展以及台湾乡土小说与大陆新文化运动保持一致做出了贡献。"1930—1931年发生'台湾话文论争'。一方是黄石辉、郭秋生,'用白话文作小说',创造乡土方言小说。另一方是林克夫、朱点人、毓文,主张采用中国通行的白话文创作,不必煞费苦心地造出一种专使台湾人懂得的文学,甚而指责那种表现乡风民俗和乡土感情的'田园文学'是缺乏时代性的。争辩双方多是本着爱祖国、爱乡土的立场,反对殖民文化的侵蚀同争辩的出现,反映了乡土文学的崛起以及在探索语言表达方式中的困惑和苦恼。"[61]这次争辩也说明乡土小说作为台湾新文化运动的一翼已逐步走向成熟。基于台湾早期乡土小说的异质形态,其作品中的悲剧意蕴也凸显了独特性。如果说大陆早期乡土小说体现了封建思想中的神权、族权、父权、夫权对劳动人民的戕害,酿制了下层人民的一幕幕生活悲剧,台湾早期乡土小说则更多地反映了异质文化统治给台湾人民带来的悲惨命运。作为中国传统文化的同源兄弟,台湾人民为保持自己的民族尊严和文化特质不断与统治者抗争,与"皇民文化"作殊死搏斗,由此谱写了一支支悲壮的歌。"近三百年来,帝国主义列强曾把异质文化带进台湾岛。

他们都曾想在吞掉这美丽宝岛的同时，篡改她的历史，甚至重新捏造台胞的灵魂。但是，中华民族意识与心态使英勇的台胞一面抗击帝国主义的入侵，一面捍卫固有的民族文化传统。"[62]因而，这一时期的台湾乡土小说的悲剧意蕴更具民族意识。"台湾的乡土小说一直贯串着浓郁的悲剧精神。当中华民族的这块土地被日本殖民者任意踩躏的时候，赖和、杨云萍、杨逵等早期乡土作家，面对满目疮痍的乡土，在发出激烈的抗争之声的同时，也忍不住以悲哀苍凉的情感去咀嚼台湾人的深重的苦难。《送报夫》等早期乡土作品都具有一种强烈的悲剧意识，以表达民族的一种大悲剧。"[63]

正如前几章所述，台湾乡土小说在初期也具有一种静态文化层面的悲剧和动态文化悲剧。

第一节 "奴隶"吁天录 民族正气歌

台湾文化是中华民族创造的中国文化不可分割的一部分。台湾也深受中国封建思想影响。封建统治在毒害大陆人民的同时也戕害着台湾同胞。"台湾新文学在其孕育的过程中就关注着在封建伦理道德桎梏下的妇女命运。1922年，《台湾》上发表的由追风所写的《她要往何处去——给苦恼的姊妹们》，就已对封建婚姻制度进行了批判……"[64]如果我们说鲁迅是大陆乡土小说的创造者，是反对封建黑暗统治的领袖，那么赖和则是台湾的"鲁迅"，是台湾封建思想的批判者，是早期台湾乡土小说悲剧精神的开拓者。他的作品继承和运用了中国传统小说的表现手法，揭示封建制度的罪恶，揭露封建思想造成的台湾人民的生活悲剧，以唤醒台湾民众的无畏精神。从历史学的角度拷问台湾早期乡土小说中的悲剧作品，我们可以发现当时台湾人民既受封建思想之毒害，又饱尝日本帝国主义殖民统治的毒害。他们遭受着孤儿的创伤，遭受着生活的灾难。因此，台湾早期乡土小说充盈着文化悲剧的因子。"因而，人类的悲剧意识，虽然往往表现于人在实践活动中因社会与历史的局限而招致的痛苦和磨难，都深根于人作为有性欲的存在物，他的与生俱来的苦恼和矛盾。生存与死亡，理智与情感，理想与现实的矛盾冲突，长期困扰着人类的内心世界，人的诸种实践感觉都不可摆脱地溶入了这种悲怆性的意识，整个人生的体验都浸泡在这种种困扰在进退维谷的悲剧性境遇中，它酿制了人类永恒的悲剧。"[65]台湾人民在双重压迫下生活充满了悲剧，他们争取自由民主、反抗殖民统治的过程也充满了悲壮感人的悲剧故事。赖和是台湾早期悲剧故事的第一位代言人，是台湾民族悲剧精神的启迪者。

"赖和是伟大的现实主义作家,他的创作动机十分清楚,使命感非常强烈。那便是'忠忠实实地替被压迫民众去叫唤',以'民众的先锋,社会运动的喇叭手'自誉,鼓起最大的勇气,用自己全身的力气,去'嘹亮地吹奏激励民众前进的进行曲'。"[66]他的小说《可怜她死了》是台湾悲剧作品的代表作,反映了殖民地、半殖民地、半封建的旧中国广大农村妇女共同的悲惨命运。因为贫病交加,又无钱纳税,阿金的父母把12岁的她卖给阿跨仔官家做童养媳。过了五六年,正当阿跨仔官准备让阿金和儿子完婚时,厄运降到她家,丈夫和儿子因参加罢工风潮被残害致死。两个女人的生活全靠阿金洗衣服、编草鞋所得维持。为了不让阿跨仔官受苦,阿金做了富户阿力哥的外室小妾,阿力哥答应供给阿跨仔官生活费。但是,阿力哥并非真爱阿金,只想从她身上寻求家中妻妾不能给予的满足他的方面。在阿金怀孕后,阿力哥抛弃了她。后来阿金在河边洗衣服时精神恍惚坠河而死,临死前还牵挂着无依无靠的婆母。阿金是赖和乡土小说中一系列受难者形象的代表。作者通过对阿金一生的描述,抨击了封建童养媳制度、蓄妾制度的罪恶。阿金的悲剧、不反抗的性格悲剧是静态文化悲剧的展露,是封建思想禁锢下普通下层农民的命运悲剧。阿金的悲剧激起了人民的同情与怜悯情怀。小说末尾阿金死后,阿力哥又在托人替他物色小女人了。这似乎说明这社会又在拷贝着同样的悲剧故事了。与赖和相仿佛,早期作家杨守愚也以悲愤的笔触,描写了封建制度下穷苦、家破人亡的人生悲剧。他的小说《升租》描写一家农户受到地主残酷剥削而家破人亡的悲剧故事。其旺是个勤劳的农民,租了地主土地的"奴隶"。地租一再上升。最后,其旺卖了牛,卖了一张祖传的公妈桌,也无力交还地租,无力还肥料借款。他带着悲愤交集的沉重心情死于凄凉的荒村。这是封建制度造成的一种社会悲剧。

由于台湾特定的几度飘零的历史环境,早期台湾乡土小说均带有浓厚的民族气息。在日本殖民文化笼罩下作拼命反抗的台湾小说在内容上都昭示着同一命题:日本殖民统治给台湾人民带来了痛苦,反对异质文化斗争历程的艰难。这一旨归注定了台湾乡土小说充弥着悲剧气氛。虚谷的小说《无处申冤》揭露了日本统治者残害台湾人民之有恃无恐,展示了台湾人民在日本统治下忍辱负重的悲惨景象。杨云萍的《秋菊的半生》描写了贫穷人家弱女子被蹂躏的痛苦。这些作品形同大陆乡土小说作家鲁彦、王统照等人的小说,是对劳动人民遭受压迫而生的静态描写。在这些悲剧里,我们可以感受到悲剧人物对苦难现实的迷茫与追寻,感受到他们内心对日本殖民统治的痛恨。

杨守愚的小说《鸳鸯》通过女主人公的悲剧故事揭露了日本统治之残暴。小说主人公鸳鸯天生丽质,家中有个因工残疾的丈夫,还有一个刚满月的婴儿。她被生活逼迫到日本人经营的农场当女工,不久被日本监督奸污。她因羞怒而离家出走,她的丈夫也因满怀愤恨自杀于火车轮下。重笔描写封建毒害和日本统治下人民生活之苦是台湾早期乡土小说的主要悲剧内涵。这也是早期乡土小说悲剧产生的主要原因。"以温饱问题作为产生悲剧的重要背景以及悲剧中的重头戏,这在西方悲剧史上极为罕见。西方悲剧追求崇高而中国悲剧以苦为重,于此可见一斑。"[67]台湾早期乡土小说和大陆乡土小说一样反映着普通人民的生活,描述他们的人生悲剧、命运悲剧、性格悲剧。通过这种静态悲剧展示,启蒙人民觉醒,促使他们为自由、民主、民族解放而斗争。

由于封建思想和日本殖民统治带给台湾人民的是物质和精神的双重悲剧,随着新文化启蒙的深入,台湾人民终于觉醒。正如鲁迅所说:"不在沉默中爆发,就在沉默中灭亡。"台湾人民终于站了起来,他们开始用自己的生命去书写反抗日本殖民统治和反封建的动态文化层面上的悲剧故事。

第二节 眼中的泪在流 心中的火在烧

随着台湾新文化运动的进一步发展,台湾人民的民主、民族意识觉醒了,他们开始向封建思想,向日本殖民统治开战。他们的眼里不再只有泪水,他们不愿再忍受双重压迫。"悲惨的命运只能引起悲哀,而至死不移的对抗才完成了悲剧人格从悲哀到崇高的升华。"[68]在这里,中国的静态传统文化受到撞击,现代的动态文化中的"力"开始激起人民的反抗与斗争。渴盼民主、自由,渴望摆脱孤儿情结似乎成了台湾人的"集体无意识"。他们在反抗与斗争中书写着台湾这段悲壮的历史。赖和、杨守愚、杨云萍、吴浊流等第一代作家用手中的笔表达了自己在文化战线上反对异质文化侵略的斗争。赖和作为台湾新文化运动的创始人,把现实主义与时代精神、本土文化环境有机结合,构成了民族精神与乡土情调相融合的风貌。他本人一生坚持用中文写作,坚持着中国服装,坚持反映下层人民的生活。"综观赖和的全部作品,我们常为作品强烈的民族意识、昂扬的民族精神、深厚的民族感情及鲜明的民族风格所感动。赖和怀着忧国忧民的情思,描写日据下台湾骨肉同胞的遭遇、处境、愿望及他们的斗争,揭露殖民社会的黑暗,显示出一个以笔为武器的民主革命战士反帝爱国的博大胸怀。"[69]他 1926 年创作的《一杆"称仔"》不仅反映了日本残暴统治下台湾人民的悲剧命运,而且把作品的主题旨归定于台湾人民开始觉醒，开始反抗的悲剧精神的张扬上。赖和在《作者附记》中写道："这一悲剧，看过好久，每欲描写出来，但一经回忆，总被悲哀填满了脑袋，不能着笔。近日看到法郎士的克拉格比，才觉得这样事，不一定在未开的国里，凡强权行使的地上，总会发生。遂不顾文字的陋劣，就写出来和大家批判。"[70]这实际上是用作品主人公秦得参的悲剧昭示人民，用他的精神鼓励人们开始斗争。《一杆"称仔"》的主人公秦得参九岁做长工，受尽地主的折磨，16岁给制糖会做苦力，积劳成疾。为生活所迫，让妻子向娘家借一条"金花"典了3元钱，做卖青菜的小生意。因无钱购置"称仔"，便向邻居借了一把。卖菜时遭警察刁难，"称仔"被折断，人被拘禁，还罚款3元。秦得参出来后，活路全无，发出了"人不像人，畜生谁愿意做。这是什么世间"的慨叹，最后，他与欺压他的警察同归于尽。秦得参最后说的话与鲁迅的《狂人日记》中"救救孩子"一样令人战栗。小说最后一笔非常精彩，而且悲壮，不单让读者读后对欺凌场面起同情、怜悯、恐惧之感，还让受凄惨耻辱生活者人性觉醒而起来斗争。作者之用心，全在"吹起战斗的号角"。

正如鲁迅启迪和培养了鲁彦、王统照、蹇先艾等一批大陆乡土作家，赖和也领出了杨云萍、杨守愚、杨逵等台湾乡土作家。在这里需附带说明的是台湾乡土小说之界定。由于台湾文学的特点是其民族性，台湾乡土小说研究也着力于其民族特点。"日据时期，囿于当时的政治情况，不能讲'民族'，只能讲'乡土'，所以乡土小说（乡土文学的重要组成部分）实质上是'民族文学''台湾文学'的代名词，是针对着体现殖民者意志的'皇民文学'而言的。"[71]因此，我们把杨云萍、杨守愚等人的反映台湾人民抗击日本殖民统治的小说作为乡土小说文本来研究和解读。

杨云萍的小说《黄昏的蔗园》中文能和桂蕊是一对有骨气的青年夫妇，他们虽受日本占领者的欺凌却能享受青春的美好。文能是与日本统治者势不两立的斗士。他对日本殖民者的罪行极为愤怒。一进篱笆门，便吼叫说："岂有此理，岂有此理，难道我们永远做牛马吗？不，决不！好，看他们能够耀武扬威到什么时候啊！"杨守愚的乡土小说开拓了其他作家未能重笔展示的题材。20世纪20年代台湾民族运动风起云涌，出现了一批悲剧性的英雄人物。杨守愚的小说《决裂》中的主人公朱荣就是这种崇高悲剧精神的代表。"对悲剧说来，紧要的不仅仅是巨大的痛苦，而是对待痛苦的方式。没有对灾难的反抗，也就没有悲剧，引起我们快感的不是灾难，而是反抗。"[72]

《决裂》的主人公朱荣是留学生，他有领导台湾人摆脱贫苦、摆脱殖民统治的理想。他放弃了优厚职位，领导人民运动。在新竹、台南事件发生后，许多农民被捕，他也被列入检举名单，遭到日本警察的抄家与警告。在受到外部压力时，妻子湘云也极力反对他的行动。但朱荣并未屈服，他继续开展革命活动，带头反对妻子湘云的叔父剥削农民的罪恶行径。他在这次鼓动中遭到毒打。在家养病期间，他仍不断和女活动家及其他同志一起进一步开展工作。为了革命活动，他与妻子湘云彻底决裂。后来，朱荣和女活动家在领导农民进行革命活动时被警署捕捉，上演了一幕与强暴做英勇斗争的普通革命者的"英雄悲剧"。

在台湾第一代乡土小说的启迪下，随着台湾民族解放运动的进一步发展，台湾人民应着文化启蒙者的呼声，书写了一个又一个悲壮的故事。至此，那种展示人们生活悲剧的文化阐释，让位于新文化创造者和民族解放斗争的悲歌。"20年代中后期，以工农群众为基础的社会改革运动风起云涌。由于这种斗争是与强大的敌对势力相交锋，整个运动呈现出复杂的面貌与曲折的过程。当时，有不少作家为这种斗争运动所吸引，有的还投身其中。因此，这方面的主题和题材就成为他们关注与揭示的新焦点。"[73]而最能反映这一时期台湾人民斗争之精神的是杨逵的作品。

杨逵本人是一位杰出的爱国主义者，是台湾抗日民族解放运动的不屈战士，被人们称为"压不扁的玫瑰花"。他把文学当作改造社会、服务人生、实现理想的武器。他的作品不驻留于对反对统治者的揭露和对劳动人民同情的层面，而是着力于表现人民反对殖民统治的斗争过程。《送报夫》通过主人公杨君家破人亡的悲剧，控诉了日本统治者的血腥与残暴，表现了主人公不畏艰难，与黑暗统治斗争到底的崇高精神。主人公杨君家是自耕农，其父因抗拒日本制糖公司强行征地遭警察毒打，含愤而死。她东渡日本历尽艰辛找到一个送报夫的工作，却遭老板的残酷剥削。忍饥挨饿干了20多天，竟被老板无情解雇。而家中的弟弟妹妹先后因贫病死去，母亲赶走了当汉奸的大哥后自杀。杨君最后终于明白，对抗凶恶的压迫者与剥削者，唯一而最好的办法就是被压迫者携起手来，团结一致地与凶恶残暴的压迫者斗争到底。

早期台湾乡土小说既有展示人们悲惨生活的静态文化悲剧，又有充满张力、拼命抗争的动态文化悲剧。这些作品激活了人们追求民主、自由的动力，体现了文学美学上悲剧精神的语范。

第三节　悲剧情怀　源远流长

台湾新文化运动衍生出台湾早期乡土小说，早期台湾乡土小说中蕴含着反对日本异质殖民文化的悲剧意识，由此而决定了台湾乡土小说滥觞时的民族性。台湾初期乡土小说对台湾文学的发展和后期乡土小说的复写以及第二次"乡土文学论战"都产生了重大影响。而后来的乡土小说仍具有早期乡土小说所含有的悲剧精神和悲剧意识。

1937年，台湾殖民政府根据"国民精神总动员计划"，在台湾推行"皇民化运动"，企图以"大和文化"取代汉文化。台湾乡土小说进入了低潮期。但是，很多乡土作家仍沿着第一代作家开拓的文学道路，创作出散发着或浓或淡、或峻急或隐忍的乡土小说作品。"1937年至1945年间，随着日本帝国主义相继发动侵华战争和太平洋战争，台湾殖民当局却实行军事统治，加紧推行皇民化运动，并采用多种手段竭力摧残已经蓬勃发展起来的新文化运动。但是，历经锻炼已具有强韧生命力的新文化运动并未因此停滞，不少怀有强烈民族意识的新文学作家也没有屈服于殖民当局的淫威和压力，他们运用各种可利用的条件和形式，传续新文学运动的香火。"[74]吴浊流1944年发表的《先生妈》和1943—1945年间写的《亚细亚的孤儿》便是战争时期乡土小说的代表作品。《先生妈》中的主人公钱新发娶了富家小姐，靠裙带关系开了家医院。他对穷人极尽敲诈之能事，对日本人唯唯诺诺，百般巴结。15年间家业已有田租3000担。便一心想混个"无上光荣"的日本语家庭的名声，住榻榻米房子，吃"味噌汁"，穿和服，还把大号改为"金井新助"，而他母亲（先生妈）执意不改台湾话，不穿和服，并用菜刀把和服砍成碎片，说是"留着这样的东西，我死的时候，恐怕有人给我穿上了，若是穿上这样的东西，我也没有面子去见祖宗"。先生妈是位平凡的女性，她的民族气节渗透在言语、衣着、饮食、葬礼一类的日常习俗文化之中。这篇小说揭示了台湾平民在平日生活中与殖民文化抗争时产生的文化悲剧精神。先生妈死后，儿子竟用日本式葬礼埋葬她。这与先生妈在世时的所言所行形成了鲜明的文化比照，从而阐明了小说主题之悲怆。

吴浊流的长篇小说《亚细亚的孤儿》反映了日据时代台湾人民精神上的痛苦和悲愤，生活上的辛酸和苦难是一首雄壮的"叙事诗"。这部小说是对赖和、杨逵等作家的乡土小说悲剧精神的继承。同时，对台湾乡土小说日后的发展也有着非常深刻的影响。小说一开始便洋溢着浓郁的民俗色彩和乡土文化寻根意识。这部小说是一个始而凄惨、终至悲壮的意绪悠长饱含悲剧意蕴的故事。小说主人公胡太明出生于汉文化风气颇浓的乡土家庭，是一个典型的中国知识分子。他祖父是一个有汉学修养的人，对日本文化有一种厌恶、抵制的态度。因此，胡太明早期接受了饱含民族意识的汉文化。但在殖民文化统治下，他品到了台湾知识分子所受种种歧视的痛苦滋味。小说诉说了他精神世界里的悲剧境遇。后来，他只好到国外留学以求庇护。学成归台后，台湾的现实却是无情的。他四处奔波谋得一农场会计职位。而这时他家中出现了一系列的生活悲剧。爷爷去世，哥哥效力于日本人，日本制糖会社强占土地，强行挖掉他的祖坟，殴打他的母亲。这一切让胡太明陷入更加苦闷绝望的深渊。他毅然奔赴祖国大陆，然而，大陆与台湾一样黑暗混沌。他在大陆婚姻不幸，又因被怀疑是日本间谍而坐牢。潜回台湾后，又被认为是中国间谍而遭跟踪监视。

日本发动全面侵华战争，胡太明被强征入伍。在大陆当翻译期间，他听到了同胞们在日本铁蹄下的痛苦呻吟，也听到了愤怒的呐喊声。这些静态悲剧和动态悲剧让他的精神与肉体失衡，他疯了。精神失常的他被遣回台湾。再次回到台湾的胡太明面对的是太平洋战争带给台湾人民的惨重灾难。他反省自己，决心改变自己，生出了反抗的信心和勇气。他和友人一起编辑杂志，揭露抨击日本统治之时弊，抵制日本当局搞的"护国运动"。而他的弟弟做苦役被折磨致死更激起了他反抗的怒火。他要重返大陆，"誓将热血为义死"。小说最后以胡太明"疯了"的悲剧结束，给人以意味深长的思考。胡太明和鲁迅的《狂人日记》中的狂人一样具有悲剧精神。胡太明的"疯狂"是时代的产物，是他不屈的民族之魂的觉醒。他的"疯狂"正是赖和、杨逵等作家乡土小说中动态悲剧精神的"力"的张扬。

光复后的台湾进入了另一特殊的历史时期，随着国民党的迁台，实施"战时紧急戒严令"，台湾乡土小说创作趋向低迷。但是，军事的、政治的、文艺的压力并没扼杀新生的乡土小说作家。"台湾日据时代的老作家们，有的虽然因政治的、语言的种种原因停下笔来在为新的起跑做准备，但有的老作家却像风雪中的岁寒三友，仍在艰难中秉笔创作。例如吴浊流、陈火泉、钟离和等。光复后新崛起的第一代作家，他们承前启后，在雪被下默默生长，去迎接作为文学春天的台湾乡土文学的幼芽。"[75] 20世纪50年代作家作品仍以反映日本殖民统治带给台湾人民的灾难为主要内容，仍以反抗日本黑暗统治的悲壮故事为文本主旨。他们继承了赖和、杨逵、吴浊流等老一辈乡土

小说作家开创的新文学之路，同时又影响了20世纪六七十年代崛起的新的乡土小说作家。例如陈映真、黄春明、王拓等人。

综观台湾乡土小说的发展历程，我们既能看到其作品中蕴含的反对异质文化统治的文化悲剧精神，又能察觉到老一代乡土小说作家对新一代作家的影响。20世纪50年代末60年代初，西方现代文艺思潮因着台湾经济对西方的依赖蜂拥而至。台湾新一代作家开始用象征主义、表现主义、超现实主义等现代主义创作方法表现他们的内心生活。而这时的台湾乡土作家，既对"反共"色彩的文学表示厌恶，又不赞成西方文艺对台湾文化的浸染。他们继续沿着"五四"以来中国现代文学，特别是台湾老一代乡土作家所开辟的道路前进。台湾20世纪70年代乡土小说的繁荣，实际上是对随着台湾社会经济结构巨变而带来的西化主义的反叛。乡土小说的主题，仍是对异质文化侵袭的抗争。20世纪70年代中后期发生的"乡土文化论战"是台湾人民的第二次觉醒，是台湾人"民族意识"的复归。"第一，关于文学要不要以民族为本位，贯彻反帝反封建的爱国思想的思想问题。乡土文学派对崇洋媚外的西化思潮深恶痛绝，陈映真在《文学来自社会反映社会》一文中认为：'文化上精神上对西方的附庸化，殖民地化……这是我们三十年来精神生活突出特点。'"[76]这时期乡土小说作家和知识分子认清了帝国主义对台湾人民文化侵略的另一种形式，并由此追溯到近百年来帝国主义对我国台湾地区造成的沉重灾难。在台湾小说理论日臻成熟之际，涌现出一批乡土小说作家及作品。陈映真的《将军族》、王拓的《金水婶》、黄春明的《儿子的大玩偶》、王桢和的《嫁妆一牛车》、宋泽莱的《打牛楠村》等都反映了社会大众的悲欢、小知识分子的精神悲剧。同时也描写了从农村流入城市的女性的生活悲剧。新兴的台湾乡土小说仍保留着台湾先代文学所具有的乡土气息，作品风格上仍具有赖和等第一代作家作品所饱含的悲壮神韵。

20世纪二三十年代台湾乡土小说的发展是中国五四新文化运动的一部分。台湾早期乡土小说反映了台湾人民在封建制度和日本殖民统治下人民的生活悲剧，反映了台湾人民为保护民族尊严、为追求民主自由而斗争的悲剧精神。台湾早期乡土小说确定了台湾新文学发展的方向，启迪了后来台湾文学的民主、民族主义。

第五章　长江、黄河的凝思
——早期乡土小说悲剧意蕴的剩余话语

真正现代意义上的中国乡土小说始于五四时期。五四时期的中国正处于悲剧时代，因此，中国早期乡土小说一开始便具有浓得化不开的悲剧性。鲁迅是中国乡土小说的开山鼻祖，乡土中国是他进行"国民性"探讨的基点，《呐喊》《彷徨》中的多数乡土小说，成了早期乡土小说作家悲剧小说创作的范本。正是在鲁迅文化方向的巨大感召下，20 世纪 20 年代中期，新文学中出现了乡土小说流派。他们从农民这个特定的视角探讨人生的价值，多层次地描写出中国"人"的悲剧来，以引起疗救的注意，标示着现代小说领域现实主义的逐步成熟，对后来乡土小说的创作及发展定下了悲剧表达方式的同一主题。到了 20 世纪 30 年代，以地域为支点的乡土小说作家群体开始涌现。20 年代诞生的乡土小说得到了长足发展，先后出现了四川作家群、东北流亡作家群、京派作家群和左翼乡土小说作家群。从艺术渊源而言，他们的作品上承 20 年代乡土小说流派。从悲剧主题而言，他们依旧秉承反映农民之痛的悲剧表现形式，力图用农民的生活悲剧、命运悲剧、心理悲剧来唤醒国民为完美的人性而奋斗，为打破封建宗法制度而抗争。充分显示出悲剧精神在乡土小说中的意义。

四川乡土作家都带着民族悲剧意识去讲述蜀地人的故事。李劼人的《死水微澜》《暴风雨前》等鸿篇巨制，书写了以成都和天回镇为中心的四川社会自甲午战争到辛亥革命十年间的人际悲欢、乡土沉浮。沙汀用阴冷的格调着力描写着川西北乡村的社会人生悲剧。他笔下的乡土深沉凝重，用鲁迅式的冷峻笔调诉说带血带泪的故事。艾芜的乡土小说则表现出田园抒情小说风格，他善于在诗情画意中写出人的生命力之顽强。他的作品苍茫而悲郁，牵动历史和现实，连接乡风和民俗，沟通真实与梦幻，像沈从文一样谱写着弥漫悲剧气氛的"乡土史诗"。

20 世纪 30 年代的东北作家群，以被迫离开故土的流亡者的悲歌震撼了文坛。他们因有家不能归或无家可归的流亡而思念着自己的家园。东北作家群以深邃的文化批判意识，揭示长期浸泡在封建家族、礼俗精神文化中农民的悲哀。《松花江》（李辉英）揭示封建家族观念对农民的制约而造成两代人的人生悲剧。《生死场》（萧红）表现着死的痛感，同时显示着生的坚强，小说把文化反思与生命意识熨帖在一起，表现乡土的悲怆与沉沦，无情地控诉着传统文化造成的农民的精神悲剧。她的小说显示出她与鲁迅思想上的默契，她吸取的是"鲁门"乳汁。

20世纪30年代的左翼乡土小说把文化反思与功利追求结合在一起，实现着将"五四"乡土作家文化批判意识向阶级意识的转换过程，对民族精神进一步弘扬。茅盾的《春蚕》代表着当时的创作模式，作品把抗争的任务加在农村年轻一代的身上。这个时候，乡村农民开始觉醒，悲剧意识开始复苏。他们开始为生存解放而抗争。左翼乡土小说承接着20世纪20年代的悲剧精神的求证公式去表现乡村的变化。左翼乡土作家是30年代最大的小说作家群体，他们都受到20年代乡土小说作家的影响，都是从人道主义创作走上现实主义创作道路的。左翼乡土作家主要有叶紫、沙汀、艾芜、魏金枝、张天翼、蒋牧良、吴组缃、柔石、夏征农、潘漠华等。他们有的参加过大革命，有的经历过坎坷的人生旅途；有的亲历了农村和家道的衰落，对于农村的动荡不安有切身的感受。他们的小说创作没有忽视"五四"最基本的主题：继续把人道主义作为个性解放的支点。当然，出于阶级功利的需要，该时期的乡土小说已把民族精神和革命斗争精神有机地契合在一起了。

20世纪40年代的乡土小说由于政治文化的影响，在一定程度上消解了悲剧思维，但某方面仍保持着追溯五四意义的回归倾向。30年代"革命文学"的倡导和阶级意识的增加，使乡土小说的政治色彩愈加浓重。到了国难当头的40年代，乡土小说的旨归因时代的具体情况出现了两种情形：在解放区，虽然仍有大量的苦难和残忍，但农村平民已在革命大潮中轰毁了自身的旧意识，他们的地位发生了变化，民族意识得以高扬。他们在建设新生活的种种冲突中张扬着自身个性。40年代中国乡土小说是沿着30年代的路向前行进的。解放区乡土小说已把20年代的"启蒙""改造国民性"的主题物化到现实中，继续开掘着中华大地上反抗志士的生命意识。抗争的残酷性、艰巨性、曲折性使得个体之"我"走向政治化了的集体悲剧意识。20年代对"力"的动态文化的呼唤，30年代立足乡土和家园的反抗者的原始强力，沈从文、师陀、艾芜等人或挥洒"自然人性"的勃勃活力，或渲染边民矫健和强悍的创作思想，为40年代乡土小说播下了宝贵的种子。与解放区相比，国统区和沦陷区乡土小说则更多地带有20年代乡土小说的印痕。沈从文的《长河》已不再弥漫浓厚的感伤情绪。尽管小说仍旧继续着对自然生命形式的探寻，但作品中有了对于现实的沉痛感慨，使得作品显示了与恶势力抗争的重要特色。

沙汀的小说用鲁迅式的悲剧观表现了被迫害者对强暴势力的悲愤之情。40年代师陀的小说则代表了当时乡土小说的悲剧诉求。"从'五四'至三十年代，乡土作家一直咏叹着失去土地的悲剧和失去对土地依赖的悲剧，'丰收成灾'的悲剧和'无家可归'的悲剧。总之，社会悲剧和历史悲剧的成分居多，只有到了四十年代的师陀，才紧紧盯上了'命运悲剧'的因素，抒发了'似这般生关死劫谁能躲'的命运感悟……师陀用那支饱蘸深情的笔滔滔不绝地讲述着失败者的悲剧，小城和小村的悲剧。"[77]可以说，从文化意义上观照乡土小说，20、30、40年代的作品都有着同一悲剧思维模式，即用不同的风格表达着同一悲剧主题，人之抗争与个性之解放，对美好生活之不懈追求。

新中国成立后的20世纪五六十年代，中国乡土小说中的悲剧思想开始走向低迷。时代的原因，人们都没有了俯视农民潜意识中残存的封建宗法制的"鲁迅式"的文化观。牺牲了20年代所创设的悲剧话语本性，缺少内在文化精神的超越，缺少应有的悲剧精神的自觉。60年代严峻的政治形态使乡土小说走向衰落，乡土小说的悲剧话语陷入了沉沦的绝境。这实际上在演绎着另一幕文化悲剧，刚刚解放的人性又为自己套上了新的枷锁。60到70年代中国走进了悲剧时代，乡土小说与乡土小说的悲剧表达留下了一段空白。乡土小说创作的殿堂里没有了悲剧的概念，仅有的乡土小说都印上了阶级符号。小说的叙事程式里出现悲剧表达的荒原。文化批判的呼唤成为遥远历史上的稀音。1976年以后，中国文化的又一次悲剧画上了休止符，中国乡土小说重新走进文学殿堂。乡土作家开始对"十年"悲剧时代进行反思批判。

研究新时期的乡土小说，我们会感到20世纪20年代现代乡土小说的复归，抑或说早期乡土小说对新时期乡土小说的影响。新时期文学里，既刮起了现实批评的"鲁迅风"，又飘荡着赞美人性的"田园牧歌"。20年代蘖生的两类乡土小说又出现在新文学的春天里。新时期乡土作家高晓声、周克芹等大笔书写农民们新的悲剧，对农民悲剧命运的根本原因进行思考，并挖掘出中国农民传统文化的弊端和缺陷，从而达到"改造国民性"的目的。高晓声的"陈奂生系列"述说了"左倾"政治思想造成的农民的生活悲剧和心理悲剧。拷问陈奂生身上的阿Q式的悲剧性，可看出高晓声等作家继承了"鲁迅风"之悲剧思想。新时期"田园抒情"乡土小说的践行者当推沈从文的学生汪曾祺，沈从文含蓄平淡的文学风格在他身上得到体现。后来的刘绍棠、铁凝等人的小说都用对人性的赞美作为小说主题，也不失为新文学中的奇花异葩。

新时期乡土小说作家在精神上遭到了与五四时期知识分子同样的困惑，产生了心理上的悲剧意识。在新时期，虽然"五四"先驱者的梦已成为现实，封建宗法制已经土崩瓦解，人的个性有了一定程度的复归与张扬，但新中国成立后的政治运动和社会发展的缓慢步伐与人理想中的梦境有了冲突。乡村的相对贫困、落后以及封闭的现实生活，同样激起了人们对现代化生活的渴求与呼唤。之中的抗争与逃离产生了新时期人的悲剧意识，也就有了乡土小说中难以消弭的悲剧故事。当然，对于新时期乡土小说悲剧意蕴的缜密探讨已属于当下或明天的话语特质了。

参考文献：

（1）钱理群，吴福辉等.中国现代文学三十年[M].上海：上海文艺出版社，1991：2.

（2）梁启超.论小说与群治之关系[M]//李华兴、吴嘉勋.梁启超文选.上海：上海人民出版社，1984：349.

（3）序言[M]//赵家璧主编，鲁迅选编.中国新文学大系小说二集.影印本.上海：上海文艺出版社，1980：9.

（4）（5）（6）张明高，范桥.周作人散文（第二集）[M].北京：中国广播电视出版社，1992：212,131.

（7）人的文学[N].新青年，1918.

（8）丁帆.中国乡土小说史论[M].南京：江苏文艺出版社，1992：14.

（9）茅盾.关于乡土文学[M]//《茅盾全集》编辑委员会.茅盾全集（第21卷）.北京：人民文学出版社，1991：89.

（10）刘绍棠.乡土与创作[M].北京：人民文学出版社，1991：227.

（11）杨义.中国现代小说史[M].北京：人民文学出版社，1998：669.

（12）陈继会等.中国乡土小说史[M].合肥：安徽教育出版社，1991：310.

（13）张振军.传统小说与中国文化[M].桂林：广西师范大学出版社，1996：134.

（14）张法.中国文化与悲剧意识[M].北京：中国人民大学出版社，1989：1.

（15）王国维.红楼梦评论[M]//干春松，孟彦弘.王国维学术经典籍.南昌：江西人民出版社，1997：58.

（16）悲剧心理学[M]//朱光潜.朱光潜美学文集（第五卷）.上海：上海文艺出版社,1989：509.

（17）袁珂.山海经校译[M].上海：上海古籍出版社,1985：301.

（18）（古希腊）亚里士多德.诗学[M].北京：中国戏剧出版社,1986.

（19）（古希腊）亚里士多德.诗学[M].北京：中国戏剧出版社,1986：12.

（20）悲剧心理学[M]//朱光潜.朱光潜美学文集（第五卷）.上海：上海文艺出版社,1989：342.

（21）王国维.宋元戏曲考[M].上海：华东师范大学出版社,1996：121.

（22）（德）卡尔·雅斯贝尔斯著,亦春译,光子校.悲剧的超越[M].北京：中国工人出版社,1988：12.

（23）周作人.关于《阿Q正传》[M]//张明高,范桥编.周作人散文（第二集）.北京：中国广播电视出版社,1992：245.

（24）周作人.俄文译本《阿Q正传》序[M]//张明高,范桥编.周作人散文（第二集）.北京：中国广播电视出版社,1992：10.

（25）程孟辉.西方悲剧学说史[M].北京：中国人民大学出版社,1994：459.

（26）鲁迅.阿Q正传[M]//鲁迅先生纪念委员会.鲁迅全集（第一卷）.北京：人民文学出版社,1983：81.

（27）丁帆.中国乡土小说史论[M].南京：江苏文艺出版社,1992：275.

（28）邱紫华.悲剧精神与民族意识[M].武汉：华中师范大学出版社,1990：260.

（29）陈继会.文化视角中的五四乡土小说[J].文艺研究（京）1989（5）：107.

（30）钱理群,吴福辉,温儒敏,王超冰.中国现代文学三十年[M].上海：上海文艺出版社,1991：57.

（31）丁帆.中国乡土小说史论[M].南京：江苏文艺出版社,1992：276.

（32）（33）丁帆.中国乡土小说史论[M].南京：江苏文艺出版社,1992：36.

（34）鲁迅.阿Q正传[M]//鲁迅先生纪念委员会.鲁迅全集（第一卷）.北京：人民文学出版社,1983：1.

（35）鲁迅.阿Q正传[M]//鲁迅先生纪念委员会.鲁迅全集（第一

卷）.北京：人民文学出版社，1983：58.

（36）论冯文炳 [M]// 沈从文.沈从文选集.成都：四川人民出版社，1983：287.

（37）黑格尔的悲剧理论 [M]// 古典文艺理论译丛编辑委员会编.古典文艺理论译丛（第八辑）.北京：人民文学出版社，1964：181.

（38）陈继会等.中国乡土小说史 [M].合肥：安徽教育出版社，1991：43.

（39）鲁迅.坟，论睁了眼看 [M]// 鲁迅先生纪念委员会.鲁迅全集（第一卷）.北京：人民文学出版社，1983：230.

（40）鲁迅.坟，论睁了眼看 [M]// 鲁迅先生纪念委员会.鲁迅全集（第一卷）.北京：人民文学出版社，1983：35.

（41）严家炎.中国现代小说流派史 [M].北京：人民文学出版社，1995：50.

（42）丁帆等.中国大陆与台湾乡土小说比较史论 [M].南京：南京大学出版社，2001：64.

（43）茅盾.《中国新文学大系小说一集》导言 [M]//《茅盾全集》编辑委员会.茅盾全集（第20卷）.北京：人民文学出版社，1991：490.

（44）（古希腊）亚里士多德.诗学 [M].北京：中国戏剧出版社，1986：22.

（45）悲剧心理学 [M]// 朱光潜.朱光潜美学文集（第五卷）.上海：上海文艺出版社，1989：379.

（46）荣格著，冯川，苏克译.心理学与文学 [M].上海：三联书店，1987：2.

（47）茅盾.《中国新文学大系小说一集》导言 [M]//《茅盾全集》编辑委员会.茅盾全集（第20卷）.北京：人民文学出版社，1991：488.

（48）序言 [M]// 赵家璧主编，鲁迅选编.中国新文学大系小说二集.影印本.上海：上海文艺出版社，1980：13.

（49）杨义.中国现代小说史 [M].北京：人民文学出版社，1998：496.

（50）茅盾.《中国新文学大系小说一集》导言 [M]//《茅盾全集》编辑委员会.茅盾全集（第20卷）.北京：人民文学出版社，1991：504.

（51）（德）卡尔·雅斯贝尔斯著，亦春译，光子校.悲剧的超越 [M].北京：中国工人出版社，1988：30.

（52）严家炎.中国现代小说流派史[M].北京：人民文学出版社，1995：52.

（53）尹鸿.悲剧意识与悲剧艺术[M].合肥：安徽教育出版社，1992：109.

（54）杨义.杨义文存（第四卷）[M].北京：人民出版社，1998：190.

（55）丁帆等.中国大陆与台湾乡土小说比较史论[M].南京：南京大学出版社，2001：144.

（56）论冯文炳[M]//沈从文.沈从文选集.成都：四川人民出版社，1983：299.

（57）陈鼓应.悲剧哲学家尼采[M].上海：三联书店，1987：2.

（58）丈夫[M]//沈从文.沈从文文集（第四卷）.广州：花城出版社，1982：5.

（59）（德）卡尔·雅斯贝尔斯著，亦春译，光子校.悲剧的超越[M].北京：中国工人出版社，1988：35.

（60）（德）卡尔·雅斯贝尔斯著，亦春译，光子校.悲剧的超越[M].北京：中国工人出版社，1988：78.

（61）古继堂.台湾小说发展史[M].沈阳：春风文艺出版社，辽宁教育出版社，1989：18.

（62）杨义.中国现代小说史[M].北京：人民文学出版社，1998：701.

（63）白少帆，王玉斌，张恒春，武治纯等.现代台湾文学史[M].沈阳：辽宁大学出版社，1987：26.

（64）陆士清.台湾文学新论[M].上海：复旦大学出版社，1993：64.

（65）赵凯.人类与悲剧意识[M].上海：学林出版社，1989：34.

（66）古继堂.台湾小说发展史[M].沈阳：春风文艺出版社，辽宁教育出版社，1989：35.

（67）谢柏梁.中国悲剧史纲[M].上海：学林出版社，1993：307.

（68）谢柏梁.中国悲剧史纲[M].上海：学林出版社，1993：51.

（69）方忠.论赖和创作的民族性[N].徐州师范大学学报，1989（4）.

（70）明清，秦人.台港小说鉴赏辞典[M].北京：中央民族学院出版社，1994：13.

（71）王震亚.台湾小说二十家[M].北京：北京出版社，1993：10.

（72）朱光潜.悲剧心理学[M].北京：人民文学出版社，1983：206.

（73）刘登翰，庄明萱，黄重添，林承璜等.台湾文学史[M].福建：海峡文艺出版社，1991：472.

（74）刘登翰，庄明萱，黄重添，林承璜等.台湾文学史[M].福建：海峡文艺出版社，1991：507.

（75）古继堂.台湾小说发展史[M].沈阳：春风文艺出版社，辽宁教育出版社，1989：143.

（76）白少帆，王玉斌，张恒春，武治纯等.现代台湾文学史[M].沈阳：辽宁大学出版社，1987：571.

（77）杨义.中国现代小说史[M].北京：人民文学出版社，1998：617.